나는 영원히 살아있네

나는 영원히 살아있네 Et moi, je vis toujours

장 도르메송 장편소설　정미애 옮김　북레시피

인간의 모든 후예들은
오랜 세기를 지나는 동안 여전히 살아남아
지속적으로 새로운 것을 익히는
동일한 하나의 인간으로 간주되어야 한다.
파스칼

나는 인간이 느낄 수 있는 모든 것을 안다.
가장 천박한 것에서 더없이 고귀한 정신에 이르기까지……
나는 역사에 등장하는 모든 이름인 것이다.
니체

그렇다. 나의 자녀들아,
내가 바로 유랑하는 유대인이었다.
다들 자기 차례를 맞이하여 죽어가는데
나는 영원히 살아있네.
작자 미상

차
례

불의 사제와 늑대인간

　오랜 시간, 나는 어두운 숲을 떠돌았다. 혼자나 다름없었다. 이웃이 몇몇 있었던가. 어쨌든 친구는 없었다. 부모에 대한 기억도 잠시 내게 젖을 물린 엄마와 함께했던 게 전부였다. 애착을 느낄 시간조차 없었다. 아버지는 늘 부재중. 그는 들로 산으로 여자들 뒤꽁무니를 쫓아다니거나 싸움을 하고 다니거나 사냥을 다녔다. 그런 아버지마저 얼마 지나지 않아 내 삶에서 사라졌다. 스물대여섯 살 무렵이었던 것 같다. 정확히 알 방법은 없다. 어쨌든 아버지에 대한 신화는 내게 별 의미가 없었다. 믿고 의지할 가족이 내겐 없었다. 나는 말수가 적은 아이였다. 아프거나, 배가 고프거나, 목이 마르거나, 무언가를 원할 때면 더 침묵했다. 최대한 말을 아꼈다. 어린 시절은 이렇듯 별다른 기억이 없다. 오직 생존에만 매달렸을 뿐. 어떻게든 살아남아야 했다. 생명을 유지한다는 것 자체가 힘겨운 시절이었다. 하지만 나는 도시도, 공장도, 그리고 복잡하고 부패하고 놀라운, 문명이라고 일컬어지는 것이라곤 찾아볼 수 없는 원시림 속에서 스스로를 보호하며 그런대로 잘 적응하며 살았다. 나는 민첩하고 강인했다. 뛰어노는 걸 무척 좋아했다. 꼭대기에 뚝딱 움막을 지을 정도로 나무 타는 능력도 뛰어났다.

서른 중반쯤 된, 꽤 나이 들어 보이는 삼촌인지 할아버지인지, 아니면 아버지였는지 알 수 없는 남자가 엄마를 사랑했던 것 같다. 2~3년 후 꽤 늙은 모습으로 죽기 전까지 나를 돌봐주었다. 먹을 걸 준 사람도 그였다. 과일, 대추, 호수나 강에서 잡은 물고기, 하이에나가 뜯어먹다 버린 영양의 잔해들을 가져다주었다. 그리고 버펄로, 코뿔소, 악어, 사자들로부터도 나를 보호해주었다. 나는 유달리 뱀을 무서워했다. 반면 그는 뱀을 키웠는데 그 뱀한테 파리, 곤충 따위를 잡아다 배불리 먹게 하고는 휘파람 소리에 맞춰 춤을 추게 했다. 그는 휘파람을 아주 잘 불었다. 그러면서 두려움 같은 감정들을 다스렸던 것 같다. 그는 무척 쾌활한 남자였다. 우리는 큼직한 바위 아래쪽에 있는 동굴에서 살았다. 그가 나를 받아들인 곳이었다. 나는 그를 매우 사랑했다.

어릴 때 처음 맛보았던 그 감정이 지금도 생생하게 남아 있다. 나는 늘 잠을 잤다. 잠자는 걸 정말 좋아했다. 동굴에서 밝은 대낮부터 잠을 자기 시작해 그다음 날 날이 환할 때 일어나곤 했다. 어느 날 밤, 왜 그랬는지는 잘 모르겠지만, 호기심 때문이었는지 — 나는 아주 호기심이 많은 아이였다 — 아니면 악몽 때문이었는지, 가만히 일어나 동굴 밖으로 미끄러지듯 나왔다. 사방이 온통 깜깜했다. 나는 재칼인지 영양인지 알 수 없는 짐승 가죽을 몸에 둘러쓰고는 두 눈을 크게 부릅뜬 채 땅 위에 앉아 있었다. 갑자기 거대한 숲 한가운데 잠시 안개가 걷히더니 그 자리에 한줄기 섬광이 나타났다. 놀라운 속도로 태양이 떠오르고 있었다. 내 입에서 탄성이 터져나왔다. 하늘에 신비로운 기운이 번지고 있다는 걸 깨달았다.

그다음으로 느꼈던 감정은 좀 더 생생한 놀라움이었는데, 그 놀라움이 점점 강렬해지면서 두려움으로 돌변해 나를 조여오기 시작했다. 로는 — 그는 나를 '라'라고 불렀고, 나는 그를 '로'라고 불렀는데 왜 그랬는지는 모르겠다 — 밤이 되면 나를 사냥에 데리고 가곤 했다. 그날도 늦은 밤이었다. 날은 덥고 사위는 무척이나 조용했다. 별들이 총총히 빛났다. 하늘에는 구름 한 점 보이지 않고, 사방이 쥐 죽은 듯 고요했다. 새들도 숨죽이고 있는 걸까. 이따금씩 멀리서 성난 짐승의 울음소리가 들리거나 웃자란 수풀 한가운데로 슬그머니 도망치는 짐승의 발소리가 나기도 했다. 만월의 밤이었다. 나는 왠지 마음이 들뜨면서 기분이 좋아졌다. 묘한 감정이 나를 감쌌다. 고요한 내장기관의 부드러운 움직임들보다 더 멀리 퍼지는 듯한 느낌이었다. 내가 살아가는 동안 아주 중요한 역할을 하게 될 것 같은 그런 감정, 그것은 바로 행복이었다. 그 순간, 느닷없이 비명 소리도 없이 눈에 보이지 않는 용 한 마리가 달의 한쪽을 덥석 물더니 숨 막힐 정도로 서서히 그 중심을 향해 다가가는 것이었다. 나는 로를 바라보았다. 그는 떨고 있었다. 공포에 질린 우리는 땅바닥에 그대로 주저앉았다. 모든 것이 어두워지기 시작했다. 마치 하나의 밤이 또 다른 밤을 제압하듯. 우리는 바보도, 겁쟁이도 아니었다. 로는 매우 용감하며 똑똑한 남자였다. 그는 주위를 바라보다 이내 깨달았는지 이를 덜덜 떨며 나를 힘껏 끌어안았다. 달이 사라지면서 모든 게 가능해졌다. 최악의 상황까지도. 다음 날 해가 다시 떠오르지 않는다면 어떻게 될까. 동굴로 돌아와 밤새 나는 그의 품에 안겨 있었다. 내색하진 않았지만 그도 가까이 붙어 있는 걸 좋아했던 것 같다. 새벽이 되자 날이 다시 환하게 밝아지기 시작했다. 로는 땅에 입을 맞추고 두 손으로 흙을 한 움큼 쥐고는 자기 머리 위로 뿌리며 알아들을 수 없는 말들을 읊조렸다.

세 번째 감정은 그로부터 몇 달도 채 지나지 않은 어느 날 경험했다. 나는 여전히 어렸고 곧잘 흥분했다. 몹시 추운 날이었다. 로는 불쏘시개와 마른 풀, 가느다란 나뭇가지와 벼락 맞아 쓰러진 지 한참 된 나뭇가지들을 모아 커다랗고 평평한 돌 위에 약간의 빈 공간을 만들었다, 그 위로 당장이라도 쓰러질 것 같은 피라미드 모양으로 장작을 쌓아올렸다. 이어 양손에 부싯돌을 하나씩 들고, 그 사이에 가는 불쏘시개를 끼워 넣은 채 맞대어 비비기 시작했다. 꽤 오래 기다려야 했다. 순간 부싯돌에서 불꽃이 튀더니 불쏘시개로 옮겨 붙는 것이었다. 로는 재빨리 피라미드 장작 밑으로 불쏘시개를 던졌다. 따뜻한 열기가 퍼지기 시작했다. 불덩이 주위로 꽤 여럿이, 여섯에서 열두 명쯤 모여 있었는데, 그들이 내지르는 감탄과 환호성과 함께 커다란 불꽃이 하늘로 치솟았다.

불의 생성 과정을 목격한 게 그때가 처음은 아니었다. 벼락 때문인지, 신비롭고 영리한 신의 작품인지, 숲 전체가 눈앞에서 완전히 불타버린 적이 있었다. 마치 살아있는 존재가 춤을 추듯, 우리의 능력을 훨씬 능가하는 어떤 위력을 지닌 불꽃이 주위를 환하게 밝히고, 뜨겁게 달아오르게 하고, 태우고, 또 파괴한다는 사실을 나는 알고 있었다. 태어나 처음으로 목격한 놀라운 광경이었다. 그런데 이번에는 나와 유사한 사람의 손에서 불이 솟아오르더니 그 불꽃을 길들이는 것이었다. 우리는 로를 '불의 사제'라고 불렀다.

감히 말하건대, 그날의 사건을 기점으로 수없이 많은 발전이 이루어졌다. 사람들은 내가 로와 그의 모험담 얘기를 할 때면 지나치게 부풀린다며 나무랐다. 나는 그렇게 생각하지 않는다. 불을 제어할 수 있게 되면서 세상이 달라졌으며, 앞으로도 더 복잡하게 변화할 것이다. 불을 둘러싸고 수차례 전쟁을 겪게 될 테고, 결국 우리는 서로 대립하게 될 것이다. 다들 각자의 이익을 위해 신성한 불을 훔치고 싶어 했다. 나의 유년기에 벌어진 전쟁의 네 가지 주요 요인은 다름 아닌 물, 식량, 불 그리고 여자였다. 이와 관련된 사건이나 기억, 에피소드는 셀 수 없이 많다. 물론 인간은 사상, 신념, 감정, 열정을 사랑하고, 키워나가는 걸 좋아한다. 혹은 그렇다고 주장한다. 하지만 이와 같은 것들은 없어도 생명을 이어갈 수 있다. 반면 음식이나 물을 먹고 마시지 못하면 죽을 수밖에 없다. 내가 처음 삶을 시작한 시기에는 물과 식량에 모든 관심이 집중되어 있었다. 그다음이 여자였다. 물론 나의 긴 여정을 돌아볼 때 솔직히 여자가 가장 중요한 자리를 차지했다. 결코 그들의 존재를 소홀히 다루지는 말아야 한다. 앞으로도 끊임없이 그들을 역사의 장으로 불러낼 것이다.

아주 오래전, 내가 세상에 첫발을 내디뎠던, 험난하지만 영광스러운 그 시기에는 네 가지 외에 다른 요인도 있었다. 의복과 도구였다. 의복 덕분에 추위를 견딜 수 있었다. 그러다 얼마 지나지 않아 실용적인 필요 외에 좀 더 편안함을 추구하기 위해, 신분을 과시하기 위해, 우아함을 드러내기 위해, 때로는 특별한 의미 없이 옷을 필요로 하게 되었다. 내가 언제부터 옷으로 성기 주위를 가리기 시작했는지 잘 기억이 나지 않는다. 로는 과시하듯 일부러 드러내놓고 다녔다. 나는 그와 비교당하는 게 부끄러워 조심스럽게 행동했는지도 모르겠다. 본능적으로 우리는 차츰 자기 몸을 돌봐야 한다는 걸 알게 되었다. 그전까지는 각자의 몸을 보호하는 방법에 별 관심이 없었다. 제일 큼직한 옷은 아무래도 짐승의 가죽으로 만든 것이었다. 옷에 꽃이나 깃털, 정교하게 세공한 브로치 같은 장식들을 달기도 했다. 그런데 그보다 더 중요한 게 있었다.

바로 도구들이었다. 도구들은 쉽게 구할 수 없는 귀중품이었다. 반면 로는 손으로 직접 각종 도구들을 만들어 갖고 다녔다. 인류의 역사인 나의 유년기에는 손이 매우 중요한 역할을 담당했다. 우리는 팔과 다리를 원하는 대로 움직이고 똑바로 서 있을 수 있었다. 또한 우리에게는 머리, 심장, 배가 있는데, 그곳에서부터 여러 사상과 열정이 꿈틀대기 시작했다. 무엇보다 우리에게는 두 손이 있었다. 머리와 두 다리만큼, 아니 그보다 더 많이, 두 손 덕분에 우리는 창조의 왕이 될 수 있었다. 두 손으로 도구들을 만들기 시작했던 것이다.

이러한 도구들 덕분에 우리는 삶을 이어갈 수 있었다. 생존을 위해 사냥을 하고, 물고기를 잡고, 무언가를 자르고, 다듬었다. 오랜 시간 정성들여 만든 도구들을 가지고 그보다 더 유용한 다른 도구들을 만들었다. 사냥하거나 물고기를 잡으려면 화살, 죽창, 그물이 필요했다. 그런데 이런 도구들을 만들려면 그 전에 좀 더 투박한 도구들이 필요했다. 목숨을 유지하기 위한 새로운 무기를 만들려면 그 전에 이미 다른 도구들이 있어야 했다. 이를테면, 하나의 도구를 만들려면 그 전에 다른 도구가 있어야 했던 것이다. 생명을 이어가기 위해 이 모든 것들이 필요했는데, 이 도구들을 소유한 이들은 자부심이 대단했다. 로 역시 자기 도구들을 매우 소중하게 다루었는데, 종종 이와 같은 애착을 나타내기 위해 갖가지 장식을 달곤 했다. 흙, 물, 공기, 빛은 누구나 소유할 수 있는 자원이었다. 적어도 사냥하고, 호수나 강에서 물고기를 잡고, 불을 다룰 때 필요한 도구들을 다룰 줄 아는 이들이라면 누구나 소유할 수 있는 것이었다. 현대 사회의 경제라는 개념이 전혀 존재하지 않던 인류 역사 초기에, 재산은 그저 짐승 가죽 혹은 새로운 삶의 터전을 찾아 긴 원정을 떠날 때 갖고 갈 수 있는 몇몇 도구들뿐이었다.

긴 원정을 떠나는 이유는 다양했다. 지역 자원이 고갈되거나, 변화 없는 일상의 반복으로 권태로워지거나, 위력이 강해지면서 좀 더 큰 야망을 품게 되거나, 자연스럽게 새로운 곳에 대한 호기심이 커져서 길을 떠날 수도 있었다. 혹은 너무 강해진 적이 두려워 도망칠 수도 있었다. 특히 기후를 비롯해 주변 환경의 급격한 변화로 어쩔 수 없이 길을 나서야 할 때도 있었다.

기후는 변화하고 있었다. 느리지만 어쨌든 달라지고 있었다. 나의 유년기만 해도 더디게 변하는 기후를 직접 느낄 만큼 우리는 오래 살지 못했다. 하지만 점차 기후 문제가 주요 관심거리가 되었다. 어쩌면 우리 인간은 어렴풋이 과거를 기억하고, 저녁 무렵이면 불 가까이 모여들어 다른 세계를 꿈꾸기를 좋아하는 창조물들이기 때문인지도. 이전 세대로부터 전해 내려오는 전설들이 빠르게 달려가기 시작했다.

나는 더 이상 내게 주어진 운명을 비껴갈 수 있는 어린아이가 아니었다. 불의 사제였던 로, 내가 그렇게도 사랑했던 로가 죽었다. 내가 그의 자리를 물려받았다. 그러면서 자신감을 얻게 되었다. 더 자유롭게 이야기했다. 여러 생각들이 떠올랐고, 그 생각을 표현할 말들까지 떠올랐다. 이른 아침, 사냥을 나서기 전에, 그리고 사냥에서 돌아온 저녁 무렵에, 새로운 관심거리가 생겼다. 악운을 물리치기 위해 내가 살고 있던 동굴 벽에 좋아하는 작은 그림들을 그리기 시작한 것이다. 나무, 짐승, 꿈, 태양 혹은 달, 여러 손들, 로에 대한 기억들을 그림으로 표현했다. 이웃들 중에는 나를 조롱하거나 무시하는 눈길을 던지는 이들도 있었지만 그림이 예쁘다며 칭찬해주는 사람들도 있었다.

나는 언제나 늑대에 관심이 많았다. 늑대를 무서워하면서도 묘하게 끌렸다. 인내심을 가지고 그들에게 다가갔고, 꽤 많은 늑대와 우정에 가까운 관계를 만들어갔다. 그중 한 마리와 매우 가깝게 지냈다. 그는 종종 어디론가 사라졌다. 하지만 늘 다시 돌아왔다. 피범벅이 되어 돌아올 때도 있었지만. 처음에 그 녀석이 내 주위를 자주 배회하는 것을 목격했다. 어느 날, 용기를 내어 손을 내밀었다. 그런데 묻지 않았다. 먼 길을 나설 때면 뒤를 따라다니곤 하더니 점점 나를 그림자처럼 따라다니기 시작했다. 그 무렵 나는 과일이나 곡물로 악어와 새들을 길들이려고 했지만 매번 실패했다. 하지만 늑대는 얼마 지나지 않아 내 가족이 되었다. 그 이후 내가 얻은 별명이 있다. 늑대인간.

나는 유달리 주의 깊은 이들에게 종종 나의 오랜 주인이었던 로의 업적들을 이야기해주기 시작했다. 그에게서 들은, 어렴풋하게 남아 있는 사라진 과거의 기억들을 들려주었다. 오래전, 숲은 지금보다 더 무성하고 거대했다. 어디서든 물을 만날 수 있던 시절이었다. 태양은 지금보다 덜 뜨거웠고, 대지는 덜 말라 있었다. 그러다 우리를 둘러싼 세계가 차츰 푸름을 멈추고, 황톳빛 혹은 노란빛으로 변해갔다. 뿌연 먼지가 나뭇잎과 나뭇가지, 식물들이 자라던 자리를 덮기 시작했다. 노인들은 고개를 가로저었다. 옛날만 해도 좋았는데, 하면서. 소문이 어떤 건지 잘 알고 있지 않은가. 소문은 멀리 퍼져가기 마련이라는 걸. 그중에는 이런 소문도 있었다. 옛날, 아주 오랜 옛날에는 엄청난 비가 쏟아져 재앙을 불러오기도 했지만, 더불어 비옥한 땅도 선사해주었다고. 그런데 이제는 모든 것이 시시각각 달라지면서 이 땅 위에 가뭄이 몰아닥쳤다고.

기억조차 없는 아주 오래전부터 수많은 이들이 이 땅을 떠났다. 사라져갔다. 그들은 결코 다시 돌아오지 않았다. 우리는 그들이 어떻게 되었는지 알지 못했다. 갑자기 그들을 따라 떠나고 싶은 참을 수 없는 욕구가 인다.

우리의 마음이 점점 뜨거워졌다. 예전보다 덜 외로워졌다. 아주 먼 곳에서 여행자들이 우리가 살고 있는 곳까지 찾아오기 시작했다. 이방인들을 이해하기란 결코 쉽지 않았다. 이때 아이들은 매우 중요한 역할을 담당했다. 내가 어렸을 때는 나이 든 노인들이 무엇보다 중요했다. 그들은 죽음에서 살아남은 자들이었다. 수많은 경험과 기억을 축적한 얼마 되지 않는 생존자들이었던 것이다. 그런데 다른 곳에서 우리를 찾아온 이들이 우리와 너무 달라 두려웠기 때문에 처음에는 그들을 죽였다. 그들을 먹기까지 했다. 때로는 그들의 시신을 태양, 달, 밤과 낮, 건강, 풍족한 사냥을 허락해주는 신비한 능력을 지닌 신들을 위해 바치기도 했다. 엄청나게 많은 피를 보아야 했다. 그들 중에는 인간 이하의 이들도 있었는데, 목숨만큼은 살려줄 때도 있었다. 더 이상 우리가 하고 싶지 않은 일들을 시켰다. 점점 더 멀리 가서 물, 땔감, 풀들을 갖고 오라고. 우리는 그들과 결코 동등하지 않았다. 그들의 아이들은 살려줄 때도 있었다. 아이들끼리는 노인이나 어른들보다 서로를 잘 이해했다. 바로 그 아이들이 위협받는 숲이나 말라가는 언덕 너머의 먼 고장에 대한 놀라운 이야기들을 우리에게 전해주었다. 태양과 비의 마력이 서로 잘 통하는 그런 먼 마을의 이야기들을.

머나먼 거기에도 우리가 사는 이곳을 닮은 숲이 있었다. 강과 호수도 있었다. 심지어 건너갈 수 없을 만큼 드넓은 강물이 있었는데, 그곳을 건너려고 시도했던 이들이 돌아온 적은 없었다. 이 고장에는 모든 것이 별 어려움 없이 생겨났다. 돌과 나무로 만든, 집이라고 불리는 건축물이 세워졌고, 심지어 신과 여신의 후손들이, 왕과 여왕이라는 이름으로 기거하는 '궁전'도 생겨났다. 우리의 상상 속에 떠오르는 태양의 나라들은 아주 당당한 모습이었다. 우리의 삶은 점점 더 힘들어졌다. 다른 고장의 풀들은 더 푸르지 않을까. 새로운 곳에 가보고 싶은 열망이 목까지 차올랐다.

그렇게 해서 우리는 길을 나섰다. 넘실대는 파도처럼 무리를 지어 길을 나섰다. 나는 다시 되돌아오지 않으려고, 동료들과 함께 떠났다. 우리는 지나온 길을 더듬지 않았다. 앞만 바라보며 나아가는 꿈을 꾸었다. 그렇게 나는 노인이 되어갔다. 주위를 돌아보았다. 로 생각이 났지만 그는 죽었다. 나는 깊이 생각했다. 내 말이 점점 빨라지기 시작했다. 말을 하는 게 점점 흥미로워졌다. 세상은 아름다웠다. 내가 뛰어놀고 기어오르던 원시림이나 나무 말고도 발견할 만한 것들이 많이 있었다. 우리는 두 발로 걸어갔다.

오랫동안 나는 아래에서 위로, 위에서 아래로 옮겨 다녔다. 그런데 지금은 머리를 똑바로 들고 앞만 보며 호기심과 열망에 가득한 얼굴로 걸어간다. 태양은 우리 앞으로 변함없이 떠오른다. 나는 내가 결코 짐작조차 할 수 없었던 그런 새로운 세상을 감탄과 놀라움으로 발견한다. 민족들, 언어들, 도시들, 종교들, 철학자들, 그리고 왕들을.

도시와 신들

얼마의 시간이 흘렀을까. 며칠, 몇 달, 몇 해, 몇 세기, 어쩌면 수천 년의 걸음을 내딛고서야 우리는 마침내 거대한 나일 강가에 닿았는지도 모르겠다. 대도시들이 강 유역을 따라 생겨나기 시작했다. 화려한 옷에 맛난 음식을 즐기는 남녀 무리가 군중들로 북적거리는 아름다운 도시 테베로 모여들었다. 여러 이름으로 불렸던 테베의 위상은 머나먼 곳까지 미쳤다. 호화찬란한 이 고도로 들어가는 문이 백 개가 넘는다는 소문까지 돌 정도였으니. 테베는 여러 신을 섬기는 신전들로 유명했는데, 특히 아몬신을 모시는 신전들이 주를 이루었다. 테베 주민들은 아몬을 카르나크라고 불렀다. 그 후, 세월이 한참 지난 뒤 룩소르라는 이름으로 불리기 시작했다.

이집트 사람들에게 나일 강은 매우 귀중한 자산이었다. 강 유역을 따라 '농업'이라는 놀라운 활동이 활발히 일어나기 시작했다. 덕분에 이집트인들은 윤택한 삶을 누릴 수 있었다. 테베의 거리는 늘 사람들로 북적거렸고, 곳곳에 몸통은 암사자에 여인의 얼굴을 한 거대한 돌 조각상 스핑크스가 세워져 있었다. 농부, 장인, 노동자, 군인, 목사, 뱃사람들이 끊임없이 드나들었다. 나는 고대 이집트 민족의 언어, 종교, 생활방식들을 보며 놀라지 않을 수 없었다. 모든 게 하나로 통일되지 않고 다양하면서도 일관성을 유지하는 사회 시스템이 정말 신기했다.

무엇보다 나를 놀라게 하면서 동시에 불안하게 만든 새로운 발명품이 하나 있었는데, 바로 문자였다. 말들이 더 이상 시간이라는 허공에 떠돌지 않았다. 처음에는 돌이나 나무 표면에, 그러다 차츰 가죽과 파피루스에 새겨졌다. 사람들은 인상을 찌푸리면서, 말과 기억만이 지배하던 옛 시절을 그리워했다. 하지만 점차 주민들 가운데 중요한 자리를 차지하던 고대 율법학자들이 이 문자에 관심을 갖기 시작했다. 그들은 매우 강한 권력을 행사했다. 그들이 권력과 재산은 물론 존경심까지 누릴 수 있었던 것은 문자 덕분이라고들 했다. 나일 강 유역에 조성된 율법학자들의 묘가 왕자, 건축가 혹은 장군들의 묘보다 더 화려했다고 한다.

현명하고 나이 든 율법학자들이 내게 저 멀리 태양이 떠오르는 동방의 신비로운 나라들에 대해 희미하게나마 들려주었다. 그곳은 숭배의 대상으로 나일 강만큼 중요한 티그리스 강과 유프라테스 강을 따라 널리 퍼져 있었다. 특히 유프라테스 강 유역에 내가 지금 말하고 있는 시대보다 2천 년 전 첫 번째 고대 도시와 설형문자라는 인류 최초의 문자가 등장했다. 이름의 기원이 잘 알려지지 않은 수메르라는 고대 문명의 발원지에서 우르크(이라크의 유적지), 라가쉬(이라크의 유적지), 아카드 혹은 우르라고 불리는 고대 문명과 왕조들이 차례로 등장했다. 아카드의 사르곤 혹은 바빌로니아의 함무라비와 같은 강한 권력을 지닌 왕과 왕자들이 두 강 사이라는 뜻의 메소포타미아 일대를 지배했다. 인류문명의 설화 가운데 가장 오래된 서사시로 알려진『길가메시 서사시』역시 수메르에서 시작되었음에 틀림없다. 이 서사시는 불로불사의 비밀을 찾아 길을 나선 용맹한 왕이자 전사였던 길가메시가 친구 엔키두와 온갖 모험과 전쟁을 겪은 뒤 마침내 이 세상 끝에 기거하는 여인숙 여주인에게까지 도달한다는 무용담을 다루고 있다. 광인처럼 보이는 한 율법학자가 존경심과 경외하는 마음으로 신비로운 한 인물의 이름을 밝혔는데, 그가 바로 우르에서 태어났다고 알려진 아브라함이었다.

고대 이집트의 최고 통치자들은 신권과 왕권 모두를 지녔는데, 이것만으로도 당시 그들의 위력이 얼마나 대단했는지 짐작해볼 수 있다. 고대 이집트의 왕 파라오는 머리에 자신이 다스리는 백성을 나타내는 복잡한 왕관을 썼다. 종교의식은 온갖 부류의 여신과 신들을 숭배하는 제사장들이 관장했는데, 그들은 대게 암소, 악어, 매, 고양이 같은 동물의 형상을 왕관처럼 썼다. 그중 이시스, 오시리스, 아몬 라 왕녀 혹은 아톤이 잘 알려져 있다. 이집트인들은 자신들의 삶과 죽음이 현세는 물론 죽음 너머의 세계까지 관장하는 신들에게 달려 있다고 믿었다.

정치적, 경제적, 사회적 심지어 종교적 피라미드의 정점에 있는 파라오가 이집트 판테온 신전의 모든 신권을 직접 행사했다. 아주 먼 곳에서 이주해 온 파라오는 어떤 형태의 권력의 조직도 접해보지 못한 우리의 눈에는 도저히 믿을 수 없는, 두려운 기적 같은 존재였다.

침묵과 어둠 가운데 수천 년이 흘렀다. 수세기가 하루처럼 지나갔다. 그러는 사이 나는 이집트 사람으로 환생했다. 이집트 말을 했고, 이집트 신들을 흠모했다. 파라오가 내 앞을 지나가면 휘날리는 먼지 속에서 엎드려 절했다. 이집트의 파라오들 중 가장 강렬한 불꽃으로 빛나던 이가 있었는데, 그가 바로 람세스 2세다. 그는 거의 모든 전투에서 승리했다. 그는 새로운 힘을 가장 잘 나타내는 상징이었다. 곧 등장하게 될 세계 인류 역사의 화신이었던 것이다.

물론 그 혼자만 존재했던 것은 아니었다. 람세스 2세 시대에는, 비록 성공하지 못했지만, 히타이트족, 힉소스족, 바다 민족 등 파라오에 대적하는 여러 민족들이 존재했다. 특히 이집트인들과는 비교할 수 없을 만큼 세력이 미약한 소수민족이 있었다. 그들은 종교와 도덕을 하나로 받아들일 만큼 철저한 도덕적 규율을 준수했는데, 그들이 바로 유대민족이었다. 유대인들은 이집트인들 가운데 살면서 그들과 구별된 삶을 살았다.

람세스 2세 시대 무렵, 정치 분야를 제외하고 종교적, 도덕적 차원에서 중요한 역할을 감당한 유대인 선지자 한 명이 등장한다. 모세라는 이름을 가진 그는 이집트인들과 매우 가깝게 지냈다. 모세와 람세스 2세는, 그리스도교가 인류 역사의 달력을 차지하게 되면서 기원전 2천 년이라 불리게 될 시대의 끝자락을 지배한 두 명의 주요 인물들이었다. 훗날 매우 중요한, 어쩌면 가장 근본적인 무언가가 내 존재에 매우 중요한 역할을 맡겼는데, 그것이 바로 이집트인과 유대인을 연결해주는 임무였다. 아브라함의 후예인 모세를 따른 유대인, 그리고 람세스 2세의 선임자로 짧은 기간 통치했음에도 매우 강력한 힘을 자랑했던 아크나톤[1]이라는 이름의 파라오를 숭배한 이집트 사람들을 이어준 것이다. 이 두 민족이 여러 이름으로 불린 유일신교를 만들어냈다.

그 무렵 나는 서서히 우리가 사는 세상에는 이집트와 유대인만이 존재하는 게 아니라는 사실을 알아채기 시작했다. 군인, 어부, 여행객들이 숙덕거리는 소문에 따르면, 잘 알아들을 수는 없지만 저 멀리 태양이 떠오르는 곳에 높은 산들이 우뚝 솟아 있고, 커다란 강들이 흐른다고 했다. 그곳에서 들려오는 소문들은 온갖 전설과 억측들로 무성했기에 잘 믿기지 않았다. 그럼에도 람세스 2세와 모세의 시대에, 끝없이 펼쳐진 땅과 드넓은 바다 너머로 온갖 사건들이 끊임없이 벌어졌던 것 같다. 시간이 한참 지난 훗날에나 역사적 사실로 드러날 일들이었지만. 테베만큼이나 중요했던 대도시가 점령당하고 완전히 몰락해버린 사건도 있었다. 람세스 2세, 모세, 그리고 트로이 전쟁은 거의 동시대에 존재했다. 영광의 아테네와 강력한 로마제국이 자리 잡기 훨씬 이전, 인류 역사라는 이름하에 이뤄진 나의 마법들이 씨실과 날실로 서로 얽히면서 멋진 직물을 짜내려가기 시작했다.

"세피스, 이토록 잔인한 밤을
기억하고 또 기억해야 해……"[2]

나는 아프리카인이었다. 나는 수메르인이었다. 나는 이집트인
이었다. 나는 유대인이었다. 나는 또한 트로이 사람이었다. 나는
시적이며 친밀하고 불운한 트로이를 사랑했다. 트로이의 왕 프리
아모스와 왕비 헤카베에게는 여러 자녀가 있었다. 장남 헥토르는
앙드로마크의 남편으로, 살아있는 전설이며 용맹한 전사였다. 그
리고 차남 파리스는 알렉산드로스라는 이름으로도 알려졌는데,
잘생긴 얼굴에 불량배처럼 행동했다. 그는 결국 스파르타 왕 메넬
라오스의 아내 헬레네를 납치해서 전쟁의 빌미를 제공했다. 당시
메넬라오스의 형은 미케네의 왕 아가멤논이었다. 마지막으로 놀
라운 예언의 능력을 지닌 카산드라[3]라는 딸이 있었다. 그녀가 예
언하는 불행과 재앙은 한 번도 틀린 적이 없었다. 그 불행과 재앙
에서 행복과 위대함도 나오게 될 것이다.

트로이 전쟁에서 놀라운 사실은 그전까지는 역사가 시의 어머
니였다면 트로이 전쟁은 시에서 역사가 비롯되었음을 알려준다
는 점이다. 트로이 전쟁에 대해 알려진 대부분의 사실은 호메로스
의 『일리아스』에서 비롯되었는데, 정작 호메로스에 대해서는 알

려진 바가 거의 없다. 그가 실존 인물이었는지도 확실치 않다. 어쩌면 눈이 먼, 그저 전설 속에나 존재하는 무명 시인일지도 모른다. 어찌 되었든 호메로스의 『일리아스』는 천재적인 작품으로, 세계 역사의 근원이 되었다. 아이스킬로스[4]와 플라톤에서 롱사르,[5] 제임스 조이스까지, 베르길리우스[6]에서 라신, 장 지로두[7] 그리고 장 아누이[8]에 이르기까지 모든 서구문학은 바로 『일리아스』와 『오디세이아』의 딸인 것이다.

트로이 전쟁 이후 약 4백 년에 걸쳐 — 반세기에 조금 못 미치는 이 기간 동안 — 호메로스는 이 모험을 높이 찬양했다. 오늘날 트로이라는 나라는 존재하지 않는다. 기억과 증언들만이 희미하게 남아 있을 뿐이다. 게다가 대부분의 증언은 호메로스의 『일리아스』에 근거한 것으로, 역사가와 고고학자들의 입을 통해 그 옛날 몰락의 길로 접어들었던 트로이의 모습을 전해들을 뿐이다. 『일리아스』는 단편적 사실만을 보여준다. 전쟁은 2년간 계속되었지만 『일리아스』는 몇 달간 벌어진 사건만을 다루고 있다. 서사시의 첫머리는 아킬레우스의 그 유명한 분노로 시작된다. 그는 미케네 왕 아가멤논이 자기가 아끼는 젊고 아름다운 포로 브리세이스를 가로챈 데 분노하며 트로이 전쟁에 나가지 않겠다고 선언한다. 그러나 가장 친한 벗 파트로클로스가 헥토르의 손에 죽자, 그리스의 영웅 아킬레우스는 친구의 죽음에 대한 복수를 하기 위해 헥토르를 살해한다. 하지만 그 이후 헥토르의 동생 파리스에 의해 명예롭지 못한 죽임을 당한다. 서사시의 끝은 트로이 전쟁의 영웅 헥토르의 죽음으로 마무리된다. 이 도시가 함락되기 직전, 나와 포위된 트로이 주위로 핏물이 강처럼 흘러내렸다.

트로이의 약탈은 인류 역사상 처음으로 기록되는 참혹한 전쟁이었다. 물론 이전에도 도시들이 여러 차례 침략자의 손에 넘어간 적은 있었지만 10년간 지속된 전쟁은 없었다. 반면 트로이 전쟁 이후에는 이런 전쟁들이 연이어 등장했다. 카르타고, 로마, 콘스탄티노플, 다마스, 바그다드, 키프로스 섬의 파마구스타, 그레나다, 톨레도, 스탈린그라드, 베를린, 알렙 등은 몰락해가는 끔찍한 도시의 모습들을 보여주기에 충분했다. 라신이 묘사한 앙드로마크의 고통은 이를 잘 보여주고 있다.

"세피스, 이토록 잔인한 밤을 기억하고 또 기억해야 해……"

율리시스가 치밀하게 계획한 '트로이의 목마'라는 치명적인 꾀 덕분에, 그리스인들은 전쟁에 승리할 수 있었다. 그들은 아름다운 헬레네를 그녀의 남편에게 돌려보냈고, 앙드로마크는 아킬레우스의 아들 피로스에게 보냈다. 이렇게 해서 모두 자기 집으로 돌아갔다. 머리에는 영광의 면류관을 쓰고, 노예와 전리품을 가득 싣고서. 율리시스는 다른 이들보다 더 많은 시간을 들여 이카키 섬으로 돌아갔다. 전쟁은 2년이나 지속되었다. 그는 트로이의 보호 신인 아프로디테와 포세이돈의 분노 때문에 10년 동안이나 바다를 배회해야 했다. 나의 개인적인 얘기는 가급적 하지 않으려고 하지만 어쨌든 나는 적대 관계인 두 진영 모두에서 싸워본 경험이 있는 유일한 증인인 셈이다. 아킬레우스와 율리시스의 친구였고, 한편으로 헥토르와 앙드로마크의 친구이기도 했다. 나는 그리스인들을 존경했고, 트로이인들을 사랑했다.

승리는 그리스인들에게 돌아갔다. 그렇다고 트로이인들이 그대로 몰락해버린 건 아니었다. 효심이 강한 트로이인이었던 아이네이아스는 아버지 안키세스를 등에 업고 불타는 도시를 빠져나와 카르타고에 정착한다. 그곳에서 디도 여왕의 열렬한 구애를 받지만, 율리시스가 키르케 혹은 칼립소와 그랬듯이 그는 꾐에 빠지지도, 자신의 운명을 거부하지도 않는다. 그는 카르타고를 도망쳐 나오고, 디도 여왕은 자살한다. 아이네이아스는 이후 이탈리아에 정착해 비너스 여신과의 사이에서 로마를 지배하는 여러 왕을 낳게 된다. 이것이 바로 베르길리우스의 『아이네이스』가 들려주는 서사이다. 호메로스는 천재적인 인물이다. 베르길리우스는 위대한 시인으로, 그의 『아이네이스』는 아름답고 선하며, 위대한 사랑과 모험이 가득한 소설이다.

그들은 외롭고 어두운 밤에 길을 떠났다……

나는 트로이인들에게 강한 애착을 느꼈다. 나는 그리스인들을 따라다녔다. 미케네, 이타키 섬, 아테네, 이오니아로. 내 생애 가장 아름다운 날들이었다. 이미 노회한 세상이 젊고 새로워 보였다. 정말 그랬다. 2세기도 채 안 되는 이 시기가 바로 역사의 봄이 아닐까. 그리스인들은 이 시기에 모든 것을 발명했다.

역사의 봄

나는 오랫동안 고립되어 지내던 원시림 밖으로 조금씩 벗어나기 시작했다. 내가 떠나온 아프리카, 모두의 어머니인 아프리카는 이제 막 시작되는 인류 역사에서 한동안 비껴나 있을 것이다. 태양이 떠오르는 어딘가에는 살인적인 추위나 숨 막히는 무더위가 기승을 부리는 장소도 있고, 이방인들이 산다는 전설의 고장들도 숨어 있다는 걸 나는 잘 알고 있었다. 세계의 일부를 차지하는 이 지역들은 시간이 한참 지난 뒤에나 이오니아 바닷가와 이탈리아 남부에 요새를 건설하면서 역사 속으로 들어오게 될 것이다. 반면 페르시아 사람들은 이미 잘 알려져 있었다. 트라키아인,[9] 스키타이족[10] 그리고 발음하기도 힘든 금발 혹은 갈색머리의 몇몇 야만족들은 모두 적군에 속했다. 그들은 수적으로도 우위였고, 부유했으며, 힘도 막강했다. 그들에 비해 우리 그리스인들의 강점은 수학, 기하학과 함께 수사학에 능통하다는 것이었다. 그리스인들의 수사학은 이미 이집트에서 발견한 신비로운 힘인 '문자', 이제 막 유아기를 벗어난 이 '문자' 덕분에 상당히 멀리 퍼져갈 수 있었다. 메소포타미아 수메르의 유프라테스 강 유역에서 문자는 오랫동안 농작물이나 무역, 특히 가축, 수확, 월급, 물품의 숫자를 표기하는 데 활발하게 활용되었다. 람세스 2세 시대 훨씬 이전부터 이집트 전역에서는 설형문자보다 더 발전된 형태의 상형문자가 널리 퍼져 있었다. 상형문자는 이집트의 경제와 군사 발전에 크게 기여했다. 유대인들 역시 종교적 필요에 따라 아람어나 히브리어 형태의 문자를 빠르게 받아들였다. 게다가 말과 엄청난 양의 수학적 사실을 기록하는 이 표기법은 특히 이탈리아 남부의 이오니아 해안 일대와 마케도니아의 모험을 좋아하고 뛰어난 재능을 지닌 그리스인들에게는 필수적이었다. 새천년이 시작되는 이 시기에, 문자는 이제 겨우 첫걸음마를 뗀 수준이었다. 그로부터 천 년 후 람세스 2세와 모세 그리고 트로이 전쟁 때도 문자는 여전히 새로운 발명품이었다. 호메로스의 『일리아스』가 등장한 건 대략 트로이가 몰락된 지 4백 년 후의 일이었다. 당시만 해도 사람들은 작품을 기록으로 남기기보다 암송하는 걸 즐겼다. 그 이후 오랜 세기 동안 어린 학생들은 이 서사시를 암송했고, 대중들에게, 적어도 정치 무대나 사회에서 활동하는 이들에게 이것은 매우 친숙한 시였다. 호메로스 이후 3백 년이 흐른 뒤 페리클레스와 소포클레스의 시대에는 문자가 널리 퍼져 있었지만 플라톤은 기억력에 방해가 된다며 놀라운 힘을 지닌 문자를 경계했다.

인류 역사인 내게 가장 아름다운 것은 — 예술, 사랑, 그리고 삶에서 — 바로 모든 것의 기원, 즉 첫 시작이다. 기원전 6세기와 5세기에 나는 인도, 중국, 그리스로 뛰어다녀야 했다. 이때는 긴 여정에서 하나의 매듭을 이루는, 내게는 매우 중요한 시기였다. 여러 인물들이 세상 곳곳에서 깨어나기 시작했다. 중국에서는 공자와 더불어 도교 창시자며 '도와 진리에 관한 경전'인 『도덕경』의 저자 노자가 깨어났고, 인도에서는 내가 재현한 아바타들 가운데 가장 강력하고 애착을 느끼는 이로, 훗날 부처가 될 싯다르타 고타마가 깨어났다. 그리고 동부 지중해 연안에서는 혁명적인 사상이 깨어났다. 나는 그리스인과 그들의 언어를 무척 사랑했다. 호메로스 시대보다 2백 년 뒤, 다시 말해 아테네가 승리하기까지 백여 년간 곳곳에 꽃처럼 만개한 기하학과 수학 학파들에 특히 애착을 가졌다.

이제 이 자리, 인류 역사에서 매우 중요한 변곡점에 나는 서 있다. 현대세계가 뿌연 안개 속에서 환한 빛으로 솟아오르는 것만 같았다. 원시림에서 보낸 나의 어린 시절 정령과 마법의 힘이 차지했던 자리를 이제는 신과 여신들이 차지하기 시작한 것이다.

철학은 아직 존재하지 않을 때였다. 당시 누구도 스스로 철학자라고 내세우지 않았다. 철학은 직업이 아니었다. 젊은이들이 매력을 느끼기 시작한 학문은 기하학과 수학이었다. 아낙시메네스에서 아낙사고라스에 이르기까지 위대한 인물들이 차례로 등장했다. 나는 매우 뛰어났던 밀레토스 출신의 탈레스와 함께 공부했다. 밀레토스, 디디메, 프리에네는 오늘날의 터키 해안에서 잘 알려진 도시들이다. 유클리드와 아르키메데스 이전, 탈레스는 수학과 현대 물리학의 대부였다. 게다가 두 경쟁 학파를 각각 이끌던 헤라클레이토스와 파르메니데스의 등장을 가능하게 한 철학의 선조였다.

에페소스의 헤라클레이토스, 마케도니아의 파르메니데스와 함께 미네르바의 새인 올빼미, 부엉이 — 철학 — 가 세상을 향해 날아갔다. 헤라클레이토스는 만물은 움직이고 변화하며 그 어떤 것도 한자리에 머물러 있지 않는다고 주장했다. 같은 강물에 두 번 몸을 담그지 않는다고 말했다. 그는 우주가 일시적인 환상의 연속에 불과하다고 생각했다. 반면 파르메니데스는 그 반대를 주장했다. 세계는 매우 단단하며 빈틈이 없다고 했다. 그의 사상을 한마디로 요약하면 존재론이다. 존재 이상도 이하도 없이 존재 그 자체를 중요시 여겼다. 많은 이들은 세상에 무, 다시 말해 비존재가 있다고 상상한다. 잘못된 생각이다. 존재하는 것은 존재하고, 존재하지 않는 것은 존재하지 않는다. 따라서 존재하지 않는 것에 대해 토론조차 하지 말아야 한다. 이후로 전개되는 모든 철학의 역사는 헤라클레이토스와 파르메니데스 학파의 대결에서 시작된다. 플라톤과 스피노자는 파르메니데스에서 출발해, 무한대와 영원을 주장했다. 반면 헤겔과 마르크스는 헤라클레이토스에 속하는데, 심지어 변증법의 스승의 모습을 그에게서 찾기까지 했다.

나는 나의 뿌리인 아프리카에서부터 계속 길을 걸어왔다. 그 길 위에서 수많은 이들을 만났다. 여전히 나는 젊었지만 어린아이는 아니었다. 모든 것이 흥미로웠다. 혼자서도 즐거웠다. 그러다 새로운 취미가 생겼다. 책을 읽기 시작한 것이다. 그 전에 이미 아테네에서, 적어도 그 이후 로마와 비잔틴에서 플라톤, 소포클레스, 헤로도토스, 투키디데스를 읽었지만.

나는 그들을 잘 알고 있었다. 확신하건대 그들은 실제 존재했던 인물들이다. 광인 같은 학자나 지나치게 흥분한 시인들이 만들어 낸 발명품이 아니다. 뛰어난 재능을 지닌 인재와 천재들이 아크로폴리스의 그늘을 찾아 거닐며 산책을 즐겼다. 그 무렵 아테네는 이미 잘 알려진 세계의 중심지며 영광의 도시였다.

어느 여름날 아침, 미소년이었던 나는 일리소스 강가에서 시원한 바람을 맞으며 산책을 하고 있었다. 일리소스 강은 아테네를 적시며 흐르는 아름다운 강이었다. 강가에서 세 남자가 둘러선 채 이야기를 나누고 있었는데, 나는 곧바로 그들을 알아볼 수 있었다. 소크라테스가 그의 두 제자인 플라톤과 그보다 젊은 알키비아데스에게 둘러싸여 있었다. 알키비아데스는 여느 때처럼 자줏빛 긴 옷을 입고 있었는데, 늘 그랬듯이 활기차면서도 우아함이 돋보였다. 플라톤은 조심스럽게 한쪽 발을 맑은 일리소스 강물에 담그고 있었다.

"젊은이, 우리와 얘기를 나누지 않겠소? 그대는 진리의 친구요?" 소크라테스가 내 쪽을 돌아다보며 물었다.

"당연하죠. 소크라테스 선생님."

"자네는 소피스트 편은 아니겠지. 처음 제시되는 논쟁과 그에 상반되는 논쟁을 너무 확신하며 설파하는 그들 말일세."

"당연히 아닙니다."

"그렇다면 함께 아름다움과 선에 대해 이야기를 나눠봅시다."

소크라테스는 인상이 꽤 험악해 보였다. 산파의 아들이었던 그는 자기 엄마가 여자의 출산을 돕듯 자신은 사유의 출산을 돕는다고 했다. 아테네에서 이름이 알려지면서 그는 낳은 이들의 존경과 사랑을 받았다, 반면에 그를 싫어하는 이들도 적지 않았다. 우리가 일리소스 강가에서 대화를 나눈 뒤 얼마 지나지 않아 그를 증오하던 적들이 그를 잡아다 결국 사형을 시켰다. 젊은이들을 도덕적으로 타락시켰다는 것이 죄목이었다. 나는 플라톤과 함께 그의 마지막 날을 지켜보았다. 그는 최대한의 존경심을 표현하며 간수가 가져온 독배를 환한 얼굴로 보란 듯이 마셨다. 법에 복종했던 것이다.

예수나 마호메트 이전에는 그 누구도 소크라테스만큼 여러 세대에 지대한 영향을 끼친 인물이 없었다. 가장 놀랄 만한 사실은 소크라테스는 — 예수나 마호메트처럼 — 한 줄의 글도 남기지 않았다는 점이다. 그의 대화와 교육은 많은 이들, 특히 그가 사랑했던 제자 플라톤에 의해 전달되었다. 플라톤은 소크라테스처럼 우상이 지배하는 사회와는 다른 이상 세계가 존재한다고 믿었다. 무엇보다 그는 영혼의 불멸을 믿었다.

플라톤은 아테네의 오랜 명문가 출신이었다. 얼굴이 흉측했던 소크라테스와 달리 플라톤은 눈에 띄는 미소년이었다. 나는 플라톤의 삶을 잘 알고 있었다. 화려한 모험들로 가득한 삶이었다. 그는 정치를 사랑했다. 그리스인들이 함대를 앞세워 지중해 연안에 개척한 여러 식민지들은 대부분 번창했다. 플라톤은 시칠리아 섬의 식민도시인 시라쿠사의 왕자를 자신의 철학 사상에 동화시키려 애썼으나 실패했다. 그 열망이 너무 컸던 나머지 그는 절망을 참지 못하고 배를 타고 아테네로 다시 돌아왔는데 돌아오는 길에 해적의 공격을 받아 노예로 붙들렸다. 지중해 부근에는 거의 모든 시대에 강력한 해적들이 주둔해 있었다. 이렇게 해서 『향연』과 『공화국』의 저자인 플라톤이 노예로 팔렸던 것이다. 다행히 한 후원자가 나서서 그의 몸값을 지불하고 아테네로 데려온 덕분에 플라톤은 역사상 가장 위대한 철학자들 중 하나로 남게 될 자신의 운명을 되찾을 수 있었다. 아테네에 돌아온 그는 젊은이들을 위해 고등학교, 대학교와 같은 교육기관을 세웠는데, 그것이 바로 아카데미의 기원이다.

얼마나 멋진 시기였던가! 2백 년간 그리스는 세상의 나침반이며 중심이었다. 나는 어찌할 바를 몰랐다. 아이스킬로스와 아리스토파네스 사이 어딘가에서, 페이디아스와 투키디데스 사이 어딘가에서, 나의 길을 끝내길 원했다. 하지만 계속 앞으로 나아가야 했다. 시간에 영원히 복종해야 하는 자가 있다면 그게 바로 나이기 때문이다. 인간이 존재하는 한, 역사는 결코 멈추지 않을 것이다. 끊임없이 나 스스로에게 횃불을 넘겨주었다. 나의 이십대, 나의 청춘, 역사의 봄!

페리클레스 시절이 오직 행복한 시기였다고 상상하진 마라. 아, 물론 나는 수세기에 걸쳐 이름을 떨치게 될 페리클레스를 아크로폴리스의 기둥 아래에서 알아보았다. 그는 페이디아스, 소포클레스, 헤로도토스, 플라톤에 둘러싸여 있었다. 그 무렵 그리스는 페스트가 창궐하고 전쟁이 끊이지 않았기 때문에 수많은 사람들이 죽어나가던 시기였다. 불행한 일상의 연속이었기에 정신을 중요시하는 삶이 더 큰 영향력을 발휘했던 것이다.

나는 아리스토텔레스를 직접 알진 못했다. 나는 플라톤을 따라

다녔다. 플라톤과 아리스토텔레스는 각각 자신만의 독특한 천재성을 지니고 있었다. 플라톤은 고귀함 그 자체였고, 아리스토텔레스는 체계 구축의 천재였다. 플라톤은 영원한 이데아를 고양시켰고, 아리스토텔레스는 우주를 탐구하고, 범주를 세웠다. 플라톤은 이미 기독교의 불멸을 예고했고, 중세시대의 성당, 그리고 과감한 면이 있긴 하지만 루소와 샤토브리앙,[11] 그들의 환상과 꿈, 낭만주의의 도래도 예고했다. 아리스토텔레스는 수많은 동양과 아랍 사상가들의 모델이며 조상이었다. 그들은 아리스토텔레스의 사상을 보존함으로써 그의 존재가 잊혀가는 서구에 그의 작품을 다시 알리는 역할을 했다. 그는 성 토마스 아퀴나스의 선조라 할 수 있는데, 아퀴나스는 아리스토텔레스를 플라톤의 사상뿐만 아니라 복음서와도 조화롭게 양립시켰다. 그는 또한 자신에게 대항하고, 자신을 버리고, 그러다 다시 모방하고, 자신을 넘어선 계몽시대와 현대과학의 선조였다. 바티칸에 전시되어 있는 라파엘의 유명한 그림, 「아테네 학파」에서 플라톤과 아리스토텔레스의 모습을 볼 수 있다. 플라톤은 하늘을 향해 손가락을 쳐들고 있는 반면, 아리스토텔레스는 손을 땅 쪽으로 돌리고 있다.

시칠리아 섬에서 겪은 위험한 모험들로 불행한 영웅이었고 자신이 살고 있는 사회를 위해 앞장섰던 플라톤은 사랑과 아름다움, 그리고 수학만큼이나 정치를 좋아했다. 아리스토텔레스는 정치 사상의 발전에 중요한 역할을 했을 뿐만 아니라 내 여정에도 큰 영향을 끼쳤다. 그는 알렉산드로스 대왕의 스승이었다.

그의 죽음을 슬퍼하다

모세, 호메로스, 아이스킬로스, 소포클레스, 플라톤, 아리스토
텔레스, 그들은 모두 천재들이었다. 알렉산드로스 대왕은 또 다
른 차원의 인물이었다. 반신반인의 신화적 영웅이었다. 어쨌든 그
는 ― 붓다, 예수 그리고 모하메드와 함께 ― 세계 역사 무대에서
주요한 역할을 맡은 첫 번째 인물이었다. 데메트리오스라는 이름
으로 다시 태어난 나는 그의 말을 돌보는 일을 했다. 수백만 명의
그리스인, 페르시아인, 이집트인들, 그리고 앞으로 이어질 수세기
동안 그에게 매료되었던 수백만 명의 남자와 여자처럼 나 역시
그의 죽음을 애도하며 눈물을 흘렸다.

알렉산드로스는 행운아였다. 그는 무에서 시작하지 않았다. 마
케도니아의 왕, 필립포스 2세의 아들이었다. 그리스 북부의 마케
도니아는 이집트, 페르시아의 시각에서 볼 때 서열 2위의 나라였
다. 그리고 그리스는 마케도니아와 친족관계이면서 동시에 경쟁
상대였는데, 나중에 마케도니아의 필립포스에 의해 정복당한다.
알렉산드로스는 왕의 아들이라는 지위에 만족하지 않았다. 그는
스스로 자신이 어머니인 올림피아스와 제우스신 사이에서 태어

났다는 소문을 퍼트렸다. 알렉산드로스가 마케도니아의 수도인 펠라에서 태어난 날, 에로스트로트라는 예언자가 후대에 그의 탄생을 기릴 기념비적인 사건을 남기기 위해 에페소스의 아르테미스 신전을 불태웠다. 그 외에도 필립포스가 아리스토텔레스에게 보냈다는 편지 한 통이 전설처럼 남아 있는데, 이를 통해 당대 성인들의 행동은 물론 위대한 스승을 대하는 최고 권력자의 마음가짐을 짐작해볼 수 있다.

> 필립포스가 아리스토텔레스에게,
> 잘 지내시는지 궁금합니다. 아들이 태어났습니다. 신들께 감사의 마음을 표합니다. 아들을 제게 보내주셨기 때문만이 아니라 무엇보다 그가 아리스토텔레스의 시대에 태어날 수 있게 해주셨기에.

알렉산드로스 대왕의 일대기는 이미 잘 알려져 있다. 디오게네스와 햇빛, 델포이 신전 여사제의 예언, 그리스의 문호로 일컬어지는 헬레스폰트 해협, 고르디오스의 매듭, 꽃으로 만발한 아킬레우스의 무덤, ― "그대의 삶에서 파트로클로스 같은 벗을 두고, 그대의 죽음 이후 호메로스와 같은 예찬가를 두었으니 그대의 삶은 얼마나 행복한가!" ― 강 유역에서 벌어진 수많은 전쟁들, 4천 명의 기수와 3만 명의 보병을 앞세우고 페르시아 군대에 맞서 돌격해 얻은 승리들, 이집트의 아몬 신전, ― 그곳에서 그는 아스칸다르(알렉산드로스의 아랍어식 표기)라는 칭호를 부여받았다 ― 숲과 사막에서 그의 발아래로 솟아오르듯 등장하는 도시들, 알렉산

드리아, 알렉산드리아, 알렉산드리아, — 이집트의 알렉산드리아
는 알렉산드로스 대왕에게 저항했던 티르를 무너트리라는 사명
을 받았다 — 다리우스의 딸, 그리고 박트리아 왕국 태수의 딸인
록사네와의 결혼, 인더스 강 유역에 도착한 그의 병사들이 미지의
도시와 갠지스 강을 향해 진군을 거부한 사건.

자신의 한계를 어디까지로 정하느냐는 모든 사람들이 부딪히
는 철학적 문제다. 알렉산드로스 대왕은 그 누구보다 역사의 경계
를 더 빠르게, 더 멀리 밀어냈다. 그는 언제나 더 먼 곳을 꿈꿨다.
위험에 빠진 다리우스가 알렉산드로스 대왕에게 페르시아 왕국
을 함께 나눠 갖자고 제안했을 때 파르메니온 장군이 이렇게 외
쳤다.

"내가 만일 알렉산드로스 대왕이었다면 제우스의 이름으로 그
의 제안을 받아들일 것입니다!"

알렉산드로스가 대답했다.

"나 역시 제우스의 이름으로 내가 만일 파르메니온이었다면 받
아들이겠다."

다리우스를 물리친 그는 자신의 운명을 가로막는 벽인 인더스
강에 도착했다. 97세 혹은 102세, 103세까지 살았으면서도 별다
른 일을 이루지 못한 이들이 많이 있다. 그에 비해 알렉산드로스
대왕은 33세라는 젊은 나이에 그때까지 알려진 세계의 광범위한
지역들을 정복하고, 통일하고, 평화조약을 체결한 뒤 바빌론에서
세상을 떠났다.

그는 역사상 첫 번째 정복자였던 것이나. 물론 그가 신은 아니

었다. 자비를 베풀면서 동시에 냉혹했고, 도량이 넓으면서도 잔혹했다. 수많은 도시들이 그의 평판에 두려움을 갖고 있었기 때문에 싸움이 시작되기도 전에 항복했다. 그에게 저항하는 도시들은 무자비하게 짓밟혔다. 그의 권력에 저항했던 그리스의 테베조차 완전히 무너졌다. 6천 명의 테베인들이 학살당하고, 3천 명이 노예로 팔려갔다. 중동의 티르가 예외적으로 그에게 고개를 들어 반항하다 처참하게 짓밟혔다. 반면 아몬 신도들부터 예루살렘의 대제사장까지, 다리우스와 그의 측근들에게는 최대한의 예우를 갖춰 대했다. 그들의 예배와 전통, 그리고 여러 다른 부락들을 존중해주었다. 그야말로 역사상 첫 번째로 꼽히는 관대한 대우로, 과거 적들과의 화해와 민족들 간의 융합을 이끌어냈다.

그는 병사들로부터 사랑을 받았다. 술에 취하거나 분노에 휩싸여 친구들을 죽일 때도 있었지만 나에게만큼은 진정한 우정으로 대했다. 전투를 치른 어느 날 저녁 — 당연히 승리했는데 — 그는 어머니가 보낸 편지를 한 통 받았다. 당시 편지를 받으면 큰 소리로 읽는 게 관례였다. 시저가 로마 원로원들과 함께 있을 때 메시지를 받은 적이 있다. 그가 조용히 그 메시지를 읽자 그에게 적대적이었던 카토가 저항하며 큰 소리로 읽으라고 주장했다.

"정말 그러길 원하나?" 시저가 물었다.

"그렇습니다." 카토가 대답했다.

시저는 편지를 소리 내어 읽었다. 카토의 부인이 사랑을 고백하는 편지였다. 젊은 성 오귀스트 역시 큰 소리로 글을 읽곤 했다. 그러다 어느 날 그의 스승 성 앙브루아즈가 입술을 들썩이지 않은 채 성서를 읽는 것을 보고 깜짝 놀란 적이 있다. 알렉산드로스 대왕은 어머니의 편지를 말없이 읽어 내려갔다. 이어 그는 입술에 손가락을 대면서 내게 편지를 내밀었다.

"자네가 읽어보게. 낮은 목소리로. 그리고 이 편지에 대해 아무 말도 하지 말게나."

그의 주위에 있는 모든 사람들처럼 만일 그가 내게 죽으라고 했다면 나는 기꺼이 행복하게 죽었을 것이다. 하긴 훗날 광기에 가까운 분노에 휩싸여 그가 나를 죽이긴 했지만.

줄리어스 시저는 33살의 나이에 씁쓸한 눈물을 흘렸다. 같은 나이에 알렉산드로스 대왕이 죽었는데, 시저는 여전히 로마의 재정관, 잔인한 시장일 뿐이었기 때문이었다. 알렉산드로스 대왕은 나를 홀대했다가도 얼마 지나지 않아 후회했다. 나는 바빌론에서 의사가 되었다. 나 역시 모든 사람들처럼 그의 죽음을 슬퍼하게 될 것이다.

신과 시저

다들 짐작하고 있겠지만, 나는 때로 남자였고, 여자일 때도 있었다. 나는 인류이며 시간 속에서 이어지는 인류의 역사다. 내 목소리는 내 것이 아니라 모든 인류의 목소리, 수천만, 수백만, 수십억만 창조물의 목소리로 기적처럼 이름도 없이 이 땅에서 살아가는 모든 이들의 목소리다. 나는 도처에 존재한다. 동시에 모든 곳에 존재할 수 없다. 나는 이 시대에서 저 시대로 날아간다. 나는 표본을 통해 연구하고, 내 기억들을 내놓는다. 나는 람세스 2세, 모세, 호메로스, 플라톤, 아리스토텔레스, 알렉산드로스 대왕에 대해 이야기한다. 왜냐하면 그들은 오늘날의 우리라는 존재를 만들어내는 데 매우 중요한 역할을 했기 때문이다. 과거로 돌아가 그들과 몇 발자국 동행하지 않을 수가 없다. 나는 또한, 이 세상에 우연히, 원치도 않았는데, 당혹스럽게도, 어둠 속에 태어나 이내 사라져간 수많은 무명의 남자와 여자들이 숨죽여 뱉어낸 목소리들이다. 영원히? 그건 아무도 모른다!

로마 도시, 로마 공화국, 로마제국은 세계적인 대제국 건설을 꿈꾸는 알렉산드로스 대왕의 첫 번째 시도와 함께 이어졌다. 물론 로마 외에 다른 제국들도 있었다. 이집트도 하나의 제국을 이루고 있었고, 메소포타미아나 페르시아도 마찬가지였다. 시저 혹은 오귀스트 시대 무렵 중국 역시 하나의 제국을 형성했는데, 그 창시자가 훗날 수많은 책들을 — 그중에는 내 책도 있었는데 — 불사르고, 몽골족의 침략에 맞서 만리장성을 쌓는 첫 돌을 올렸으며, 특히 폭군으로 이름을 남기면서 먼 훗날 자신의 무덤을 지킬 병마를 흙으로 빚어 군대를 만들기도 했다. 그가 바로 진시황제다.

위의 제국들 외에 강력하고 부유한 도시들 역시 인류 역사에 중요한 역할을 담당했다. 예루살렘, 티레, 사마르칸트, 카르타고, 알렉산드리아, 바그다드, 이스파한, 베네치아, 피렌체, 파리, 뉴욕 등 그 예는 얼마든지 많다. 무엇보다 로마를 꼽을 수 있겠다. 당시 삶이 어땠는지 상상하는 건 거의 불가능하다. 십여 세기 동안 다양한 형태의 통치제도가 이어지면서 로마의 역사가 곧 세계 역사일 때가 많았다. 로마제국만도 4세기 동안 이어졌으며, 다음 세대들에 훌륭한 모델이 되었다.

처음 열두 명의 시저들이 — 시저, 오귀스트, 티베리우스, 칼리굴라, 클로드, 네로, 갈바, 오톤, 비텔리우스, 베스파시아누스, 티투스, 도미티아누스 — 통치했던 기간 동안 어떤 일이 벌어졌는가. 역사가인 타키투스와 수에토니우스는 그들에게서 세 명의 천재와 몇몇 괴물들, 그리고 꽤 많은 수의 불한당들의 얼굴을 볼 수 있다고 말한다. 그 이후 등장하는 안토니누스계의 황제들은 — 트라야누스, 하드리아누스, 안토니누스 피우스, 마르쿠스 아우렐리우스 — 로마제국의 황금기를 구가하지 않았던가! 위대하고 아름다운 일들은 물론 끔찍하고 잔인한 사건들이 끊임없이 일어났다. 이에 관한 책들을 열거하면 도서관 하나를 가득 채우고도 남을 만큼 많은.

　널리 알려진 수많은 이미지가 모든 기억 속에 자리하고 있다. 타르퀴니우스 수페르부스 왕의 아들 섹스투스에게 강간당한 루크레티아, 왕권의 몰락, 공화국 제정, 카피톨리누스의 거위들,[12] 카르타고에 맞서 싸운 대전투, '카르타고는 멸망되어야 한다'고 외치던 스키피오인들, 그리스 문화 그리고 카르타고와 맞서 싸운 대카토, 마리우스와 실라, 시저가 파르살루스에서 폼페이우스를 격파한 전투와 옥타비아누스(훗날의 아우구스투스 황제)가 그리스 악티움 앞바다에서 안토니우스를 격파한 전투, 시저와의 사이에서 아들 카이사리온을 낳고 안토니우스와 결혼한, 뛰어난 미모에 비극적 이미지를 가진 클레오파트라, 알렉산드리아와 그리스 이집트에서 로마와 비잔틴문화의 이집트로 바꾸어놓은 안토니우스의 자살, 호라티우스,[13] 베르길리우스, 오비디우스,[14] 루크레티우스,[15] 타키투스,[16] 수에토니우스[17] 그리고 그 밖의 인물들…… 칼리굴라,[18] 네로 그리고 엘라가발루스[19]의 광기들, 트라야누스,[20] 하드리아누스,[21] 마르쿠스 아우렐리우스와 같은 위대하고 고귀한 선군들. 로마제국의 몰락에서 프랑스 혁명, 그리고 나폴레옹 황제의 등장까지 천 년이 넘는 세월 동안, 그리고 그 너머까지, 로마의 위력과 찬란함은 정치가, 시인, 역사가, 영화 시나리오 작가에 이르기까지 모든 이들의 기억과 상상 속에 여전히 떠돌고 있다. 수많은 모습들 중에 내가 취하지 않은 면모가 있는데, 바로 카피톨리누스, 고대 로마의 포럼, 로마 콜로세움의 모습이었다. 룩소르와 카르나크 신전, 아테네의 아크로폴리스, 다마스나 이스파한의 회교사원, 그라나다의 알함브라 궁전, 사라진 바그다드 궁전, 피렌체, 베네치아, 베르사유와 같은 것들 모두 나의 화려함과 강력한 위력의 상징들이었다.

지중해 연안에는 질서, 안전, 그리고 일종의 강요된 평화가 지배하고 있었다. 무역과 문학, 문명이 빠르게 성장했다. 그런데 이러한 문명의 성장에는 언제나 폭력이 뒤따랐다. 타키투스는 이를 매우 간결하게 표현했다.

> "로마의 평화를 위해 원주민의 땅을 파괴해야 했고, 로마인은 그것을 평화라 불렀다."

모든 시도마다 성공하던 놀랍고 위대한 시대가 지나자 모든 시도마다 실패로 끝나는 데카당스와 몰락의, 힘겹고 때로는 비장하기까지 한 시대가 이어졌다. 하지만 이 시기에조차 여전히 빛을 발하는 여러 이름이 있었다. 그들이 바로 아우렐리아누스, 디오클레티아누스, 콘스탄티누스, 테오도시우스 혹은 황제의 딸이며 누이 그리고 아내이자 어머니였던 갈라 플라키디아라는 로맨틱한 인물, 로마를 파괴한 알라리크의 후계자 서고트의 왕 아타울프다. 음모, 미친 희망, 실패, 반전의 연속이었다. 로마제국의 몰락은 매우 침울한 희극이며 우스꽝스러운 비극으로, 모든 배우가 서로를 죽이는 역을 맡았고, 종종 찬탈한 보랏빛 황제의 옷은 잔인한 죽음을 기약할 뿐이었다. 실패는 성공과 마찬가지로 서로 전염되고, 겹쳐 일어났다. 그 누구도 이미 예정된 나의 길을 되돌릴 수 없었고, 데카당스를 막을 수 없었다. 그 많은 위력과 위대함의 시대를 이끌어오던 내가 이제 창백한 유령에 쫓겨 앞으로 나아가고 있었다. 그 유령이 바로 오늘날의 우리에게까지 공포로 남아 있는 몰락의 신화였다. 지중해를 중심으로 6, 7세기 동안 완전히 하나의 세계가 만들어지고 일어나고 승리하더니, 선명한 도덕과 범죄의 흔적을 남긴 채 무너지고 사라져갔다.

우리 모두 그리스와 로마에 많은 빚을 지고 있다. 하지만 위력과 영광이 지속되던 이 기간 동안 처음에는 전혀 드러나지 않았지만 인류 역사상 가장 결정적인 하나의 사건이 느닷없이 역사의 시공간 속으로 들어왔다. 아우구스투스의 시대에 한 아이가 태어난 것이다.

우리는 플라톤, 알렉산드리아 대왕, 시저 혹은 아우구스투스에 대해서는 대부분 자세히 알고 있다. 반면 예수에 대해서는 전혀 알지 못했다. 그는 베들레헴에서 태어나 이집트로 도망쳤다. 그의 어린 시절부터 12살 때까지, 그 후 18년간의 행적에 대해서도 전혀 알려지지 않았다. 그는 혹독한 시련을 받으며 십자가에 못 박혀 죽기 전까지 단지 3년간 가르침의 시간을 가졌을 뿐이었다. 따라서 존재 자체를 의심할 수도 있겠지만 그가 역사적으로 실존 인물이었다는 점에는 오늘날 다들 의견이 일치하고 있다.

예수가 태어나기 전까지의 5백 년은 기하학과 철학이 태동하던 시기로, 격정과 매듭이 교차하던 세계 역사의 대 혼란기였다.

그리스의 소크라테스, 인도의 붓다, 중국의 공자가 살았던 시기였다. 하지만 수많은 이들이 상상의 나래를 펼쳤음에도 그 무렵 예수가 동쪽과 인도를 여행했는지는 여전히 그 누구도 알 수 없다. 분명한 사실은 그의 네 명의 제자, 마태, 마가, 누가, 요한이 성경이라는 이름으로 알려진 네 편의 글을 집필했으며, 이 복음서를 통해 그가 죽기 전 3년간 실제 행동으로 보여준 가르침과 함께 유다의 배신으로 로마 총독인 본디오 빌라도에게 붙잡혀 십자가에 못 박혔다는 사실을 알 수 있다는 것뿐이다.

예수는 내가 만난 이들 중 가장 극단적인 혁명가였다. 기독교는 역사상 가장 성공적이고 가장 야심찬 혁명이었다고 충분히 내세울 만하다. 자유 시민과 노예가 존재하는 신분사회면서 강한 자들이 모든 권리를 누리는 반면 가난한 자는 아무것도 소유할 수 없으며, 여자가 남자에게 복종해야 하는 그런 시대에, 예수는 가난한 자들의 존엄성과 함께 모든 인간의 평등과 여성의 해방을 설파했다. 그는 자신이 가장 아끼던 제자 요한만큼 과거에 창녀였던 마리아 막달레나를 사랑했다. 철저한 계급사회이며 권력만이 중요시되는 제국주의 세계에서 그는 완전히 혁명적인 주장을 했던 것이다. 타인을 사랑하고 심지어 원수까지도 사랑해야 한다고. 예수는 분명히 선구자이며 사회주의의 시조라 할 수 있다. 그 누구보다 앞으로 도래할 세계의 모습을 바꿔놓았던 것이다.

나는 플라톤을 사랑했다. 나는 알렉산드리아를 사랑했다. 나는 특히 예수를 사랑했다. 그가 지나갈 때 나는 야자수 잎을 흔들었고, 그의 얼굴을 보려고 무화과나무 꼭대기에 올라갔으며, 그가 포도주로 변화시킬 물을 그에게 떠다주기도 하였다. 나는 또한 가족과 재물을 포기하지 못했기에 슬픈 얼굴로 그에게서 멀어져간 부유한 젊은이였다. 그의 발걸음을 따라가 그의 거룩한 이름에 축복을 기원했던 수백만의 남자와 여자가 바로 나였다. 그를 향한 신앙을 고백하기 위해 기꺼이 죽음을 받아들였던 수만 명의 이들이 바로 나였다.

역사는 종종 목표에 도달하기 위해 길을 우회할 때가 있다. 오직 신만이 직선을 긋기 위해 굽은 선들을 활용한다. 기독교를 성공으로 이끌어낸 것은 예수가 비난했던 황제도, 권력자도, 부자도 아니었다. 그들은 바로 가난한 이들, 노예, 여성 그리고 이방인들이었다.

세상의 종말

영국 역사가 기번이 — 그는 제르멘 드 스탈 엄마와 약혼한 사이였다 —『로마제국 쇠망사』를 집필하기로 마음먹은 건 폐허로 변한 카피톨리누스 언덕에 높이 올라 고대 포로 로마노Foro Romano(로마 공회장)를 지나가는 승려들의 행렬을 바라보았을 때였다. 그는 이 책에 "나는 이방인과 종교의 승리를 노래한다."고 적었다. 이보다 더 정확한 진단은 없을 것이다. 판테온 신전의 신들에게 충성하던 고대 로마인들은 이방인들에 의해 패망했다. 기독교인이었던 훈족은 예외였지만.

"고트족의 주교"라 불리는 유명한 울필라스 선교사에 의해 개종된 이방인들은 기독교인들이었지만 아리우스파 소속이었다. 아리우스는 당시 유일신론이 삼위일체론에 의해 위협받고, 수차례 열린 공회의는 물론 가톨릭으로 개종한 콘스탄티누스 황제에 의해 이단으로 단죄되자 유일신론을 지키기 위해 성자와 성령의 서열이 성부보다 아래에 있다고 설파했다. 여러 종교학자들에 따르면 동방지역에 널리 퍼진 아리우스의 엄격한 유일신론 덕분에 이슬람교의 눈부신 발전 역시 가능했다고 확신한다.

아리우스파의 서고트족들이 로마를 정복하고 약탈을 자행했다는 소식이 전 세계로 퍼져나가면서 사람들은 당혹감과 두려움을 감추지 못했다. 성 아우구스티누스는 자신의 저서 『신국』에서 이 끔찍한 재앙에 개탄하면서도 침략자들이 그나마 기독교인이라는 사실에 위안을 찾으려고 했다. 만일 그들이 기독교인이 아니었다면 더 혹독한 재난을 겪었을지 모른다고 주장했다. 기독교가 승리하기 위해서는 기독교를 박해하던 자들을 물리쳐야 했으며, 고대 사회의 몰락을 상징하는 이 유명한 외침을 외쳐야 했다. "위대한 목신, 판은 죽었다!"[22]

위대한 목신 판은 죽을 때까지 용감하게 절망에 맞서 싸웠다. 고대 로마인들은 선조들의 종교에 대단한 애착을 가지고 있었기 때문에 자신들의 종교를 살리려고 온 힘을 기울였다. 성 앙브루아즈의 적이었던 심마코[23]와 같은 정치가들, 루틸리우스 나마티아누스처럼 잊힌 시인들이 이를 위해 앞장섰다. 기독교인들과 죽도록 맞서 싸웠던 루틸리우스 나마티아누스는 기독교에 대한 증오를 유대교까지 끌어들여 드러냈다. 그는 유대인들의 종교를 "어리석음의 뿌리"라고 평가했던 것이다. 반면 클레르몽의 주교 시도니우스 아폴리나리스 혹은 보르도 출신의 아우소니우스 같은 시인들은 기독교의 위대함을 노래했다.

과거의 위대한 목신과 미래의 신 예수 사이의 논쟁은 권력의 최고점에 있는 콘스탄티누스 1세와 배교자 율리아누스 사이의 대립으로 상징될 수 있다. 권력을 휘두르며 수많은 악행을 저지른 콘스탄티누스는 기독교로 개종한 뒤 니케아(지금의 터키 이즈니크)에서 첫 번째 종교회의를 소집했다. 가톨릭 집안에서 성장한 콘스탄티누스의 조카, 율리아누스는 선조의 종교를 받아들였다. 이 싸움에서 승리한 기독교는 역설적으로 그를 이단자로 취급했는데, 정작 이단자는 전통과 단절한 콘스탄티누스였다. 콘스탄티누스와 율리아누스는 비잔틴에 정착한 위대한 로마 황제들이다. 콘스탄티누스 대제라는 위대한 칭호를 받은 것도 그 때문이다. 두 사람 모두 그럴 만한 자격이 있었다. 게다가 그들은 수많은 연구와 책들의 주제가 되기도 했다.

나는 여기에서 역할을 충분히 해내지 못했다. 내게 주어진 운명을 따라가느라 정신이 없었다. 나는 수많은 정복자와 황제들이 태어나고, 성장하고, 쇠락하고, 죽어가는 모습을 지켜보았다. 그들 중 애착을 느낀 이들도 여럿 있었다. 열정, 신념, 광적인 모험들이 곳곳에서 튀어나왔다. 나는 서둘러야 했다. 나는 특히 이방인 한 명, 그리고 비잔틴 출신 한 명과 가깝게 지냈는데, 그들은 내가 고대 말기 문명이라 부르는 것을 어느 누구보다 가장 잘 대변했다. 그들과 함께 중세시대의 문이 열리게 되었다.

이방인(고대 그리스·로마인, 기독교도의 입장에서)은 바로 동고트의 왕, 테오도리쿠스[24]였다. 어릴 때 비잔틴 궁정에 인질로 끌려가 자란 그는 매우 총명해 일찍이 그리스 라틴계 고전문화를 익힐 수 있었다. 여러 공직을 거쳐 동로마 황제에 의해 집정관에 오른 그는 이탈리아를 침공한 오도아케르를 물리치고 라벤나를 탈환하였다.

오도아케르는 게르만족 출신인 이방인의 왕이었다. 그가 바로 서로마제국의 마지막 황제 로물루스 아우구스투스를 폐위시킨 장본인이었다. 그는 로물루스 다음으로 스스로를 이탈리아의 왕이라 칭하며 라벤나를 수도로 정한 뒤 통치하기 시작했다. 이렇게 로마 황제의 후계자가 된 게르만족 출신의 왕과 비잔틴 황제의 지원을 받은 동고트 왕과의 잔인한 싸움이 시작된 것이다.

전세가 한쪽으로 기울지 않고 장기화되자 두 진영은 휴전 협정을 맺고 화해국면으로 접어들기로 결정했다. 오도아케르와 테오도리쿠스는 이를 축하하는 대규모 연회를 — 종종 라벤나 만찬으로 불린다 — 열었다. 수백, 아니 수천 명의 이민족들, 대장, 장군들이 모두 어울려 조금 전까지도 적이었던 두 왕을 모시고 배불리 먹고 마시고, 노래했다. 연회장에서는 양 진영의 사람들이 번갈아가며 차례차례 앉았다. 서고트족 옆에는 게르만족 군인이 앉고, 그 옆에 다시 서고트족 군인이 앉는 식이었다. 오도아케르와 테오도리쿠스 역시 나란히 앉았다. 다 같이 두 민족의 평화와 화해를 기리며 술잔을 들었다. 그때 테오도리쿠스가 술잔을 들고 자리에서 일어서자마자 갑자기 트럼펫 소리가 힘차게 울려 퍼졌다. 그러자 눈 깜짝할 사이 서고트족 장병들이 옆에 앉은 적군의 심장을 칼로 찌르는 것이었다. 이미 짐작했겠지만 나는 서고트족 진영에 있었다. 종종 실수를 저지르는 나는 그날도 왼쪽에 앉은 병사를 칼로 찔렀다. 그 병사는 결국 두 번 살해당한 셈이었다. 오른쪽에 앉아 있던 게르만족 출신 장병 혼자 살아남았다. 그는 나의 친구가 되었다.

테오도리쿠스는 강인한 군주였다. 이탈리아 전역을 통치했으

며, 마르세유, 프로방스에서부터 시칠리아, 달마티아 연안까지 영
토를 확장했다. 그는 그리스 라틴 고대 문명을 계승한 뛰어난 로
마인들에게 둘러싸여 있었다. 그중 카시오도루스[25] 혹은 보에티우
스는 관심을 가지고 살펴볼 만한 인물들이다. 나는 특히 보에티우
스를 존경했고, 애정과 감탄의 눈길로 바라보았다.

테오드리쿠스는 알렉산드리아의 혈통을 이어받았지만 무척 겸
손했다. 그는 내 기억 속에 위대한 이들 중 한 사람으로 남아 있
다. 그는 폭력적이며 가혹했고, 극도의 잔인함을 보일 때도 있었
다. 충직한 보에티우스를 반역자로 잘못 몰아 사형을 선고하기
도 했다. 보에티우스는 감옥에서 점점 머리를 조이는 철태를 두른
채, 처형을 기다리며 역사에 남을 『철학의 위안』을 집필했다. 보
에티우스의 감옥에서 나는 테오도리쿠스를 사랑하면서도 증오하
지 않을 수 없었다.

그는 알렉산드리아와 보나파르트처럼 국민들로부터 많은 사랑
을 받았다. 그를 둘러싸고 황금빛 전설이 만들어졌다. 그의 명성
은 이탈리아 전역으로 퍼져나갔다. 북쪽으로는 알프스산맥 너머
독일어를 사용하는 민족들이 그를 '디트리히 폰 베른(베로나의 테
오도리쿠스)'이라고 불렀다. 보탄[26] 이후, 프리드리히 1세보다 훨
씬 앞서서, 디트리히 폰 베른은 수많은 게르만계 전설과 이야기
의 주제로 등장했다. 여기서 '디트리히'는 테오도리쿠스를, '베른'
은 — 알파벳 B와 V는 유사한 음으로 — 베로나를 의미한다.

테오도리쿠스는 가는 곳마다 뚜렷한 흔적을 남겼다. 에르베 광
장과 시뇨리 광장, 그리고 로미오와 줄리엣으로 유명한 도시인 베

로나는 테오도리쿠스의 도시로도 잘 알려져 있다. 베로나에 가보자. 여러분은 그곳 도디치 아포스톨리(12사도)에서 꿈같은 식사를 할 수 있지 않을까. 산 제노 성당의 동으로 만든 문들을 보고, 성 타나스타시아 성당(아나스타시아 성당)에서 백마의 엉덩이가 빛나는 피사넬로[27]의 「성 조르주와 트레비존드 공주」라는 작품에 감탄할 수 있을 것이다. 그리고 여전히, 아디제 강물 위로 베로나의 테오도릭[28]의 추억이 어른거리는 피에트라 다리를 산책할 수 있지 않을까.

테오도리쿠스는 특히 라벤나에 자신의 발자취를 남겼다. 화려한 갈라 플라키디아의 묘에서 멀리 떨어지지 않은 곳에 그의 위용을 드러내는 영묘가 자리하고 있다.

테오도리쿠스가 죽은 지 채 1년도 지나지 않았을 때 유스티니아누스가 비잔틴 제국의 왕좌에 오른다. 유스티니아누스 옆에는 그의 아내 테오도라가 공동대관, 여제로 지대한 영향을 미쳤다. 두 부부는 로마의 대 몰락에서 구해낼 수 있는 것은 모두 구해내려고 노력한 이들로 잘 알려져 있다.

비잔틴인이었던 유스티니아누스는 군인이며 법률가, 그리고 제국의 창시자였다. 그는 복잡한 내 존재 속에 기억할 만한 이름을 남긴 장군들의 도움을 받아 이민족들과 맞서 제국을 수호했다. 게르만족 이후 독립을 갈망하는 테오도리쿠스의 동고트족을 물리치고 라벤나와 이탈리아 전역을 다시 차지했다. 그는 또한 동쪽 변경을 넘보는 페르시아와도 대적했다. 법전을 편찬하고, 명료한 법체계를 정비했다. 그로부터 1500년 뒤, 우리는 한 젊은 프랑스 황제가 아무 말 없이 공손한 모습으로 놀란 얼굴을 하고 있는 의원들 앞에서 그 법전을 암송하는 장면을 보게 될 것이다. 유스티니아누스는 또한 콘스탄티노플 수도 한가운데에 천 년 뒤 이슬람 사원으로 개조될 운명을 지닌, 성 소피아 성당을 건축하였다.

그의 아내 테오도라는 사랑과 증오를 한 몸에 받았던 여인으로 오래도록 기억될 것이다. 그녀는 루크레치아 보르자[29]의 눈부신 옛 원형이며, 또한 남장 여인으로 행세하고 시가를 피우는 자유분방한 여류작가 조르주 상드, 에밀 졸라의 '나나'에서 모델이 된 발테스 드 라 비뉴,[30] 프루스트의 '오데트'에 영감을 준 리안 드 푸지[31] 그리고 니체, 릴케, 프로이드를 차례로 꼼짝 못하게 만든 루 안드레아 살로메[32]의 원형이라 할 수 있다. 서커스단에서 곰, 사자, 코끼리를 돌보는 사육사의 딸이었던 그녀는 별다른 어려움 없이 창녀에서 황후의 지위로 급상승한다. 백 년, 아니 150년 전 오펜바흐나 벨 에포크 시대[33]에 여러분의 조상들은 여전히 행복한 얼굴로 그 당시 잘 알려진 빅토리앙 사르두[34]의 오페레타 「테오도라」를 읊조리곤 했다.

저녁 무렵 광장에 가면,
회랑의 그늘 아래를 떠도는
그대를 누구나 볼 수 있었다네!
아! 아! 테오도라!

그러니 치명적인 미모를 지닌

그대는 황금 주화 하나를 원했지.

황제가 그대를 거둬들이길,

너는 그러지 않아도 될 텐데.

아! 아! 테오도라!

비잔틴 제국은 그 무렵 종교, 국가, 사랑, 야망보다 전차 경주에 더 열광했다. 검투사 경기에 이어 등장한 전차 경주는 오늘날 축구 경기장의 열정과 견줄 만하다. 비잔틴의 열렬한 팬들은 녹색당과 청색당, 두 진영으로 나뉘어 치열하게 싸웠는데, 때로 그 정도가 지나쳐 증오하기까지 했다. 정치, 사회, 경제, 종교적 신념 모두 이와 같은 경쟁구도에 휘말렸다. 이미 서로 적대적이라고 알려진 — 가톨릭과 아리우스파 — 두 진영은 녹색당과 청색당으로 나뉘어 격하게 충돌했다. 경기 질서가 무너지기 시작하면서 점점 폭동으로 번졌다. 비잔틴 역사에서 니카 반란이라 불리는 이 폭동은 황제의 권력에 반대하는 급진세력의 반란이었다. 황제는 공포에 질려 휘청거리며 도망칠 궁리만 했다. 그 모습에 테오도라는 분노하며 곧바로 중심을 잡았다. 과거의 갈라 플라키디아, 미래의 카트린 대제처럼 그녀는 용기와 굳건한 의지의 표상이 되었다. 과거 창녀였던 황녀가 유스티니아누스의 제국을 구한 것이다.

비잔틴에 이주한 고대 로마의 위대한 발자취를 찾으려면 유스티니아누스가 동고트의 점령에서부터 자유를 되찾게 해준 라벤나로 가봐야 한다. 라벤나는 여전히 그 유명한 라벤나 만찬의 유령이 떠도는 어두운 도시였다. 내키지 않는 걸음을 내디뎌 도시 안쪽으로 들어서기만 하면 곧바로 빛나는 보물들이 감춰져 있다는 걸 알 수 있을 것이다. 이 지역으로 망명 온 단테의 무덤도 여기에 있다. 갈라 플라키디아와 테오도리쿠스의 영묘 옆으로는 여전히 화려한 모자이크 장식이 돋보이는 산 비탈레 성당과 산타폴리나레 성당이 유스티니아누스와 테오도라의 영광을 노래하고 있다.

유스티니아누스와 테오도라가 통치한 지 백여 년이 지나자 마지막 햇빛이 사라지면서 세계의 모습이 크게 달라졌다. 주변 상황이 달라진 것이다. 샤를마뉴 대제의 미래 수도, 엑스라샤펠(아헨의 옛 이름)-아헨, 리옹-루그두눔(리옹의 옛 이름), 마르세유-마실리아(마르세유의 옛 이름), 좀 더 나중에는 파리-루테티아(파리의 옛 이름) 같은 도시들이 주목받기 시작했다. 오랫동안 문명 세계의 수도였던 로마는 끊이지 않는 점령과 약탈로 인해 다시 일어서지 못했다. 일부 로마의 문화를 받아들인 이민족들과 알라리크가 이끄는 서고트족, 가이세리크[35]를 따르는 반달족들의 계속되는 침략에 대항해야 했다. 고대 로마제국의 수도였던 로마가 가장 번성하던 시기에 백만 명을 넘던 인구수가 3만 명으로 대폭 감소했다. 화려했던 과거의 영광이 흔적만 남은 셈이었다.

로마의 쇠락 이후 벌어진 틈새로 이탈리아의 여러 도시들은 여전히 자리를 지키고 있었다. 베로나, 그리고 성 아우구스투스가 자신의 스승인 성 앙브루아즈로부터 세례를 받은 밀라노, 시체 해부를 처음으로 시도했고 소르본만큼 유명한 대학의 본거지며 문화 수도인 볼로냐, 크레모나, 피렌체, 해양도시인 제노바와 아말피, 훈족의 왕 아틸라[36]에 쫓겨 섬에 정착한 이들에 의해 세워졌지만 훗날 크게 번창하게 될 베네치아 등이 그 예가 될 수 있다. 나는 수천 개의 조각들로 분열되었다. 마침내 중세시대가 시작된 것이다.

유럽의 창시자인 샤를마뉴 대제에 의해 불이 밝혀졌으며, 성 안셀모, 알베르투스 마그누스,[37] 성 토마스 아퀴나스의 가르침을 받았고, 아름다운 종교 건축물과 로마 교회, 고딕 성당을 자랑하는 중세시대는 분열과 암흑, 위대함과 신앙의 조각들로 이루어진 모자이크와 같다. 나는 나무꾼, 기사, 원추형 모자 위에 베일을 내려 트린 중세 여인의 얼굴로 바벨탑에서, 퍼즐판 같은 기억 속에서, 노스탤지어가 스며 있는 희망의 미로 속에서 산책했다. 나는 계속해서 걸었다. 이제 막 태어나는 프랑스에서, 독일 지역들에서, 여전히 잔존하고 있는 이탈리아에서, 부르고뉴와 프로방스에서, 그리고 세계 상당 부분을 정복하려고 준비하는 바이킹들 사이에서.

그 무렵, 나는 이제 막 생겨나는 기하학, 초기 건축학, 그리스인들의 사고와 열정을 그대로 보여주는 연극, 사원과 동상들에 매료되어 있었다. 나는 자연을 사랑하는 법을 배웠다. 유년시절의 원시림들을 다시 발견할 수 있었다. 그 숲들은 이제 정원으로 변해 있었다. 당시 세계의 심장인 지중해를 지배하던 고대 그리스 로마시대 이후 멀리 북쪽 어딘가에서 어렴풋이 슬프면서 동시에 흥겹고 멜랑콜리한 향수를 불러일으키는 광적인 어떤 기운이 형성되고 있었다. 훗날 낭만주의로 발전할 그런 움직임이.

그리스와 로마인들은 사랑이 무엇인지 잘 알고 있었다. 플라톤은 그 누구보다 사랑에 대해 거침없이 얘기했다. 소크라테스는 알키비아데스[38]를 사랑했고, 하드리아누스는 안티노우스[39]를 사랑했다. 제우스도 인도 만신전의 라마처럼 유한자인 인간의 사랑을 얻기 위해 고군분투했다. 하지만 예수가 사랑을 자신의 가르침의 근본으로 천명하기 전만 해도 사랑은 이성, 미덕, 아름다움, 권력 혹은 법률보다 낮은 위치에 있었다. 여러분이 중세시대라고 부르는 것과 함께 사랑이 세계사 무대에 당당하게 등장한 것이다.

나는 인류의 영원한 화두가 될 '사랑', 언제나 열정적이며 종종 금지된, 어찌 보면 낯설고 새로운 이 감정을 이야기하는 설화나 전설들을 무척 좋아했다. 아서왕, 트리스탄과 이졸데, 크레티앵 드 트루아,[40] 조프레 루델,[41] 기욤 드 로리,[42] 장 드 묑,[43] 볼프람 폰 에셴바흐,[44] 하르트만 폰 아우에,[45] 고트프리트 폰 슈트라스부르크,[46] 발터 폰 데어 포겔바이데,[47] 프랑스 음유시인들, 북프랑스 음유시인들, 독일의 궁정가인. 이들 외에도 앞으로 다가올 수천 년 동안 프랑스, 독일, 이탈리아, 스페인, 영국, 오스트리아, 러시아에서 수많은 이름이 등장해 더 많은 사랑과 영광을 실현하게 될 것이다. 하지만 앞에 언급한 이들이야말로 첫발을 내디딘 주역들이었다.

나는 클로비스,[48] 카를 마르텔,[49] 피핀 3세,[50] 프랑스, 영국 혹은 스페인의 왕과 왕비들, 황제들, 존경받아 마땅한 교황들보다 그들과 그들의 후예들에게 더 많은 애착을 느꼈다. 세상의 수많은 권력자만큼 아니, 그들보다 시인, 철학자, 작가들을 너 사랑했다.

적이 된 형제들

유스티니아누스 사후 5년, 마호메트가 메카에서 태어났다. 로마제국의 몰락과 인쇄술 발명 혹은 아메리카 신대륙 발견보다 더 중요한 사건이 영국, 프랑스, 독일, 에스파냐, 베니스, 시칠리아에서 멀리 떨어진 곳에서 일어난 것이다. 이슬람교의 탄생과 확산으로 이들 지역에서 앞으로 어떤 일이 벌어질지 누구도 짐작조차 할 수 없는 엄청난 사건이었다.

당시 폐쇄적이었던 아라비아반도는 다신교와 여러 우상을 숭배했기에 극도로 분열되어 있었다. 이들 국가들은 필요한 자원을 주로 교역과 약탈을 통해 얻었다. 로마제국과 페르시아는 당연히 이 나라의 존재를 알고 있었지만 한 번도 이곳에 정착하려 시도하지 않았다. 알렉산드리아, 시저, 갈라 플라키디아, 유스티니아누스와 달리, 마호메트는 명망가 출신이 아니었다. 그의 아버지는 무역상이었다. 일찍이 부모를 잃은 그는 나와 함께 부유한 과부 상인 카디자의 말들을 돌보며 지냈다. 카디자는 마호메트의 총명함과 재능에 탄복해 처음에는 그에게 시리아로 떠나는 카라반 행렬을 맡겼다 나중에는 그와 결혼까지 했다. 그는 이십대인 자기보다 열다섯 살이나 연상인 그녀와의 사이에 다섯 명의 자녀를 두었다. 일곱 명이라는 말도 있었다. 그중 파티마가 가장 잘 알려졌는데, 당시 아이를 돌보았던 나는 잠자리에서 그에게 흥미진진한 옛날 얘기를 들려주곤 했다. 카디자가 죽은 뒤 마호메트는 열두 명의 아내를 차례로 맞이했다. 내 기억에 그는 글을 읽고 쓸 줄 몰랐다.

마호메트의 생애에 대해서는 다들 잘 알고 있을 것이다. 그는 마흔의 나이에 동굴에서 명상을 하던 중 가브리엘 천사로부터 음성을 듣고 선지자가 되었다. 그는 아랍인들이 '알라'라고 부르는 신의 계시를 주위에 널리 알리기 시작했다. 신도 수가 점점 늘어났고 훗날 그들 중 두 명이 칼리프 지위에 올랐다. 첫 번째는 아부 바크르[51]로, 마호메트는 그의 딸과 결혼했으며, 또 다른 한 명은 마호메트의 사촌 동생인 알리였다. 마호메트는 십대 초반이었던 소년 알리와 자신의 딸 파티마를 결혼시켰다. 마호메트가 죽은 뒤, 그의 장인 아부 바크르가 초대 칼리프로 선출되었다. 그로부터 25년이 지난 뒤 마호메트의 사촌이며 사위인 알리가 네 번째 칼리프 자리에 오른다. 이렇게 칼리프 왕조가 자리 잡게 된 것이다. 그 후 온갖 사건들이 오랜 시간에 걸쳐 벌어졌다. 알리와 그의 아들 후세인의 죽음을 기점으로 이슬람 세력은 수니파와 시아파로 분열되었다.

마호메트를 따르는 추종자 수가 점점 늘어가자 그에 맞서는 세력 또한 크게 증가했다. 특히 메카의 지배세력이 점점 마호메트에 적대적이 되었다. 끝내 마호메트는 622년에 자신을 따르는 신도들을 이끌고 메디나로 피신한다. 이슬람 역사에서는 메디나로 이주한 해를 이슬람 국가 태동을 기리는 원년(히즈라력)으로 삼는다.

트로이에서 나는 그리스인 아킬레우스와 트로이인 헥토르 사이에 나뉘어 있었다. 그로부터 2천 년이 흐른 뒤 아라비아반도에서 나는 예언자 마호메트 진영과 적 진영 사이에서 어느 곳을 택할지 몰라 머뭇거렸다. 일상에서 마주하는 마호메트는 매우 부드럽고 상냥하며, 정의롭고 타협할 줄 아는 남자였다. 반면 신 문제에서만큼은 잔인할 정도로 냉혹했다. 이슬람은 사랑과 평화의 종교가 아니라 폭력과 전쟁의 종교였다. 이교도들과 맞서 싸우는 전쟁의 종교였던 동시에 아랍인들, 이슬람교도들 간에 벌어지는 전쟁의 종교였다. 모든 아랍인과 이슬람교도들은 형제면서 동시에 적이었던 것이다. 전투, 학살, 휴전, 또다시 화해가 끊임없이 되풀이되었다. 나는 양쪽 진영에서 밤낮으로 싸웠고, 결국 또 깨지게 될 평화협상을 이끌어내기 위해 온 힘을 기울였다. 결국 늘 마호메트가 가장 강한 자였다. 그가 죽었을 때 자기가 내세운 명분의 승리를 입증했다.

가장 놀라운 건 예언자 마호메트가 죽은 뒤 150년간 이슬람교가 지속적으로 빠르게 퍼져나갔다는 사실이다. 아부 바크르는 예멘을 포함해 모든 아라비아반도를 법에 복종하도록 만들었다. 두 번째 칼리프로, 행정가이며 동시에 용맹한 전사였던 오마르는 몇 년 만에 시리아를 시작으로 예루살렘, 이집트, 메소포타미아, 페르시아 모두를 정복했다. 역사가들은 아랍세력이 서쪽으로 그렇게 빠른 속도로 진군할 수 있었던 이유가 무기 덕분이었는지 아니면 아리우스파[52]에 의한 개종의 물결 덕분이었는지 알고 싶어 했다. 동쪽에서 이슬람교가 페르시아 왕국을 지배할 수 있었던 건 그야말로 기적이었다. 나는 이 움직임에 열정적으로 동참했다.

페르시아는 아라비아, 그리고 셀 수 없이 많은 부족들과 달리 중앙 집권력이 강하고, 비지르[53]를 중심으로 철저히 계급화된 제국이었다. 사산조 페르시아 제국은 로마제국과 비잔틴 제국에 계속 강하게 맞섰다. 전설에 따르면 샤푸르 1세[54]가 발레리아누스[55] 황제를 포로로 체포해 처형하기 직전, 자기 코끼리 앞에 엎드리게 한 뒤 그의 등을 밟고 올라갔다고 한다. 363년에 샤푸르 2세하에 변절자 유스티니아누스는 화살에 맞아 죽었는데, 화살을 쏜 자가 페르시아인이었는지, 아니면 기독교인이었는지는 알지 못했다. 벨리제르[56]가 이탈리아, 시칠리아, 북아프리카에서 승리할 때 유스티니아누스는 호스로 1세를 제압했다. 호스로 1세[57]는 시리아, 팔레스티나 왕국, 이집트를 제압하고, 콘스탄티노플을 위협했다. 비잔틴 제국은 결국 페르시아를 진압하는 데 성공했고, 승리를 자축했다. 하지만 마호메트가 죽은 지 1년 뒤, 페르시아 세력이 약화되자 오마르가 이끄는 아랍군대가 쳐들어왔다. 오히려 그들의 쉬운 먹잇감이 되어버린 셈이었다. 그로부터 4년 뒤 아랍인들은 카디시아에서 역사적인 승리를 거둠으로써 이슬람 제국을 향해 페르시아의 문을 열었다. 그리고 또다시 4년 뒤 니하벤드 전투에서 아랍군이 승리하면서 세계의 모습은 완전히 달라졌다. 아후라 마즈다,[58] 조로아스터, — 니체의 조로아스터 — 페르시아인들의 경전인 아베스타는 모두 완전히 자취를 감췄다. 페르시아가 사라진 자리에 이슬람 왕조가 들어선 것이다.

나는 아라비아 사막에서 아주 멀리 떨어진 사마르칸트에서 오래도록 살았다. 사마르칸트는 우즈베키스탄의 중심지로 당시 크게 번창하던 도시였다. 나는 『페르시아인의 편지』[59]에 나오는 우즈베크와 리카처럼 우즈베키스탄 사람이었는데, 그들이 파리를 보고 놀란 것처럼 나 역시 사마르칸트의 모든 것에 감탄하지 않을 수 없었다. 사마르칸트의 영광을 그린 여러 세밀화들 중 위대한 인물들 곁, 어딘가에 서 있는 내 모습을 발견하는 일은 그리 어렵지 않을 것이다. 모든 우즈베키스탄 사람들처럼 나는 특히 작은 말을 몰고 달리는 위협적인 중국인과 몽골인들을 두려워했다. 작은 말 등에 올라탄 채 활과 화살을 들고 있는 그들의 모습을 닮은 세밀화들도 여럿 있다. 그런데 어느 날, 이 도시의 성곽 아래로 몽골인과 중국인 대신 어떤 이들을 보았는지 아는가? 나는 두 눈을 의심하지 않을 수 없었다. 그들은 머리에 터번을 두르고, 온몸을 흰옷으로 뒤덮어 쉽게 알아볼 수 없었지만 부지불식간에 튀어나온 아랍인들이었다.

쿠라이시족[60]에서 사파비왕조까지, 아글라브 왕조[61]에서 파티마 왕조[62]와 아이유브 왕조[63]까지 수많은 이슬람교의 아랍인은 여러 부족, 왕조, 서로 다른 분파들로 나뉘어 있었다. 그들은 서로 경쟁하다 완전히 적대 관계를 유지할 때도 많았다. 나는 끊임없이 수많은 부족에 속해 있었다. 그중 특히 두 왕조, 우마이야 왕조와 아바스 왕조에 대한 기억이 아직도 생생하다.

우마이야[64] 칼리프들의 수도는 시리아의 다마스쿠스였다. 그들은 마호메트가 죽고 나서 몇 년 후 이곳에 도착해 백 년 동안 지배했다. 처음부터 끝까지 거대한 제국을 유지했던 그들은 예루살렘에는 바위사원,[65] 카이루완[66]에는 시디 우크바 모스크[67] 등과 같은 자취를 남겼다. 하지만 천재인 무아위야[68]가 위엄을 떨치며 일어선 곳은 바로 자신들 권력의 중심지인 다마스쿠스에서였다. 세례 요한의 머리가 묻혀 있는 우마이야의 대 모스크는 그야말로 위대한 아랍 건축물에 놀라운 비잔틴 장인들의 재능이 녹아든 작품이었다. 나는 우마이야의 막내와 대 모스크 정원의 분수대 주위에서 오래도록 뛰어놀곤 했다. 또래 소년이었던 그의 이름은 압드 알 라흐만[69]이었다. 그와 여덟아홉 살 무렵부터 가깝게 지내기 시작해 다마스쿠스의 우마이야 왕조의 혈통이 끊어진 그 재앙 이후까지 함께했었다.

마호메트가 죽은 지 120년이 흘렀을 때 아바스 왕조가 다마스쿠스를 점령하고 패배자인 우마이야의 마지막 자손까지 학살했다. 마지막 자손까지? 그건 아니었다. 마지막 혈통은 대학살에서 벗어날 수 있었다. 그가 바로 막내아들이었던 내 친구, 압드 알 라흐만이었다.

많은 학자가 그의 이름, 그가 겪은 불행과 영광, 기상천외한 모험들을 모두 기록으로 남겼다. 하지만 내가 그를 불행한 운명에서 구해냈다는 건 알지 못했다. 다마스쿠스의 거리마다 붉은 피가 넘쳐흐르는 동안, 우리는 둘 다 너무 잘 알고 있는 대 모스크의 정원에 숨어 있었다. 아바스의 살인자들이 미쳐 날뛰기 전에 우리는 허름한 내 옷과 화려한 그의 옷을 바꿔 입었다. 딕분에 그는 공포에 질려 정원으로 몰려드는 군중들 틈으로 몰래 끼어들 수 있었다. 한편 나는 내 주머니 속처럼 속속들이 알고 있는 대 모스크의 꼭대기 층 지붕에 숨어 있었다. 어두워졌을 때 우리는 분수 아래에서 다시 만났다. 그렇게 멋진 모험이 시작된 것이다.

이 자리에서 내가 어떻게 살아왔는지 모든 이야기를 다 풀어놓으려는 건 아니다. 하지만 무법천지가 된 도시를 무사히 빠져나온 모험담만큼은 들려주고 싶다. 우리는 마부를 죽이고 말 두 필을 훔쳐 달아났다. 그러고는 알라신의 도움으로 며칠 밤낮을 쉬지 않고 서쪽으로 말을 달렸다. 괴테는 그의 시 「마왕」에서 영웅적인 이 기마여행에 대해 다음과 같이 적고 있다.

누가 이 어두운 밤, 바람을 뚫고 말 달리고 있는가?

(「마왕」의 첫 단락)

이 시는 물론 성녀 발푸르기스[70]의 밤과 — 성녀 발푸르기스는 바로 압드 알 라흐만과 동시대 인물이었다 — 디트리히 폰 베른[71]의 오래된 전설과 게르만의 숲에서 영감을 얻은 것이다. 하지만 우마이야 왕조의 마지막 후손이 어릴 적 함께 뛰놀던 가장 믿을 수 있는 친구와 쑥대밭이 된 다마스쿠스에서 멀리 도망쳐 온 사건 또한 잊히지 않을 것이다.

우리는 도시를 지날 때마다 수많은 시민들의 뜨거운 환호를 받았다. 그들은 이미 오래전 이슬람교로 개종한 이들이었기에 아랍인인 우리를 환영했다. 게다가 개종하지 않은 이들은 우리가 박해

받는 도망자라는 이유로 환영했다. 우리는 이슬람교도였고 동시에 반란을 일으킨 자들이었다.

우리는 이렇게 시리아, 팔레스타인, 이집트, 알렉산드리아, 리비아, 키레나이카[72]를 통과했다. 이어 지브롤터[73]로 알려진 제벨 타릭Djebel Tarik을 지나갔다. 아니, 너무 옛날 이야기라 기억이 희미하긴 해도 북아프리카 해안을 따라 배로 움직였던 것 같다. 이어 시에라모레나 산맥[74]과 과달키비르 강[75]을 지나 마침내 코르도바에 도착했다.

당시 코르도바는 이미 아름다운 대도시를 형성하고 있었다. 압드 알 라흐만은 따뜻한 환대를 받았다. 에스파냐까지 우마이야 왕조의 명성이 잘 알려져 있었는데, 그가 마지막 후손이었기 때문이었다. 덕분에 그는 토후의 지위를 얻었다. 그로부터 150년이 지난 뒤 그는 토후 지위에서 칼리프로 바뀌게 될 것이다. 샤를마뉴 대제의 군대가 사라고사까지 진격하고, 롤랑[76]이 론세스바예스[77]에서 죽음을 맞이한 것도 바로 그의 통치하에 일어난 일이었다.

나는 물론 겸손해야겠지만 자랑하고 싶은 마음을 감출 수가 없다. 압드 알 라흐만이 나를 비지르로 임명했다. 이슬람 예술의 가장 아름다운 건축물 중 하나인 코르도바의 대 모스크 건축을 내게 일임한 것이다. 콘스탄티노플이 점령당한 뒤 메메드 2세는 유스티니아누스가 세운 성 소피아 성당을 모스크로 개조하게 될 것이다. 레콩키스타[78] 후에 샤를 퀸트 통치 아래, 나의 코르도바 대 모스크는 성당으로 개조되게 될 것이다.

나는 내가 사랑했던 우마이야 왕조를 완전히 초토화시킨 아바스 왕조를 증오했다. 하지만 어느새 수세기가 빠르게 지나가면서 그들에 대한 적대심마저 조금씩 사라졌다.

우마이야 왕조를 정복한 아바스 왕조는 곧바로 다마스쿠스를 버리고 현재 이라크 지역, 메소포타미아의 티그리스 강 유역에 있는 도시를 수도로 삼았다. 그곳이 바로 바그다드다. 다마스쿠스가 몰락한 지 겨우 50년 뒤 바그다드는 이슬람 제국의 가장 화려한 도시들 중 하나, 아니 어쩌면 동서양을 통틀어 중세시대의 가장 아름다운 도시로 떠올랐다.

다마스쿠스가 몰락한 지 몇 년 지나지 않아 하룬 알 라시드가 바그다드의 칼리프 지위에 올랐다. 샤를마뉴 대제와 동시대에 살았던 그는 수도에 화려한 정원과 멋진 건축물들을 많이 지었는데, 불행하게도 지금은 모두 사라지고 찾아볼 수 없다. 그는 샤를마뉴 대제, 비잔틴 황제와 함께 당대 가장 큰 영향력을 행사하던 주요 인물이었다. 그는 샤를마뉴 대제와 우정을 나누었는데, 나는 샤를마뉴 대제의 수도인 엑스 라 샤펠[79]까지 선물을 들고 가, 황제를 알현하는 영광을 누리기도 했다. 내게는 그야말로 신성한 임무였다. 선물 중에는 벨벳, 단단한 강철 검, 진귀한 보석, 기린 — 비록 배에서 모두 죽었지만 — 그리고 엑스 라 샤펠의 궁전에서 큰 사랑을 받은 물시계도 있었다.

바그다드에서 하룬 알 라시드(아바스 왕조의 제5대 칼리프)가 얼마나 위대한 군주였는지는 잘 알려져 있으니 길게 얘기하지 않겠다. 그가 자신의 자화상을 그리려고 했다는 것도 다 아는 사실이다. 그는 최대 걸작 『아라비안 나이트』의 주요 등장인물이었다. 우리는 이 책이 『일리아스』나 『오디세이아』 그리고 몽테뉴의 『수상록』이나 『돈키호테』가 선보인 시기에 쓰였다는 사실을 잘 알지 못한다. 이 책의 저자가 하나인지 여럿인지도 알지 못할 뿐만 아니라, 정확하게 언제 구상되었고, 언제 발표되었는지도 모른다. 매우 흥미로운 이 위대한 작품의 발표 시기를 짐작해볼 수 있는 유일한 표지가 바로 '세헤라자데', '알라딘', '알리바바' 그리고 '신바드의 모험'과 함께 지속적으로 하룬 알 라시드가 등장한다는 사실이다.

아바스 왕조의 수도, 바그다드의 영광은 5백 년간 지속되었다. 1258년, 칭기스 칸의 손자이자, 비교적 관용을 베풀며 중국을 지배했고 마르코 폴로를 보호해주기도 했던 쿠빌라이의 형제 홀라구가 바그다드를 쓰러트렸다. 홀라구는 그의 할아버지처럼 무적의 군인이었다. 그는 바그다드를 초토화시켜 아바스의 칼리프 체제를 붕괴시켰다. 다마스쿠스의 우마이야 왕조가 홀라구 몽골족들의 도움을 받아 마침내 복수를 한 셈이다.

마호메트가 죽은 지 6백 년이 지난 뒤 바그다드가 몰락되었을 때 영광의 이슬람 제국은 계속되는 분열과 학살정책에도 불구하고, 코카서스에서부터 예멘까지 그리고 인더스 강 유역에서 우마이야 왕조의 지배하에 중세시대의 문화 중심지 중 하나였던 코르도바까지 퍼져나갔다.

스투포르 문디[80]

코르도바의 마이모니데스[81]와 이븐 루시드[82]가 활약하던 시대에 — 프랑스는 부빈 전투에서 승리한 필립 오귀스트[83]의 시대였고, 이탈리아는 아시시의 성 프란체스코[84] 시대, 그리고 이슬람 세계는 살라딘이 지배하던 시기였다 — 테오도리쿠스(동고트족의 왕)나 유스티니아누스만큼, 아니 그보다 더, 내가 사랑하고 존경했던 위대한 인물이 등장했다. 그가 곧 슈바벤 공작 겸 시칠리아 왕이었던 프리드리히 2세였다. 그는 알렉산드로스 대왕만큼, 아니 그보다 더 위대했고, 샤토브리앙만큼, 아니 그보다도 더 위대했다. 결코 과분한 칭송이 아니다.

소박한 가정에서 태어난 마호메트와 달리, 프리드리히 2세 호엔슈타우펜[85]은 빈손으로 출발하지 않았다. 그는 람세스 2세, 알렉산드로스 대왕, 콘스탄티누스 황제, 유스티니아누스처럼 손에 여러 카드를 쥔 채 — 그는 그 카드를 사용할 줄 알았다 — 금수저를 물고 태어났으며 — 그 금수저 사용법을 알았다 — 그의 아버지와 할아버지 모두 황제였다.

그의 할아버지 프리드리히 1세 바르바로사는 존재 자체로 신화적인 인물이었다. 3차 십자군 원정 때 터키 킬리키아의 어느 강에서 익사하기 전까지 게르만족 출신의 신성로마제국 황제였던 그는 독일, 이탈리아, 부르고뉴의 지도자로 세계적인 권위를 인정받았다. 이후 여러 세대로 이어지면서 그는 모든 독일인들에게 불멸의 전설로 남게 된다. 그의 아들 하인리히 6세는 아버지의 업적을 계승하려 했지만 그에 미치지 못했다. 그에 관한 이야기 중 가장 흥미로운 건 오트빌 가문 출신인 콘스탄체(시칠리아의 여왕)와의 혼인이었다.

오트빌 가문은 매우 훌륭한 집안이었다. 노르만 출신으로 금발의 거구인 그들은 영국과 시칠리아 섬을 정복한 바이킹의 후예들로 미지의 아메리카 대륙 해안가까지 모험을 떠난 적도 있었다.

노르만인들 ― 노스맨(고대 스칸디나비아인) ― 은 아랍인들이 점령하고 있는 시칠리아를 처음으로 공격했다. 그러나 치명적인 질병 때문에 되돌아갈 수밖에 없었다. 역사가들은 물에 빠져 죽을지 모르는데도 바다로 뛰어들어야 했던 그들의 고통에 많은 관심을 가졌다. 페스트 때문이었을까? 콜레라 때문이었을까? 금발의 노르만인들은 뜨거운 햇볕을 견디지 못했던 것 같다. 몇 년 뒤 오트빌의 루지에로 1세와 그의 형제인 로베르 기스카르가 이끌고 내려온 무적의 병사들은 끔찍한 햇볕으로부터 스스로를 보호하기 위해 온몸에 기름을 두껍게 바른 채로 시칠리아를 정복했다.

루지에로 1세의 아들인 루지에로 2세에게 콘스탄체라는 딸이 하나 있었는데, 그녀는 수녀가 될 운명이었다. 하지만 그녀는 서른 살에 10년 연하인 프리드리히 바르바로사의 아들 하인리히 6세와 결혼했다. 그녀는 9년 동안 아기를 낳지 못하다 마침내 마흔의 나이에 아들을 낳았다. 그가 바로 프리드리히 2세인 것이다.

처음부터 그의 탄생은 스캔들에 휩싸였다. 팔레르모[86] 궁전에 감도는, 어딘가 동양적이고 모호한 분위기 속에서 이상한 소문들이 떠돌기 시작했다. 황후가 너무 늙었고 더는 종교적으로 경건한 삶을 살지 않으며 자신의 서약조차 지키지 않는다고 했다. 태어난 아기가 악마의 후예일지 모른다는 소문까지 돌았다. 한편으로 황제가 일부러 부추긴 다른 소문들도 있었는데, 이 소문은 베르길리우스의 네 번째 목가의 예언적이며 난해한 시구를 내세워 오히려 콘스탄체에게 존경과 경의의 마음을 갖게 했다. 훗날 프리드리히 2세는 개인적인 목적을 위해 기꺼이 자기 엄마를 성모 마리아의 반열에 올려놓기까지 했다.

콘스탄체는 기이한 소문을 잠재우기 위해 안코나의 마르케 주의 작은 도시, 이에시[87]를 지나갈 때 군중들이 보는 앞에서 아기를 낳아 출생을 증명하겠다고 했다. 그녀는 광장 한복판에 천막을 세우게 하고, 그 안에서 이제 막 낳은 아들을 대중을 향해 자랑스럽게 높이 들어올렸다.

궁전이 있던 팔레르모는 루지에로 2세가 죽은 이후 어두운 그늘에 갇혀 있었다. 프리드리히는 이미 다섯 살, 일곱 살, 열 살 때 온갖 위험과 모략에 둘러싸인 채 지냈다. 그를 보호하려는 자와 그를 해치려는 자들 간에 — 종종 보호자가 적으로 돌변하기도 했지만 — 싸움이 끊이지 않았다. 그 사이에서 프리드리히의 후원자였던 교황은 대부분의 시간을 중재 역할을 하는 데 보내야 했다.

독일인들은 잘못하면 빼앗길 수 있는 권력을 지키느라 정신이 없었고, 시칠리아와 푸이이[88]의 권력자들은 이에 끊임없이 대항했다. 또한 이슬람 점령자의 후예인 사라센인들은 시칠리아 내부를 차지하고 있었다. 누구도 젊은 왕의 미래를 장담할 수 없었다.

하지만 프리드리히는 얼마 지나지 않아 자신의 재능과 능력을 한껏 발휘했다. 절망적이던 상황을 완전히 뒤바꿔놓은 것이다. 과감한 용기와 노련함으로 시칠리아를 혼돈에서 구해냈다. 시칠리아 공작들은 그의 명령을 따라야 했다. 독일인들도 복종해야 했다. 그러나 젊은 왕의 최고 걸작은 무엇보다도 사라센인들을 위한 정책들이었다.

그는 끔찍할 만큼 무자비했던 전쟁이 끝난 뒤 이슬람계 생존자들을 학살하지 않았다. 그 대신 그들을 종교 지도자와 함께 시칠리아 섬에서 추방해 폴리아 주의 루체라 성으로 이주시켰다. 그러나 그들은 평화롭게 생존하는 것에만 만족할 수 없기에 교황과 기독교의 빈축을 사면서까지 자신들만의 정예부대와 첨병을 구축했다. 압드 알 라흐만 덕분에 나는 라틴어와 그리스어만큼이나 아랍어를 유창하게 구사할 수 있었다. 프리드리히는 나를 루체라의 군주로 임명했는데, 루체라 성은 카스텔 델 몬테 성보다는 덜 화려했지만 시칠리아 왕이 세운 새로운 세계의 중심지였다.

프리드리히는 당당한 위엄과 강인한 기질 그리고 뛰어난 지적 능력까지 겸비했다. 당대 사람들을 끌어들이는 매력도 있었다. 물론 운도 따랐다. 나폴레옹은 크게 키우고 싶은 장교들에게 종종 '행복한지'를 묻는 습관이 있었다. 다시 말해 그들이 운이 좋다고 생각하는지를 물었다. 프리드리히는 행복해했다.

독일 바바르와즈의 귀족 가문인 구엘프 가문은 슈바벤의 바이블링겐 성 출신인 호엔슈타우펜 가문과 오랫동안 정적 관계였다. 구엘프와 기벨린 두 정파[89]는 이탈리아에서 오래 대립하며 투쟁을 이어갔다. 이탈리아의 주요 지역은 게르만족의 신성로마제국에 속했다.

구엘프가 로마제국의 최고 자리에 오르자 독일에서 프리드리히 2세가 그의 아버지의 뒤를 이을 가능성이 희박해지는 듯했다. 하지만 다행히도 구엘프는 부빈[90]에서 필리프 2세에 의해 정복되기 전에, 초기에는 자신을 지지했던 교황에 의해 버림을 받았다. 그 결과로 젊은 프리드리히 호엔슈타우펜이 프리드리히 2세라는 이름으로 황제 자리에 오르게 된 것이다. 겨우 스무 살의 나이에. 적들로 우글거리는 지역들을 지나 프랑크푸르트와 마인츠로 향하는 팔레르모 행로는 수많은 위험으로 점철된 하나의 서사시였는데, 그는 결국 성공했다.

교황들이 가장 두려워하던 악몽이 현실이 되었다. 게르만족의 지배를 받는 신성로마제국과 시칠리아 공국이 하나로 통합된 것이다. 교황청이 일시적으로 차지하고 있던 영토가 포위당하면서 세력이 약해졌다. 프리드리히 2세의 통치기간 내내 교황들과 시칠리아의 왕 사이 적대감은 점점 확대되었다.

역사에 이름을 남긴 네 명의 교황이 있다. 첫 번째는 이노센트 3세이고, 네 번째가 이노센트 4세인데 그들은 계속해서 프리드리히 2세와 대적했다. 분쟁과 화해, 로마 대관식과 파문, 상호 존중과 용서

받을 수 없는 증오의 연속이었다. 다들 프리드리히 2세가 파문을 당했으면서도 십자군에 나섰다는 사실을 알고 있었다. 그리고 예루살렘 왕의 딸과 혼인함으로써 피 한 방울 흘리지 않고 이슬람 교도들의 갈채를 받으며 예루살렘의 왕이 되었다는 사실도 알고 있었다. 신성로마제국의 영광과 권력과 함께 동방의 왕관을 쓰고, 영광스러운 시칠리아의 매력적인 유황냄새까지 희미하게 풍기게 되었다는 것도.

정치, 권력, 그리고 계속되는 정복들은 프리드리히 2세의 수많은 개성 중 하나의 단면만을 보여줄 뿐이었다. 심지어 가장 놀라운 면도 아니었다. 그는 최초로 현대적 의미의 중앙집권체제를 갖췄는데 — 로마 혹은 사산조 페르시아 제국의 모델에 따라 — 문화는 물론 여러 다른 분야의 연구에도 많은 관심을 보였다. 그는 호기심이 많았는데, 주변에는 전우나 궁정의 아첨꾼보다 철학자, 천문학자 등 다양한 분야의 학자들이 더 많았다. 18세기 초의 지식사회에서 중요하게 다뤄지는 모든 것들은 팔레르모와 관련되어 있다.

시칠리아 황제인 프리드리히 2세는 우주의 비밀을 알고 싶어 했다. 궁정에서는 언제나 문학적 논쟁과 사물의 본질, 영혼, 죽음 이후의 세상에 대한 철학적 토론이 펼쳐졌다. 그는 아랍과 동방의 수많은 수학자, 철학자들과 서신을 교환했다. 거의 모든 국가가 팔레르모에 주재했다. 프랑스, 영국, 당연히 독일, 이탈리아, 시리아, 이집트, 그리고 유대인까지. 7~8개국의 언어를 구사할 줄 알았던 그는 자기 주변에서 벌어지는 수많은 토론에 기꺼이 참여했다. 많은 이들에게 질문을 던졌고, 편지는 물론 정치나 법률 관련 텍스트, 일반 법률과 헌법을 직접 손으로 집필하고, 다른 분야의 책들도 썼다.

그는 정책, 수학, 철학 외에도 사냥을 즐겼는데 그 때문에 꽤 비싼 대가를 치러야 했다. 그는 전쟁보다 사냥을 더 좋아했기 때문에 파르마의 전투에서 패했다. 매사냥을 무척 좋아했던 그는 심지어 『매를 이용한 사냥기술』이란 책을 쓰기도 했다.

끝으로, 이 책을 쓰겠다고 마음먹은 건 물론 그였다. 열심히 읽고 공들여가며 수정 작업도 했다. 하지만 정작 이 책을 집필한 건 나였다. 당시 나는 루체라의 군주와 사라센 부대 대장 이외에도 황제를 위해 매 사육사로 일하고 있었다. 비교적 자유 시간이 많은 편이었기에 가능한 일이었다. 사적인 비밀 얘기까지 나눌 수 있는 사람에게만 맡기는 이 자리 덕분에 그를 자주 만나 많은 얘기를 들을 수 있었다. 팔레르모 궁정 사람들은 다들 나를 "황실 마구간 책임자Monsieur le Grand"라 불렀다.

나는 황제를 모시고 프랑크푸르트, 마인츠, 쾰른, 로마, 그리고 이탈리아 북부까지 동행했다. 이탈리아 남부 폴리아 주에 있는 전설의 성, 카스텔 델 몬테에서 함께 머문 적도 있었다. 그가 파문을 당해 동쪽에 있는 예루살렘과 성지로 떠났을 때도 동행했다. 안타깝게도 그곳에서 살라딘을 만날 수 없었다. 이미 그는 기사도와 영웅들의 영광 속으로 합류한 뒤였다. 황제며 왕이었던 그는 내게 자신과 친밀하게 지낼 수 있는 호의를 베풀어주었다. 그렇다, 나는 프리드리히를 사랑하고 존경했다. 그에게 주어진 스투포르 문디(세상의 경이)라는 칭호는 충분히 받아 마땅한 것이었다.

마치 어제 일처럼 기억이 생생한, 믿기지 않는 그의 모험은 결국 파국으로 끝났다. 이노센트 4세와 황제 사이에 끔찍한 폭력을 동반한 전쟁이 벌어졌고, 양쪽 모두 ― 솔직히 황제측이 더 심했는데 ― 잔인한 고문들이 자행되었다. 프리드리히 2세가 죽기 5년 전, 교황은 이미 리옹의 공의회에서 그에게 "안티크리스트"라는 칭호를 붙였다. 프리드리히 2세의 천재성이 발휘된 적이 적잖이 있었지만 기류는 이미 바뀌어 있었다. 행운은 자취를 감추었다. 별은 더 이상 같은 곳에서 빛나지 않았다. 황제의 죽음 전후로 아들인 콘라트, 만프레트, 엔지오, 손자인 콘라딘, 그리고 단테가 『신곡』의 지옥편에서 전설적인 잔혹성을 다루었던 그의 사위, 에첼리노[91]도 모두 죽임을 당하거나 평생 감옥에 갇혀 살아야 했다. 또한 사라센 장병들을 지휘했었음에도 불구하고 나 역시 투옥되어 교황이 파견한 총독 보좌관에 의해 교수형을 당했다. 교황은 황제와 가까운 이들에게 복수를 행하며 너무 행복해했다. 내 시신은 불구덩이 속에 던져졌다.

이노센트 4세는 승리했고, 그와 함께 이탈리아 북부의 구엘프의 도시들, 그리고 16년간 시칠리아 왕이었던 성 루이[92]의 동생, 샤를 1세를 따르는 프랑스인들은 시칠리아에서 부활절 학살을 당하기 전까지 승승장구했다. 게르만계의 로마제국 황제, 시칠리아의 왕, 그리고 예루살렘의 왕이었던 프리드리히 2세의 당당한 승리에서 남은 것은 오직, 내 마음에 새겨진 추억과 내가 글로 남긴 이야기들뿐이다.

역경과 신앙

폭력과 피비린내에 지쳐 있던 나는 기꺼이 아시시의 성 프란체스코의 발아래 엎드려 용서를 구하길 원했다. 하지만 불행하게도 모든 인류의 형제며, 새들의 친구, 그리고 단테와 함께 이탈리아어의 창시자였던 성 프란체스코는 적대 관계를 유지해온 호엔슈타우펜가의 마지막 대가 끝나기 전에 죽음을 맞이했다. 나는 결국 토마스 아퀴나스에게 속죄하기로 마음먹었다.

몬테카시노 수도원[93]에서 자란 토마스 아퀴나스[94]는 ─ 프리드리히 1세 바르바로사의 조카손자이며 프리드리히 2세의 사촌이었는데 ─ 쾰른의 알베르투스 마그누스의 제자였다. 나는 오르비에토[95]와 비테르보[96]에서 듣지 못했던 토마스의 강의를 파리와 로마에서 들을 수 있었다. 그가 로마와 나폴리 사이에 있는 포사노바 수도원에 들른다는 소식을 듣고 ─ 결국 내가 그를 만난 지 얼마 지나지 않아 죽었지만 ─ 서둘러 찾아갔다. 그는 매우 친절하게 나를 맞이했다. 나는 프리드리히 2세를 보좌하며 저지른 수많은 죄를 용서해달라고 고해성사했다. 이어 내가 조금 알고 있던 그의 『신학대전』에 대해 한두 시간가량 얘기를 나눴다.

여러분은 코르도바의 마이모니데스와 아베로에스[97]를 기억하고 있을 것이다. 그들 모두 이슬람의 진주, 스페인 우마이야의 코르도바에서 무엇을 했을까? 그들은 아리스토텔레스에 대해 연구했다. 아베로에스는 코란과 아리스토텔레스를 화해시켰고, 마이모니데스는 아리스토텔레스와 유대교의 율법서인 토라를 화해시켰다. 그리고 백 년 후 토마스는 『신학대전』을 통해 아리스토텔레스와 성경을 화해시키려 했다. 물론 접근 방법은 달랐지만.

여러분은 또한 아리스토텔레스와 플라톤의 관계를 기억할 것이다. 플라톤의 업적이 매우 고상한 대화라면 아리스토텔레스의 업적은 하나의 시스템을 구축했다는 사실이다. 토마스 아퀴나스는 바로 이 시스템에서 — 그것을 기독교화하고, 그 시스템의 시작과 끝을 위해 신의 지위를 부여함으로써 — 영감을 얻었다.

이미 잊혀 소수의 박식한 학자들만이 겨우 기억하고 있던 토마스의 존재를 유럽에서 다시 이끌어낸 아리스토텔레스의 이론은 곧바로 모든 학자들의 마음을 사로잡기 시작했다. 하지만 아리스토텔레스의 형이상학은 기독교 성서와 대척점에 있었다. 토마스는 아리스토텔레스의 철학과 기독교 교리를 접목시킴으로써 역사적 관점에서 볼 때 매우 중요한 역할을 했다.

아리스토텔레스는 영원하다고 믿는 이 세상과 자신의 지식이 일정한 위계질서를 따르며 연속적이라고 생각했다. 식물 위에 동물이 존재하고, 그 위에 인간이 있다고 믿었던 것이다. 그는 이에 대해 차례로 연구했다. 토마스는 성 앙셀모의 잘 알려진 "존재론적 증거", 다시 말해 신은 완전하다, 완선함은 존재를 전제로 한다, 따라서 신은 존재한다는 이 논리를 무시했다. 훗날 칸트에 의해 그렇게 비난을 받았던 이 논리를 중요하게 다루지 않은 것이다. 그는 오히려 피라미드식 위계를 나타내는 아리스토텔레스의 쉐마(교리 및 신앙)를 선택했다. 하지만 "천사현자(토마스 아퀴나스의 칭호)"의 피라미드에 따르면, 원인이며 동시에 목적인 신이 맨 위에 자리한다. 그리고 신과 인간의 중간쯤에 천사가 있다고 했다. 토마스는 아리스토텔레스의 발자취를 따라갔다. 하지만 그에게 그 길은 영원한 세계가 아니라 이미 창조된 세계로부터 출발하며, 그 길이 바로 이 길을 창조한 신에게로 인도해준다.

3백 년 이후 로마에 의해 교회의 현자로 인정받게 될 토마스는 겸허히 용서를 구하는 나를 관대하게 받아주었다. 그는 내게 속죄를 위해 고행을 감수해야 한다고 말했다. 그동안 신과 인간에게 부당하게 권력을 휘두르며 큰 죄를 지었으니 앞으로는 가난하고 헐벗은 자들을 돌보라고 했다.

그건 그리 어려운 일이 아니었다. 세상에는 불행한 이들이 넘쳐났으니. 나의 과거를 돌아보기만 해도 주변에는 늘 불행한 남자와 여자들로 가득했다. 물론 행복한 일들도 많이 있었다. 하지만 불행한 일들 역시 그 못지않게 많았다. 재앙, 사고, 질병, 가난, 사랑의 슬픔, 그리고 타인의 죽음과 자신의 죽음 등등. 프랑스에서는 20세기가 되어서야 여러분을 인도한 이들 중 한 사람이 "사람들은 불행하다"라고 말하면서 이 사실을 쓸쓸하게 인정했다.

사람들은 모든 세기에 걸쳐 불행했다. 예전에는 말없이 받아들였던 불행을 이제는 참지 못하게 된 현대 시대에도, 그리고 폭풍과 재앙, 절망이 끊이지 않으나 여전히 신의 영광을 찬미하던 낭만주의 시대에도, 그리고 고귀함을 잃지 않고 모든 고통을 감추던 고전주의 시대에도 모두 불행을 겪어야 했다. 로마인, 그리스인, 이집트인, 메소포타미아인 모두 위대한 승리에도 불구하고 어려움과 고통을 감추기 어려워했다. 각자 자기 시대의 불행을 경험했던 것이다.

농부, 장인, 상인, 어부들을 비롯해 가장 평범했던 이들이 가장 불행했던 시대는 아마도 중세시대였을 것이다. 게르만 민족의 대이동과 콘스탄티노플의 몰락 사이 페리클레스 시대는 전쟁과 페스트에도 불구하고 전설에 버금가는 황금시대를 구가했다. 로마 제국 시대 역시 엄격한 규율에도 불구하고 비현실적일 정도로 전성기를 맞이했다. 사람들은 힘겹게 자신들이 생산한 것을 가지고 살아갔다. 오직 기후에 의존해 살면서 희망도, 변화도, 반드시 이뤄야 할 중대한 계획도 없었다. 훗날 사람들은 모든 게 너무 빠르게 변한다며 불평하겠지만, 그때는 아무 변화가 없었다. 내일도 어제와 다를 바 없을 게 분명했다. 다들 많은 고통을 당하고, 일찍 생을 마감했다.

서구사회 사람들이 신에 의지해 살아갔던 것처럼, 이슬람교 땅에 사는 이들 역시 신앙 덕분에 모든 어려움을 이겨낼 수 있었다. 신부, 수도승과 수녀들, 일요일 미사. 프랑스에서는 클뤼니[98]와 시토 수도회[99]가 있었다. 로마 교회와 고딕 성당들의 화려한 망토 — 현실 이후 상상의 세상에서도 — 덕분에 고통에 짓눌린 몸과 희망 없는 정신에도 불구하고 살아남을 수 있었다. 적어도 현세에서는. 이렇듯 단테의 지옥편처럼 일상화된 불행에도 여러 단계가 존재했는데, 제일 밑바닥에는 갤리선의 노예들이 있었다.

로마인, 그리스인, 페니키아인들 모두 노예선에 대해 잘 알고 있었다. 끝이 뾰족하게 생긴 작은 이 배는 — 물론 세월이 지나면서 점점 커졌지만, 아니 지나치게 거대해졌지만 — 특히 전쟁시 출정하는데, 맨 앞쪽에 박차가 달려 있고, 뒤쪽 플랫폼에 노 젓는 자리가 한두 개, 아니 넷까지 있어 때로는 돛을 두 배로 늘려야 할 때도 있었다. 갤리선의 노예들은 거의 모터보트가 처음 등장했을 때의 속도로 배를 저었다. 그들은 18세기까지 계속 노를 저어야 했다. 그것이 바로 미래의 아우구스투스[100]인 옥타비아누스의 노예선들로, 악티움 해전에서 자살을 강요당했던 클레오파트라와 마르쿠스 안토니우스 연합군을 무찌른 주역들이었고, 또 그것이 바로 세르반테스가 타고 있던 돈 후안 데 아우스트리아[101]의 노예선들로 레판토 해전[102]에서 오스만의 함대에 맞서 크게 승리한 배였다.

노예선 — 갤리선을 젓는 죄수들 — 은 대부분 노예, 복역자, 죄인들이었다. 그들은 노 젓는 자리에 쇠사슬로 묶여 있었기 때문에 평생 벗어날 수 없었다. 물을 마시거나 음식을 먹을 때, 심지어 잠을 잘 때도 묶여 있었다. 간수들이 좁은 통로에 서서 그들을 감시하고 있다 노 젓는 힘이 약해지면 소 힘줄로 만든 채찍으로 사정없이 그들의 어깨와 등을 내리쳤다. 뜨거운 태양 아래서, 비가 내리거나 폭풍우가 몰아쳐도, 화살이 쏟아지고 대포가 쾅쾅 울려도 노를 저어야 했다. 그들은 오래 고통받지 않았다. 얼마 지나지 않아 죽어나갔으며 시신은 곧바로 바다에 던져졌다.

17세기에 이르러 갤리선 노예들의 운명에 관심을 가진 첫 번째 인물 중 하나가 바로 노예선 총 사제, 성 빈첸시오 드 폴[103]이었다. 4백 년 전 고해성사를 했던 성 토마스 아퀴나스와의 약속을 지키기 위해 나는 노예선의 노예들에게 좀 더 관심을 가졌다. 그러다 결국 그들과 같은 신세가 되었지만.

프랑스는 중세시대 동안, 그리고 루이 15세 초반까지 사법부의 결정에 따라 죄수들을 노예선에 태웠다. 그 수는 ― 혹은 죄가 없는 자들 ― 왕의 필요에 따라 달라졌다. 판사들은 왕실 해군의 요구를 필경 따라야 했다. 군사적 필요 외에 정치적 고려까지 더해졌다. 낭트 칙령이 회부된 이후 수많은 신교도들이 노예선에 보내졌다. 개종하면 자유의 몸이 될 수 있었지만 개종을 거부하면 평생 노예선에 붙들려 있어야 했다. 그들은 재판받은 곳에서 정박지까지의 끝없는 항해 동안 대중들의 발길질과 온갖 야유를 견뎌야 했다. 수많은 이들이 지옥 같은 항해 중에 목숨을 잃었다.

나는 붉은 머리의 아름다운 한 소녀와 가까이 지냈다는 이유로 노예선에 끌려갔다. 그녀는 자신이 원하는 남자들하고만 가까이 지냈다. 자신을 원하는 헌병대들은 거들떠보지도 않고, 자기 맘에 드는 이들하고만 어울렸다. 그녀의 마음을 얻지 못한 이들은 결국 그녀에게 악의적이 되었다. 그녀는 누구에게도 해를 끼치지는 않았지만 자신이 환상을 본다는 사실이 불만이었다. 게다가 신중치 못하게 그 사실을 나 외에 다른 사람들에게 털어놓고는 더더욱 고통스러워했다. 다들 그녀가 빌작을 일으키며 악몽이나 이상한 예견들을 뱉어내는 걸 보고 놀랐다. 마치 제2의 카산드라가 등장해 여기저기 떠들고 다니며 이웃들의 관심을 끄는 것 같았다. 소문은 퍼져나갔다. 그녀는 결국 악마와 결탁했다는 의심들로 마녀취급을 받았다. 그녀에게 거부당했던 이들은 복수할 기회를 만끽했다. 그녀가 선의를 베풀었던 많은 이들 역시 그녀를 놓았다. 어리석음 때문이든 배은망덕이든 아니면 비겁함 때문이든 말이다.

> 바하라흐 마을에는 아름다운 금발의 마녀가 살고 있었지요.
> 그녀를 사랑한 모든 남자들은 차례로 죽어갑니다.
> 법정에서 주교가 판결문을 낭독합니다.
> 그녀는 이미 아름다움으로 면죄 받았다고.
>
> (기욤 아폴리네르의 시 「로렐라이」 중에서)

헌병대도 사법부도 로렐라이나 게르만족의 오래된 전설 모두 개의치 않았다. 아폴리네르의 이름조차 알지 못했다고 하니! 마르고는 화형대 위에서 불타 죽었다. 나는 그녀를 구하려 애썼지만 실패했다. 나는 미친 듯이 날뛰었다. 결국 마녀와 공범죄로 엮여 노예선으로 끌려갔다.

노예선에 오래 머물진 않았다. 파르마에서 프리드리히 2세와의 전투에서 패하는 바람에 내 시신이 불에 던져졌던 사건을 여러분은 기억하고 있을 것이다. 그런데 이번에는 우리가 바르바리인들,[104] 카스텔로리조[105]인들에 맞서 싸웠던 터키 해안가, 카쉬 앞에 자리한 아름다운 작은 섬 해변에서, 내 몸이 그대로 바다로 던져졌다.

그 외에도 끔찍한 노예선에 두 차례나 더 끌려갔다. 한 번은, 예전에도 자세히 얘기한 적이 있지만, 억울하게 살인 누명을 쓰고 재판에서 유죄판결을 받았고, 또 한 번은 신교도인이었던 내가 가톨릭 개종을 거부했기 때문이었다. 두 번째 끌려갔을 때 성 빈첸시오 드 폴을 만났는데, 그는 내게 자신을 보좌할 기회를 주었다. 나를 잘못된 길에서 꺼내주었던 것이다. 여러 생을 거듭 살아갈수록 무한한 고마움을 느낀다. 토마스에게 그랬듯이.

나는 이 시대의 불행을 끝내라는 성 토마스 아퀴나스의 명령을 아직 지키지 못했다. 새로운 불행, 아니 우리가 새롭다고 믿는 불행이 역사 무대에 갑자기 등장했던 것이다. 그건 바로 페스트였다.

페스트라는 이름만으로도 공포를 퍼트리기 충분했다. 고해신부의 명령을 따르기 위해 이 재앙으로 고통받는 불쌍한 이들을 온 힘을 다해 돌보았다. 나 역시 페스트에 걸려 목숨을 잃을 정도로.

4세기 넘도록 아시아와 유럽을 강타한 페스트가 아테네에서 페리클레스를 죽음으로 몰아갔던 그 유명한 질병이었는지는 확실히 알 수 없다. 분명한 건 이 재앙이 유스티니아누스 시대부터 이집트와 시리아까지 휩쓸었다는 사실이다. 하지만 인도에서 시작된 이 끔찍한 흑사병이 엄청난 속도로 퍼져나간 것은 14세기 중엽의 일이었다. 그로 인해 유럽에서 2,500만 명의 사람들이 죽었고, 아시아에서도 비슷한 수의 사람들이 희생되었다. 16세기 말에는 밀라노마저 타격을 입었는데, 도시 인구의 3/4이 사라져버렸다. 베네치아에서는 노년까지 장수했던 티지아노가 목숨을 잃었고, 1630년에는 이탈리아 북부 전역이 피해를 입었다. 17세기 말에는 런던에서도 페스트가 창궐했다. 그 무렵 뉴턴은 시골 고향으로 피신한 덕분에 살아남을 수 있었다. 그로부터 얼마 후 마르세유의 인구 절반이 희생되었다. 1631년, 베네치아에서 흑사병의 종말을 기념하기 위해 롱게나[106]는 베네치아의 '해관海關(항구에 설치한 관문)' 뒤에 산타 마리아 델라 살루테 성당을 설계했다.

페스트가 기승을 떨면서 기아와 영양실조 현상이 만연했다. 도처에 먹을 것이 모자랐다. 인육을 먹는 장면마저 여러 차례 목격될 정도였다. 늑대들이 도시를 배회했다. 나는 이 문제를 해결하기 위해 최선을 다했다. 페스트에 걸려 사망한 페리클레스나 티치아노처럼 이때도 두 번이나 목숨을 잃었다. 굳이 나의 영광을 과장하려는 것은 아니지만 어쨌든 "천사현자"가 내린 벌을 끝까지 감내했다.

이렇듯 흑사병 때문에 발걸음을 잠시 늦추긴 했지만 나는 이내 계속 앞을 향해 나아갔다. 오직 앞만 보고 걸어갈 뿐이었다. 유럽 밖에서 일어나는 일들이 밀라노, 마르세유, 베네치아에서 일어난 일들보다 나을 것도 없었다.

동양의 신화와 전설

프리드리히 2세가 독일과 시칠리아에서 집권하기 얼마 전, 중국 북부 고비사막의 외진 곳인 델룬 불독[107]에서, 유럽 어디에서도 알려지지 않은, 심지어 이집트, 시리아, 페르시아에서도 알려지지 않은 엄청난 사건 하나가 벌어진다. 테무친이라는 이름의 한 아이가 태어난 것이다.

강인한 의지력에 번뜩이는 지혜까지 겸비한 그는 냉철하고 잔인한 정복자였다. 부족장 지위에 오른 그는 수많은 전투와 협상 그리고 합병을 통해 점점 더 강력해졌다. 몽골족 전체의 우두머리 칭기즈 칸 — 대양의 통치자 — 으로 추대된 그는 중국 전역과 아프가니스탄 그리고 페르시아 일부와 옥수스 강[108] 북동쪽의 사마르칸트가 있는 트란스옥시아나[109] 지역까지 모두 정복했다.

칭기즈 칸의 위세와 난폭함은 빠르게 전 세계에 알려졌다. 그의 등장은 공포 자체였다. 그에게 전쟁은 스포츠가 아니었고, 게임도 의무도 계산도 아니었으며, 심지어 야망의 대상도 아니었다. 그 옛날의 훈족처럼 그는 파괴행위 자체를 사랑했다. 그가 지나가는 곳마다 피가 강물처럼 흘러넘쳤다. 수많은 도시들이 약탈당하고,

파괴되었다. 그에게 저항하는 자들은 모두 모진 고문을 받으며 죽어갔다. 사지가 둘로 절단되거나 펄펄 끓는 기름 가마에 던져졌다. 그의 아들이 정복당한 이들에게 연민의 감정을 내비치자 결코 자비를 베풀지 말 것을 위구르어로 적어 명령했다. 칭기즈 칸의 후예에 걸맞지 않던 태도였던 것이다.

칭기즈 칸의 후계자들 역시 그의 유업에 따라 몽골 제국의 영토를 넓혀나갔다. 그의 손자들 중 완전히 다른 측면에서 나의 기록에 이름을 남긴 두 인물이 있는데, 첫째가 쿠빌라이였다. 그는 칭기즈 칸의 손녀와 결혼한 뒤 중국을 정복하고, 북경에 수도를 세웠다. 쿠빌라이는 불교와 기독교에 비교적 온건한 태도를 보였다. 그는 16년간 아버지와 삼촌을 대동하고 — 내가 바로 그의 삼촌이었다 — 비단길로 중국 전역을 횡단한 베네치아 출신의 여행객을 환영하고 보호해주었다. 마르코 폴로는 교황에게 보내는 쿠빌라이 칸의 친서를 전해주기도 했다. 그는 베네치아로 돌아와 집에 머물며 — 지금도 여러분은 베네치아에 오면 멋진 우리 집을 감상할 수 있을 것이다 — 프랑스어로『세계 경이의 서』(통칭『동방견문록』) — 이 책에 너무 많은 허풍과 과장이 들어 있어 흔히『백만의 서』라고 불리기도 했다 — 를 썼다. 물론 나도 여기에 한몫한 건 사실이다.

마르코 폴로와 내가 중국에 처음 도착한 사람들은 아니었다. 파르티아[110]와 화레즘[111] 지역 군인들에 의해 포로가 된 로마 병사들이 중국인들에게 팔려가 로브노르 호수[112] 접경지역에 갇혀 있다는 소문이 돌기도 했다. 지오반니 다 플라노 카르피니[113]는 당시 프리드리히 2세와 척지고 있던 로마 교황 이노센트 4세의 서신을 칭기즈 칸의 후계자에게 전달하기 위해 몽골지역으로 떠났다. 그로부터 몇 년 뒤 프랑스 왕 루이 9세는 또 다른 성 프란체스코회 수도사, 기욤 드 뤼브루크를 보내 칭기즈 칸을 만나도록 했다(1253년 프랑스의 왕 루이 9세는 '공포의 대상'인 몽골과의 우호 증진을 위해 수도사 기욤 드 뤼브루크를 사절단으로 보냈다). 하지만 마르코가 집필한, 적어도 서명한 동방견문록이 대성공을 거두면서 그 이전의 문서와 자료는 제대로 빛을 보지 못했다.

칭기즈 칸의 또 다른 손자의 이름은 훌라구였다. 할아버지의 야만적인 성격을 물려받은 그는 온화한 성품의 쿠빌라이와는 매우 달랐다. 페르시아의 몽골 황제인 그는 1258년에 바그다드를 완전히 무너트리고 아바시드 왕조를 몰락시켰다. 바그다드에서 또다시 내가 죽을 수밖에 없었던 이유는 자세히 이야기하지 않아도 짐작할 수 있을 것이다.

바그다드의 몰락은 십자군 전쟁의 막바지와 시기적으로 묘하게 일치한다. 여러 교황들이 충동적인 결정으로 십자군단을 파견했다. 10세기부터 13세기까지 십자군단은 이슬람 세력으로부터 예루살렘과 예수의 무덤이 있는 생 세퓔크르 같은 성지를 탈환하기 위해 여러 차례 공격을 시도하지만 성공하지 못했다. 이 성지들은 이슬람교나 기독교계 모두에게 온갖 신화와 군사 모험담은 물론 민족 정서가 담긴 전설 혹은 빼어난 문학 작품을 탄생시킨 곳이었다. 프리드리히 1세 바르바로사는 제3차 십자군 원정 도중 터키에서 익사했다. 베네치아 공화국의 도제였던 단돌로는 제4차 십자군 원정 때 예루살렘이 아닌 콘스탄티노플로 목적지를 바꿔 출정했다. 그는 그곳을 함락한 뒤 수많은 예술품과 동상, 대리석으로 된 사자상, 청동 말 등과 같은 전리품을 약탈해 베네치아로 보냈다. 지금도 베네치아에 가면 당시에 약탈해온 예술품들을 감상할 수 있다. 파문당한 프리드리히 2세는 6차 십자군 원정을 이끌었다. 이어 프랑스 왕 루이 9세는 7, 8차 원정을 지휘했는데 8차 원정 중 튀니지를 강타한 페스트에 걸렸다. 뤼지냥,[114] 코트니, 고드프루아 드 부이용,[115] 엘레오노르 다키텐,[116] 에데스 백작, 안티오크,[117] 아크레,[118] 탄크레드와 클로린드,[119] 르노와 아르미드,[120] 신앙과 사랑, 전투, 꽃들, 금지된 사랑의 독이 깃든 쾌락들…… 동방은 서구세계에 화려한 꿈과 전설을 안겨주었다.

그러니까! 오론테의 정원에서 이야기하게 될 아름다운 전설이기를 바랄 뿐!

당시 특히 세 사람이 내 관심을 끌었다. 그들을 위해 내가 일한 건 아니었다. 오히려 반대 진영에 있었다. 그들을 직접 알지도 못했다. 하지만 여러 면에서 그들은 나를 매혹시켰다.

첫 번째 인물이 바로 살라딘이다. 이라크로 이주한 변방 부족인 쿠르드족 출신의 살라딘은 시리아의 터키 왕자를 보좌하기 시작했다. 이어 이교도 혹은 무슬림 저항자는 물론 십자군과도 맞서 싸웠다. 살라딘은 이집트와 시리아에서 재빨리 반대파들을 제거하고 프랑크 기독교인 군대를 무찌르는 성과를 냄으로써 예루살렘을 포함해 팔레스타인 전 지역을 탈환하고, 동지중해에 십자군이 진군한 이래 가장 막강한 이슬람 제국을 세웠다. 그의 성공에 감탄하면서 한편으로 두려운 마음까지 갖게 된 유럽인들은 프리드리히 1세 바르바로사, 프랑스의 필립 오귀스트(필립 2세), 영국 권자에 오른 존 왕[121]의 형제이면서 동시에 적군이며, 전임자였던 영국의 사자왕 리처드로 하여금 제3차 십자군 원정에 나서게 만들었다. 십자군이 봉쇄한 아크레 도시를 구해내지 못한 살라딘은 결국 십자군에게 해안가 도시들을 양도하고, 자신은 예루살렘과 메소포타미아를 포함해 이집트, 시리아, 팔레스타인을 차지하는 평화협정에 서명했다.

살라딘은 알렉산드로스 대왕과 견줄 만한 뛰어난 지능과 매력을 지녔다. 게다가 매우 용감하고, 열정적이고, 당당했다. 그는 결코 광적인 인물이 아니었다. 용맹하고 사려 깊고, 군사적 지략이 뛰어난 그의 주위에는 언제나 그를 믿고 따르는 이들로 넘쳐났다. 기독교 신자였던 부하들조차 그에게 단 한 번도 불만을 토로하지 않을 정도였다.

매우 인간적이며 관대하고, 기사도의 면모까지 갖춘 그는 이슬람교도들에게 신화적인 존재로 각인되었다. 심지어 서구세계에서도 기독교적 영웅으로 받들어지기까지 했다. 프리드리히 2세가 이슬람교도들에게 유명한 기독교인이었던 것처럼. 이를테면 살라딘은 기독교인들로부터 존경받는 영웅이었던 것이다. 나는 프리드리히 2세와 살라딘이 조우하는 장면을 정말 보고 싶었지만 그러지 못했다. 역사는 안타깝게도 역사가 원하는 방향으로 나아가지 않는다. 그러니 내가 원하는 방향으로 나아갈 리는 더더욱 어려울 수밖에. 살라딘은 호엔슈타우펜이 태어나기 몇 달 전에 죽었다.

내가 두 번째로 관심을 가지고 지켜본 인물은 매력과 우아함을 겸비했던 살라딘과는 완전히 다른 사람이었다. 원조 테러리스트라고 해야 할까. 너무 잔인한 영웅이라 해야 할까, 아니, 그는 결코 영웅이 아니었다.

페르시아에서 태어난 하산 에 사바흐는 '산상노인'이라고도 알려졌는데, 그는 정적 암살을 주요 전략으로 삼는 이슬람 극단주의자였다. 십자군 원정 시기에 이슬람교는 여러 종파들로 나뉘어 서로 극단적인 이념 투쟁을 벌였다. 이렇듯 수니파와 시아파는 한 치의 물러섬 없는 권력 투쟁을 벌였다. 하산 에 사바흐는 같은 종파 사람들이 너무 나약하며 중심에서 비껴났다고 판단했다. 그는 코란을 지나치게 개인적이고 극단적으로 해석했으며, 부패와 나약함을 저주했을 뿐만 아니라 모든 인본주의와 관용마저 받아들이지 않았다.

그의 통치방법은 매우 급진적이고 잔혹했다. 결코 희생을 두려워하지 않는 광신도들에게 둘러싸인 채 그는 그야말로 공포정치를 이어갔다. "희생하는 모든 이들"이라는 뜻의 팔레스타인 게릴라를 일컫는 '패다인'[122]이라는 용어도 이때 등장한다. 그와 맞서 싸웠던 한 페르시아 술탄은 어느 날 아침, 마치 공포영화에서처럼 머리에 칼이 꽂힌 채 깨어나기도 했다. 대개 한두 사람이 이끄는 암살공작의 경우 그 반향을 최대한 끌어올리기 위해 많은 사람들이 모이는 공공장소에서 행해졌다. 그들은 암살계획을 철저하게 준비했지만 늘 붙잡히거나 죽임을 당했다. 목숨을 잃게 된다는 걸 알면서도 기꺼이 계획에 참여했다.

하산 에 사바흐는 기독교인들에게 잔인한 적이었을 뿐만 아니라 그의 법을 따르지 않는 이슬람인들에게조차 폭력을 행사했다. 그런 그가 역설적으로 프랑크인들과는 친하게 지낼 때도 있었다. 휴전중인 어느 날, 그는 십자군 지휘관 몇몇에게 서로 싸울 필요가 없다고 설득하면서 티르와 아크르 성벽 아래쪽으로 산책하고 있었다. 그때 그의 보초병들은 성벽 위를 지키고 있었다.

"자, 잘 지켜보시죠." 그는 프랑크 병사들에게 말했다.

그가 손짓으로 명령을 내리자마자 병사들 중 두 명이 성벽 아래로 그대로 뛰어내려 죽었다.

그들은 산상노인을 맹목적으로 따른 추종자들이었던 것이다. 그는 자신이 세운 종파의 절대적인 법 ― 이슬람은 복종을 뜻한다 ― 에 복종할 것을 요구했는데, 이는 엄청난 성공을 거두며 빠르게 퍼져나갔다. 그는 카스피 해 연안에서 멀리 떨어지지 않은 페르시아 북부 엘부르즈 산꼭대기, 적들의 접근이 어려운 곳에 알라무트라는 요새를 세웠다. 그리고 정치적 목적이나 사적 목적을 위해 독약과 단도는 물론 하시시(마약)까지 활용했다. 그는 패다인 혹은 아새신 ― 여기에서 "암살자"라는 말이 유래되었다 ― 이라고 불리는 젊은 부하들에게 하시시를 나눠줬다. 하시시를 복용한 이들은 환각상태를 경험하게 되었는데, 그러면서 이슬람을 위해 목숨을 바치면 사후에 누리게 될 환상의 세계를 볼 수 있었다.

마약을 복용한 아이들과 청소년들은 무의식 상태로 알라무트 성으로 옮겨졌다. 그들은 완전히 다른 세계에서 깨어나게 된다.

알라무트는 평범한 요새가 아니었다. 그야말로 화려한 동방의 성채였다. 끊임없이 벌어지는 전쟁의 파괴로 더럽고 빈곤한 나라에서, 그 요새만큼은 꿀이 강물처럼 넘쳤고, 안락한 소파에 온갖 화려한 천과 음악, 불빛들로 장식되어 있었다. 매혹적인 무희들이 꿈속처럼 이어졌다. 그는 자신의 추종자들에게 이제 천국으로 향하는 길목에 있으며 얼마든지 영원히 천국에 머물 수 있다고 얘기했다. 부하들은 기꺼이 믿었다. 다시 마약을 복용한 뒤 각자의 집에 돌아간 그들은 요새에서 맡았던 향과 꿀이 흘러넘치는 분수, 그리고 아름다운 무희들을 또다시 볼 수 있기만을 기원했다. 그들은 자신의 신앙과 주인을 위해 기꺼이 목숨을 내놓고 싶어 했다.

많은 암살자들처럼 산상노인은 모든 것에 호기심이 있었고, 문화 애호가였으며 유쾌한 대화를 기꺼이 즐겼다. 여러 증언에 따르면 그는 모든 시대를 아우르는 위대한 시인들 중 한 사람으로 수학자이며 와인 애호가였던 우마르 하이얌[23]과도 깊은 교류를 나누었다. 이렇듯 고귀함을 무엇보다 존중하는 그였지만 자기에게 온전히 복종하지 않는 두 아들을 교살하는 끔찍한 일마저 저질렀다.

화려하면서도 음산한 분위기를 풍기며 난공불락이었던 알라무트 요새는 그 후 바그다드로 향하던 훌라구[124]에 의해 제압되어 완전히 파괴되었다.

나의 세 번째 숭배 대상에 대해서는 살라딘이나 하산 에 사바흐만큼 잘 알지 못했다. 앞의 두 사람처럼 직접 그를 만나보지 못했기 때문이다. 어쨌든 그는 살라딘이나 하산 에 사바흐보다 더 전설적인 인물이었다. 그가 곧 사제왕 요한[125]이었다.

사제왕 요한의 신화는 에티오피아에서 태동한 게 분명하다. 에티오피아는 콥트 교도(이집트의 그리스도교도)들에 의해 기독교가 전파된 나라로, '네구스(에티오피아 국왕의 존칭)'라는 칭호를 받은 국왕이 지배했다. 기독교인이며 신비로운 베일에 싸여 있던 국왕이 서구세계 사람들의 상상 속에서 사제왕 요한이라는 잘 알려지지 않은 인물로 재현한 것이었다.

사제왕 요한은 중세시대에 '아메리카 엉클'[126]과 같은 존재였는데, 그가 실제 존재한 인물이었는지 알 수 없을 정도로 그에 대해 제대로 아는 사람이 없었다. 하지만 모든 아이들이 그에 대한 얘기를 듣고 자랐으며, 어려운 순간에 그가 나타나 도움을 줄 거라고 믿었다.

하늘에서 뚝 떨어진 인물 같았던 사제왕 요한은 당시 기독교인들에게 매우 강하면서도 친밀한 존재로 여겨졌다. 시리아와 팔레스타인에 있는 십자군 병사들은 늘 힘든 시련에 맞서야 했고 아예 절망에 빠지는 이들도 많았다. 그러한 병사들에게 이슬람 병사들이 점점 더 강한 힘으로 밀어붙이는 전쟁터는 그야말로 후광에 둘러싸인 채 등장하는 그를 마주할 수 있는 최상의 기회였다. 어느 날, 십자군 캠프 내에서 이슬람 포로들 간에 이상한 소문이 퍼지기 시작했다. 이슬람 군대가 지중해 연안의 제일 넓은 영토를 차지하고 있던 기독교 세력과 전투 중이었는데, 뒤쪽으로 무장한 기사들에 의해 공격을 당했다는 것이었다.

바람처럼 달리는 작은 체구의 말에 걸터앉은 채 화살을 쏘고 투창을 던지는 이 기사들은 과연 누구인가? 의심할 바 없이 그들은 신이 보낸 용병대였다. 기독교인들을 구하려고 달려온 사제왕 요한의 병사들이었던 것이다. 그러나 위대함만큼이나 불행과 아이러니를 가진 것이 인류 역사인 나의 속성이었다. 그 구원의 병사들은 기독교인이 아니라 이슬람 세계를 공격하기 시작한 칭기즈 칸이 보낸 몽골족 무사들이었던 것이다.

전진하라! 쉬지 말고 전진하라!

지금까지 나는 아랍인과 이슬람인들 얘기를 많이 했다. 어쩌겠는가. 알렉산드로스 대왕이나 프리드리히 2세만큼이나 사마르칸트와 인더스 강 유역에서부터 그라나다와 코르도바까지 펼쳐진 화려한 무슬림 세계를 사랑했던 나였으니. 코르도바에 있을 때 나는 유대인 의사, 마이모니데스와 중세 이슬람 철학자, 이븐 루시드와 가깝게 지냈다. 그 전에 조금 더 먼저 부하라[127]와 엑바타나,[128] 근방에 있던 페르시아 출신의 현인 철학자이며 의사인 이븐 시나[129]와도 가깝게 지냈다. 그리고 그 이후 — 페스트가 창궐하고, 발루아 왕조[130]가 출현했으며, 중국에서는 명나라 제국의 통치가 시작되고, 보카치오가 피렌체에서 활동하던 시기 — 에는 이븐 바투타[131]와 각별한 사이로 지냈다.

이븐 바투타는 여행이 모험이던 시대에 등장한 놀라운 여행자였다. 그는 고향인 탕헤르에서 페르시아와 중국까지, 중동에서부터 니제르와 모로코까지 말, 당나귀 등에 올라타고 때로는 배로, 물론 대개는 두 발로 걸어서 아프리카와 아시아 전역을 여행했다. 그가 남긴 기행문은 헤로도토스[132]와 패트릭 리 퍼머,[133] 에블린 워[134]와 니콜라 부비에[135] 혹은 그 멋진 『힌두쿠시 산맥에서 한 작은 여행』의 저자 에릭 뉴비[136]와 어깨를 견줄 만큼 중요한 자리를 차지하고 있다. 솔직히 말해 잘난 척하는 걸 정말 싫어하지만, 이쯤에서 한마디는 하고 넘어가야겠다. 바로 내가 이븐 바투타였다고.

나는 어렸을 때부터 걷는 걸 좋아했다. 내가 기억하고 있는 가장 오래된 일화도 모두 걷기와 관련이 있다. 물론 걷는 것 외에 나는 생각도 하고, 사랑도 하고, 여러 계획들도 세우고, 수학 관련 일도 했다. 그러면서 서서히 사회의 일원으로 살아가는 법을 터득해나갔다. 하지만 내가 제일 많이 한 일은 걷기였다.

다른 피조물들과 달리 나는 머리를 들고 별들을 바라보며 두 발로 걸었다. 아프리카 정글과 사바나는 물론 사막도 걸어서 횡단했다. 그렇게 두 발에 의지한 채 한 대륙에서 다른 대륙으로 건너갔다. 내가 태어난 아프리카를 떠나 아시아와 유럽, 태평양 섬들을 여행했고, 한참 후에는 아메리카 대륙으로 건너갔다. 그곳에서 내 모습을 체현했다고 주장하는 모든 이들로부터 떨어져 은둔한 채로 비밀스러운 삶을 살고 있었다. 스페인 출신의 한 제노바 사람이 범선을 끌고 당혹스럽게 등장하기 전까지 말이다.

나는 먹을 것을 찾아 걸었다. 전쟁터에서도 걸었다. 햇빛을 받으며 걸었고, 눈과 비를 뚫고 걸었고, 바람에 맞서 걸었다. 도시와 시골 모두 두 발로 걸어다녔다. 학교에 가기 위해 걸었고, 내 사랑을 되찾기 위해 걸었으며, 나의 신앙을 증명하기 위해 걸었다. 아하스에루스,[137] 라케돈, 부타다에우스…… 너무도 다양한 이름을 가진 새로운 나를 끊임없이 만나며 걸었다. 나는 유랑하는 유대인

이었다.[138]

이미 오래전에 알아챘겠지만, 나는 또 다른 나로 이어졌는데, 수없이 많은 가면을 바꿔 써가며 역사 무대에 등장했다. 유랑하는 유대인은 시지프스, 파우스트, 돈 후안보다 더 나의 상징이었다. 가장 정확한 나의 투영이었다. 이 이미지는 불행과 악, 그리고 연민과 속죄를 나타내면서 세상을 혼란스럽게 만들었다. 우리는 이 이미지를 곳곳에서 발견할 수 있었다. 그에 관한 책들 역시 수없이 많다. 우리는 모든 시대에 걸쳐 모든 언어로 이 이미지를 노래했다. 팔레스타인에서, 이탈리아에서, 프랑스에서, 에스파냐에서, 그리고 플랑드르 지방에서도.

도시의 부르주아들,
브라반트의 브뤼셀에 사는 그들이,
시민의 방법으로
지나치며 내게 다가왔다.
그들은 한 번도 본 적이 없었을 테지
이렇게 털이 덥수룩한 남자를.

선술집에 들어오시죠!
훌륭한 노인이시여.
시원한 맥주 한잔을
들이켜시오
기꺼이 당신을 위해

한잔 살 테니.

나는 마시겠소
당신과 함께 두 잔을.
하지만 나는 앉아 있을 수 없었다.
나는 서 있어야 했다.
나는 솔직히
그의 친절함에 매우 혼란스러웠다.

이삭 라케뎀
내 이름은 이삭 라케뎀이었다.
그렇게도 유명한
예루살렘에서 태어난 것이다.
그렇다. 나의 자녀들아, 내가 바로
유랑하는 유대인이었다!

앞서 얘기했듯이 나는 베네치아와 북경을 잇는 비단길을 따라
여행한 마르코 폴로의 삼촌이었다. 유스티니아누스 시대에는 비
잔틴, 아프리카, 그리고 아직은 알려지지 않은 아메리카 대륙, 또
여러분이 알고 있는 지중해로부터 멀리 떨어져 있는 곳에서 나는
영원히 기억될 인물로 살고 있었다. 현장[139]이라는 이 인물을 나는
매우 사랑했다.

예수 탄생 5백 년 전에 싯다르타 고타마[140]와 함께 인도 북부지

역에서 태동한 불교가 히말라야 산맥을 넘어 중국까지 전해지는 데 5백 년이 걸렸다. 그로부터 5백 년 뒤 중국에 불교신자 수가 크게 증가했는데 많은 이들이, 마치 기독교 신자들과 무슬림교도들이 각각 로마와 메카에 가기를 희망하듯, 인도에 가기를 간절히 바랐다. 뛰어난 여행자였던 현장은 중국의 장안에서 — 대안탑[141]과 황제를 잊지 않기 위해 그의 무덤을 지키는 도자기 병사들로 잘 알려져 있는 — 출발해 코끼리의 나라인 남염부주,[142] 천축(인도의 옛 이름), 시안두 혹은 인두 — 오늘날의 인도 — 로 갔다.

불교에서 법의 대가, 성 제롬[143]이라 불리는 그는 무려 2년에 걸쳐 인더스 강에 도달했다. 붉은 빛깔의 야윈 말 등에 반질거리는 안장을 얹고, 앞쪽에는 철 장식을 단 채, 그는 고비사막과 움직이는 모래와 악마, 뜨거운 바람으로 가득한 위구르 왕국을 횡단했다. 이어 시르다리야 강과 아무다리야 강을 건너고, 아랄 해로 합류하기 전까지 3천 킬로미터를 따라 흐르는 그 유명한 야크사르 강(시르다리야 강의 옛 이름)과 옥수스 강도 건너고, 힌두쿠시 산맥의 얼음계곡과 죽음의 협로도 넘어갔다.

그는 배고픔과 목마름을 견디고 모래 태풍과 눈사태, 온갖 도적과 악귀들 모두를 이겨내며 앞으로 나아갔다. 고비사막 한가운데서 가죽으로 만든 물주머니를 떨어뜨리는 바람에 귀한 물이 모래 위에 쏟아진 적이 한두 번이 아니었다. 그 물은 바위의 움푹 파인 곳으로, 산 한가운데 눈으로 뒤덮인 곳으로 흘러갔다. 현기증 때문에 그곳에서 꼼짝할 수 없었던 그는 멈춰 서서 절망감을 극복하기 위해 사력을 다하여 중국이와 산스크리트어로 불교의 지혜를 담은 경구들을 소리 내어 암송했다. 불타는 사막의 열기 속에서, 그리고 몇 날 며칠 쏟아지는 눈보라 속에서, 가파른 벼랑 끝에서 몇 번을 쓰러졌는지 셀 수도 없었다. 어느 날 그는 두려움에 밀려 의식을 놓친 적이 있었다. 그때 꿈속인 듯 자기보다 두세 배는 더 커 보이는 무시무시하고 거대한 정령이 창과 깃발로 무장한채 앞에 나타나 큰 소리로 외쳤다. "빨리 잠에서 깨어나 걸어라." 현장은 2년 동안 수없이 많은 왕자와 현인은 물론 악마와 도적떼를 만났으며, 배고픔과 목마름은 물론 더위와 추위를 견딘 끝에 마침내 인더스 강 유역에 도착했던 것이다. 그는 그곳에서 12년 동안 남염부주, 코끼리의 나라, 여러분이 부처라고 부르는 세기의 지존, 여래의 조국을 두루 돌아다녔다.

법의 대가였던 그는 자신의 지식과 신앙을 끊임없이 파고들었다. 이를테면 소승불교[144]와 대승불교, 삼보,[145] 오계명,[146] 그리고 산스크리트어로 쓰인 신성한 텍스트들을 연구했다. 그는 끈질기게 세기의 지존인 부처의 모든 흔적을 찾아 나섰다. 머리나 다리 뼈 한 조각, 손톱 한 조각, 머리카락 한 올, 그리고 32개의 치아 중 하나라도 발견하려고 곳곳을 찾아다녔다. 12년 동안 그의 신실한 제자들은 그에게 부처의 치아 50여 개를 전하였다. 하지만 가장 놀라운 경험은 현재 아프가니스탄 동북부에서 가까운, 중국 현인들이 'Na jie luo he(나 지에 루오 허)'라고 부르는 나가라하라[147] 왕국의 깊은 동굴 벽에서 나온 것이었다. 이곳은 부처가 자신의 그림자를 남겼다는 불교성지로 알려져 있다.

아프리카를 떠나고 있는 여러분 선조들 뒤로, 유랑하는 유대인인 이삭 라케뎀,[148] 중국인 현장, 모로코인 이븐 바투타 그리고 나의 조카 마르코 폴로, 꿈꾸기 위해 멈춰 서는 아이, 태양과 위력을 찾아낸 환자들 뒤로 큰 소리가 울려 퍼진다. "걸어가라! 쉬지 말고 걸으라!" 나는 그들을 모두 시간과 공간 속에 걷게 했으며 그들은 나와 함께 걸어갔다.

비앙카 카펠로의 브리오슈

어쩌면 여러분은 지금까지 내가 너무 위대한 이들 — 알렉산드로스 대왕, 시저, 하룬 알 라시드, 테오도라, 그리고 로마에 대항한 팔미라 제국의 제노비아 여왕…… — 과 그들의 제국에만 대부분의 시간을 할애했다며 불평할지도 모르겠다. 틀린 말은 아니다. 지금까지 이어온 긴 여정에서 나는 과거에서 뿜어져 나와 현재를 움직이게 만들고 미래의 이미지를 전달하는 인물들을 감탄의 눈으로 바라보았다. 대가들이 말했듯이 큰 무리의 집단이나 큰 강과 문자, 도시의 탄생에 혹은 과학, 기술, 예술에 더 주의를 기울여야 했는지도 모르겠다.

큰 강의 예로는 메소포타미아와 유프라테스 강을 들 수 있겠다. 강 유역을 따라 처음 생겨난 농촌들도 흥미로운 주제다. 강을 이용해 만든 관개시설도, 도자기 제조 기술도 흥미롭지 않을까. 수메르의 도시국가였던 키슈,[149] 우르,[150] 우루크[151] 그리고 사르곤,[152] 라가시,[153] 함무라비,[154] 길가메시,[155] 코르사바드,[156] 니네베[157]도 꼽을 수 있다.

하라파와 모헨조다로[158]와 모헨조다로[159] 같은 인더스 고대 문명지, 나일 강. 다뉴브 강도 있다. 그리고 수메르의 설형문자, 고대 이집트의 상형문자, 고대 이집트의 초서체 승용문자 등 다양한 문자들도 있다. 게다가 고대 인도의 천재 수학자 아리아바타가 발명한 제로도 있다. 그가 제로를 아랍인들에게 전수했고, 이후 아랍인들에 의해 서구세계까지 전해졌다. 물론 도시들도 있다. 가장 오래된 도시에서부터 — 아나톨리아 반도의 괴베클리 테베[160] 혹은 아나톨리아의 차탈휘익,[161] 알레포,[162] 다마스쿠스,[163] 예리코[164] 등 수없이 많다 — 내가 그토록 사랑했던, 정신을 놓을 만큼 아름답고 매력적인 이탈리아의 도시들까지.

사람 다니는 길이 따로 구분되어 있지 않아 사랑받았던 도시들이다. 기억이 난다. 햇빛이 쏟아져 내리는 회랑으로 이어진 거리를 따라 하늘거리는 천으로 만든 즈크 신발(운동화 따위)을 신고 산책하던 기억이 난다. 차량의 위험 따위 전혀 고려하지 않고 만든 회랑들이었다. 온몸이 행복감에 젖어들었다. 높은 언덕에 자리한 베르가모, 베로나, 비첸차, 파도바, 만토바, 페라라, 우르비노, 그리고 화려한 광장을 자랑하는 이탈리아의 아름다운 도시로 손꼽히는 크레모나, 피사에서도 그랬다. 성 프란체스코 아 리파 성당은 스탕달이 들려준 이야기[165]처럼 한 익명의 여자가 이상한 장례 미사를 주관한 곳이다. 사랑하는 연인을 배신한 한 남자가 숨도 제대로 쉬지 못한 채 장례 미사를 지켜보고 있다. 성당을 나서는 길에 칼에 맞아 죽게 될 운명인 한 남자. 그 외에 거대한 별장과 성당, 성곽과 엘리자[166]의 기억이 남아 있는 루카[167]에서도 나는 행복했다. 성 프란체스코 성당의 벽에 걸린 피에로 델라 프란체스카[168] 작품

「콘스탄티누스 대제의 꿈」이 화려하게 빛나는 아레초에서도. 내 머리를 어지럽히던 스폴레토에서도. 그리고 이탈리아인들에게조차 알려지지 않은 천재 건축가 콜라 델 아마트리스[169]의 기억이 반쯤 지워진 안코나 인근 마르케 주의 소도시 아스콜리피체노에서도. 당연히 나폴리에서도. 바그너, 지드, 스타이런,[170] 고어 바이덜[171]이 노래한 라벨로[172]에서도. 피렌체에서, 그리고 내가 오랫동안 행복한 시절을 보냈던 베네치아에서도 행복했다.

베네치아는 여러분도 잘 알다시피 아틸라의 훈족에 의해 아퀼레이아[173]에서 쫓겨난 난민들이 대거 몰려와 정착한 척박한 늪지대였다. 혹독한 자연에 맞서 인간의 천재성이 승리한 도시였다. 이 자리에서 베네치아 상인들이 팔레스타인에서 목숨을 내놓고 성 마르코 사도의 유물을 돼지고기 밑에 숨겨 가지고 들어와 유명해진 성 마르코 성당 얘기까지 길게 늘어놓진 않겠다. 베네치아가 동방의 모든 꿈을 향해 열려 있는 서구의 관문이며 바다의 세관이라는 것도. 주데카 운하 얘기도. 그리고 베네치아 군 세력의 심장인 병기창 얘기도. 러시아의 거대한 강들을 따라 콘스탄티노플로 남하한 바이킹과 가까운 부족인 바랑기아[174] 죄수들의 룬문자[175]가 새겨진 비잔틴 사자들 얘기도 길게 하지 않을 생각이다. 그 외에 미켈란젤로, 산소비노[176] 그리고 다 폰테와의 경쟁에서 결국 안토니오 다 폰테가 승리한 결과물인 리알토 다리[177] 얘기도. 퐁파두르 부인이 베네치아 얘기를 하면서 "당신은 그 아래쪽에 오셨나요?"라고 묻자 "그 위쪽에서 왔지요."라고 대답한 카사노바 얘기도 하지 않겠다. 헤엄쳐서 석호를 건넜다는 바이런, 리도 섬의 모래사장 위에 자신이 가장 사랑했던 여인의 이름을 적었다는 샤토브리앙에서부터 뮈세, 러스킨, 프루스트, 모랑, 그리고 수많은 이들에 이르기까지 언제나 새롭게 부활하는 베네치아는 아드리아해에 자신의 영원한 오페라를 불러주었다.

긴 콧수염클럽 멤버였던 앙리 드 레니에[178]는 주로 산마르코 광장의 플로리안 카페[179] 테라스에서 베네치아 공화국의 영광을 노래하는 4행시를 썼다.

혈관처럼 뻗어나가는
베네치아의 운하
구불구불 섬세하게 구비치는
마노[180]의 방추 같구나.

혹은

태양이 뜨겁게 달군다.
에스클라본 둑의 타일을
베네치아, 우리는 알고 있지!
너의 굴곡진 모퉁이와 미로들을.

혹은

석호에서 불어오는 매서운 바람에

제멋대로 물결의 흐름은 바뀌는데,

베네치아 네 보물이 돌아가는 것을 보았다네,

오, 바닷가의 도가나![181]

혹은

반짝이는 물결에 대리석은 베이고,

노 젓는 소리는 쉼 없이 메아리친다.

레초니코 궁전[182]의

서늘한 그늘 밑을 지날 때면.

나는 베네치아의 곤돌라 사공이었다. 이름은 마르칸토니오. 고백하건대 나는 곤돌라를 무척 잘 젓고 노래도 잘 부르는 미소년이었다. 이따금씩 베네치아 귀족가문의 딸 비앙카 카펠로를 곤돌라에 태워 석호 주위를 산책시켜주곤 했다. 무슨 행운인지, 그녀가 내게 빠져들기 시작했다. 그녀는 대운하에 있는 성채에 살고, 나는 병기창 뒤 산 피에트로에 있는 작은 집에 살고 있었다. 그녀는 열여섯 살이었고, 나는 열아홉 살이었다. 그녀는 무척 대담한 여자였다. 밤이 깊어지면 성문을 조금 열어놓고 나를 만나러 오곤 했다.

어느 날 아침, 아니 꽤 이른 새벽에, 그녀를 집 가까이 데려다주었는데, 얼마 지나지 않아 그녀가 곧바로 숨을 헐떡거리며 달려와 큰일 났다며 난리법석을 떨었다. 몰래 밤마다 나다니던 문을 누군가 잠가버렸다는 것이다. 그녀는 결심한 듯 물었다. "나를 사랑하세요?"라고. 나는 대답했다. "사랑해요."라고. 그러자 그녀가 "그러면 우리 도망쳐요."라고 말했다. 그렇게 해서 우리는 곧바로 피렌체로 도망쳤다. 나는 베네치아 운하의 물길을 잘 알고 있었다. 육지에 도착하자마자 각자 말을 몰기 시작했다. 다음 날 아침, 카펠로 가문은 경찰병력을 대대적으로 동원해 우리를 수색했다. 하지만 때는 이미 늦었다. 우리는 그날 밤 피렌체로 무사히 도망쳐 나올 수 있었다.

피렌체에서는 우리가, 아니 그녀가 도망칠 때 들고 나온 돈으로 작은 거처를 마련해 정착할 수 있었다. 그렇게 몇 달, 아니 몇 주간은 행복한 날들을 보냈다. 굳이 변명할 생각은 없다. 모든 게 내 잘못이었으니. 이런 삶을 살아가기에 나는 너무 젊고 경솔하며 아무 근심도 없었다. 피렌체의 와인은 정말 훌륭했다. 삶이 쉬워 보였다. 친구들도 새로 사귀었지만 그다지 신뢰할 수 없었다. 나는 일을 하지 않았다. 반면 비앙카는 열심히 일했다. 그녀는 옷 재단은 물론 자수 실력이 빼어났다. 나는 밤마다 술친구들과 어울려 거리를 흥청망청 돌아다녔는데, 뒤처리에 빈틈이 많았다. 비앙카 혼자 지내는 시간이 점점 늘었다. 어느 날 저녁, 베키오 다리[183] 뒤편에 있는 한 선술집에서 술을 진탕 마신 뒤 난투극에 휘말려 칼을 맞는 바람에 초라한 나의 삶이 끝나버렸다. 죽음 이후 그 일이 우발적인 사건이었는지 아니면 조작된 건지 굳이 알려고 하지 않았다. 만일 조작된 거라면 누구 짓일까?

비앙카는 피렌체에서 혼자 지냈는데, 그녀는 여전히 젊고 용감했으며, 뭐든 자신만만하게 행동했다. 그녀는 부모와 형제들로부터 협박과 애원이 뒤섞인 편지를 받았지만 부드러우면서 단호하게 대답했다. 어찌 됐건 자신이 선택한 삶이니 끝까지 책임지겠다고. 그녀는 생활비를 벌기 위해 일하기 시작했다. 많은 돈이 필요한 건 아니었다. 그녀는 여전히 아름다웠지만 아무도 만나지 않았다. 피렌체 사람들이나 이방인들이 그녀를 따라다녔는데, 그때마다 그녀는 미소 지으며 거절했다. 어쩌면 그녀는 내가 생각했던 것보다 나를 더 많이 사랑했는지도 모르겠다. 아니면 스스로 자신을 보호해야 할 운명을 받아들이고, 모든 의무를 다하겠다고 다짐했는지도.

비앙카는 산 미니아토 가에 있는 방 두 개짜리 작은 집에서 살았다. 저녁 무렵 일을 다 끝내고 창가에 기대 피렌체 도시 위로 저무는 해를 바라보곤 했다. 어느 화창한 날, 그녀는 집 앞 광장에서 멋진 기사가 말을 타고 지나가는 모습을 목격했다. 그 광경이 너무 마음에 들었다. 그 순간 그녀를 바라보고 있는 기사와 눈이 마주쳤다. 그녀는 깜짝 놀라 한발 뒤로 물러섰다. 그다음 날 기사는 전날처럼 광장에 서 있었다. 그다음 날도. 그러더니 며칠 아무 일 없이 지나갔다. 그가 더는 나타나지 않았다. 그러던 어느 날 아침, 말끔하게 차려입은 한 남자가 쪽지 한 장 남기지 않고 예쁜 꽃다발만 전해주는 것이었다. 그 모습을 본 집주인이 놀란 얼굴을 했다. 비앙카 역시 놀랐지만 애써 태연한 척했다. 그 기사가 꽃다발을 보낸 게 아닐까 짐작만 했을 뿐. 그다음 일요일 오후, 기사가 다시 나타났다. 그가 비앙카가 있는 테라스 쪽을 올려다보았다.

비앙카는 커튼 뒤에 숨어 있었다.

그다음 날, 피렌체의 대부호 은행가 부인이 주문한 드레스를 입어보려고 비앙카 집으로 찾아왔다. 부인이 막 떠나려고 할 때 비앙카가 창문 밖을 힐끗 내다보았다. 기사가 그 자리에 꼼짝하지 않고 서 있었다. 그녀는 한발 뒤로 물러섰다. 은행가 부인이 그 모습을 보고 물었다.

"무슨 일이에요?"

"아, 아니, 아무것도 아니에요. 비앙카가 대답했다. 광장에 기사한 분이 서 계시는데 거의 매일 저렇게 와서 서 있어요."

피렌체 귀부인은 비앙카가 가리키는 쪽을 바라보고는 놀란 얼굴로 물었다.

"저 분이 누군지 알아요?"

"아니오. 몰라요." 비앙카가 대답했다.

"대공이세요."

"대공이요?"

"프란체스코 1세 데 메디치요."

토스카나 대공인 프란체스코 1세 데 메디치는 잔 도트리슈[184]와 결혼해 마리라는 딸을 낳았다. 그녀가 바로 마리 데 메디치로 프랑스의 앙리 4세와 혼인하고 루이 13세를 낳았다.

프란체스코 1세 데 메디치는 아름다운 비앙카 카펠로에게 첫눈에 반해버린 것이다. 그는 끊임없이 온갖 선물과 꽃다발, 보석 등을 바쳤다. 비앙카는 처음에는 거절하고 돌려보냈지만 점차 받아들이기 시작했다. 이렇게 해서 그녀는 그의 연인이 되었다. 연인들을 위한 신이 존재하는 건지, 아니면 단지 운이 좋았던 건지, 얼마 지나지 않아 잔 도트리슈가 세상을 떠났다. 프란체스코 1세는 비앙카를 두 번째 신부로 맞이했다. 어딘가 산만하고 가벼운 성격의 프란체스코 1세는 예술을 사랑하고 골동품 수집에도 취미가 있었을 뿐만 아니라 화학과 연금술에도 조예가 깊었다. 하지만 피렌체 전체 역사에 대단한 발자취를 남긴 이는 아니었다. 반면 피렌체는 비앙카 카펠로의 통치기간 동안 눈부신 변화를 경험했다. 몽테뉴는 이탈리아 여행기에 친절과 기품을 갖추고 자신을 환대해준 대공 부인을 언급한 바 있다. 새 대공비의 평판은 어두운 스캔들과 함께 토스카나 밖으로까지 빠르게 퍼져나갔다. 베네치아 카펠로 가문의 협박과 질책이 얼마 지나지 않아 감동 어린 눈물과 부드러운 환대의 분위기로 바뀌기 시작했다. 프란체스코 1세는 비앙카를 사랑했고, 비앙카는 프란체스코 1세를 사랑했다. 드디어 행복이 자리 잡는가 했다. 하지만 나처럼 비앙카도 여러 다른 이유들로 행복을 오래 누리지 못했다. 군사 정복, 왕국, 사랑, 성공과 실패 등 모두 마찬가지다. 여러분은 어쩌면 이제 내가 어떻게 기능을 하는지 이해했을지도 모르겠다. 모든 것은 지나가고, 모든 것은 무너지기 마련이다.

프란체스코와 비앙카에게는 대를 이을 자녀가 없었다. 프란체스코에게 남동생, 페르디난도 데 메디치만이 있을 뿐이었다. 페르디난도 데 메디치[185]는 큰 야망을 품은 추기경이었다. 두 형제는 가능한 서로를 피해 다닐 정도로 사이가 좋지 않았다. 페르디난도 추기경은 피렌체에서 멀리 떨어진 로마에 살고 있었다. 개인적 감정은 제쳐두고 정치적 이해관계로 두 사람이 화해할 시간이 다가왔다. 추기경이 피렌체로 돌아왔던 것이다.

라벤나의 화려한 향연에서 볼 수 있듯이 사냥을 끝낸 뒤 호화로운 별장에서 만찬이 벌어졌다. 이 가문은 예술 옹호자로 부르봉 왕조나 합스부르가와 가깝게 지냈고, 추기경 혹은 유명한 국가권력가를 배출하기도 했다. 프란체스코는 사냥 행사를 지휘했고, 페르디난도는 만찬을 주관했다. 프란체스코와 비앙카는 둘 다 이 만찬에서 죽음을 맞게 된다. 독약을 마신 게 분명했다. 사고였을까 아니면 의도적 살해였을까? 내가 아는 바는 없다. 수수께끼 같은 이 사건에 그 어떤 대답도 갖고 있지 않다. 물론 우발적 사고보다는 살해 가능성에 무게를 두긴 해도. 두 가지 정반대의 가정을 엿볼 수 있겠다.

첫 번째는 아주 간단하다. 페르디난도가 토스카나 공국의 제1인자가 되기 위해 그들의 음식에 독을 탔을 거라는 가정이다. 그러나 알렉산드르 뒤마의 소설은 물론 여러 소설들에서 볼 수 있듯이 두 번째 가정이 좀 더 섬세하고 흥미진진하다. 두 형제 사이에만 반감이 존재했던 게 아니라 페르디난도와 비앙카도 서로 증오하는 사이였을 수 있다. 비앙카는 페르디난도의 독살 계획을 짐작하고 있었다. 그녀는 오히려 한발 앞서 추기경에게 줄 브리오슈에 독을 넣어두라고 마녀처럼 생긴 주방장에게 명령을 해두었던 것이다. 비앙카가 미소를 띠며 추기경에게 브리오슈를 건네려고 하는데, 그 순간 프란체스코 대공이 다른 일을 하다 성급히 안으로 들어오는 길에 "너부 배가 고픈걸"이라 말하며 급히 브리오슈를 집어 입에 넣었던 것이다.

비앙카는 곧바로 결정을 내렸다. 베네치아에서부터 그녀가 강인한 성격의 소유자였다는 걸 우리는 잘 알고 있지 않은가. 용감한 여자였다. 그녀는 남편의 행동을 저지하고 싶었지만 그 자리에서 스스로 자기 죄를 고백하지 않고는 위험을 알릴 방법이 없었다. 그녀의 머릿속으로 여러 생각들이 스쳐 지나갔다. 그녀는 몸을 곧게 펴고 자리에서 일어나 빵 한 조각을 입에 베어 물었다. 그렇게 두 사람의 사랑과 삶에 종지부를 찍었던 것이다. 그들의 장례식은 궁정의 품위를 갖추고 나흘간 계속되었다. 페르디난도는 철저히 관례적인 눈물을 쏟아낸 뒤 추기경 지위를 내려놓고 토스카나 공국의 대공 자리를 차지했다.

비앙카의 브리오슈는 꽤 단순한 문제를 우리에게 지시한다. 과연, 당시 내가 보인 모습과 다른 모습이 될 수 있었을까? 스스로 자주 되묻는 질문들 중 하나다. 오직 신만이 그 답을 알 수 있을 것이다. 좀 더 간단한 문장으로 요약해보면 "만일……?"

비앙카 카펠로가 정말 시동생의 목숨을 빼앗기 위해 그런 모략을 준비했다고 가정해보자. 만일 그녀의 남편이 추기경에게 주려한 브리오슈를 먹으려고 뛰어들지 않았다면 어떻게 되었을까? 만일 줄리어스 시저가 마지막 순간에 루비콘 강을 건너는 걸 포기했다면 어떻게 되었을까? 만일 루이 16세 처형을 논의했던 국민공회에서 루이 필리프 왕의 아버지나 르 펠트티에 드 생 파르조[186] 후작이 루이 16세를 위해 표를 던졌다면 어떻게 되었을까? 한 표 차이로 그의 운명은 달라지지 않았을까? 만일 1941년 소련침공을 위해 독일이 계획한 바르바로사 작전[187]이, 그리스와 유고슬라비아가 무솔리니가 이끄는 이탈리아와 히틀러를 앞세운 독일에 저항한다는 이유로 6월 22일로 늦춰지지 않았다면 어떻게 되었을까? 답은 꽤 명확해 보인다. 나는 분명 다른 길을 택했을 것이다. 인류 역사는 다르게 흘러갔을 것이다.

그렇다. 인류 역사는 달라졌을 것이다. 하지만 역사는 그대로 나아갔다. 우리가 알고 있는 그대로 나아갔다. 역사의 진전에서 놀라운 건 이미 일어난 역사의 절대적 필요성과 — 물론 역사적 사건에 대한 해석은 시간에 따라 달라질 수 있지만, 내용만큼은 그 누구도 알지 못하는 단단한 대리석에 새겨져 있다 — 계속 자신의 길을 개척해가는 우연에 기인한 불확실성이라 할 수 있다. 이 두 가지를 분리해서 바라보는 것은 당신의 자유다.

여러분 삶의 매 순간 아주 작은 시도, 아주 미세한 행동, 아주 작은 결정들, 나비의 날갯짓이 역사의 흐름을 바꿀 수 있다는 느낌을 준다. 그렇다고 역사가 제멋대로 나아가고, 순전히 우연의 연속일 뿐이거나 영원히 우발적이라고 상상하는 건 불가능한 일이다. 우연을 넘어서, 우연하에 그리고 우연의 뒷면에는 반드시 필연이 존재하고 있다. 우리는 눈앞에 심연처럼 열리는 역설에 갇히게 되는 것을 볼 수 있다. 지나간 역사는 필연적이다. 그리고 역사는 여러분의 자유로부터 태어난다. 비앙카에게 있어서 브리오슈를 먹을 것인지 먹지 않을 것인지는 모두 그녀의 자유였다. 하지만 그녀는 먹지 않을 수가 없었다. 이미 일어난 역사 외에 다른 역사는 있을 수 없었나.

인간은 자유롭게 역사를 만들어간다. 하지만 역사는 만들어지자마자 곧바로 필연이 된다. 이 필연성을 받아들이는 것 역시 온전히 당신의 자유다. 스피노자와 헤겔은 — 헤겔의 사상은 계속 변화하는 스피노자 사상이라 할 수 있다 — 다른 특별한 것을 우리에게 알려주지 않는다. 내가 여러분께 이야기하는 역사, 나 자신과 혼동되는 역사는 미쳐 날뛰는 말도, 고장 난 기계도 아니며, 작은 바람이나 온갖 폭풍의 먹잇감도 아니다. 역사는 자신의 운명을 향해 나아가는 데 반드시 필요하고 일관성을 갖춘 하나의 힘인 것이다. 그러니 비앙카 카펠로의 독이 든 브리오슈가 역사의 흐름을 결코 바꿀 수는 없었다. 여러분들 모두의 운명처럼, 인생처럼, 그리고 우주 그 자체처럼 역사는 하나의 수수께끼인 동시에 하나의 비밀인 것이다. 역사는 신비로운 비밀이다.

비앙카 카펠로의 베네치아와 피렌체에 갈 때면 나는 언제나 행복했고, 늘 설렜다. 나는 쉬지 않고 두 도시의 아름다움을 노래했다. 특히 베네치아를 더 찬미했다. 로마가 자신들의 법과 군대로 이 땅과 예술 위에 군림했다면 베네치아는 무역선박과 함대를 가지고 예술과 바다 위를 군림했다. 베네치아의 생명이 지속된 기간은 — 석호에 세워진 이후부터 보나파르트에 의해 완전히 파괴될 때까지 천 년이 조금 넘는 시간으로 — 오직 이집트, 중국과 일본 제국, 가톨릭 성당에만 뒤처질 뿐이다.

비앙카 카펠로 훨씬 이전, 베네치아의 황금기는 콘스탄티노플이 두 차례 함락된 그 사이에 위치한다. 첫 번째는 1204년 제4차 십자군 원정시 단돌로[188] 총독에 의해 함락되었고, 두 번째는 1453

년 5월 29일 터키의 마호메트 2세에 의해 정복되었다. 두 세기가 넘는 이 기간에 알렉산드로스 대왕[189]과 오마르, 그리고 로마의 계승자인 베네치아 공화국은 지중해 전역을 당당하게 지배했다. 터키의 침입으로 베네치아는 쇠약의 길을 걷게 되지만 가장 결정적인 타격은 그 이후 콘스탄티노플이 함락된 지 40년이 지난 1492년 10월 12일, 크리스토퍼 콜럼버스가 70일간의 항해 끝에 아메리카 대륙을 발견한 때에 겪게 된다. 세상의 중심이 이동한 것이다. 지중해와 아드리아해[190]에서 대서양으로.

태양 아래 새로운 것

우리는 축복의 해인 1492년 8월 이른 새벽, 모게르의 팔로스 항구[191]를 출발했다. 20미터 넓이의 커다란 돛배 니냐호에는 22명의 선원이 타고 있었다. 내가 탄 핀타호는 22미터의 돛배였는데, 여기에도 26명의 선원이 타고 있었다. 산타마리아호는 25미터가 넘는 더 육중한 함대로 약 30명의 선원을 태웠다. 무더운 날씨였다. 열여섯 살밖에 되지 않은 나는 무서웠다. 몇 주 전 카르타헤나 선술집에서 정신 나갈 만큼 술에 취해 함정에 빠진 것이다. 선원 모집 담당 경관이, 털끝만큼의 양심도 없어 보이던 그 경관이, 볼품없고 불행해 보이는 모습에도 불구하고 내가 총독, 대제독이라고 불러주는 이를 위해 일하는 그 경관이 내게 다가와 돛단배의 아름다움을 잔뜩 늘어놓더니 사탕발림의 온갖 약속을 하면서 보잘것없는 종이 한 장에 서명을 하게 만들었다. 이렇게 해서 나는 핀타호의 선원으로 일하게 되었다. 아, 이 무슨 불행이란 말인가! 아무 짓도 하지 말았어야 했는데, 나는 얼마 지나지 않아 자살행위와 같은 이 미친 모험에 나선 이들이 그리 많지 않음을 알 수 있었다.

아무도 그 배를 지휘하는 제독이 어떤 사람인지, 어디서 왔는지 알지 못했다. 소문은 무성했지만 다 알다시피 사람들은 아무 말이나 늘어놓길 좋아한다. 그가 제노바나 사본 출신이라는 설도 있고, 그의 아버지가 방직공이었다고도 했다. 본인 스스로 젊었을 때는 스무 살이나 스물다섯 살까지 방직공으로 일했다고 했다. 하지만 다들 그가 절대 방직공이었을 리가 없다며 오히려 해적이었을 거라고 했다. 그가 미 대륙을 먼저 밟은 이를 죽였고, 그 일로 자신을 비난하던 아내마저 살해했다고. 이사벨라 가톨릭 여왕[192]의 정부라는 소문도 돌았다. 그러면서 그가 유대인 출신일지 모른다고, 사실 페르디난도 2세[193]와 이사벨 1세 치하에서는 가톨릭 신자가 아니라면 그리 좋은 일은 아니라며 소곤거렸다. 알 수 없는 일이었다. 바위 속 샘물처럼 분명한 건 그가 불굴의 정신을 소유한 자라는 사실이었다. 그는 오직 한 가지만 생각했다. 내 조카, 마르코가 횡단한 것처럼 그는 동쪽이 아니라 서쪽으로 대서양을 횡단해 옛 일본Cipango과 쿠빌라이의 전설적인 왕국인 중국Cathay에 도달하고 싶어 했다. 그는 포르투갈 왕을 설득하는 데 실패했다. 하지만 가톨릭 군주였던 이사벨 1세와 페르디난도가 그의 계획을 후원하기로 했다. 그가 항해 중 발견하게 될 모든 대륙의 총독으로 임명하겠다는 약속과 함께. 그렇게 모험이 시작되었다.

지리학자들은 그리스 시대 이래, 알렉산드리아의 프톨레마이오스[194] 이래로 아니, 그 이전부터 어느 곳에 있든 지구가 둥글다고 믿었다. 하지만 평범한 유한자인 인간들, 심지어 테르툴리아누스[195]처럼 위대한 사상가들조차 북극과 남극에서 비가 아래에서 위로 떨어진다는 사실을 받아들이기 힘들어했다. 어떻게 지구 반대편에 있는 사람들이 머리를 땅 아래쪽으로 두고 살 수 있는지 이해할 수 없었던 것이다. 니냐, 산타마리아, 핀타호를 탔던 많은 사람들은 바다가 둥글다는 사실을 믿지 않았다. 하지만 그들은 결국 마치 운명에 따르듯 깊은 신뢰를 가지고 제독을 따랐다.

마디라 섬,[196] 아소르스 제도,[197] 카나리아 제도[198]들은 이미 잘 알려져 있었다. 나의 동료들 모두 그 너머에 섬들이 나타나리라 기대했다. 적어도 그 유명한 아틀란티스[199] 군도 중 하나 정도는 나타날 거라고 기대했다. 옛 선조들, 학자들은 물론 유명한 항해사들도 타리크 산이라 일컫는 헤라클레스 기둥[200] 뒤편에 아틀란티스 섬이 자리하고 있다고 믿었다.

바다를 향한 첫 출발은 언제나 흥미진진했다. 일이 틀어지는 건 항해를 시작한 뒤에나 벌어지는 법. 뭔가 일들이 얽히며 어긋나고, 돛이 부러질 수도 있고, 괴혈병이 돌 수도 있다. 항해 후 얼마간은 꽤 흥겨운 시간들이었다. 바다는 아름다웠고, 잔잔했다. 좋은 기운이 느껴졌다. 무엇보다 미지의 세계에 대한 흥분도 한몫했던 것 같다. 그런데 갑자기 바람이 세게 불기 시작했다. 연중 그 무렵에는 좀처럼 만나기 힘든 태풍이 불기 시작한 것이다. 다행히 큰 피해는 없었다. 해가 다시 나타났고, 별문제가 없어 보였다. 그렇게 여러 날이 천천히 지나갔다. 몇 주쯤 지났을까. 항해를 시작한 지 3, 4주쯤 무렵, 선원들 사이에 약간의 무기력증이 퍼지면서 초조해하는 이들까지 생겨났다. 물과 식량은 두세 달치 넘게 남아있었다. 두 달 반쯤이라고 해두자. 한 달 보름이 지나자 강단 있던 사람들조차 초조함과 무기력감에 휩싸이면서 걱정하기 시작했다. 마음이 약한 이들은 절망에 빠져들었다.

오래된 전설이 선원들 모두의 머릿속을 맴돌기 시작했다. 당시 지도에는 종종 아프리카나 아시아 북쪽에 '미지의 대지'라고 적혀 있는 걸 볼 수 있었다. 아직 탐험해보지 못한 대서양 항해 지도에 서쪽으로 이따금씩 거대한 물고기, 괴물, 심연의 장면들이 등장했다. 저녁이면 선원들은 값싼 포도주를 마신 뒤 잠시 휴식을 취하기 전에 쉬지 않고 이상한 말들을 서로 나눴다. 바다 끝까지 가면 엄청난 물 벽과 꺼지지 않는 불과 방패로 무장한 천사들이 있을 거라고. 끔찍한 괴물과 허공, 지옥이 기다리고 있을 거라고.

5백 년 조금 안 되는 시간이 흐른 뒤 나는 비슷한 모험에 뛰어들 운명이었다. 1969년 7월 20일, 나는 닐 암스트롱, 에드윈 버즈 올드린[201] 동료와 함께 아폴로호로 달 착륙을 시도하게 될 것이다. 예수의 탄생과 문자 발명 이래 가장 멋진 사건이었다. 그들은 달 위를 걸었다. 나는 직접 달에 발을 디뎌보지 못했다. 전 세계 사람들 모두 닐과 에드윈의 이름을 알고 있다. 나는 달에 착륙한 세 번째 사람이었다. 누군가는 우주선에 남아 있어야 했다. 바로 내가 그 역할을 맡았다(여기서 '나'는 마이클 콜린스로 닐 암스트롱과 에드윈 버즈 올드린이 달 표면을 걷는 동안 궤도 위의 사령선 모듈을 담당하였다). 우리는 출발할 때 정말 달에 착륙할 수 있을지 알지 못했다. 당연히 사고는 늘 도사리고 있었다. 우리는 용감했다. 적어도 어디로 가고 있는지는 알고 있었다.

반면 니냐와 핀타, 산타마리아에 오른 말단 선원, 갑판 선원, 견습 선원들은, 당시 갑판 선원이었던 나를 포함해 누구도 어디로 가는지 알지 못했고, 목적지에 도대체 무엇이 존재하는지도 몰랐다. 항해에 성공한 크리스토퍼 콜럼버스와 그의 동료들조차 어디에 도착했는지 알지 못했고, 그들이 무엇을 발견했는지도 제대로 알지 못했다. 팔로스 항구를 떠난 지 두 달이 지난 뒤에도 여전히 그들 앞에는 바다가 놓여 있었고, 계속 항해해야 했다. 한 줌의 땅조차 보이지 않았다. 식량은 점차 고갈되기 시작했다. 물도 거의 바닥이 났다. 선원들이 부글거리며 저항하기 시작했다. 저녁이면 우리의 잠자리인 배 밑바닥에서 매섭게 결심한 선원들이 서로의 생각을 드러내기 시작했다. 너무 늦기 전에 당장 배 세 척 모두 돌려 에스파냐로 돌아가자고 했다. 제독으로선 점점 질서를 유지하는 일이 어려워졌다.

팔로스 항구를 떠나온 지 70일 된 10월 12일, 새벽 3시, 나는 감독의 지시로 몇 시간째 배 망루에 올라 망을 보고 있었다. 나는 작은 돛대와 앵무새 사이에 비교적 편안한 자세를 취한 채 반쯤 졸면서 밤새 바다를 감시하고 있었다. 무거운 침묵이 주위를 감돌았다. 아주 잠깐씩 파도와 바람에 그 침묵이 깨질 뿐이었다. 갑자기 수평선 동쪽으로 해가 떠오르기 시작했다. 서쪽으로는 멀리 안개가 자욱하게 끼어 있었다. 당시 나는 시력이 매우 좋은 편이었다. 내심 폭풍이 몰아치려나 하고 있었다. 그런데 느닷없이 멀리 보이던 안개 무덤이 대지라는 사실을 깨달았다. 나는 잠시 머뭇거리다 이내 정신없이 돛 아래로 미끄러져 내려와 소리쳤다. 그렇게 오랫동안 눌러왔던 외침을 토해냈다.

"육지다! 육지!"

두세 시간 뒤 우리는 땅에 다다를 수 있었다. 해변, 모래, 야자수들, 그리고 황량한 풍경이 우리를 맞이했다. 시간이 한참 지난 뒤에야 우리가 바하마[202] 군도를 발견했다는 걸 알 수 있었다. 우리는 미칠 듯이 행복했고, 기쁨의 환호성을 질렀다. 눈물을 흘리며 웃는 이들…… 대부분의 사람들이 땅으로 뛰어내려 하나님의 축복에 감사드렸다. 우리는 서로 부둥켜안은 채 마지막 며칠간 그렇게 아끼던 포도주를 마음껏 마셨다. 마침내 힘든 도전 끝에 육지에 도착하는 데 성공했고, 인류 역사상 가장 결정적인 전투에 승리한 것이었다.

제독은 첫 승리에 오래 안주하지 않았다. 계속 배를 몰아 육지두 개를 더 발견했다. 먼저 쿠바를 발견했고, 이어 제독이 히스파니올라 섬[203]이라 부른 아이티에 닻을 내렸다.

육지에 정박하는 과정에서 우리는 원주민과 맞닥뜨려야 했다. 너무 생소한 옷차림에 전혀 알아들을 수 없는 말을 하는 그들을 보고 놀라지 않을 수 없었다. 우리 중에 가장 박학한 학자들은 그리스어와 라틴어 그리고 예수와 제자들이 사용한 고어인 아람어까지 동원했지만 전혀 그들의 말을 알아들을 수 없었다. 다양한 관용어 관련 문헌들을 참조해도 소용이 없었다.

원주민들이 의아한 표정으로 땅을 얼마나 세게 내리쳤던지, 우리들 중 몇몇은 그들이 자기들 나라를 쿠바, 혹은 쿠발, 쿠빌라이라고 불렀다고 믿었다. 그 이름은 우리 선원들 중 가장 똑똑한 이들의 머릿속에 한 줄기 빛처럼 떠올랐다. 우리는 당연히 ─ 당시 상황에 비춰 당연하다는 말이지만 — 그렇게 도달하고 싶어 했던 전설 속 중국 땅, 쿠빌라이[204]의 땅에 도착했던 것이었다.

우리와 원주민들 사이의 관계만으로도 얼마든지 다양한 이야기의 소재가 될 수 있다. 우리가 그들의 낯선 모습을 보고 놀란 것처럼 그들 역시 대대적으로 배를 이끌고 갑자기 등장한 우리를 보며 당황했던 것이다. 나는 얼마 지나지 않아 그들이 우리를 신으로, 어쨌든 다른 세계에서 온 초자연적이고, 경이로운 존재로 바라보고 있다는 사실을 깨달았다. 다른 세계에서 온 건 맞는 말이었다. 다만 우리는 결코 초자연적인 존재도, 경이로운 존재도 아니었다. — 물론 이 사실은 그들도 얼마 후 깨닫긴 했지만 — 하지만 그들의 눈에 비친 우리는 자기들이 전혀 상상할 수 없고, 전혀 알 수 없었던 그런 세계에서 온 사람들이었다. 특히 우리가 신고 온 말들을 보고 깊은 고민에 빠진 듯했다. 잔뜩 무장한 채 말에 올라탄 제독들의 모습이 그들의 눈에는 놀라움 자체였던 것이다.

곧이어 그들과 물건들을 교환하고, 선물을 주고받는 의식이 거행되었다. 그들은 우리에게 천, 마실 것, 향수, 특히 황금을 주었다. 우리는 유리세공품, 각종 도구, 색색의 소소한 물건들을 답례품으로 전달했다. 다들 서로 웃고 신뢰하는 분위기 속에서 진행되었지만 때로 의심의 눈초리를 교환하거나 폭력이 오갈 때도 있었다.

우리들 중 꽤 많은 이들이 우리를 환대하면서도 당혹스러움과 두려움을 떨치지 못했던 순진한 원주민들을 남용했다는 사실을 인정하지 않을 수 없다. 안타까운 일이다. 원주민 한 명을 살해하면 비난과 지탄의 대상이 되긴 해도 처벌을 받진 않았다. 수시로 강간 사건이 벌어져도 다들 대수롭지 않게 여겼다. 여기서 내가 총독 얘기를 하려는 건 아니다. 크리스토퍼 콜럼버스는 다른 이들처럼 황금에 관심이 많았지만 그래도 평화적이며 부드러운 인물이었기에 원주민들이 강한 불만을 드러내진 않았다. 반면 그다음으로 도착한 코르테스[205]와 피사로[206] 등 다른 제독들은 자신들이 중국이나 인도 어디쯤에 도착했다고 믿었기에 인디언들로 간주한 원주민들을 죽도록 괴롭혔다.

사포텍,[207] 마야,[208] 치치메크,[209] 아스테카인들[210]이 성인은 아니었다. 그들은 매우 폭력적이고 난폭했다. 하지만 이곳은 어쨌든 그들의 영역이었다. 우리가 갑자기 몰려와서 자기들 존재와 신앙을 송두리째 흔들어놓았던 것이다. 나와 제독이 이 땅에 닻을 내린 지 50년이 지난 후에나 도미니크회 수도사 출신의 바르톨로메 데 라스 카사스[211]라고 하는 훌륭한 신부가 스페인 정복자들의 끔찍한 학대를 고발하며 인디언들의 권리를 옹호했다. 이는 그의 유명한 저서 『인디언 파괴에 대한 짧은 보고서』에 자세히 기록되어 있다.

여기에서 언급된 위대한 정복민족은 바로 에스파냐 사람들이었다. 유럽에서 그들은 인디언들의 황금을 약탈하는 역할을 맡았는데, 그로부터 약 3백 년 후 영국계 아메리카 사람들이 북쪽으로 수백 킬로미터 떨어진 곳에서 인디언들을 말살할 때도 비슷한 일이 되풀이되었다.

신대륙 발견은 인류사에 중요한 한 획을 그었다. 세계의 균형이 달라진 것이다. 세계의 모습이 바뀌었다. 나는 현대적인 삶을 살기 시작했다. 하지만 내가 핀타호 돛대 꼭대기에서 육지를 발견했다고 소리치기 50여 년 전, 이런 모험과는 동떨어진 아주 작고 조용한 스트라스부르라는 마을에서, 기술의 침묵 속에 겉으로는 별로 중요해 보이지 않지만 아메리카 대륙 발견이나 범선의 서사시보다 더 중요한 하나의 사건이 일어나고 있었다. 그것이 바로 인쇄술 발명이었다.

행복, 일, 권력, 진보

여러분들만큼이나 나 역시 구텐베르크를 알지 못한다. 가까이서 만나본 적도 없다. 지금은 그의 발명이 시대에 뒤처지고 잊혔지만 그 이전 수세기 동안 나의 여러 삶에 중요한 역할을 감당했기에 이제는 그의 이름이 매우 친숙하게 느껴진다. 나는 매일, 거의 매 시간, 나의 존재를 변화시키고, 현대 사회의 기초를 닦은 그의 혁명의 혜택을 누리고 있다.

요하네스 구텐베르크는 엄마 이름을 물려받았는데, 독일 마인츠에서 태어나고 죽었다. 하지만 질병 때문에 대부분의 시간을 스트라스부르로 이주해 살아야 했다. 바로 이곳에서 그는 1440년 전후로 우리가 인쇄 혹은 활판 인쇄라고 부르는, 가동 활자를 조합해 인쇄하는 방법, 즉 인쇄술을 발명했다.

일찍이 화약과 불꽃놀이를 발명한 중국인들은 2세기 이래 종이를 사용했다. 그리고 9세기 때부터 나무활자를 활용하는 초보 단계의 인쇄술을 발명했다. 이집트와 유럽은 글 새김을 위해 식물에서 채취한 파피루스와 염소, 양, 송아지 가죽만을 사용했다. 파피루스는 너무 취약했고, 송아지 가죽은 너무 비쌌다. 보석 세공 전문가였던 구텐베르크는 합금으로 주조한 이동식 금속활자를 활용해 종이에 인쇄했던 것이다. 이 인쇄법은 알려지자마자 곧바로 널리 퍼져나갔다. 1천5백만에서 2천만 권 상당의 책들이 1500년 이전에 이미 인쇄되었다. 라틴어로 쓰인 이 책들은 대부분이 종교 서적이었다. 그중에는 1455년에 발행된 마흔두 줄의 성서(한 쪽당 마흔두 줄씩 인쇄되었기 때문에)라고 불리는 성경책도 있었다. 생 제롬의 불가타 성서의 라틴어 버전을 재발행한 이 성경은 첫 번째 베스트셀러라 할 수 있다.

그리고 나서 50년 후, 마르틴 루터는 비텐베르크 성 교회 정문에 면죄부 판매를 비판하는 '95개조 반박문'을 붙인다. 종교개혁의 시발점이 된 이 사건은 다음 세 편의 글에 잘 드러나 있다. 〈독일 민족의 기독교 귀족들을 위해〉, 〈바빌론의 유수幽囚〉[212] 그리고 〈그리스도인의 자유에 대하여〉. 여러분도 잘 알듯이 신교도가 프랑스에서, 유럽에서, 더 나아가 전 세계에서 맡게 될 역할은 구텐베르크의 인쇄술 발명과 매우 밀접한 관련이 있다.

나는 그 어떤 것보다 책을 사랑했다. 설형문자, 유대교 율법, 상형문자, 호메로스, 신약성서, 코란에서 볼 수 있듯 구텐베르크의 등장 이전에도 여러 문자들이 사람들의 정신과 마음을 사로잡았다. 하지만 인쇄술 발명으로 문자는 그때까지와는 비교할 수 없을 만큼 엄청난 위력을 갖게 되었다. 이집트인들의 명문, 그리스인과 로마인들의 파피루스 두루마리와 서판, 그리고 수도승들이 수도원에서 제작한 붉은 빛깔의 책자들은 — 움베르토 에코가 『장미의 이름』에서 찬미한 — 사용하기 불편하고, 열람도 쉽지 않았다.

인쇄술 덕분에 일반 대중도 수많은 텍스트들을 ─ 주로 성서 관련 책자지만 ─ 접할 수 있게 되었다. 서판이나 두루마리 책자의 경우 앞으로 돌려보는 게 불가능했었지만 이제는 가능해지게 되었다. 인쇄술 덕분에 철자를 고정시킬 수 있게 되었다. 또한 예전에는 철자와 철자 사이에 간격을 둘 수 없어 때로 뜻을 알아보기 힘들었는데 그것도 가능해졌다. 이로써 문화 민주화의 기초를 다질 수 있게 된 것이다. 인쇄술의 발달로 유영 문학 산물인 책을 만들어 자유롭게 가지고 다닐 수 있었다. 수없이 많은 인물로 살았던 나의 젊은 시절에 나는 여러 책을 읽었다. 수도원에서, 해변에서, 배 위에서, 기차 안에서, 큼직한 안락의자에 앉아서, 책들의 성채인 도서관에서, 보리수 그늘 아래서, 항상 혼자인 건 아니었던 침대 위에서, 학교에서, 일터에서, 그리고 여가시간에 책을 읽었다. 어찌 보면 내 삶은 수많은 책들과 뒤얽혀 있는지도 모르겠다. 도서관과 서점은 나의 운명이었다. 산다는 건 내게, 여러 모습으로 역사의 무대를 옮겨 다녔던 수많은 내게, 무엇보다 다양한 책을 읽는 행위였다.

불한당과 거인 셋

콘스탄티노플 함락, 인쇄술 발명, 신대륙 발견과 함께 중세시대
는 종말을 고한다. 다시 한 번 — 불을 사용하기 시작한 이후, 농
경생활이 시작되고 도시가 형성되면서, 알렉산드르 왕국의 몰락
이후, 고대의 종말 이래 — 무언가 새로운 것의 도래를 예감할 수
있었다. 여러 교황과 작가들의 등장과 함께, 율리우스 2세와 함
께, 아리스토텔레스와 토르콰토 타소[213]와 함께, 그리고 여러 화가
와 조각가들과 함께, 피렌체의 브루넬레스키,[214] 도나텔로,[215] 마사
초,[216] 우첼로,[217] 보티첼리[218]와 함께, 베네치아의 베르니니,[219] 카르
파치오,[220] 조르조네,[221] 티치아노,[222] 팔라디오[223]와 함께 또한 델라
프란체스카, 피사넬로, 세 명의 상갈로,[224] 브라만테,[225] 라파엘, 미
켈란젤로와 함께, 프랑스 학파와 플레이아드[226]와 함께, 그의 문헌
학과 확언들과 함께, 또한 여러 비극들과 함께 — 프랑스인들의
이탈리아 침략과 샤를 퀸트의 로마 약탈, 1527년 샤를 퀸트와 브
르봉 왕가에 의한 로마 약탈과 같은 — 이는 이탈리아 여러 도시
의 문화와 예술의 발달을 가져온 뜻밖의 발견으로, 멋진 역설을
잘 보여주는 사건이었는데, 위에서 언급한 모든 이들을 동반한 채

르네상스 시대가 농익은 과일처럼, 수류탄처럼, 영혼의 떨림처럼 터져나왔다.

나는 오페라글라스 손잡이를 붙들고 아테네의 페리클레스, 플라톤, 소포클레스, 헤로도토스의 시대를 떠올리게 하는 폭발을 관찰했다. 15세기 말에서 16세기 초까지 앞다투어 등장한 이 놀라운 천재들은 내게 너무도 위대한 인물들이었다. 나는 그들을 존경했지만 ─ 특히 카르파치오와 피에로 델라 프란체스카를 ─ 안타깝게도 그들과 가깝게 알고 지내지는 못했다. 그들 중 한 명만 제외하고. 그가 바로 라파엘, 미켈란젤로와 함께 그 유명했던, 티치아노였다.

티치아노와의 만남은 묘한 부분이 있었다. 나는 피에트로 아레티노[227]라는, 대 가수이자 풍자 시인이며, 선동자이자 끼가 넘치는 불한당과 가깝게 지냈다. 내겐 불행한 일이었는지 모르겠지만. 우리는 서로 어울려 술집을 드나들었고, 예쁜 소녀들 뒤를 따라다녔다. 그는 쾌활한 익살꾼에 사납고 거친 면도 있었다. 그는 강자들을 괴롭히고 공격하는 걸 전혀 두려워하지 않았다. 그러다 결국 그들에게서 매수를 당하거나 ─ 그것도 꽤 많은 돈으로 ─ 협박도 당했다. 돈에 취약한 만큼 비겁한 기질까지 겸비했기에 그는 차츰 조용해졌다. 그러다 좀 더 큰 야망을 드러낸 적도 있었다.

샤를 퀸트는 프랑수아 1세에 맞서 싸운 뒤 아프리카 튀니지와 알제리에까지 달려가 솔레이만 1세에게 도전장을 내밀었지만 큰 성과를 거두진 못했다. 이에 아레티노는 유럽 전역에 보낸 자신의 시에서 아프리카 대륙에서 실패한 황제를 조롱했다. 그리자 샤를 퀸트는 죽음과 끔찍한 고통을 맛보게 하겠다며 아레티노를 협박하던 예전의 여러 군주들과 달리 그에게 100두카 금화의 값이 나가는 값비싼 황금 목걸이를 선물로 보냈다. 아레티노는 만나는 사람마다 자랑하며 이렇게 말했다. "엄청난 바보짓에 이렇게 보잘 것없는 선물이라니!" 그러면서 글만 써도 1년에 2,3천 두카 금화를 벌 수 있다며 자랑했다.

틴토레토[228]와 티치아노 둘 다 베네치아에서 "신전에 나타난 성모 마리아"를 그렸다. 티치아노의 그림에서는 달걀 장수가 신전 계단 아래 웅크리고 앉아 있고, 대주교는 연약해 보이는 여자아이를 기다리고 있다. 티치아노의 그림은 베네치아 아카데미아 미술관의 후미진 곳에 걸려 있다. 반면 틴토레토의 그림은 게토 너머, 마돈나 델로토 성당 합창대의 그 유명한 황금 송아지 앞에 자리하고 있어 쉽게 찾아볼 수 있다. 이 두 화가는 경쟁 관계이기도 했고, 여러 다른 이유로도 사이가 좋지 않았다. 아레티노는 자기 친구인 티치아노 편을 들었는데, 특히 글을 통해 틴토레토를 공격했다. 어느 날 틴토레토는 아레티노를 저녁식사에 초대해놓고는 아레티노가 마지막 음식을 삼키자 권총을 꺼냈다. 아레티노는 몸을 떨기 시작했다.

"무슨 일이죠?" 그가 더듬거렸다.

"당신 치수를 좀 재려고요." 틴토레토는 무덤덤한 목소리로 말했다.

이어 아무렇지도 않은 듯 덧붙였다.

"이 권총 자루로 넷 반 되는군요."

아레티노는 그 후 더는 그에 대해 아무 말도 하지 않았다. 더는 틴토레토를 공격하지 않았던 것이다. 그저 티치아노의 친밀한 친구로 지냈을 뿐이었다. 티치아노는 강력한 힘과 시니컬한 인상이 도드라지는, 시인인 이 친구의 초상화를 그렸는데, 그 초상화 속에서 그는 샤를 퀸트의 황금 목걸이를 걸고 허세 떠는 모습을 하고 있었다. 바로 그 아레티노가 평판이 별로 좋지 않은 카지노로 나를 초대해 티치아노와 만나게 해주었다. 15일 이후 나는 티치아노의 집사가 되었다. 집사라기보다 나는 그의 친구, 적어도 신뢰를 가지고 고민을 털어놓는 그런 친구가 되었다.

나는 그를 매우 존경했다. 그가 그린 남자 초상화들과 그의 「플로라」[229]와 「비너스들」[230]을 존경했다. 특히 종교화를 존경했다. 베네치아의 프라리 성당 중앙에 자리하고 있는 유명한 「성모승천」[231]이나 같은 성당 왼쪽편에 있는 「페사로 마돈나」[232]는 성모 마리아 그리고 열쇠를 들고 있는 성 베드로, 성 프란체스코, 붉은 옷의 원로원 의원 성 안토니우스, 한자리에 모두 모인 페사로의 가족 — 페사로 저택은 대운하에서 가장 유명한 궁전 중 하나였다 — 과 적에게서 탈취한 터키 깃발 전리품으로 위력과 영광을 보여주었다.

유럽에서 의기양양하게 떠난 그의 여행에 나는 여러 차례 동행했다. 우리는 함께 교황, 알퐁스 데스트와 마그리트 드 곤자그, 스페인의 왕, 프랑수아 1세, 샤를 퀸트를 방문했다. 나는 티치아노의 짐과 화구를 들고 다녔다. 아우크스부르크에서 보낸 어느 날 아침의 기억을 잊을 수가 없다. 그곳에서 티치아노는 사다리에 올라

천장 벽화를 그리다 붓을 떨어트렸다. 그의 작업을 구경하고 있었는지, 그곳을 지나가고 있었는지 모르지만 샤를 퀸트는 붓을 주워 정신없이 사다리에서 내려오는 티치아노에게 건네며 다음과 같이 말했다.

"공작과 왕자야 얼마든지 내가 원하는 만큼 만들어낼 수 있지만 누가 내게 티치아노를 돌려줄 수 있단 말인가?"

나는 그의 말을 들으며 마케도니아의 필립포스[233]가 아리스토텔레스에게 알렉산드로스의 탄생을 알리기 위해 보낸 편지를 떠올렸다. 차츰 철학자, 화가, 시인, 음악가들이 정복자들보다 더 위대하다는 생각이 들었다. 티치아노는 여러분이 아는 바대로 베네치아에서 90세의 나이에 페스트에 걸려 죽었다. 그는 내 팔에 안긴 채 죽었다. 나는 마지막 숨을 거두는 그의 모습을 지켜보았다.

전쟁과 평화

　로마에서는 브라만테, 라파엘, 상갈로, 미켈란젤로가 크게 이름을 날렸고, 베네치아에서는 조르조네, 티치아노, 틴토레토, 베로네제[234]가 유명했고, 피렌체에서는 마키아벨리가 『군주론』을 집필하고, 뒤러[235]가 연작 목판화집 『묵시록』을 완성했으며, 제롬 보쉬[236]가 세 폭 제단화 형식의 세속적인 「쾌락의 정원」을 그리던 시기에, 그리고 파리에서는 에라스무스[237]가 『우신예찬』[238]을 발간하던 시기에 인도 북부, 히말라야와 데칸고원 사이에서 엄청난 사건들이 벌어졌다.

　정복자 알렉산드로스 대왕이 죽은 지 백여 년이 지난 이 시기는 이미 마우리야 왕조,[239] 그중 특히 아소카 왕[240]이 인도 전역과 데칸고원의 아프가니스탄 지역에 통일제국을 건설한 때였다. 아소카 왕은 피비린내 나는 전쟁도 불사한 무서운 투사였다. 그는 수많은 전사자와 부상자만을 남긴 전쟁터를 돌아본 뒤 당시 인도 전역에 퍼지기 시작한 불교를 통치이념으로 앞장서서 받아들였다. 냉혹한 정복자였던 그가 강한 군주며 동시에 모든 이들을 자애롭게 대하고, 자비를 베푸는 선한 군주로 변해갔다. 그러면서 인도 전역의 비석과 돌기둥에 정의와 중용의 정신을 담은 법령을 새겨 넣으라 명했다. 아소카 왕이 세운 석주들은 오랜 세월이 지난 지금까지도 여전히 인도 곳곳에 남아 있다. 아소카 왕이 죽고 마우리야 왕조가 쇠퇴한 뒤, 인도는 오랜 기간 분열의 시기를 거쳐 6,7백 년 뒤 페르시아와 아프가니스탄을 시작으로 이슬람 세력에 의해 더더욱 분열된다.

15세기 말에서 16세기 초, 투르키스탄 출신으로 칭기즈 칸의 후예이며 티무르의 증손자인 바부르[241]라는 이름의 정복자가 사마르칸트,[242] 아프가니스탄을 차례로 정복한 뒤, 만 명이 넘는 기사단을 이끌고 카이베르 고개를 넘어 페샤와르 도시와 인도 북부지역을 제압했다. 그는 파니파트[243]에서 나의 전투 역사상 가장 대규모 전쟁을 일으켜 아프가니스탄 로디 왕조의 마지막 술탄이었던 이브라힘[244]을 격파하고, 차례로 그의 형제들과 싸웠다. 이어 아그라에 정착해 전 시대를 통틀어 가장 유명한 왕조 중 하나인 무굴제국을 세웠다. 무사와 건축가들로 이루어진 전설의 무굴제국은 3백 년 넘는 동안 인도를 다스리게 되었다. 나는 그에게 충성을 다했다.

바부르 정복자는 아들 후마윤에게 왕국을 물려주었다. 이번에는 후마윤이 두 형제와 싸워야 했고, 그 과정에서 온갖 음모와 반란에 휩싸였지만 결국 아그라와 델리를 지배하는 데 성공했다. 델리에는 그의 불멸을 기리는 후마윤의 묘가 세워져 있다.

바부르와 후마윤 황제는 둘 다 뛰어난 재능을 발휘해 성공했는데, 폭력적인 기질과 휴머니즘을 두루 갖춘 용감한 전사들이었다.

그러면서도 둘 다 문화와 문학을 사랑했다. 유명한『회고록』을 남긴 바부르는 역사와 지리에 관심이 많았으며 직접 시를 짓기도 했다. 후마윤은 자신의 보물들 중 유달리 지구본 두 개를 소중히 여겼다. 그의 죽음은 지금도 문학에 대한 사랑을 떠올리게 하는 면이 있다. 그는 자신의 도서관 계단에서 떨어져 죽었던 것이다. 그에게는 아들이 하나 있었는데, 내가 직접 만나보지는 못했지만 매우 가깝게 느꼈던 위대한 군주들 중 한 명이었다. 그가 바로 악바르 대제로, 아버지의 뒤를 이어 황제 자리에 올랐다.

내가 같은 말만 계속한다고 타박할지 모르겠지만 이것만은 꼭 강조하고 싶다. 알렉산드로스 대왕과 호엔슈타우펜만큼이나 악바르 대제를 존경하고 사랑했다고.

후마윤이 죽었을 때 악바르는 열세 살의 어린 소년이었다. 전설에 의하면 아들이 병에 걸려 죽을지 모른다는 진단을 받았을 때 후마윤은 신에게 아들 대신 자기 목숨을 가져가달라고 기도해 아들을 살릴 수 있었다고 한다. 악바르는 어릴 때부터 모든 면에서 탁월한 재능을 드러냈다. 그런데 글을 전혀 읽거나 쓰지 못했다. 난독증 때문이었는데 어른이 될 때까지 이 때문에 계속 고통받았다. 하지만 지능과 기억력, 굽힐 줄 모르는 그의 의지만큼은 놀라울 정도였다. 열여덟 살에 후견인으로 섭정을 맡고 있던 자를 내칠 정도로 자신의 능력을 일찍이 증명해 보였다. 그는 곧바로 아버지와 할아버지처럼 아프가니스탄과 힌두 사람들에 맞서 싸웠다. 온갖 음모와 반란에도 불구하고 그는 천재적인 군인 기질을 발휘해 왕국을 지배할 수 있었고, 아프가니스탄과 페르시아이시벵골[245]과 데칸고원의 넓은 영역을 차지하던 히말라야 산맥 가까이까지 세력을 넓혔다.

스무 살 나이에 그는 제국의 정치, 경제 정책을 모두 개혁하기 시작했다. 그는 권력의 피라미드 맨 꼭대기에 올라앉아 모든 것을 결정했고, 자신의 권위가 심복들이 관할하는 여러 다른 지방에까지 미치게 했다. 그밖에 매우 현대적 개념의 세법도 도입했다. 악바르 대제는 독재 권력을 유지하는 한편, 놀라운 관용을 베풀기도 했다. 사람, 이념, 종교의 모든 면에서 그는 이슬람교도였다. 인도에서 특히 이슬람은 오랫동안 불교와 힌두교를 믿는 국민들을 탄압하고 지배해왔다. 악바르 대제는 모든 종교를 향해 끊임없이 연민의 시선을 던졌고 그 스스로 힌두 공주와 결혼했다. 그러면서 인도의 서로 다른 종교들 간의 평등을 지속적으로 인정했다. 또한, 적어도 예수교 선교사 셋을 환대했다. 내가 바로 그들 중 하나였는데, 동료 선교사들이 인도를 떠나 고향으로 돌아가려 할 때 나는 선의를 베풀어준 악바르 대제 곁에 남기로 결정했다. 게다가 그는 마흔 살 무렵, 이슬람교를 버리고 ― 감히 내 영향 때문이라고 말하긴 그렇지만 ― 이슬람교, 불교, 힌두교, 기독교에서 여러 교리들을 빌려와 유일신과 범신론을 아우르는 새로운 종교를 창시하기도 했다(악바르는 신비주의에 바탕을 둔 절충적, 혼합적 종교사상인 '신성한 믿음(딘일라히)'을 직접 창시하기도 했다). 그는 죽을 때까지 인도의 정신적 지주이며 동시에 속세의 군주로 군림했다.

알렉산드로스 대왕이나 프리드리히 2세와 마찬가지로 악바르 대제는 자비와 잔혹함을 동시에 지니고 있었고, 친절하면서 냉혹했다. 아프가니스탄 사람들과 힌두인들에게는 자비로움을 보였지만 자신의 의지에 반할 때에는 가차 없이 두 민족 모두 냉혹하게 다스렸다.

　내가 행복한 시절을 보낸 우다이푸르[246]의 대호수에서 그리 멀지 않은 산림 구릉지에 치토르가르[247]라는 도시 요새가 우뚝 서 있었는데, 이곳이 바로 라지푸트 왕국의 수도였다. 아마도 훈족의 후예였을 라지푸트 왕자들은 자존심 강하고 용맹한 전사들로, 부족을 이루고 자신들의 독립을 위해 투쟁했다. 처음으로 바부르는 그들의 저항에 부딪혔던 것이다. 바부르는 도시 요새를 에워싸 마침내 함락시켰다. 라지푸트 병사들은 마지막 한 사람까지 날아오는 화살과 창을 향해 뛰어들어 모두 몰살당했다. 여자들마저도 모두 허공에 몸을 던졌다.

　반세기가 지난 뒤, 치토르가르가 새롭게 재건되면서 사람들이 다시 모여 살기 시작했다. 그러면서 또다시 무굴제국 황제에게 반기를 들었다. 악바르 대제는 마을을 포위했다. 끝나지 않을 것 같은 대치상태를 이어가다 치토르가르는 또다시 몰락했다. 다시 한 번 수많은 남자들은 학살당하고 여자들은 정복자들의 손아귀에서 벗어나기 위해 불꽃을 향해 뛰어들어야 했다. 승리자는 악바르 대제였다. 하지만 라지푸트 남자와 여자들 모두 전설의 영웅이 되었다. 이렇듯 무자비한 전사 악바르 대제는 아버지, 할아버지와 달리 전혀 글을 쓰거나 읽을 줄 몰랐지만 모든 것에 호기심을 가졌고, 문화를 사랑했다. 그는 역사, 지리, 천문학과 건축에 깊은 관심을 보였다. 아그라(무굴제국의 진싱기 시기 수도)에서 40여 킬로미터 떨어진 곳에 붉은 사암으로 새로운 도시를 건설했는데, 이곳이 바로 수도, 파테푸르 시크리[248]였다.

라자스탄[249]에는 매우 아름답고 매력적인 여러 도시들이 많았다. 델리, 아그라, 자이푸르, 조드푸르, 우다이푸르, 자이살메르…… 파테푸르 시크리는 아마도 이 도시들 중 가장 매혹적인 도시임에 틀림없을 것이다.

이탈리아의 작은 도시 만토바 부근, 곤자그의 옛 수도인 사비오네타에는 성당과 궁전, 올림피아 극장들이 들어서 있는데, 이 도시는 그야말로 16세기 이탈리아 건축의 역사를 그대로 보여주고 있다. 파테푸르 시크리는 이와 같은 이탈리아 건축물의 축소판을 보여주면서 동시에 초기 무굴제국의 건축과 예술 또한 매우 존중하고 있다는 걸 알 수 있게 해주었다.

파테푸르 시크리의 궁전에서 나는 악바르 대제와 역사와 철학에 대해 종종 토론을 벌였다. 그는 자신이 읽을 수 없는 아랍어, 라틴어, 혹은 그리스어 문서들을 내게 읽어달라고 했고, 그에 대한 자기 생각을 들려주곤 했다. 사실 나는 오래전부터 세 가지 언어를 알고 있었기에 그를 위해 문서를 읽어주고 통역해주었다.

그는 결정을 빠르게 내리고, 곧바로 행동으로 실천하는 사람이었기에 이따금씩 신비롭거나 지적인 함정에 빠질 때도 있었다. 그럴 때마다 그는 좀 더 새로운 모습으로, 더 강하고 단단해졌다. 오랫동안 우주의 의미와 인간의 운명에 대해 나와 대화를 나눈 뒤 그는 자기 고유의 종교를 확립했는데, 그 뒤 일종의 안도 같은 평화로운 시기를 맞이했다. 그는 알렉산드로스 대왕은 물론, 그가 이름은 물론 역사까지 잘 알고 있던 진시황제, 시저, 오귀스트, 프리드리히 1세, 프리드리히 2세, 그리고 자기보다 50년 연상인 샤를 퀸트와 자신이 역사의 무대에서 나란히 중요한 자리를 차지한다는 사실을 잘 알고 있었다. 그는 생의 마지막 시간을 보내면서 나에게 인류사의 위대한 인물들 중 특히 샤를 퀸트에 대해서 쉬지 않고 물었다.

악바르 대제가 죽자 그의 아들 셀림이 자한기르라는 이름으로 황제 자리에 올랐다. 그리고 자한기르의 죽음 이후 그의 아들 샤 자한[250]이 그 뒤를 이었다. 샤 자한 다음으로 황제에 오른 이는 그의 아들 아우랑제브였다. 형제들과 부자들 사이에 권력 투쟁이 끊이지 않았으며, 복수와 살해극이 이어졌다. 샤 자한은 아그라 주변지역에 자기 아내를 기리는 타지마할 묘를 짓게 했다. 그 후 아우랑제브의 통치기간 동안 이 왕국은 분열되기 시작했다. 무굴제국의 혈통은 악바르라는 위대한 인물을 통해 이어졌던 것이다.

언어의 승리

 역사인 '나'라는 존재는 그렇게도 흥겨우면서 동시에 비극적이고, 나 자신의 모습과 얼마나 다르면서 또 닮았는지! 모든 전쟁에 승리한 것을 그다지 탐탁지 않게 여겼던 악바르 대제가 강력한 의지로 인도 전역에 평화를 정착시키던 시기, 유럽에서는 종교 전쟁들이 앞다퉈 일어났다. 베네치아, 교황청, 에스파냐가 이끄는 가톨릭 동맹 함대가 오스트리아 돈 후안의 지휘하에 레판토에서 오스만 투르크의 함대를 격파했다(레판토 해전이라 불린다). 코페르니쿠스의 뒤를 따라 케플러와 갈릴레이는 우주의 법칙들을 발견했다. 팔라디오는 베네치아에 극장, 대저택, 빌라, 대성당들을 건축하는데, 그중 산 조르지오 마조레 수도원 성당과 일 레덴토레[251] 수도원 성당을 대표작으로 꼽을 수 있겠다. 엘 그레코[252]는 「오르가스 백작의 매장」을 그렸다. 카라바조[253]는 아름다운 소설의 소재로 쓰일 짧고 파란만장한 삶을 뒤로하고 포르토 에르콜레에서 말라리아로 사망했다. 몽테뉴는 『수상록』을 집필하고, 타소[254]는 『해방된 예루살렘』[255]을, 세르반테스는 『돈키호테』를, 셰익스피어는 비극과 희극, 그리고 위대한 한 시대의 역사를 묘사했다.

내가 좀 정신이 없다. 일련의 사건들이 앞다퉈 일어나고 북적대는 게 마치 환상을 보는 듯했다. 인쇄술이 널리 보급되면서 사람들 간에 관계 맺는 일은 더 수월해지고 동시에 새로운 만남의 기회가 제공되었다. '역사의 가속화'라 말하는 이들도 있었다. 이 표현은 의미 자체보다 더 성공적이라 할 수 있는데 실제로 시간이 더 빨리 흐르는 건 아니었다. 이 말은 이를테면 점점 더 많은 개개인이 점점 더 많은 의사소통을 하게 되면서 변화가 더 빠르게 일어나고 있다는 뜻이다. 여러 재능들이 꽃처럼 피어났다. 그러다 갑자기 나는 여러 모습으로 재현되고, 나 스스로를 넘어서서, 수천 개의 불꽃으로 빛나기 시작했다.

바스코 다 가마[256]와 마젤란 이후, 지구는 스스로를 길들이고, 하나로 통합되었다. 악바르 대제는 나에게 샤를 퀸트에 대해 이야기했고, 프리드리히 1세나 잉리 8세는 아시아 대륙 어딘가에 무굴 제국이 존재한다는 사실을 모르지 않았다. 인도와 아메리카를 향해 배를 몰고 나선다는 건 여전히 여러 위험을 각오한 평범치 않은 모험이었다. 여자 어른이나 어린 소녀들은 남편이나 사랑하는 연인을 먼 길로 떠나보내며 그들을 다시는 살아서 만나지 못할 거라는 걸 거의 확신하고 있었다. 마젤란은 다섯 척의 선박을 이끌고 최초의 세계 일주를 떠났다가 항해 중 목숨을 잃었다. 그들 중 오직 한 사람만 유럽으로 돌아올 수 있었다. 진정한 의미의 변화를 기대하려면 폴 모랑[257]의 소설이 나올 때까지 기다려야 할 것이다. 그는 소설에서 한 엄마의 입을 빌려 인도로 떠나는 아들에게 빠른 시간 내에 집으로 돌아오지 못할 수 있으니 간단한 도시락을 챙겨가라고 말한다.

나는 조금씩 앞으로 나아갔다, 나이가 들기 시작했다. 여러 모습으로 역사무대에 등장했다. 인구가 얼마 되지 않던 시대에는 오랫동안 거의 아무 일도 일어나지 않았다. 과거라는 것 역시 거의 존재하지 않았다. 역사도 없었다. 나는 전설과 뒤섞여 있었다. 그러다 한 지점에 도착했다. 나는 힘차게 도약했다. 문자의 발명에 이어 등장한 인쇄술에 힘입어, 전자와 디지털의 시대가 도래하기를 기다리면서. 나는 기억하기 시작했다. 점점 더 커지는 과거 속에서 선택을 해나갔다. 정신을 못 차릴 정도는 아니었다. 작은 걸음을 내디디며 앞으로 나아갔다. 아이들은 나에 대해 거의 모든 것을 알 수 있었다. 그러다 일이 어려워지기 시작했다. 점점 불어나는 나의 삶과 모험담을 더 이상 어린 학생들에게 모두 들려줄 수 없는 시대가 온 것이다. 내가 역사의 현장에 없었고, 아무도 증명해줄 사람이 없었기에 내가 알 수 없었던 시대를 다시 재건해 나갔는데, 그러기에 더더욱 나는 얼굴과 태도를 바꾸기 시작했다. 인류 역사 이전의 세계 역사라는 새로운 역사가 등장하게 될 것이다. 앞으로는 배워야 할 방법은 물론 배워야 할 것들이 넘쳐날 테고, 점점 더 고통스러운 선택을 해야 할 것이다. 결국 사람들은 나를 무시하기 시작할 테고, 최악의 경우 나를 잊어버릴지도 모른다. 내가 너무 중요한 존재가 되어 결국 나의 성공이 나를 죽이게 되는 일이 벌어질지 모른다.

아직 거기까지 도달하진 않았다. 지금은 뛰어난 기억력을 가진 위대한 앙리 왕이 방금 살해된 프랑스로 가려고 준비 중이다. 이미 눈치챘는지 모르겠지만, 아니 의아해하고 있었는지 모르겠지만, 지금까지 나는 프랑스를 거의 다루지 않았다. 클로비스, 브뤼네오, 프레데공드[258]에 대해서도 아무 얘기를 하지 않았다. — 적어도 프레데공드 후공 얘기는 했어야 했는데! — 카를 마르텔(카롤로스 왕조의 시조)도, 심지어 잔 다르크나 용담공 샤를[259]도 얘기하지 않았다. 발루아의 저주는 내가 관여할 바가 아니다. 나는 다른 곳에 관심을 가지고 있었다. 프랑스에서 일어나는 일은 켈트족이나 종교전쟁을 치르는 신관들의 눈에서 보면 가장 중요한 사안이었겠지만 — 적어도 프랑스인들에게는 — 세계사의 흐름에선 대단한 일이 아니었다. 클레오파트라, 갈라 플라키디아,[260] 테오도라,[261] 엘리자베스 1세,[262] 스웨덴의 여왕 크리스티나,[263] 예카테리나 2세,[264] 심지어 마리아 테레지아[265] 혹은 빅토리아 여왕,[266] 프랑스의 여왕들, — 엘레오노르 다키텐은 예외일지 몰라도 — 심지어 블랑슈 드 카스티유,[267] 안 드 브르타뉴[268] 혹은 카트린 드 메디치,[269] 마리 드 메디치[270]도 그다지 중요한 인물들이 아니다. 이 목록은 종종 탁월한 국립, 사립 학교들 덕분에 — 예전에나 그랬는지도 — 프랑스 학생들은 물론 루마니아, 레바논, 하이티나 브라질의 어린 소녀들까지 암기했던 목록들이지만 정작 지엽적인 관심 사안일 뿐이다. 우리들 왕도 마찬가지다. 가장 위대하다고 알려진 왕들까지 포함해서. 필립 오귀스트, 생 루이, 필립 르 벨, 루이 11세는 알렉산드로스 대왕이나 시저, 오귀스트, 진시황, 테오도리쿠스, 유스티니아누스, 하룬 알 라시드, 프리드리히 2세, 칭기즈 칸, 티무르, 쉴레이만 1세 혹은 악바르 대제의 눈에서 바라보면 극히 작은 역할만을 담당했다.

그러다 갑자기 프랑수아 1세, 앙리 4세, 루이 13세 그리고 뒤를 이어 루이 14세가 될 그의 아들로 이어지는 프랑스가 세계의 맨 앞줄에 위치한 유럽의 가장 중요한 자리를 차지하게 된 것이다. 그때 내가 다시 무대에 등장한다. 도대체 무슨 일이 일어난 걸까?

그건 정치적 사건이 아니었다. 군사적 사건도, 경제적 문제도 아니었다. 정치, 군사적으로는 아메리카 대륙에서 들여온 황금 덕분에 부강해진 스페인과 합스부르크가의 오스트리아가 — 샤를 퀸트 덕분에 강성국가로 성장한 — 가장 높은 지위를 차지하고 있었다. 경제적으로는 바다의 여왕인 영국과 — 폭풍 덕분에 엘리자베스 1세는 필립 2세가 이끄는 에스파냐의 무적함대 130척을 무찌를 수 있었는데 — 네덜란드도 각각 동인도에 영국 회사와 네덜란드 회사를 세웠다. 보험과 주식이 처음으로 발달된 나라가 바로 이 두 나라이다. 그들은 이 분야에서는 단연코 1인자였다. 반면 프랑스는 먼저 언어와 문화부문에서 빛을 발하기 시작했다.

1539년, 프랑스에서 겉으로는 허투루 보이나 매우 중요한, 마리냥 전투[271]의 승리, 파비아 전투[272]의 패배, 마드리드 조약,[273] 캉브레 조약,[274] 크레피 조약,[275] 황금천 들판의 회담,[276] 혹은 독일의 신교도들과 쉴레이만 1세와 함께 합스부르크 왕조에 대항했던 동맹만큼이나, 아니 그보다 더 중요한 사건 하나가 발생한다. 바로 빌레 코트레 칙령이다. 프랑수아 1세는 '빌레 코트레의 칙령'을 발표함으로써 법정에서 라틴어 대신 프랑스어 사용을 명령했는데 그밖에 공적 활동, 출생증명서, 결혼증명서, 사망진단서 등 각종

시민권 관련 공증서류들도 모두 프랑스어로 작성하라고 지시했다(법률과 행정 문서에서 라틴어를 프랑스어로 교체해야 한다는 코트레 칙령이 1539년에 포고되기도 했고, 라틴어로 쓰인 성서가 프랑스어로 번역되기도 했다). 물론 이미 오래전부터 궁정이나 일상생활에서 대부분의 프랑스인들이 프랑스어를 사용했다. 하지만 프랑스어는 한편에선 지방방언 — 피카르디, 노르망디, 브리타니, 옥시타니아, 프로방스 — 들과 경쟁하고, 다른 편에서는 라틴어와 주도권을 놓고 다투어야 했다. 르네상스 말기에 이르러서야 프랑스어가 승리했다. 행정 분야에서 승리를 거두었는데 특히 시와 문학에서 크게 주도권을 쥐게 되었다. 빌레 코트레 칙령이 포고된 지 10년 후 시인 뒤벨레[277]는『프랑스어의 옹호와 선양』을 발표했다.

말레르브[278]부터 메이나드, 테오필 드 비오,[279] 생 아망, 트리스탄 에르미트[280]와 같은 매혹적인 시인 군단이 갑자기 등장한 것이다. 그 가운데 프랑스 시와 산문을 가장 잘 대변해주는 두 인물이 있다. 바로 롱사르와 몽테뉴. 일련의 눈부신 변화들이 시작된 것이다. 나는 점점 여러 곳에 동시에 존재하기 힘들어졌다. 나는 미켈란젤로나 바부르를 만나본 적이 없다. 몽테뉴도 마찬가지다. 몽테뉴는 라블레의『팡타그뤼엘』이 성공을 거둔 해에 태어난다. 그는 어릴 때부터 라틴어를 배웠다. 독서광이었던 그는 그리스와 라틴 문화를 빠르게 습득했다. 그리고 자신의『수상록』에서 프랑스어로 회의주의, 상대주의, 자연의 멋을 가르쳤는데, 이는 프랑스는 물론 다른 나라에서 정신과 인생의 기술에 크게 영향을 끼침으로써 현대사상의 도래를 예고했다. 그의 밀을 인용해보자. "나는 종이와 마주하고는 마치 처음 만난 사람을 대하듯 말을 건넨다. 내가 좋아하는 대화는 입으로든 종이로든 간단하고 단순하며 순박한 대화다. 흥미진진하면서 간결하고, 짧으면서 신중하고, 격렬하거나 난폭한 것처럼 지나치게 달콤하거나 공들여 다듬는 대화는 아니다."

나는 몽테뉴와 친하게 지내진 않았다. 반면 굳이 자랑하려는 건 아니지만 롱사르와는 가까운 사이였다. 한마디로 그는 나의 벗이었다. 보통의 친구와는 다른. 어쩌면 내 존재가 그에게는 다를지 모르지만. 당시, 내 이름은 엘렌 드 쉴제르였다. 그 무렵 나는, 적들이 비난하는 말투로 "여왕의 기병대"라 부르는 부대에 소속되어 있었다. 카트린 드 메디치의 시녀였던 것이다. 너그럽게도 내 친구들은 하나같이 나를 똑똑하고 아름다운 여자라 평가해주었다. 하지만 나는 슬픔에, 아니 절망에 빠져 있었다. 사랑하는 남자가 얼마 전 전투에서 사망했기 때문이었다. 쟈크 드 라 리비에르 부대 대장이었던 그는 분노를 참지 못하고 내전에 참전했었다. 그는 매우 잘생기고, 매력이 넘치는 남자였다. 비록 시인은 아니었지만 칼을 차고 있으면서도 우아함과 품위를 잃지 않았다. 여왕이 친절하게도 나의 슬픔을 달랠 수 있는 편지를 롱사르에게 권유했던 것 같다. 그의 편지는 당황스러울 만큼 매혹적이었다(그 시가 바로 롱사르의 「엘렌에게 바치는 소네트」이다).

시인 뒤벨레의 친구이며, '플레이아드'라는 이름의 시파로 모인 시인들의 친한 친구였던 롱사르는 적어도 내 눈에는 쉰 살쯤으로 꽤 나이가 들어 보였다. 그리고 뒤벨레처럼 소리도 잘 듣지 못했다. 소문에 의하면 그가 카산드라라는 이름의 어린 소녀를 사랑했다고 했다. 이어 앙제에 사는 열다섯 살 난 마리라는 여자를 사랑했는데, 그녀는 다른 남자와 결혼하기로 결정하면서 그에게 깊은 상처를 남기고 결국 죽었다고 했다. 마리가 죽었을 때 그는 내가 살던 시대에 이미 유명했던 「마리에게 바치는 소네트」를 지었다.

장례식에 나의 눈물과 통곡을 받아주시오.
우유가 넘치는 이 항아리, 꽃이 가득한 이 바구니,
살아있으면서 동시에 죽은 너의 몸이 오직 장미이기 위하여.

이번에는 그가 내게 장미 얘기를 했다. 나는 그에게 넘어가지 않으려고 저항했다. 어느 봄날 저녁이었던 걸로 기억하고 있다. 얼어붙은 겨울의 대지를 뚫고 이제 막 나온 튈르리 정원에서였는지, 아니면 루브르 회랑에서였는지 우리는 저 멀리 몽마르트 언덕과 주변의 들판을 바라보고 있었다. 그는 조금 다급한 듯 나를 설득하느라 애를 썼다.

나의 애인이여, 나를 껴안아주오. 입맞춤해주오, 나를 안아주오.
당신의 입김으로 내게 생명의 기운을 불어넣어주오.
수천 번의 입맞춤을 내게 주오. 제발 부탁이오.
사랑은 셀 수 없을 만큼 모든 것을 의미한다네, 사랑은 그 어떤 법칙도 없다네.

나는 약혼자 쟈크를 떠올렸다. 그러고는 그에게 부드럽게 대답했다.

"아니에요, 안 돼요…… 그럴 수는 없어요."

그러자 그는 다른 노래를 읊었다. 엘렌을 위한 소네트를.

늙음이 찾아온 어느 저녁, 등불 아래서
난롯가에 앉아 실을 풀어 베를 짜면서
내 노래를 읊으며 그대는 놀라 말하리
'롱사르는 노래했네. 젊은 날 아름다웠던 나를.'

그럴 때 이미 피곤에 지친 눈시울은
졸음에 겨워 모르는 새에 감기다가도
롱사르라는 영광스러운 이름을 들으면
정신 번쩍 들리라, 자랑스러운 이름이여

내 이미 묻혀 뼈조차 삭은 망령 되어
미르토 나무 그늘에 편히 쉴 적에
그대는 노파 되어 난롯가에 있으리

내 사랑 거절한 교만을 그대 뉘우치리.
살아다오, 나를 믿거든 내일을 기다리지 마라.
주저 말고 오늘 꺾어라, 생명의 장미를.

말레르브처럼 롱사르 역시 — 말레르브가 쓴 글 역시 영원히 남아 있다 — 자신의 미래를 의심하지 않았다. 하지만 고전주의자들은 그가 핀다로스[281]와 페트라르카[282]에 너무 굴복했다고 비난하게 될 것이다. 그들은 그에게서 등을 돌릴 것이다. 2세기 동안 그는 비난을 받았고 점점 잊혀갔다. 부알로[283]는 그보다 말레르브를 선호했다. "드디어 말레르브가 등장한다……" 그리고 볼테르는 내가 존경해마지 않는 친구에게 너무 가혹했다. "롱사르는 프랑스 시에 철학자나 의사가 사용하던 그리스식 문장을 옮겨놓음으로써 우리의 언어를 망쳤다. 프랑스에서는 그 시대에 롱사르보다 더 유명했던 사람이 없었다. 그만큼 롱사르의 시대에 우리가 매우 야만적이었다는 사실을 알려준다."

3세기가 지난 뒤 카산드라, 마리는 물론 나한테도 제대로 대우받지 못했던 가여운 롱사르가 새롭게 조명되기 시작했다. 생트뵈브[284]는 — 생트뵈브 사건이라고 불러도 좋다 — 성직자 모자를 쓰고 슬리퍼를 신은, 훗날 매우 흥미로운 기억으로 남아 있는 모습이다. 그를 위해 '프랑스 시 게시판'에 아름다운 시를 헌정했다. 매우 아름다운 시였다.

사람들은 말한다, 그가 너무 과감했다고. 하지만 그의 과감함은
아름다웠다.
그 이후, 덜 위대한 이들이 더 많은 행복을 누렸으니.

롱사르, 몽테뉴, 말레르브의 등장과 함께 아테네의 페리클레스,

로마의 베르길리우스와 호라티우스와 대적할 만한 새로운 시대의 첫 포문이 열리고 있었다. 17세기 중후반, 프랑스에서 일어난 일은 프랑스의 기적이라 불릴 만했다.

천재와 영광

얼마나 놀라운 시대인가! 두 천재가 롱사르와 말레르브의 언어를 번영의 제단 위에 올려놓으니. 바로 코르네유의 시와 파스칼의 산문이었다!

코르네유가 이룬 모든 것은 위대하고 새로웠다. 르네상스는 프랑스의 시, 산문, 여러 학문을 매우 수준 높은 단계까지 끌어올렸다. 반면 연극 분야는 피에르 코르네유의 등장을 기다려야 했다.

그는 희극 다섯 편과 비극 한 편을 발표했지만 아직은 후세에까지 이름을 남길 만큼 유명하진 않았다. 그렇게도 젊고 생동감 넘치며 위풍당당한 「르 시드」의 발표를 기다려야 했다. 「르 시드」의 출현은 프랑스 문학에서 연극의 첫 출발을 알리는 천둥소리와도 같았는데, 훗날 「앙드로마크」,[285] 「기독교의 정수」,[286] 『명상시집』[287] 혹은 「시라노 드 베르주라크」[288]에서 볼 수 있듯이 매우 풍성한 결과를 가져왔다. 코르네유는 하루아침에 유명해졌을 뿐만 아니라 생전에 영광의 반열에 오른 것이다.

모든 이들이 그의 성공을 기뻐한 건 아니었다. 「르 시드」를 발표하기 2년 전, 리슐리외 추기경은 언어를 전략적 도구로 활용하고, 늘 경계해야 할 작가들을 감시하기 위해 프랑스 아카데미 협회를 설립했다. 이 협회는 첫 출발을 축하하는 의미에서 「르 시드」에 관한 아카데미의 견해'를 발표했는데, 대중의 절대적인 호응을 받는 이 걸작을 어쩔 수 없이 '의심할 바 없는 아름다움'으로 칭송하지 않을 수 없었다. 그 외 나머지는 처음부터 끝까지 까다롭게 비판하며 문제 삼았다. 「르 시드」에 관한 아카데미의 견해'는 결국 처녀의 눈부신 아름다움에 놀라 당황한 늙은이들 같은 셈이었다.

반면 관중의 눈은 정확했다. '「르 시드」처럼 아름답다'라는 속담이 등장할 정도였다. 부알로는 풍자시에 다음과 같이 언급했다.

장관까지 나서 「르 시드」에 대항하려 하지만 소용이 없다.
파리 전부가 시멘을 로드리그의 눈으로 바라보고 있으니.

코르네유는 「오라스」와 「시나」로 다시 한 번 크게 성공을 거둔다. 그런데 두 걸작이 너무 달랐기 때문에 오히려 그의 가치를 더 높여주었다. 「르 시드」가 발표된 지 몇 달 지나지 않았을 때 섬세한 현대적 감각과 연극 속 연극의 모델로 「연극적 환상」이 발표되면서 탁월한 재능과 생동감 넘치는 또 하나의 작품으로 꼽히게 되었다. 또한 「폴리왹트」는 그리스도인의 감정을 무대 위에 생생하게 올림으로써 「르 시드」와 함께 코르네유 비극의 가장 강렬하고 아름다운 작품으로 각인되었다.

폴리왹트: 나는 당신을 나의 신보다는 덜 사랑하오. 하지만 나 자신보다 당신을 더 사랑하오.

폴린: 바로 그 사랑의 이름으로 나를 버리지 말아주세요.

폴리왹트: 그 사랑의 이름으로 내가 가는 길을 따라와주길.

폴린: 나를 떠나는 건 어려운 일이 아니에요. 그러니 나를 유혹하려는 건가요?

폴리왹트: 죽는 건 어려운 일이 아니오. 나는 당신을 그곳으로 인도하고 싶소.

폴린: 그건 상상일 뿐이에요!

폴리왹트: 신성한 진실이라오!

폴린: 정말 알 수 없는 맹목적인 신앙이군요!

폴리왹트: 영원히 빛날 진실이오!

폴린: 당신은 나의 사랑보다 죽음을 더 택하려는 건가요?

폴리왹트: 당신은 신의 은혜보다 세상을 선호하는 거요!

폴린: 가세요, 잔인한 사람 같으니라고. 죽음을 향해 가세요. 당신은 나를 한 번도 사랑한 적이 없어요.

폴리왹트: 이 세상에서 행복하길 바라오. 나를 평화롭게 놓아주시오!

나는 '숭고하다'는 말을 잘 사용하지 않는다. 호메로스를 위해서라면 모를까. 헥토르는 전쟁으로 떠나기 전, 투구를 쓴 아버지의 모습을 보고 놀란 아들 아스티아낙스를 아내인 앙드로마크에게 안겨주었다. 그녀는 '눈물에 빛나는 미소를 지으며 아늘을 받아 품에 안았다.' 그 외에 위고, 샤토브리앙을 위해 가끔 사용하기도 했다. 그런데 지금이야말로 숭고하다는 표현이 가장 필요한 장면이 아닐까.

코르네유 연극의 원동력, 특히 「르 시드」와 「폴리왹트」의 원동력은, 영웅주의와 찬미이다. 명예와 사랑 간의 그 유명한 대립은 숭고한 정신에서만 온전한 의미를 발휘할 수 있다. 훗날 폐기는 매우 중요한 사실을 말한다. 코르네유에게 "명예는 사랑에 의해 사랑을 받고, 사랑은 명예에 의해 명예로워진다. 명예는 여전히 사랑이며, 사랑 역시 명예다."라고.

세비녜 부인[289]은 끝까지 라신보다 코르네유를 더 좋아했다. "라신의 성공은 오래가지 않을 것이다."라고 했다. 잘못된 예언을 한 그녀는 행복해하며 「폴리왹트」의 저자 코르네유가 지은 종교시들을 읽었다.

하나님, 말해주세요. 제발 말해주세요. 당신의 종이 듣고 있습니다.
저는 여기서 당신의 종이라고 했습니다. 왜냐하면 제가 바로 당신의 종이기 때문입니다.
나는 당신의 종이고, 그렇게 되길 희망하며, 당신의 길을 따라가기를 원합니다. 밤낮으로.

혹은

하나님의 위대한 날이 오면 모든 것, 원인과 결과를 알았다는 사

158

실이 커다란 위안이 될 수 있을까?

우리가 알게 될 것이, 우리가 했어야 되는 것만을 보게 될 어느 판사의 마음을 누그러트릴 수 있을까?

토마스 코르네유가 그의 형을 대신해 아카데미 프랑세즈 협회에 들어갔을 때 — 나는 아카데미 협회 회원 자격으로 그 자리에 있었는데, 내 이름이 칼리에르였는지 니콜라 포티에[290]였는지 잘 알 수 없지만, 하긴 지금까지 여러 시대에 여러 인물로 재현했을 때도 그 누구에게도 나에 대해 말한 적은 없지만 — 라신의 환대를 받았다. 「앙드로마크」와 「베레니스」의 저자였던 그가, 「르 시드」와 「연극적 환상」, 「폴리왹트」의 저자를 그렇게 고통스럽게 만들었던 라신이, 코르네유의 연극을 칭송했던 것이다.

나는 천재 학자에 서른한 살까지 무신론자이자 자유주의자, 회의주의자였던 블레즈 파스칼과 친하게 지내길 정말 원했다. 안타깝게도 그는 서른아홉이라는 이른 나이에 죽었다. 세 살 때 어머니를 잃었던 그는 여섯 살 어린 나이에 백묵을 가지고 상자 위에 기하학적 모형을 그리기도 했다. 열여섯에는 「원뿔 곡선 시론」이라는 논문을 작성했을 정도였다. 데카르트의 친구로 그와 서신을 교환했던 메르센은 "파스칼은 이 주제에 관한한 모든 이들을 능가했다."고 말했다. 스물다섯 살에 그는 방탕하고 천박한 삶을 이어갔다. 어릴 때는 아르키메데스였던 그가 나이 들어가며 속물적인 랭보로 돌변한 것이다. 그런데 어느 날 넬리 다리에서 마차 사고를 목격하고는 죽음을 아주 가까이서 느꼈다. 그 후, 종교에 빠져들기 시작해 8년 만에 성 아우구스티누스[291]나 성당 신부들의 반열에 오를 정도로 깊은 신앙을 갖게 되었다. 어딘가 좀 특이하고 부산스러워 보이는 신부였지만 말이다.

그는 포르루아얄 수도원의 수도승들과 가깝게 지내기 시작하면서 얀센파에 심취했고, 『프로방시알』이라는 서간문을 집필했다. 이 서간집을 통해 그는 막강한 권력을 행사하는 예수회를 신랄하게 공격하며 논란의 중심에 섰다. 파스칼은 경건한 신앙심과 체제 전복 자체를 의미했다. 가톨릭 신자의 작품인 『프로방시알』은 이미 계몽 사상가들의 아이러니를 예견하고 있었다.

『프로방시알』만으로도 파스칼은 영광을 받을 자격이 있었다. 하지만 그는 이제 막 첫발을 내디뎠을 뿐이었다. 그는 종교를 옹호하기 위해 걸작을 준비했지만 끝맺지 못했다. 하지만 그가 남긴 수많은 메모와 자료들, 그가 상상했던 수많은 계획들, 각종 정보와 도표들은 우리가 『팡세』라고 부르게 될 위대한 작품을 이미 구성하고 있었다.

『팡세』는 종교 옹호를 위한 개론서이며 매우 강렬한 모음집으로, 여기에서 묘사된 인간은 '하잘것없는 벌레'인 동시에 '세상의 가장 위대한 자', 쓰레기인 동시에 영광, '불확실과 실수만이 존재하는 하수구'인 동시에 '진실을 알고 있는 자', '영원을 향한 허무인 동시에 무를 향한 전부, 무와 실재 사이의 중간'이다. 파스칼은 『팡세』를 통해 위대한 종교 산문작가, 분명 성 토마스 아퀴나스와 샤토브리앙과 비교될 만큼 가장 위대한 작가가 되었다.

파스칼은 단순한 가톨릭 작가가 아니었다. 그는 보쉬에,[292] 블루아,[293] 페기,[294] 클로델[295]처럼 타인을 개종시키기 위해 글을 쓰는 작가였다. 하지만 오직 신자만을 위해 자신의 천재성을 발휘하진 않았다. 그는 존재의 신비함을 알고 싶어 하는 모든 이들을 위해 글을 썼다. 파스칼은 예수가 산상수훈에서 말한 여덟 가지 복에 비춰 다시 등장한 몽테뉴였다.

파스칼은 기하학자, 물리학자, 수학자, 논객, 신학자, 철학자였다. 그는 세계적인 천재였다. 그는 특히 작가로서, 자신이 무시했던 문학 분야에서 위대한 문장가가 되었다. 연극과 시에서는 코르네유가, 논쟁과 산문에서는 파스칼이 존재한다. 그들은 몽테뉴, 롱사르, 말레르브의 완벽한 언어와 견주어 조금도 뒤처지지 않는다. 그들이 바로 프랑스 문학에서 가장 위대한 시대의 문을 열었던 것이다. 자, 이제 모든 준비는 끝났다. 기적이 일어날 일만 남았다.

기적

이 기적을 이루는 데 나도 힘을 보탰다. 아! 물론 내가 대단한 인물은 아니었다. 나는 라 퐁텐을 서로 차지하기 위해 다투었던 아름다운 여인들 중 하나도 아니었다. 또한 코르네유와 시작해 몰리에르에게, 이어 라신의 품에 옮겨간 유명한 여배우들 중 하나도 아니었다. 나는 그저 라 폼 드 팽에서 일하는 여종업원이었을 뿐. 라 폼 드 팽은 르 무통 블랑과 더불어 생트 주느비에브 산 인근에서 제일 유명한 선술집이었다. 그 무렵 나는 내가 '악당 4총사'라고 부르는 자들과 자주 어울렸다. 그들은 이삼일에 한 번 꼴로 와인과 시에 취하기 위해 이곳을 찾아왔다. 라 퐁텐, 몰리에르, 부알로 그리고 라신이 그들이었다. 그중 라 퐁텐과 몰리에르는 연장자에 속했고, 부알로와 라신은 그들보다 열다섯 살 남짓 어렸다.

여러분께 얘기 하나를 들려주려 한다. 그들은 매우 젊고 매력적이었다. 쾌활하고, 예의 바르며, 매우 소박한 편이었다. 그들은 서로 결코 헤어질 수 없는 사이라고 믿었지만 결국 헤어지고 다투었다. 그들은 나를 마고라는 애칭으로 불렀는데, 다들 나만 보면 얼굴에 입맞춤을 하겠다며 난리도 아니었다. 때때로 나는 살짝 거부할 때도 있었다. 하지만 그들은 결코 폭력적이지 않았고 부적절한 행동도 하지 않았다. 그들은 어떻게 살아야 하는지를 잘 알고 있었다. 네 남자 모두를 나는 좋아했다.

그래도 라 퐁텐이 제일 마음에 들었다. 제일 연장자였지만 말이나 행동은 가장 젊어 보였다. 그가 "날 '장'이라고 불러줘."라고 말했지만 나는 감히 그러지 못했다. 그가 좀 더 요구했다면 나는 그와 잠시 살았을지도 모르겠다.

라 폼 드 팽에는 황금노트를 비치해두었는데, 고기와 포도주에 관한 의견들 외에 손님들이 자기 생각들을 덧붙이곤 했다. 나는 라 퐁텐이 쓴 글들을 간직하고 있는데, 나에 대해 꽤 관대한 편이었다.

파르나스파에 의해 서로 알게 된 우리 네 사람은 일종의 소셜 그룹을 형성했는데, 만일 수가 좀 더 많고, 즐거움만큼이나 시를 짓는 데 몰입했다면 아카데미라고 부를 수 있지 않았을까. 우리는 제일 먼저 일련의 규칙에 따르는 대화법이나 아카데미식 회의를 연상시키는 모든 걸 없애는 시도를 했다. 라 폼 드 팽에 아름다운 마고를 중심으로 모여 각자의 여흥에 대해 충분히 얘기를 나눈 뒤, 우연히 과학이나 문학에 관해 말할 기회가 생기면 놓치지 않았다. 그렇다고 한 주제에 대해 너무 길게 토론하지 않고 곧바로 다른 주제로 넘어갔다. 마치 꿀벌들이 온갖 종류의 꽃들을 찾아 떠도는 것처럼. 우리들 사이에 욕망, 교활함, 음모와 같은 것들은 자리 잡지 못했다. 우리는 다들 고전을 좋아했지만, 반면 당시에 유명한 문헌들이 찬사를 받을 만하다고 여겨지면 그렇게 했다. 우리는 각자의 작품에 대해 겸손하게 얘기를 나누었고, 우리들 가운데 누군가 세기말 병을 앓을 때면 서로를 위해 진지한 의견들을 교환했으며, 이따금씩 그에 관한 것을 책으로 엮기도 했다. 물론 그런 일은 극히 드물었지만.

나는 라 퐁텐을 무척 좋아했다. 그는 이솝, 호라티우스, 페드르, 때로는 마로[296]나 라블레도 좋아했다. 내가 기억하는 한, 그는 교만과는 먼 글을 썼다. 그는 이미 조금 늙었고, 부드러움이 넘치는 이기주의자였으며, 가끔 슬픔에 잠기곤 하는 옛날식 에피쿠로스학파[297]였다. 넷이 평소보다 술을 더 많이 마신 어느 날 저녁, 그가 인도 출신인 필페이[298]의 교훈집에 대해 내게 길게 얘기했다. 전혀 모르는 사람이었다. 그는 필페이의 작품을 이솝의 작품만큼 높이 평가했는데, 그로서는 대단한 평가였다. 그날 저녁, 떠나기 전에 기분이 무척 좋아 보였다. 그가 내게 급히 몇 자 끼적거린 시들을 건넸는데, 지금도 소중히 간직하고 있다.

나는 도박, 사랑, 책, 음악을 사랑한다.
도시와 시골, 아니 모든 걸 다 좋아한다.
내게 숭고해 보이지 않는 그 어느 것도 없다.
심지어 우울한 가슴의 어두운 기쁨조차!

파르나스의 나비, 벌을 닮은 듯한

착한 플라톤이 우리의 멋진 것들을 그것에 비할 테지.

나는 가벼운 어떤 사물이며 모든 주제를 다 돌아다닌다.

나는 꽃에서 다른 꽃으로 가고 이 사물에서 다른 사물로 옮겨간다.

나는 매혹적인 미소를 짓는 마고를 사랑한다.

그녀의 엉덩이, 그녀의 머리카락, 그녀의 눈길, 그리고 그녀의 가
슴을.

라 퐁텐의 임종이 다가왔을 때 라신은 그의 마지막 숨소리와 함
께 유언을 들으려고 침상을 지켰다. 라신은 수많은 아이와 부모에
게 행복을 전해주었던 『우화집』의 저자 라 퐁텐에게 내가 어떤 마
음을 가지고 있었는지 잘 알고 있었기에 라 폼 드 팽까지 와서 눈
물을 흘리며 ― 우리 둘 다 눈물을 쏟았다 ― 그렇게도 활동적이
고, 세심하면서도 산만했던, 신조차 멀리 밀쳐낼 수 없었던 쾌락
과 뭇 여인들의 친구였던 그의 마지막 모습을 자세히 들려주었다.

이제는 여러분도 이미 알고 있겠지만, 나와 관련해 흥미로운 사
실은 '나'는 라 폼 드 팽에서 일하는 여종업원이면서 동시에 인류
의 역사라는 점이다. 나는 과거만큼이나 미래에 일어날 일도 잘
알고 있다. 오직 나만이 그 두 사람 모두를 안다. 롱사르의 미래
도 잘 알고 있다. 나는 또한 라 퐁텐의 『우화집』이 루소와 라마르
틴에 의해 비도덕적이라는 비난을 받을 것이란 사실도 알고 있다.
하지만 결국 아이들이 그를 구원하리라는 것도 알고 있었다.

나는 또한 낭만주의자들에서부터 초현실주의자들에게까지 부

알로가 귀찮고 불쌍한 낙오자며, 별로 아이들 손등을 때리고, 오직 규칙에 따라서만 판단하는 중학교 교사로 알려질 것이란 사실도 잘 알고 있다. 나는 그와 잘 알고 지냈는데, 이제는 진실을 얘기하고 싶다. 그는 재치가 넘치고 사랑스러우며, 매력적이고 달콤하며, 사교성이 넘치는 남자였다. 그는 대부분의 시간을 웃으며 보냈다. 적어도 일주일에 세 번은 라 폼 드 팽에 오는데 어쨌든 그동안은 늘 웃는 얼굴이었다.

후대의 평판에 안 좋은 영향을 준 건 궁정에서 공직자로 지낸 그의 삶 때문이었다. 그는 모르트마르 지역 출신들이 모두 그랬듯이 재치가 넘쳤던 마담 드 몽테스팡[299]의 추천으로 왕실 사료 편집장 자리에 올랐다. 사실 이와 같은 공직기관 자리는 늘 특혜를 누리는 작가들에게는 특별한 가치나 의미거리가 되지 못했다. 부알로는 한참 뒤 "나는 온갖 형태의 하락을 경험했다. 물론 성공을 포함해서."라고 말한 시오랑[300]처럼 소리칠 수도 있었을 것이다.

왕의 사료 편집장이 되면서 그는 더 이상 대담하거나 잘난 척할 수 없었고, 자유롭게 행동하지 못했다. 공직생활이 시작된 것이다. 그는 그동안 자신이 그렇게 공격했던 적들이 모여 있는 아카데미 협회에 들어갔다. 그동안 그가 너무 자유분방하다며 그를 아카데미 회원으로 선출하는 데 반대해왔던 왕마저 마침내 그에게 문을 열어준 것이다. 그는 새로운 직위 덕분에 파리에서 그리 멀지 않은 오퇴유[301]에 시골 별장을 마련해 정원을 가꾸며 즐겼다. 그곳에서 — 만사에 어두운 면이 있기 마련인 듯 — 그는 루이 14세의 승리를 찬미했다.

위대한 왕이 승리를 중단한다면 나 역시 글쓰기를 중단하리.

그럼에도 그는 스스로 즐기는 방법을 찾아내고는 자신만의 빈 정거림을 갈고 닦았다.

어떻게 발음조차 어려운 두스베레헥[302] 젯펀,[303] 바헤닝언,[304] 하르 딕, 크노첸베레헥 등의 도시들을 아름다운 운율을 살린 시로 함락할 수 있단 말인가?

부알로는 자신이 강력한 권력자가 되기 이전 초기 몇 년 동안—라 폼 드 팽 시절—대단한 권력자들, 교만한 자들, 유행을 따르는 자들을 공격했다. 샤플랭,[305] 퀴놀트,[306] 데마레[307]파들처럼 후원자를 둔 모든 시인들을 "이 부엌에서 저 부엌으로 종종거리며" "최고 입찰자에게 아부와 더불어 자신의 시를 팔면서"라고 비난했다. 그들은 모두 잊혔다. 후대는 갑자기 마치 부알로가 이미 승리할 걸 알고 이 싸움을 치른 건 아닌가 하는 잘못된 생각을 가질 수도 있을 것이다. 사실은 그 반대다. 그는 매우 자유롭고, 용기 있으며, 미래를 예견했다. 그는 교양을 갖춘 프랑스에서 항상 기회를 엿보는 위선자들보다 라 폼 드 팽의 세 친구들을 더 좋아했다.

부알로는 살면서 세 차례 불행한 순간을 겪었다. 전해지는 얘기에 따르면, 유년기에 칠면조가 공격해와 그의 성기를 먹어버렸다고 한다. 엘베시우스[308]는 그의 『정신론』에서 고약한 언어로 이 사건 때문에 부알로가 예수파들에게 증오심을 갖게 되었다고 했다. 프랑스에 야생 칠면조를 들여온 이들이 예수파였기 때문에.

두 번째 불행은 왕의 은총을 받은 사실이다. 세 번째는 훨씬 더 평범한데, 한참 시간이 지난 뒤 많은 사람들이 그를 알게 되었지만 잔인하게도 그가 죽게 된 일이다. 그것도 성공을 거둬 유명해진 시기에 지독한 대가와 맞바꾼 영광, 초기에 빈정거리고 자유분방했던 논객이 월계관을 쓴 시인, 공식 시인이 된 것이다.

부알로는 네 친구들 중 제일 늦게 죽었다. 나는 그의 장례식에 참석했는데, 그야말로 엄청난 인파가 몰려왔다. 구경꾼들이 놀라워하는 소리를 들을 수 있었다. "그에게 이토록 많은 친구들이 있었나…… 세상사람 모두를 비난했는데."

하지만 그는 적어도 라 퐁텐, 몰리에르, 그리고 라신에 대해서는 결코 비난하지 않았다.

더 높은 단계로

나는 라 퐁텐을 매우 사랑했다. 나는 부알로의 친구였는데, 잘난 척하려는 게 아니라 그는 내게 무척 너그럽게 대했다. 몰리에르와 라신이 어쩌면 부알로보다 더 위대한 작가였는지도 모르겠다. 두 사람 모두 롱사르와 말레르브의 언어적 천재성을 더 높은 단계로 끌어올린 장본인들이다.

나는 라 폼 드 펭에서 몰리에르를 몰리에르라고 부르지 않음을 알고 매우 당황했던 기억이 있다. 다들 장 바티스트 포클랭이라 불렀다. 몰리에르라는 이름은 도대체 어디에서 나온 걸까? 얘기해달라고 여러 번 졸랐지만 자신의 비밀 얘기를 해주지 않았다. 친구들에게는 이야기했을까? 나는 알지 못한다.

몰리에르의 아버지는 왕실 실내 장식업자 겸 집사였다. 장 바티스트는 아버지의 가업을 물려받아 편안한 삶을 살 수 있었지만 또래 많은 젊은이들처럼 감출 수 없는 열정을 지니고 있었다. 희곡! 그는 이미 계획되고 만들어진 인생을 거부했다. 모든 걸 포기하고는 '일뤼스트르 극단'[309]을 만들었다. 이어 지방으로 장기 순회공연을 떠났다. 이 유랑 공연에 나서기 진 라 폼 드 펭에서 친구들을 기다리며 내게 자신의 계획을 귀띔해주곤 했다.

그는 마들렌 베자르와 뒤 파크 후작부인, 두 여배우를 데리고 길을 떠났는데, 이 두 이름만 들어도 나는 라 퐁 드 팽에서 그들이 사용한 잔을 씻고 시중을 들며 설렜던 기억이 난다. 얼마 안 되어 후작부인이란 호칭이 작위가 아니라 '애칭'이란 걸 알게 되었다. 그의 끝없는 모험이 시작된 셈이었다. 연극과 연애사 모든 면에서! 끝없는 반전의 연속이었다. 온갖 일들이 빠르게 전개되었다. 이미 나이 든 코르네유와 — 예순 두 살이었는데 —「앙드로마크」 집필을 이제 막 끝낸 라신 모두 뒤 파크 후작부인을 향한 사랑에 빠진다. 라신은 몰리에르에게서 그녀를 훔쳐낸다. 결국 몰리에르는 마들렌의 여동생과 — 몰리에르의 적들에 의하면 그녀의 딸이라는 설도 있지만 — 결혼했다. 마들렌의 여동생 아르망드 베자르는 그보다 스무 살이나 어렸는데 그에게 온갖 시련을 겪게 했다.

페레픽스 파리 대주교와 라무아뇽 국회의장을 선두로 궁정에서 막강한 권력을 휘둘렀던 궁정의 자칭 교양인들과 교회 신자들은 자유주의자들과 대립각을 이루고 있던 몰리에르가 아르망드와 근친상간을 저질렀다며 비난하고, 그녀를 화형시켜야 한다고 주장했다. 몰리에르의 삶은 왕 앞에서뿐만 아니라 — 왕이 몰리에르의 아들의 대부가 되어주었다 — 일반 대중들 앞에서도 계속적인 성공을 거두고, 동시에 적들과 싸움도 계속 이어갔다. 그는 조금은 즐거운 듯하면서도 어딘가 슬픔에 잠긴 얼굴로 이런저런 이야기들을 내게 들려주었다.

몰리에르는 우스꽝스러운 희극들을 쓰고 직접 연기까지 했는데, 무대 위에서 얼굴을 찡그리고, 몸을 과장되게 비트는 연기까지 기꺼이 소화했다. 이는 궁정사람들을 당혹스럽게 만들었지만 반면 대중들을 열광시켰다. 샤를로는 한참 지난 뒤 내게 말하길 몰리에르는 절름발이나 안짱다리들에게 애정을 가지고 있었다고 했다. 10년 동안 그는 여러 위대한 걸작들을 차례로 선보였다. 「우스꽝스러운 프레시외즈들」, 「아내들의 학교」, 「타르튀프」, 「돈 후안」, 「인간 혐오자」, 「수전노」, 「평민 귀족」, 「학식을 뽐내는 여인들」이 있다. 그런데 그의 친구 부알로는 이러한 우스꽝스러운 짓들을 비난하기도 했다. 그가 다음과 같이 말했다.

스카팽이 스스로 뒤집어쓴 이 우스꽝스러운 자루 속에서
나는 「인간 혐오자」의 저자를 알아볼 수 없다.

몰리에르는 서로 너무 다른 스타일의 작품들을 썼고 그때마다 뛰어난 재능을 드러냈기 때문에 이따금씩 대필 의혹을 받기도 했다. 코르네유가 대필한 건 아닐까 하는. 저속한 희극 애호가의 작품이라 보기 어려운 위대한 희극들이기도 했지만 그 외에도 노르망디 지방의 고유한 표현들이 여러 번 등장하기 때문이었다. 이와 같은 주장은 주로 여러 재능 있는 이들이 강력하게 제기했는데, 그중 맨 앞줄에 내세운 「빌리티스의 노래」, 「죽음의 페르비길리엄」, 「어머니의 세 딸」, 「어린 소녀들을 위한 교육기관용 교양서」의 저자인 피에르 루이[310]는 다른 이들과 함께 취급하지 말아야 할 것이다.

라 폼 드 팽에서 내가 몰리에르의 잔에 포도주를 부어주던 시절 「타르튀프」, 「돈 후안」, 「인간 혐오자」의 저자인 그는, 당시 은근히 무시당하며 주류가 아니었던 희극을 아리스토파네스와 플라우투스의 차원으로 끌어올렸다. 새로운 희극이 감탄의 대상이었던 비극의 위엄에 이를 수 있다는 걸 더 잘 보여주기 위해 몰리에르는 몰리에르 자신이면서 동시에 코르네유의 역을 기꺼이 맡았던 것이다. 그 이전에 희극의 기본이던 천상의 개입이나 마법, 요정처럼 기상천외한 것들을 과감히 버리며 현실 세계를 그렸고, 진리를 희극의 원동력으로 삼았다. 그야말로 혁명이 일어난 것이다.

몰리에르는 궁정의 신하들, 바람둥이, 위선자, 유난떠는 자들, 방해자들에 대해 이야기했다.

신이시여, 내가 과연 이 땅에 태어나야 했나요,
언제나 살해당하는 방해꾼이 되기 위해서!
어느 곳을 바라보아도 운명이 내게 알려주고 있는 듯하네.
매일 나는 새로운 유형의 사람들을 마주하게 되나니.

그는 적극적으로 그들을 묘사했다. 무엇보다 자연스러움을 좋아했다. 그가 희극에 대해 열띤 논쟁을 벌이다 "동시대 사람들을 알아보게 하는 일에 일조하지 않았다면 당신은 그야말로 아무 일도 하지 않은 거나 마찬가지다."라고 말했던 기억이 난다. 그와 함께 얼마나 즐거운 시간을 보냈던가. 마지막 눈물을 흘릴 때까지. 평소에 그는 늘 나를 위해 관람석을 마련해주었는데, 그날 나는 그의 「상상병 환자」 네 번째 공연을 보고 있었다. 허구가 현실이 되는 마지막 공연을 관람한 셈이었다. 그는 작가로서의 삶과 한 인간으로 누린 자신의 삶에 이별을 고했다. 배우이며 순교자였던 그는 무대 위에서 죽음을 맞이했던 것이다. 그의 나이 쉰한 살이 었다.

몰리에르가 성공을 거두기 시작할 때 라신 역시 「앙드로마크」, 「베레니스」, 「이피제니」와 함께 기적처럼 영광의 자리에 올랐다. 세비녜 부인에도 불구하고 그는 점차 코르네유를 대적할 만한 경쟁자로 부상했다. 나는 네 친구들이 끝없이 코르네유와 라신을 비교하면서 서로의 장점들을 얘기하고 서로 간에 하나의 평행선을 세우곤 하는 걸 자주 들었는데, 내 능력이 부족해 여기에 세세한 부분까지 옮길 수는 없다. 그저 그들에게 레드나 화이트 와인을 따라주면서 흘려듣듯이 건진 몇몇 표현들을 기억하고 있을 뿐이다. 내가 제대로 이해한 거라면, 코르네유가 여배우들과 공연하는 남자의 연극이라면 라신은 남자들과 연기하는 여자들의 연극이다. 코르네유는 의지가 열정을 이겼고, 라신은 무엇보다 열정이 의지에 앞섰다. 코르네유는 우리에게 승리하는 영웅들을 보여주고, 라신은 벌받은 희생자들을 보여준다. 코르네유에게 비극이 해피엔딩으로 끝날 수 있는 위대한 영웅들의 모험담이라면 라신에게는 결국 불행으로 끝나게 될 내면적이며 개인적인 모험인 것이다. 내 생각에 ─ 물론 내가 잘못 이해한 것일 수도 있지만 ─ 코르네유는 예수파였고, 라신은 얀센파였다.

한참 시간이 지난 뒤에야 이 모든 것들이 좀 더 명확하게 드러났다. 라신은 얀센파 대가들의 교육을 받고 자랐는데, 그들에 따르면 그의 영웅 특히 여자 영웅들은 광적인 열정과 끔찍한 사랑에 손발이 묶인 채 끌려간다. 이 세상의 권력자들에게 기대었던 예수파들은 코르네유에게 인간은 자유로운 존재며 자신의 운명은 각자에게 달려 있다고 가르쳤다. 특히 코르네유의 남자 주인공들은 자신들의 열정을 절제하고, 여자 주인공들은 자신의 미래를 결정한다. 내 기억에 나폴레옹은 라신보다 코르네유를 더 좋아했다. 그는 라신을 '영원히 무미건조한 인물'이라 비난했다. 반면 코르네유의 경우, 그를 왕자의 자리에 올리고 싶어 했다.

코르네유와 라신 간의 병적인 이런 투쟁은 당시 시대상을 잘 보여준다. 성녀 풀케리아는 「르 시드」와 — 대단한 성공이 얼마 되지 않아 잊혔는데 — 위대한 「폴리왹트」 저자의 쇠락을 보여준다. 그로서는 불행하게도, 부알로에 의해 붙들렸던 「아게실라스」와 「아틸라」가 「앙드로마크」와 거의 동시에 대중에게 소개되었던 것이다.

아게실라스 이후,
세상에!
아틸라 이후,
이제 그만!

코르네유는 심지어 로마 관련 분야에까지 자기에게 대적하는 라신과 비교해 더 이상 주목을 받지 못했다. 라신의 「미트리다트」

가 대대적 성공을 거두는 시점에 묘하게도 코르네유의 「페르타리트」는 실패했다. 라신의 「베레니스」와 코르네유의 「티트와 베레니스」는 같은 해에 발표되었다. 라신은 코르네유의 존재를 잊게 만들었다. 물론 코르네유가 그 이후에도 걸작 「쉬레나」를 선보이긴 했다. 그렇게 늙어가는 코르네유를 공격하던 부알로도 자신이 감탄해 마지않는 시구들을 내게 몰래 암송해주곤 했다.

> 나의 죽음과 함께 모든 것이 사라지길, 마담! 무슨 소용이란 말인가,
> 내 죽음 이후 누가 이 땅을 짓이기든 그 무슨 소용이란 말인가?
> 이제 우리를 환하게 빛내주던 날을 잃어버렸으니
> 이런 삶은 상상일 뿐,
> 한순간의 행복일지라도
> 이렇게 차갑고 헛된 영원보다 더 낫지 않겠는가.

혹은 이런 시구들도 들려주었는데 더 놀라운 건 자신을 철저하게 제어하던 시인의 입에서 이런 구절이 나왔다는 사실이다.

> 나는 울기 위해 침묵과 밤을 찾아 헤맨다.

젊은 경쟁자에게 밀려난 「르 시드」 저자의 실패 속에는 왠지 가슴 아프게 하는 무언가가 있다. 마음의 고통이 영웅주의와 굳은 의지를 이기고, 연민이 감탄을 이기며, 공포가 위대함을 이겼던 것이다. 선술집 어종업원이었던 나는 — 어쩌면 내가 위대한 인물

과 위태로움에 처한 거대한 작품들을 기억하는 인류 역사이기 때문일지도 ─ 후작부인의 영웅이며 나이와 시간의 흐름에 지친 위대한 늙은이에게 연민의 정을 느낀다. 코르네유, 때로 부알로에 의해 자극을 받은 라신이 잔인할 만큼 조롱했던 그 코르네유에게.

나는 라신보다 라 퐁텐이나 몰리에르가 더 가깝게 느껴졌다. 아! 물론 라신은 매력적이었으며, 여자들을 매우 좋아했다. 하지만 솔직히 말해 그는 다른 세 남자들보다 내게 덜 다정했다. 자기를 '장'이라 부르라고 하진 않았을 테고, 시구를 지어주지도 않았을 게 분명하다. 그는 자신만만했고 종종 무례하며 무심했다. 그가 가끔 친구들을 배반하듯 그의 얀센파 스승들을 배반했다는 소문도 있었다. 나야 아는 바 없지만. 어쨌든 그는 라 퐁텐이나 몰리에르보다 덜 유쾌했다. 재능은 월등했지만.

그의 첫 작품들은 크게 주목받지 못했다. 하지만 그다음 작품들은 대성공을 거뒀다. 그는 몰리에르처럼 공연 티켓을 주지 않았지만 나는 한 번도 빠지지 않고 그의 희극을 보러 갔다. 그의 작품도 읽었다. 감탄하지 않을 수 없었다. 불행한 공주들 이야기가 무척 마음에 들었다. 「앙드로마크」는 정말 흥미진진했다. 「베레니스」는 완전히 나를 뒤흔들어놓았다. 여왕이 황제에게 마지막 인사를 하는 부분을 듣거나 글로 읽을 때면 매번 눈물이 흘러내렸다.

나는 더는 아무것도 듣지 않을 거예요. 영원히 안녕.
언제까지나! 아! 주여! 당신만을 생각하시길
우리가 서로 사랑할 때 이 말은 얼마나 잔인한가!

한 달, 일 년, 우리는 어떻게 고통을 감내할 수 있을까?

주여! 왕이시여! 얼마나 먼 바다가 당신과 나 사이에 놓여 있는 것인지.

어떻게 새날은 또 밝아오고 기울어지는가?

티투스가 베레니스를 보지 못하는데,

이렇게 하루 종일 나는 티투스를 볼 수 없는데.

도대체 내가 무엇을 잘못한 걸까, 헛된 노력들!

예견된 나의 떠남에 위안을 얻은 못된 이라고,

과연 내가 떠나 있는 날들을 그는 헤아려보기는 할까?

내게는 그리도 긴 날들이 그에게는 한순간일 테니.

「페드르와 이폴리트」의 저자 라신의 경쟁자인 프라동과 느베르 공작, 그리고 그의 두 누이인 부이옹 공작부인과 마자랭 공작부인에 의해 맹렬하게 공격을 받은 「페드르」는 나를 완전히 황홀하게 만들었다.

아! 아! 지금까지 맛보지 못했던 이 고통!

보지도, 알지도 못했던 가슴 아픔이 나를 기다리고 있었다니!

지금까지 내가 견디어왔던 공포도, 격한 마음의 동요도,

가슴에 타는 불꽃의 격렬함도, 몸이 찢어질 듯한 후회도,

그리고 냉혹하게 거부당한 그 찾기 어려운 굴욕까지도,

지금 내가 맛보고 있는 이 가슴 아픔에 비하면 한낱 작은 시작에 지나지 않는다.

그들은 서로 사랑하고 있다! 언제부터? 어느 곳에서부터?

너는 그걸 알고 있었다. 왜 나를 유혹당하도록 내버려두었는가?

그들의 은밀한 정열에 대해 왜 내게 알려주지 않았는가?

그들은 깊은 숲속에 숨어 있는 걸 좋아했나?

아아! 그들은 그 어떤 제약도 없이 서로를 만났다.

그들의 한숨으로 뒤덮인 하늘이 무죄를 승인했다.

그들은 아무런 회환도 없이 자신들의 사랑을 따라갔다.

매일 맑고 청명한 해가 그들을 위해 떠올랐다.

매일 맑고 청명한 해가 그들을 위해 떠올랐다!……

내게는 그렇게도 길어 보였던 날들이 그에게는 너무도 짧았을 테지!……

내가 몹시 좋아했던 쥘 르나르[311]의 매혹적인 『일기』[312] 첫 부분에 그는 롱사르와 앙드레 셰니에[313] 사이에서 한 시인을 발견하려 했지만 실패했다고 썼다. 이번만큼은 르나르가 잘못 판단한 것이다. 극작가인 라신은 비극 부문에서 소포클레스와 유리피데스에 버금가며, 시인으로서의 라신은 베르길리우스 혹은 괴테와 어깨를 나란히 한다. 그가 들려주는 음악에 나는 한 번도 지루함을 느껴본 적이 없다.

신이시여, 나는 사랑했습니다. 사랑했습니다. 사랑받고 싶었습니다.

혹은

나는 당신을 사랑하지만 언제 변할지 모릅니다. 내가 과연 지조를 지킬 수 있을까요?

혹은

우리의 밤은 당신의 낮보다 더 아름답습니다.

혹은

동방의 사막에서 나의 권태는 어찌 되는 걸까?

혹은

낮은 나의 마음의 깊은 내면보다 더 순수하지 않다.

그의 종교시는 코르네유의 종교시만큼이나 아름답다.

오, 지혜여, 당신의 말이
세계를 열리게 하는군요,
두 개의 극지방을 지나
대지는 바다 한가운데로

당신이 말하자 하늘이 나타나고
모든 행성들이 달리고
그들의 질서대로 자리를 잡았죠.
당신이 지배하는 세기들 훨씬 이전에
나는 누구인가,
나는 과연 무엇을 할 수 있는가?

원시림 시대부터 수십만 년에 걸쳐 펼쳐지는 이 삶에서, 우주의 눈에는 찰나이겠지만 내게 길게 느껴지기 시작한 이 삶에서 — 나 자신이 존재하지 않을 때까지 — 나는 많은 행운을 누렸다. 나는 나의 길 위에서 정복자, 건축가들, 학자, 항해자들을 발견했다. 나는 그들에게 많은 빚을 졌다. 그들이 나를 변화시켰다는 말로는 어딘가 부족한 것 같다. 그들은 나 자신을 드러내게 해주었고, 나를 형성시켜주었다. 그들은 지금의 내 모습을 만들어주었다. 하지만 나는 화가, 조각가, 건축가, 음악가들을 더더욱 사랑한다. 그리고 작가들을 사랑한다. 그들은 이 땅의 소금이다.

사랑했던 작가들로 말하자면, 루이 14세와 마자랭, 콜베르 시대에 몽타뉴 생트 주느비에브 거리의 라 폼 드 팽을 찾곤 했던 네 명의 작가 친구들 모임이야말로 영원히 남을 가장 소중한 기억들 중 하나다. 내 생각에 그때만큼 위대하고 아름다운 계획들을 세우고, 그렇게도 고귀하고 생동감 넘치는 정신으로 끝까지 밀고 나갔던 적이 없었다.

훗날 학자, 교수, 문학사들이 그들에 대해 언급하면서 소위

1660년의 한 학파를 이뤘다고, 그들 역시 당시의 여러 규칙들을 따를 수밖에 없었다고 말하는 걸 들은 적이 있다. 하지만 그들을 아주 잘 알고, 그들에게 술을 따르며 들었던 말들에 기대어 나는 확실히 얘기할 수 있다. 오랫동안 떠돈 전설에도 불구하고, 라 퐁드 팽의 네 친구들은 귀가 따갑도록 외쳐대던 당대의 규칙들을 상당히 조롱했다고. 이들은 무엇보다 대중의 마음에 드는 것을 가장 중요한 목표로 삼았다. 만일 규칙이 있다면, 이 분야에서는 부알로가 최고의 권위자인데, 이 규칙들은 오직 이 목적만을 위해 존재할 뿐이었다. 그들에게 규칙들 자체는 요리지침서, 사고, 의족, 노하우 요령을 위한 목적일 뿐 대리석에 새겨진 절대법칙이 아니었다. 나의 네 친구는 자신들이 이러한 불변의 규칙들에 서로가 묶여 있었다는 걸 알게 되면 아마 무척 놀랄 것이다.

나는 수십 번도 넘게 라신이 소리치는 걸 들었다. "가장 중요한 규칙은 사람들 마음에 드는 것이고 그들의 마음을 움직이는 것이다."라는. 나의 기억 속에 부알로 역시 같은 톤의 말들을 반복했다. '규칙의 비결은 무엇보다 먼저 사람들의 마음에 들고 그들의 마음을 움직이는 것이다.' 몰리에르는 나의 뺨을 어루만지면서 그저 웃기만 했는데, 아마도 속으로 이렇게 생각하지 않았을까. '모든 규칙들 중 가장 중요한 규칙은 마음에 드는 게 아닐까…… 그러니 즐거움을 방해하는 그 어떤 논증도 찾으려고 애쓰지 말자고.' 라 퐁텐은 웃으면서 나를 바라보았다. 확신하건대 그는 규칙들의 존재 자체를 알지 못했을 것이다. 권위에 복종해야 한다는 생각 자체를 참지 못했으니.

우리의 세상이나 우리의 삶처럼, 즐거움, 행복, 존재의 유쾌함은 영원할 수 없다. 모든 것은 피할 수 없는 끝을 향해 끊임없이 달려간다. 왕국들은 무너져 내리고, 영광은 사라지고, 우정은 희미해진다. 감히 얘기하지만 내가 이것을 알게 된 건 대가를 치렀기 때문이다. 모든 역사 — 나 자체가 역사인 — 는 끊임없는 실패이다. 나는 이 네 친구들이 흩어지는 것을 보았다.

그건 라신이 독실한 신앙인으로 귀의하고, 시인 부아튀르의 손녀와 결혼하기 전의 일이었다. 그 둘 사이에는 일곱 자녀가 있었는데, 그중 아들 루이는 '사랑도 돈도, 그가 선택한 것은 하나도 없다'고 『장 라신의 생애에 관한 회고록』에서 매우 인상적인 묘사를 남겼다.

라신은 여자들을 매우 사랑했다. 그는 「앙드로마크」, 「베레니스」, 「이피제니」, 「페드르」의 불후의 여주인공 샹메슬레[314]와 파란만장한 연인관계를 맺었다. 그리고 몰리에르에게서 뒤 파크 후작부인을 빼앗았다. 그로 인해 그때까지 둘도 없는 친구 사이에 갈등이 불거지게 된다. 라신은 당시 팔레 루아얄 극장에서 상연되던 자신의 희극을 몰리에르에게서 거둬들여 부르고뉴 극장에 가져다주었다. 몰리에르가 죽고 나서 이 두 극단은 하나로 통합되어 코메디 프랑세즈가 탄생하게 된다.

1667에서 1677년까지 「앙드로마크」에서 「페드르」까지 — 여기에 「에스테르」와 「아탈리」도 첨부해야 하지만 — 그러니까 10년간 여덟 편의 걸작을 내고 난 뒤 라신은 쉰아홉의 나이에 생을 마감한다. 라 퐁텐이 병석에 누워 죽음을 기다리고 있는 걸 기억하시는지? 라신은 죽음의 침상에서 그에 대한 사랑과 마지막 지지를 보낸다. 이제 부알로가 라신의 곁에서 그의 마지막 유언을 듣고 그렇게 찬사를 아끼지 않았던 친구의 임종을 지킨다.

배우를 통해 라신 자네는 얼마나 관객을 감동시키고,
놀라게 만들고 황홀하게 만들 줄 아는지!
희생물로 바쳐진 「아울리데의 이피제니」만큼 그리스인들에게
그 많은 눈물을 흘리게 한 이는 없을 걸세.
관객의 눈에 펼쳐진 황홀하고 멋진 극중에서 이피제니라는 이름 하에
샹메슬레는 얼마나 많은 눈물을 흘리게 했던가.

프랑스화된 유럽

그렇다. 기적이다. 얼마나 놀라운 시대였던가! 아우구스투스나 안토니누스[315] 시대보다 더 눈부시고, 어쩌면 페리클레스[316] 시대만큼 찬란했던 시대. 롱사르, 몽테뉴, 말레르브가 일찌감치 예견하고 코르네유, 파스칼이 준비하고, 나의 네 친구들이 드러내준 이 시대는 다들 루이 14세의 시대라 부르지만, 한편으로 이 시대는 코르네유의 보호자였던 푸케[317]의 시대, 라 퐁텐, 마자랭,[318] 콜베르,[319] 망사르,[320] 푸생,[321] 조르주 드 라 투르,[322] 필립 드 샹파뉴,[323] 르브룅,[324] 르 보,[325] 르 노트르,[326] 그 외 수많은 이들의 시대로, 그야말로 내가 결코 한자리에 불러 모은 적 없는 천재적 재능들로 빛나던 별들의 시대였다.

1620년부터 1680년까지, 60년 동안의 프랑스는 매년 기념비적인 일들이 벌어진다. 1621년에는 라 퐁텐이 태어나고, 1622년에는 몰리에르가 태어나고, 1623년은 파스칼 탄생의 해이다. 그리고 60, 70년에는 라 퐁텐, 몰리에르, 라신의 걸작들이 파도처럼 밀려온다.

파스칼과 코르네유, 그리고 불멸의 나의 네 친구들 주위로, 아이스킬로스, 소포클레스, 에우리피데스, 투키디데스, 베르길리우스, 단테, 셰익스피어, 이들처럼 이름 하나만으로도 한 국가의 영광을 드러내기 충분한 인물들이 수없이 모여들었다. 그중에는 수려한 문장가이며, 셀 수 없이 많은 정부들을 두고, 내게 온갖 걱정거리를 안겨준 불량스러운 레츠 추기경[327]도 있다. 세비녜 부인의 사촌으로 역시나 불량스러운 뷔시 라뷔탱,[328] 그리고 세비녜 부인 본인도 이 리스트에 포함된다. 그녀는 프루스트나 프루스트의 할머니가 자기 글을 읽었고, 나 역시 칭송했다는 걸 알게 되면 얼마나 놀랄까. 그리고 용감하고 야망이 넘치지만 신중치 못하고 맹목적인 라 로슈푸코도 있다. 그는 샹포르,[329] 쇼펜하우어,[330] 시오랑의 회의주의 원조이며 그랑 콩데[331]의 누이인 마담 드 롱그빌의 정부, 마담 드 라파예트[332]의 내밀한 친구였다. 그리고 마담 드 라파예트도 있다. 그녀는 우리의 유구한 문학사에서 첫 번째 심리 소설의 저자로 꼽힌다. 그밖에 멋진 우화들의 저자 페로,[333] 지식인들의 선구자 라 브뤼에르,[334] 특히 자신만의 독특한 방식으로 죽음과 신에 대한 성찰을 보여준 보쉬에 — 그는 "인간만큼 하잘것없는 게 없으며, 끝이 있는 모든 것은 하잘것없다. 나를 지금까지 존재했던 모든 것과 다르게 만드는 것은, 바로 내가 살아있는 모든 것은 언젠가 밖으로 나올 거라는 법칙을 가지고 스스로 삶 속으로 들어간다는 것이다. 나는 '나'라는 인물을 연출하기 위해, 다른 이들처럼 나를 드러내기 위해 등장한 것이다. 그다음에는 사라져야 할 것이다."라고 말했고, 또한 "우리는 장례식장에서 유한자가 죽었다는 놀라운 말들만 듣는다."라고 했다. 그에 대해 폴 발레리는 "작가들의 서열에서 그 누구도 보쉬에 앞에 놓일 작가는 없다."라고 평했다 — 그리고 종종 잊힌 페늘롱[335]도 있다. 그는 "칼립소[336]는 오디세우스의 떠남을 너무도 슬퍼했다. 그녀는 너무 고통스러웠기에 자신이 무한자라는 사실에 몹시 불행해했다."는 식으로 인물을 표현하며 글쓰기의 행복을 기꺼이 즐겼다.

나 스스로가 역사이기에, 작가들 중 누구든 선택해서 그의 어떤 문장이든 선택해 하나의 예로 제안할 수 있다. 그럼, 가장 덜 유명한 이들 중 한 명을 선택해보면 어떨까? 이를테면 프랑수아 드 라로슈푸코[337]는 어떤가. 그가 살던 시대를 우리에게 알려줄 수 있지 않을까.

라 로슈푸코가 『잠언과 성찰』을 출간한 해는 「앙드로마크」가 선보이기 2년 전이며, 몰리에르가 「돈 후안」을 집필한 해이고, 보쉬에가 루브르에서 사순절 설교를 한 해다. 또한 라 퐁텐이 『우화집』을 출간하고, 푸생이 로마에서 죽은 해이기도 하다. 이 잠언집 출간 계획은 마치 몇몇 초현실주의 작품처럼 라 로슈푸코가 마담 드 사블레, 마담 드 라파예트, 마담 드 세비네, 그리고 다른 이들과 함께 했던 게임에서 출발했다. 그들은 서로 요리법도 얘기하고 낱말 게임도 하면서 세련된 문체를 즐겼고, 그러면서 매우 날카롭고 단단한 사유들을 갈고 닦았다.

라 로슈푸코는 유일하게 한 작품만 남겼다. 이 저서는 하나의 사유에만 기반을 두고 있다. "이 책에는 단 하나의 생각만이 존재한다."고 볼테르가 말했다. 이 논문, 여기에 담긴 깊은 사유는 매우 간결하다. 모든 영혼은 사적 이익을 추구하고, 도덕은 우리의

욕망을 가리는 가면일 뿐이다. "마치 강물이 바다로 흘러가 사라
지듯 도덕 역시 개인의 이익 속으로 사라진다."고 말했다.

라 로슈푸코는 옹색하고 고집스러우며 단조로웠다. 게다가 자
주 독단적이며 기계적인 면도 있었다. 그는 파스칼, 라 퐁텐, 라신
과는 완전히 다른 사람이었다. 하지만 좀 더 자세히 들여다보면
사실 그의 잔인함보다 더 강력하고, 더 현대적인 것은 아무것도
없었다. 니체는 그에 대해 다음과 같이 언급한다. "그는 인간성의
흑점을 반복해서 명중시키는 훌륭한 사격수와 같다." 그에게서
쇼펜하우어, 에밀 시오랑은 물론 프로이드적인 것까지 찾아볼 수
있다.

자기애는 자신에 대한 사랑이며, 모든 것이 자기를 위한 거라고
여기는 이기적인 사랑이다. 자신의 욕망이 가장 격렬하며, 자신
의 계획보다 더 감춰진 것은 없으며, 자신의 행동보다 더 능숙한
것은 없다. 자기애의 유연함은 드러내지 않고, 거의 변신에 가까
운 변화를 거듭하며, 화학적 정련에 버금가는 변신을 한다. 우리
는 자기애의 파멸이 얼마나 깊은지 전혀 인지하지 못하며, 그 어
둠을 뚫지 못한다. 자기애는 매우 변덕스러우며 때로 조급하게
발현되는데, 자신한테 전혀 유익하지 않거나 심지어 해가 된다는
걸 잘 알면서도 끝까지 몰고 간다. 그 이유는 오직 자신이 원하기
때문이다. 자기애는 삶의 모든 상태, 모든 경우에 존재한다. 자기
애는 어디에나 살아있고, 모든 것을 통해 살며, 아무것도 아닌 것
으로도 산다. 그리고 많은 것에, 심지어 바탈에도 익숙해신다. 자

기애는 자신을 적대시하는 무리들 속으로도 들어가고, 기꺼이 그들의 목적에 부합하며, 더욱 놀라운 것은 그들과 있을 때 자기 스스로를 증오하고, 자신의 몰락을 스스로 만들어내기도 한다. 마침내 자기애는 존재해야 한다는 것만을 걱정하며, 그럴 수만 있다면 자기 자신의 적이 되는 것마저 마다하지 않는다.

아! 인용이 좀 길어졌다. 그리 유명하지 않은 작가에게 너무 많은 자리를 내준 건 아닌지. 하지만 얼마나 강력하면서도 섬세한 논증인가! 얼마나 명확하고 놀라운 언어이며 문체인가! 자기애가 그 존재 자체의 가치가 있다는 전제 하나에만 의존한 사유라니, 얼마나 명백하고 굳은 신념인가! "자기애는 자신을 적대시하는 무리들 속으로도 들어가고, 기꺼이 그들의 목적에 부합하며, 더욱 놀라운 것은 그들과 있을 때 자기 스스로를 증오하고 적이 되려고 한다……." 명백하게 밝힐 필요가 있지 않을까. 얼마나 놀라운 문장인지. 우리들이 흔히 루이 14세의 시대라고 부르는 이 시대 작가들에게서 이와 같은 글은 수십 개 아니 수백 개, 수천 개도 넘게 찾아볼 수 있다.

빌레 코트레 칙령이 공표된 지 백 년 후, 30년 전쟁에 종지부를 찍은 베스트팔렌 조약은 프랑스어로 작성되었다. 마자랭, 튀렌,[338] 콩데, 보방,[339] 빌라르,[340] 콜베르, 루부아[341] 그리고 루이 14세, 경제 발전, 군사적 승리 모두 당연히 이와 같은 프랑스어의 승리에 기여했다. 모든 것이 프랑스어의 성공을 향해, 한 방향만을 바라보며 전진했다. 하지만 갑자기 프랑스어의 우수함이 폭발하듯 일어난 가장 직접적인 원인은 파스칼, 코르네유, 몰리에르, 라신, 보쉬에, 라 로슈푸코에게서 찾아보아야 할 것이다.

어쩌면 시인, 학자, 화가, 비극작가들이 지금까지 내가 세심한 관심을 가지고 들여다보던 정복자들보다 내게 훨씬 소중한 이들이었을지 모른다는 생각이 들기 시작했다. 문학과 학문 분야에서 발휘한 천재성, 탁월한 웅변, 그리고 모든 형태의 재능들이 나의 삶과 내가 형성되는 과정에서 오랫동안 나를 현혹시켰던 세습, 폭력, 탐욕보다 더 높은 곳에 자리하고 있는 건 아닌지를 묻기 시작했다.

프랑스의 기적은 정치, 경제, 군사의 차원에서 이루어졌다. 하지만 특히 문학과 예술, 문화 차원에서 더 빛났다. 또한 이 기적은 여러 성공은 물론 무역, 산업, 아틀리에의 번성, 예술인들의 탁월한 능력과 매우 깊은 관계가 있다. 프랑스의 기적은 무엇보다 미래에 유럽의 언어가 되고, 프랑스에 한 세기 동안, 어쩌면 그보다 더 오랜 기간 세계의 무대에서 맨 앞에 서게 될 프랑스 언어의 성공적인 활용에 기반을 두고 있다.

고시, 기다림, 약속

미슐레[342]는 프랑스 어느 고등학교에서 다음과 같이 매우 놀라운 말로 수업을 시작했다. "여러분, 위대한 세기, 그러니까 18세기는……." 나는 그가 잘못 말했다고 생각한다. 공포와 어두운 그늘에도 불구하고 — 프롱드의 난,[343] 브랭빌리에르 사건,[344] 루댕 사건,[345] 낭트 칙령[346] 폐지, 용기병 박해,[347] 종교박해, 군사건축가 보방과 라 브뤼에르가 폭로한 가난, 팔라티나의 약탈[348] — 위대한 세기는 18세기가 아니라 17세기다.

17세기는 통치 질서가 정비되면서 중압감이 느껴지던 시대였다. 반면 수천 개의 불꽃으로 빛나던 화려한 시대였다. 옛 선조들의 능력에 감탄하며 열심히 모방하다 그들도 어느 정도 따라갈 수 있게 된 것이다. 매우 짧고 가볍고 우아하며 흥미진진했던 18세기가 감당해야 할 유일한 소명은, 결코 쉬운 임무는 아니었지만, 75년 안에 고전주의 시대에서 프랑스 혁명의 시대로 옮겨가야 하는 것이었다.

여러분은 내가 이 임무를 어떻게 해냈는지 종종 묻는다. 어떻게? 매우 간단하다. 나는 사람들의 영혼 속으로 들어갔다. 감탄을 조롱으로 바꾸고, 영웅주의를 당시 섭정의 근본 전략이던 쾌락으로 바꿨다. 또한 하위헌스,[349] 하비,[350] 뉴턴과 함께 폭발적으로 발전한 과학의 힘도 활용했다. 여성들의 힘도 빌렸다. 나는 그들의 살롱에 드나들었고, 싸우는 대신 만찬을 즐겼다. 그때까지의 질서에 반기를 들었고, 그때까지의 질서와 동일시되던 이성을 뒤집었다.

아무도 더는 원하지 않았던 루이 14세는 72년간 통치했다. 74년에 걸쳐, 1715년에서 1789년까지, 나는 그에 대한 기억을 지워버렸다. 루이 14세 태양왕의 죽음은 폭발적 기쁨까지는 아니었어도 안도감을 느끼게 해준 사건이었다. 분명 긴장이 풀리긴 했다. 위대함이니, 명예니, 의무나 책임이니, 그동안 너무 많이 떠들었다. 서서히 목소리를 낮춰 찬양하기 시작했다. 나는 무너지는 시에서 빠져나왔다. 쾌락, 우아함, 이성이 자리를 잡았다. 온갖 사유들이 살롱에서 만개했다.

살롱은 18세기에 만들어진 게 아니었다. 17세기 초부터 랑부예 호텔,[351] 블루룸,[352] 귀부인들이 이 길을 준비했다. 하지만 데팡 부인[353] 그리고 레스피나스 양,[354] 탕생 부인,[355] 제오프랭 부인 — 백과전서의 저자인 디드로의 대모이며 후원자 — 등 여러 귀부인들이 살롱을 열어 새로운 사상을 실험하고 제도화하는 높은 수준으로 이끌었다. 살롱은 항상 여성이 주최가 되어 이루어졌는데, 살롱의 여주인은 종종 그녀가 초대하고 음식을 대접하는 철학자, 작가들의 정부일 때가 많았다. 특별하고 예외적인 여성들과 함께 17세기가 남성의 세기였다면 18세기는 탁월한 재능을 지닌 남성들과 더불어 여성들의 세기였다.

18세기 살롱은 무통 블랑이나 라 폼 드 팽 같은 선술집과는 완전히 다른 차원의 분위기를 연출했다. 단연코 재치가 넘쳤다. 사람들은 즉석에서 4행시를 읊조렸고, 아름다운 운율을 즐겨 지었으며, 격언이나 경구들도 만들어냈다. 에놀 의장[356]은 자신의 연인인 데팡 부인이 불쌍한 칼라스 가족에게 불공정한 판결을 했다며 의회 의원들을 비난하자 애써 이렇게 대답한다.

"아, 말이 비틀거리면 좋은 말은 아니지⋯⋯."

"한 마리라면 괜찮겠죠. 마구간 전체가 그랬다면⋯⋯." 데팡 부인이 말을 끊었다.

데팡 부인은 또한 쥘리 드 레스피나스 양이 항상 헙수룩하게 옷을 입고 다니는 걸로 유명한 수학자 달랑베르의 업적을 자랑하자 이렇게 쏘아붙였다.

"레피나스 양, 제가 학식을 자랑하는 이들의 단정치 못한 옷차림을 견딜 만큼 학식 자체를 높게 평가하지 않는다는 사실만은 알아주세요."

궁정도 이런 살롱 문화에 참여했다. 루이 15세 역시 관심이 많았다. 그는 정신적 지주로 통하는 비에브르 후작에게 느닷없이 자신의 왕권에 대해 재치 있는 한마디를 해달라며 요청했다.

"왕이시여, 왕은 대화의 '주제'가 될 수 없습니다(프랑스어로 '주제sujet'는 백성이나 신하라는 뜻이 포함되어 있다)." 그가 말했다.

때로 이런 말장난이 극단적으로 죽음까지 다룰 때도 있었다. 한 귀부인이 자신의 유언장을 펼쳐 당당하게 읊기 시작했다. "혹시라도 우연히 내가 죽게 된다면……." 사람들은 모든 걸, 심지어 불행까지도 흥밋거리로 삼았던 것이다.

살롱 모임에 단지 재치만 살아있는 건 아니었다. 여러 사유들도 있었다. 17세기가 작가들의 시대였다면 18세기는 지식인들의 시대였다.

앙리 4세의 죽음에서 루이 14세의 죽음에 이르기까지 — 아! 나의 17세기는 얼마나 길었던가……! — 작가들이 맨 앞에 무리지어 몰려왔다. 그렇게도 짧았던 18세기 초기에서 말기까지 위대한 작가는 다섯 명밖에 꼽을 수 없다. 물론 여기에 뷔퐁,[357] 쇼데를로 드 라클로,[358] 마리보,[359] 보마르셰[360]는 덧붙여야겠지만. 세기 초반에는 생시몽과 몽테스키외, 세기 말엔 디드로와 루소, 그리고 중반 무렵에는 대장인 볼테르가 이 다섯 명 그룹에 포함된다.

프랑스 혁명의 길을 연 계몽시대의 가장 위대한 작가이자 첫 번째 작가는 역설적으로 놀랍게도 과거에 집착하는 전대의 유물처럼 취급되던 생시몽이었다.

생시몽에게 중요한 건 왕의 명령을 받드는 대신이자 공작이 되는 것이었다. 그의 가족은 오래된 전통을 지닌 가문이었지만 백작 지위만으로는 멀리 갈 수 없었다. 앙리 4세 때 태어난 그의 아버지는 루이 13세의 친구였다. 그는 천재성과는 거리가 먼 매우 단순한 사고를 했다. 그는 왕에게 땅에 발을 딛지 않으면서 말을 바꿔 타보라고 제안했다. 그러려면 늙은 말과 젊은 말을 바로 옆에 나란히 엇갈리게 놓으면 된다고 했다. 그의 아버지가 이 일로 공작 작위를 받는 바람에 『회고록』의 저자를 행복하게 만들었다.

"나의 가장 소중하고 생생한 열정은 나의 위엄성과 지위에 관한 열정이다."

사실 그의 열정은 거의 집착에 가까웠다. 생시몽은 말하자면 당대의 민속학자였다. 그는 무엇보다 부족의 규칙에 집착했고, 귀족들의 결혼 동맹, 의전, 상석, 공작부인들의 둥근 의자에 집착했다. 『회고록』에 끊임없이 제기되는 물음 하나가 있다. 누가 누구 앞으로 지나가고, 누가 어디에 앉는가? 그가 가장 중요하게 생각하는 것은 다들 그다지 관심을 두지 않는 것이며, 종종 우스꽝스러운 것들일 때가 있다. 하지만 훌륭한 문체가 부족한 모든 부분을 감싸주었다.

생시몽의 문체는 읽은 이로 하여금 자연스럽게 무장해제시키는 탁월한 능력을 지녔다. 문장이 꽤 긴 편인데도 빠르고 창의적이며 당당한 사유들이 넘쳐 한눈에 그의 작품을 알아볼 수 있었다. 그가 묘사한 초상들은 매우 유명했다. 절대 체제를 무시하거나 나약함을 드러내지도 않았다. 사유가 불꽃처럼 튀었다. 곳곳에 열정이 배어 나오고. 상석권에 관한 이야기가 비극으로 고조된다. 일단 『회고록』을 펼쳐 들면 끝까지 읽지 않을 수가 없다. 프루스트에게 중독되듯 생시몽에게 중독되고 말 것이다. 우리는 생시몽이나 프루스트 모두에게 완전히 매혹되어 행복감에 빠져들게 될 것이다. 자만하고, 시대에 뒤떨어졌으며, 편집증 증상마저 보이는 생시몽은 위대한 작가였다. 정작 자신의 시대에서는 이방인처럼 살았던 그가 18세기의 가장 위대한 작가가 아닐는지.

여러분은 이제 나의 존재를 파악하기 시작했을 것이다. 내가 왜 이렇게 돌아가려는지 짐작했을지도. 나의 짓궂은 음모나 나름 의도한 모순까지 알아차렸을지도 모르겠다. 난폭하고 비정하며, 절제할 생각조차 하지 않는 열정에 취한 생시몽은 고전주의 작가들 중 가장 현대적이며, 동시에 과거와 '신사 왕'인 루이 13세에 집착하는 중세작가이다. 루이 드 생시몽은 자신의 특권 계급에 취해 루이 14세를 별로 좋아하지 않았는데, 루이 14세는 생시몽이 증오하는 "귀부인이나 작가들"에 둘러싸여 지냈기 때문이었다. 그는 루이 14세를 향해 "신하 왕"이라며 비난했다. 결국 그는 루이 14세를 독창적인 방법으로 빛나게 만들었다.

프랑스 혁명이 마지막 단계에 이르러서는, 생시몽과 베르사유에 기거하는 위인들의 분노에도 불구하고, 부르주아 계급에 의존했던 왕의 독재에서 영감을 얻었다는 역설적인 사실을 인정하지 않을 수 없을 것이다. 생시몽이 그렇게 증오하던 국민공회는 계몽주의 시대의 분파인 자유 혁명을 넘어 당연히, 완전히 반대방향으로 위대한 세기(루이 14세 통치 시기)의 엄격함과 야망과 다시 손을 잡게 되었다. "짐이 곧 국가다"라는 유명한 선언에 "공안위원회가 곧 국가다"라고 답한 것이다.

또 다른 역설은 천재적 봉건주의자인 생시몽과 오랫동안 우정을 나누고 생시몽이 죽은 뒤 3주 후에 죽음을 맞이한 몽테스키외가 자유주의를 주장하는 대표적인 계몽주의 철학자라는 사실이다. 그는 동정심이 강했다. 가난한 이들을 외면하지 않았다. 거지가 그의 대부이기도 했다(그가 태어났을 때 마침 한 거지가 성문을 방문했는데, 그의 부모들은 그에게 일생 동안 가난한 사람들이 그의 형제라는 것을 상기시켜주기 위해서 그 거지를 엄숙하게 대부로 지명했다).
그는 선한 마음을 지녔고, 늘 행복해했다. "나는 아침에 깨어날 때
마다 비밀스러운 기쁨을 느낀다. 황홀한 기분으로 눈부신 아침 햇
살을 바라본다. 그리고 하루 종일 흡족한 마음으로 지낸다."

그러니까 이때가, 텍스트에 더 충실하고 더 과감했던 마르드뤼
스[361]가 활동하기 2세기 전으로, 갈랑[362]이 『아라비안 나이트』라는
매혹적인 페르시아-아랍의 걸작을 서구사회에 선보인 해이다. 또
한 샤르댕[363]이 뤼브룩,[364] 장 드 플랑 카르팽[365] 그리고 내 조카 마
르코 폴로의 발자취를 따라 페르시아를 여행하던 때다. 날카로운
풍자문의 저자이며 자유로운 서간문 작가인 몽테스키외가 동양
에 영감을 받아 『페르시아인의 편지』를 집필한다.

『페르시아인의 편지』는 리카와 우스베크라는 두 페르시아 여행
객이 18세기 초, 파리에서 보고 들은 것을 고향 친구들에게 편지
로 전하는 서간문 형식인데, 몽테스키외는 이렇듯 프랑스 문명을
날카롭게 풍자함으로써 미래에 널리 알려지게 될 사회학의 기초
를 마련하기도 했다.

정교회를 결코 조롱하지 않았던 루이 14세와 맹트농 부인이 죽
은 지 몇 년 지나지 않아 몽테스키외는 당대의 대세였던 종교를
조롱 섞인 언사로 과감하게 공격했다. "더 힘센 마법사가 있다. 그
가 곧 교황이다. 그는 때로 셋이 하나라고 우기거나 우리가 먹는
빵을 빵이 아니라고 믿게 만들거나, 우리가 마시는 포도주도 포도
주가 아니라고 하는데, 이 외에도 이런 말들을 수없이 했다."

몽테스키외는 자신의 저서 『로마인의 흥망성쇠 원인론』에서 기

번[366]의 유명한 『로마제국 쇠망사』[367]를 예견했다. 마침내 그의 저서 『법의 정신』은 큰 성공을 거둔다. 연속해서 20쇄나 출간되었다. 여성들도 즐겨 읽었을 정도였다. 번역서들이 줄지어 나왔고, 외국인들도 다투어 경의를 표했다. 몽테스키외는 계몽주의 시대 중반에 이르러 볼테르와 행복한 경쟁 관계를 유지했다.

몽테스키외가 『로마인의 흥망성쇠 원인론』이나 『법의 정신』에서 제일 관심을 두었던 것이 무엇이었을까. 곧 나왔다. 보쉬에의 후손이었던 그는 보쉬에처럼, 여러분이 지금 읽고 있는 이 책에서 이미 살펴본 나의 궤적이 결코 우연히 일어난 일들이 아니라고 적었다. 하지만 신성한 연설자와는 입장을 달리해 그는 신의 섭리의 자리에, 급속도로 성장하는 물리학에서 영감을 얻고, 훗날 인문 사회 과학의 출현을 이끌어내게 될 하나의 방법론을 대체했다. 빈정거리는 투로 가볍게 써내려간 『페르시아인의 편지』 저자인 그는 헤겔, 막스 베버의 도래를 일찍이 예견했다. 토크빌도 곧 출현할 거라고 예견했다. 지리와 역사를 동시에 따르는 법들을 고안해냄으로써 브로델[368]의 등장도 알렸다.

몽테스키외는 '논고Cahiers'라는 제목의 저서에서 점점 자신이 위대한 작가임을 증명하는 사유들을 발표한다. 그는 문학이 중재 사유들을 건너뛰는 역할을 맡았다고 주장했다. 이처럼 속도에 대한 찬미, 시간을 끌며 머뭇거리지 않겠다는 다짐, 상투적인 문구나 진부한 생각에 대한 거부 모두 그의 현대적인 사고를 보여준다. 그의 가장 진지한 고찰들 중에서 관용에 대해 얘기할 때면 항상 조롱을 활용해 효과를 극대화했다. "흑인들의 코는 너무 납작해서 그들을 동정하는 것조차 거의 불가능할 정도다."

볼테르는 몽테스키외와 견줄 만한, 아니 한발 더 나아간 대범함과 빈정거림으로 자신의 시대를 온전히 대표한다. 적어도 이 분야에서 그는 대부처럼 상징적인 존재였다. 볼테르는 꽤 일찍부터 사람들의 관심을 끌기 시작했다. 그는 루이 르 그랑 고등학교에서 수준 높은 교육을 받았는데, 그곳의 예수파 선교사들은 '그가 어떻게든 유명해지고 싶어 하는 학생이라는 사실'을 발견한다. 열두 살의 총기 넘치는 개구쟁이 소년이었던 그가 아흔 살인 니농 드 랑클로[369]를 소개받았다. 그는 나이 든 귀부인의 마음에 들었다. 그녀는 그를 잠자리로 끌어들일 수는 없었지만 그를 상당한 자산을 넘겨줄 유산상속자로 지목했다.

볼테르는 넘치는 재치와 모험정신 덕분에 얼마 지나지 않아 폭발적인 명성을 얻었다. 그는 이제 막 영향력을 발휘하기 시작한 신문과 잡지를 활용해 성공했다. 그는 거의 모든 분야에서 자신의 존재감을 드러냈다. 정말 미치도록 나를 즐겁게 해주었다. 그리고 볼테르는 인류 역사인 나에 대한 책도 여러 권 집필했다. 그는 철학자며 도덕론자였고, 전 세계를 향해 이야기하는 탁월한 특파원이었다. 천재성을 겸비한 신문기자였던 그는 우리 지식인들의 선구자였다. 『자디그』[370]나 『미크로메가스』[371]에서부터 『랭제뉘』[372]에까지, 온갖 유머와 간결함이 돋보이고, 마치 어제의 일을 글로 쓴 것처럼 매우 신선했다. 라이프니츠[373]의 낙관론을 조롱한 그의 걸작 『캉디드』[374]에 이르기까지 그는 불후의 이야기를 남긴 작가였다. 『오이디푸스』,[375] 『자이르』,[376] 『마호메트』, 『메로페』, 『탕크레드』와 같은 소설들은 모두 큰 성공을 거두지만 비극에서만큼은 2류, 혹은 3류에 머물렀다. 당연히 코르네유, 몰리에르, 라신을 따라가기에는 한참 부족했다. 나는 그가 작가 서열에서 한참 뒤쪽에 자리한다고 감히 주장할 수 있다. 그는 보쉬에만큼 위력을 갖지 못했고, 브뤼에르만큼 글 솜씨가 뛰어나지도 않았으며, 라 로슈푸코만한 세밀함도 부족했다. 볼테르는 시인이 아니었다, 그는 시인을 능가했다. 그는 당당하게 나의 일부라고 자부할 수 있다. 그 혼자서 자신이 살던 시대의 역사 그 자체였으니.

사람들은 역사를 만들지만 자신들이 만들어가는 역사를 알지 못한다. 작가들은 글을 쓰지만 자신들이 쓴 글을 잘 알지 못한다. 볼테르는 자신이 18세기 동안 어떤 역을 맡았는지 잘 알고 있었다. 하지만 그는 자기가 쓴 글에 대해서는 완전히 잘못 알고 있었다. 그는 자신의 불가항력적인 작품 ―『캉디드』혹은『랭제뉘』― 을 "나의 바보 같은 꼬마들"이라고 부른다. 그는 후세에도 확실하게 하려고 "내가『자디그』의 저자로 알려지면 화가 날 것이다."라고 강하게 주장했다.

『자디그』는『아라비안 나이트』와 탐정 소설의 중간쯤에 위치하는 걸작이다. 하지만 볼테르는 자신이 시인이나 비극의 저자로 알려지길 원했다. ― 그런 일은 결코 일어나지 않을 것이다 ― 그의 현재 모습과 미래의 모습 모두 한 시대의 의식이며 선구자의 모습이다. 놀라운 성공을 거둔 그의 인물은 '자이르'나 '메로프'가 아니다. 그들은 곧 칼라스,[377] 랄리 톨랑달,[378] 시르방,[379] 슈발리에 드 라 바르[380]이다. 매번 경찰, 법, 정치, 종교가 뒤섞이는 비극적 사건의 주인공들이었다. 그는 경고음을 울리는 자로, 하나의 의식인 것이다.

볼테르는 유쾌하고 매력적이었으며 짧은 글을 즐겨 썼다. 그는 용감했고, 감동적이었다. 그의 『관용론』[381]에 등장한 『신에게 향하는 기도』에는 익살스러움과 열정이 섞여 있다. 우리는 오랫동안 볼테르가 교회를 공격했기 때문에 좌파 성향을 지니고 있다고 생각한다. 그러나 그는 반동적인 작가로, 문학을 기반으로 엄청난 재산을 축적할 만큼 놀라운 재능을 지닌 성공한 부르주아였다. 아니 한마디로 부유한 작가였다. 그는 다음과 같이 썼다. "민중은 교육을 받아야 하는 게 아니라 지도를 받아야 한다."

그가 이따금씩 미래를 내다볼 때가 있었다. 그는 앞서나가며 나를 예견했다. 1764년 4월 2일, 삼부회 소집[382]이 열리기 25년 전인 그날, 그는 쇼블랭 후작부인에게 다음과 같은 편지를 보냈다. "내가 보는 모든 것은 필경 도래할 혁명의 씨앗들을 뿌리는 것입니다. 나는 그때 증인으로 나서는 기쁨을 누리지는 못하겠지만. 계몽사상은 너무도 멀리 퍼져나가 이제 작은 기회만 생긴다면 바로 터져나갈 것입니다. 그러면 너무도 멋진 혼란이 일겠지요. 젊은이들은 매우 행복해하며 특별한 광경들을 지켜보게 될 것입니다."

디드로나 루소와 마찬가지로 볼테르도 계몽시대 한복판에서 나를 위해 일하는 요원이었고, 도구였으며, 깨어 있는 첩자, 나의 실행자였다. 고전주의의 마지막 작가로 프랑스 혁명을 예견한 선구자였다. 그는 편지 이전에 헤겔의 형식을 보여준 이였다. "역사의식을 이루는 첫 번째 카테고리는 기억이 아니다. 그것은 고시,

기다림, 약속이다."

그는 84세에 영광스러운 죽음을 맞이했다. 좀 더 오래 살았거나 좀 더 늦게 태어났더라면 그는 1789년[383]에는 격찬을 받았을 테고, 1793년[384]에는 단두대의 이슬로 사라졌을 게 분명하다. 하지만 계몽주의 철학자였던 그는 너무나 똑똑했기 때문에 바렌[385]으로 무사히 도망칠 수 있었을 것이다. 그랬다면 내가 탈레랑[386]과 함께 루이지에나 혹은 런던에서 늘 생기 넘치고 섬세한 그를 만나볼 수도 있지 않았을까.

한 세계가 저물자, 새로운 세계가 시작된다

뭐라고요? 이게 무슨 소리죠? 죄송한데······ 객석의 맨 앞줄과 귀빈석에서 외치는 함성이 내 귀에까지 들려온다.

"작가 나와라, 작가 나와라!"

나는 꼼짝하지 않는다. 그러자 함성은 더 커진다.

"아니, 당신은 어디에 있었죠? 얼마나 보고 싶었는데. 유랑하는 역사의 샛별, 당신은 어디에 숨어 있었나요?"

자, 이제는 맨 꼭대기 층 객석에서 함성이 터져나온다.

"도대체 어디에 처박혀 있었던 거야? 이번에는 다 죽어가는 늙은 여자인 거야?"

나는 수염 아래로 미소를 짓는다. 다들 내게서 에밀리 뒤 샤틀레[387]를 떠올리지 않을까. 그녀는 열정 가득한 과학자로 샹파뉴와 로렌 사이에 위치한 시레이 성에 살았다. 국가권력을 위태롭게 할 수 있는 글들을 썼다는 이유로 바스티유 감옥행이 될지, 왕을 위한 사료편찬 업무를 맡아 베르사유에서 살게 될지 알 수 없는 한 남자에게 자신의 성을 도피처로 제공하기도 했다(『철학서한』의 출간은 프랑스 권력자들의 화를 불러일으켰고, 볼테르는 다시 파리를 떠나는 것을 강요받았다. 볼테르는 그 후 15년 동안을 프랑스 동부의 시레이 성에서 보냈는데 당시 세 아이를 둔 26살의 에밀리는 12살 위인 볼테르를 만나 우정으로 시작하여 연인으로 발전하였다. 이후 시레이 성은 그 시대 최고의 지성들이 방문하는 근대적인 사립 연구기관으로 변하였다).

좀 더 아래 단계로 내려오면 사람들은 내게서 위대한 인물(볼테르를 말한다)의 조카이자 정부였던 드니 부인을 보지 않았을까. 아니면 친구 볼테르에게 '오페라, 극단, 기마곡예, 편안한 식사, 전쟁 훈련, 콘서트, 연구, 강독……'을 약속했던, '북쪽의 솔로몬'인 프러시아의 프리드리히 2세, 아니면 몽테스키외의 대부였던 거지는 어떨까?

아니다, 모두 아니다. 여러분은 내가 누구인지 잘 알고 있다. 18세기의 아이러니 속에 내가 존재하고 있다는 걸 잘 알고 있다. 나는 『페르시아인의 편지』에 등장하는 리카이며 『캉디드』의 주인공 캉디드다.

고백하건대 나는 우스베크와 리카 둘 중에 어느 역을 맡을지 잠시 망설였다. 우스베크는 너무 진지해 엄숙할 정도였는데, 신학과 정부에 관심이 많았다. "위대한 영주는 왕을 알현하는 사람이며, 장관들에게 말을 하고, 조상을 모시고, 부채를 지니고 있으며, 연금을 받는 자이다."라고 말했다. 리카는 극장과 문학카페를 자주 드나들었다. 나 역시 다른 사람들처럼 즐거운 시간을 보내는 걸 좋아했다. 그러니 리카를 선택할 수밖에. 그리고 캉디드를 선택했다.

캉디드는, 여러분도 기억하다시피 "가장 순진한 생각으로 매우 정확한 판단을 한다." 그는 라이프니츠처럼 세상은 최선의 것들로 이뤄져 있다고 믿는 낙천주의 철학자 팡글로스[388]의 친구였다. 그는 마르탱과 악에 대해 토론했고, 퀴네공드 양을 사랑했다. 모든 게 내 마음에 들었다. 나는 자신이 보고 듣고 경험하는 것에 놀라는 리카였고, 자신의 정원을 가꾸는 일에만 전념하는 캉디드였다. 그다지 중요해 보이진 않아도 나름 평가받을 만한 일들에 몰두했지만 그렇다고 프랑스 혁명을 위해 열심히 일하지 않은 것은 아니었다. 내가 행동으로 옮기는 데 어쩌면 상상이 현실보다 더 유용하지 않았을까.

디드로가 태어났을 때 몽테스키외는 스물네 살이었다. 볼테르는 열아홉 살이었고, 디드로와 거의 동시대를 살았던 루소는 태어난 지 몇 달 되지 않은 아기였다. 몽테스키외, 볼테르, 디드로와 루소, 이 네 사람은 ― 새로운 네 명의 그룹 ― 나중에는 대립하기도 했지만 처음에는 서로 매우 가깝게 지냈다. 그들이 많은 것의 흐름을 바꾸어놓았다. 때로 나의 존재를 변화시키기도 했다. 아니 내가 그들의 존재감을 바꿔놓았다 해야 하나? 이 문제는 매우 흥미로운 토론 주제이다. 역사가 사람들을 만들어가는 걸까, 아니면 사람들이 역사를 만들어가는 걸까? 나는 둘 다 맞는 말이라고 생각한다.

누구도 코르네유, 파스칼, 라 퐁텐, 몰리에르, 라신이 그저 "똑똑하다"고 말하지 않을 것이다. 그들은 천재다. 그게 전부다. 반면 몽테스키외, 볼테르 혹은 디드로보다 더 똑똑한 이들은 찾아보기 어렵다. 그들은 너무도 생동감 넘치고, 재미있고, 아이러니하고 똑똑하기 때문에 결국 나를 이해했고, 변화시켰다.

　디드로는 랑그르[389]의 가톨릭 집안에서 태어났다. 그의 아버지는 수공업자였고, 삼촌은 수도참사회원이었다. 그의 누이는 수녀였고 그는 랑그르에 있는 예수회 학교에서 수학했다. 그는 성직자가 된다. 하지만 자세히 들여다보자. 그 시대의 분위기가 — 인간이 역사를 만들고, 역사는 그 반대로…… — 그에게 다른 선택을 하도록 몰아갔다. 그는 교회를 위해 일하기보다 오히려 공격하기 시작했다. 디드로는 매우 유능한 수학자였던 달랑베르와 함께 혁명의 지적 토대를 마련하는 임무를 훌륭히 수행했다. 달랑베르는 사교계의 꽃 탕생 부인과 데투시 장군 사이에서 사생아로 태어나 곧바로 생 장 르 롱의 작은 교회 옆 계단에 버려졌다고 한다. 디드로는 텍스트 17권, 도판 8권, 논문 6만 건, 저자 4천 명이 참여하는 『백과전서』를 발행했다.

　백과전서파로 다방면에 전문적인 지식을 겸비한 학자 디드로는 극작가, 예술비평가, 소설가로도 활동했다. 그의 연극은 시대에 뒤처졌지만 반면 그의 예술과 연극 비평만큼은 —『살롱』과 『배우에 관한 역설』— 지금도 여전히 생생하게 살아있다.

　볼테르의 서간문과 더불어 디드로의 편지 역시 매우 유명하다. 그는 사랑했던 소피 볼랑에게 수없이 많은 연서를 보냈다. 그는 편지에 생각나는 대로 온갖 얘기를 늘어놓았는데, 언제나 환희에 넘치고, 한 주제에서 다른 주제로 능숙하게 넘나들었다. 내가 소피 볼랑이었다는 소문도 있었지만, 그렇지 않다. 리카와 캉디드 이후 — 현실보다 더 사실적으로 느껴지는 이 픽션 속에서 나는 캉디드를 정말 사랑했다 — 나는 라모의 조카[390]로 살았다.

『백과전서』 외에도 디드로는 끝없는 열정의 작가로 무신론적 성향의 감정소설인 『수녀』, 일련의 에피소드들이 중심 주제에서 자꾸 벗어나며 전개되는 『운명론자 자크』 — 이 일화들 중 하나가 '불로뉴 숲의 여인들'이란 제목의 영화로 만들어졌다 — 그리고 특히 『라모의 조카』를 집필했다.

매우 섬세하고, 흥분을 잘하고, 의심 많은 보헤미안에, 도덕적 개념을 완전히 무시하기 때문에 공공의 적으로 살아가는 「우아한 인도의 나라들」[391]을 만든 저자의 조카는 실제 존재한 인물이었다. 디드로가 그를 만난 적이 있는데, 당연히 그를 변화시켰고, 열광할 정도로 그를 칭송했다. 나는 상상 속 인물이지만 현실성을 지니고 있었다. 꽤 훌륭한 역사의 정의라고 할 수 있다.

역사는 달려간다. 아주 빠르게 달려간다. 역마차를 몰며 달린다. 물론 이따금씩 머뭇거릴 때도 있다. 나는 인내심을 발휘한다. 기다릴 줄 안다. 세비녜 부인이 죽은 지 30년이 지난 뒤에야 그녀의 손녀이자 그리냥 백작부인[392]의 딸인 폴린 드 시미안이 할머니의 편지[393] 일부를 출간하기로 결심한다. 아르스나르 도서관 관장이었던 샤를 노디에[394]가 좀 더 완벽한 서간문을 내놓기까지는 19세기까지 기다려야 했다. 똑같은 일이 — 혹은 똑같은 재난이 — 18세기 한창때 생시몽의 죽음 이후 벌어진다. 그의 『회상록』은 한 세기가 지난 뒤에나 세상에 선을 보인다. 『라모의 조카』 경우는 더 흥미롭다. 내가 영웅으로 등장하는 책은 프랑스에서 19세기가 되어서야 괴테 덕분에 독일어 번역본을 다시 프랑스어로 번역해 알려졌다. 원본은 1891년 어느 헌책방에서 발견되었다.

몽테스키외, 볼테르, 디드로, 달랑베르는 뛰어난 지식인들이었다. 루소는 미쳐 있었다. 그는 자신이 박해받고 있다고, 누구도 자신을 사랑하지 않는다고 확신했는데, 어쩌면 그의 말이 맞을지도 모른다. 나머지 네 사람은 살롱에서 각자의 매력을 발산했고, 서로 쉬지 않고 서신을 교환했다. 그들은 무엇보다 소통하는 것을 가장 좋아했다. 루소 역시 당대 모든 이들처럼 편지를 쓰긴 했지만 그는 고독했고, 자연과 가깝게 지냈다. 게다가 그가 맺은 우정은 결국에는 모두 싸움으로 끝났다. 볼테르는 사치, 돈, 쉬운 삶, 연극, 그리고 쾌락을 사랑했다. 장 자크 루소는 상업과 연극이 "사람들을 문명화시켜, 결국 인간성을 잃게 만든다"고 믿는 방랑객이었다. 라신과 고전주의를 당연히 물려받은 볼테르는 문명과 문화의 절정에 올라서 있었다. 루소는 자연을 사랑했다. "자연이 인간을 행복하고 선하게 만드는 반면 사회는 인간을 타락시키고 불행하게 만든다"고 믿었다. 계몽주의 시대 주역들은 훗날 스탈 부인과 자유주의 좌파들이 다음과 같은 신념을 다시 한 번 받아들이게 될 거라고 믿었다. 즉, 인간은 선하며, 무한히 완성을 향해 나아가는 존재이다. 루소는 자신의 시대와 대척점에 선 채, 문명으로 인해 부패되고 방탕해진 인간은 악한 존재이기 때문에 처음부터 다시 시작해서 근본적인 선함을 회복하기 위해 멀리 과거로 돌아가야 한다고 주장했다. 그는 원시시대의 목가적인 그림을 그리며 그때가 더 자유롭고 행복했다고 믿었다. 따라서 자유롭고 행복하게 살려면 오두막을 짓고 짐승의 가죽으로 지은 옷을 입고 산책하며 지내야 한다고 주장했다. 볼테르는 루소가 우리를 다시 네 발로 기어다니게 하길 원한다며 비난했다. 프리드리히 2세의 친구였던 볼테르 역시 사회적 불의에 맞서 싸웠지만 몽테스키외와 디드로처럼 여러 면에서 결국 사회는 이성과 문화 덕분에 살 만한 곳이 될 것이고, 다들 그런 사회에 적응하게 될 것이며 그 안에서 자신은 물론 친구들 모두 각자의 자리를 차지하게 될 거라고 믿었다.

반면 루소는 전체주의에 맞서 조금도 뒤로 물러서려 하지 않는 혁명가와도 같았다. 몽테스키외, 볼테르, 디드로, 달랑베르와 다른 이들은 어딘지 모르게 일관성이 있고, 문명화되었으며, 매우 단순 명확했다. 루소는 끊임없이 복잡했기 때문에 때로 스스로 모순적일 때도 있었다. 그가 자주 불안감을 호소하고 힘들어했던 건 그 자신이 천재였기 때문이었다.

괴테는 ― 괴테는 앞으로도 자주 언급될 것이고 내가 무척 알고 지내고 싶어 했던 작가이기도 한데, 그의 궤적을 따라 내가 정직한 베르테르나 선한 메피스토가 될 수도 있지 않았을까 ― "볼테르가 끝나가는 세상이라면, 루소는 이제 새로 시작하는 세상이다."라고 말했다.

역사인 나는 잘 알고 있다. 문화유산의 결실인 볼테르와 선지자이며 혁명가인 루소 사이에 단절이 있을 수밖에 없다는 사실을. 또한 디드로를 선두로 과학, 예술 문화를 믿는 백과전서파 학자들과, 모든 사회의 적이었으며 모든 문화를 단죄하는 것을 시작으로 볼테르, 디드로, 백과사전파들에게 너무나도 소중했던 이성과 사상까지도 단죄하던 루소 사이에 단절이 있을 수밖에 없다는 사실도 잘 알고 있다. "나는 감히 말하고 싶다. 사유한다는 것은 자연에 대적하는 것이며, 명상에 잠긴 인간은 타락한 인간이라고."라고 루소가 말했다.

재미있는 건 루소와 디드로가 매우 가까웠다는 사실이다. 앞으로 다가올 혁명을 이끌었던 대부분의 주역들처럼 그들은 형제이자 적이었다. 장 자크 루소가 뱅센에 감금되어 있는 친구 드니를 보러 갔다 우연히 디종 아카데미가 제안한 콩쿠르를 기사로 다룬 《메르퀴르 드 프랑스》395라는 문예지를 발견했다. — 물론 이 기사의 저자는 나였다, 당연하지 않은가 — 루소가 아카데미가 제시한 질문에 답하는 형식으로 「학문 예술론」을 작성한 뒤 디드로에게 그 사실을 이야기하자 디드로는 그에게 이 글로 단번에 유명해질 거라고 장담했다. 루소의 성공에 디드로가 얼마나 관여했는지 다들 궁금할 것이다. 어쨌든 이처럼 서로 매우 가깝게 지내다 루소는 친구인 볼테르와 극단적으로 갈라서게 된다. 디드로와의 복잡한 관계들은 『사회계약론』과 『신 엘로이즈』의 저자인 루소가 불러온 수없이 많은 모순들의 첫 사례일 뿐이었다.

나는 장 자크 루소와 한 번도 가깝게 지내지 못했다. 심지어 그와 연결되어 있지도 않았다. 그가 친절한 사람일 거라는 확신도 없었다. 그에게 "여성을 버리고 수학을 공부하라"며 현명한 조언을 했던 베네치아 출신의 줄리에타 부인이 되고 싶진 않았다. 그렇다고 레만 호숫가 인근 클라랑스에서 남편 볼마르와 매력적인 청년 생프뢰 사이에서 고뇌했던 『신 엘로이즈』의 주인공 쥘리가 되고 싶은 것도 아니었다. 아마 나는 볼마르와 생프뢰 사이에서 아무런 즐거움도 발견하지 못했을 것이다. 게다가 샹베리 부근의 샤르메트에서 젊은 장 자크 루소에게 관심을 가졌던, 자선사업가라는 부질없는 역을 감당하기에는 너무 아름답고 젊은 바랑 부인이 되고 싶다는 생각은 꿈에도 해보지 않았다(루소는 1732년부터 8년 동안 샹베리 샤르메트 계곡의 바랑 부인의 집에서 함께 살게 되는데, 후에 루소는『고백록』에서 이곳을 목가적인 이상향으로 묘사한다).

헛된 상상은 하지 말자. 나는 루소의 삶에 어떤 역할을 하려고 애쓰지 않았다. 분명히 장 자크 루소 자신도 나를 바라보려고 하지 않았을 것이다. 신화적인 원시시대에 애착을 가졌던 그로서는 나로 표현되는 모든 것, 내가 이리저리 끌고 다니는 모든 것을 증오할 수밖에 없었을 것이다. 그는 역사의 진보와 역사의 유혹 모두를 싫어했다. 그는 내가 다른 방향으로 흘러가는 걸 보고 싶어 했을 것이다.

모험을 쫓아 떠돌아다니는 방랑객의 삶을 살던 루소는 마흔 살까지 거의 어떤 글도 쓰지 않았다. 그러다 갑자기 세 편의 걸작을 연달아 펴내면서 나를 완전히 혼란스럽게 만들었다. 먼저『신 엘로이즈』는 눈물짓게 하는 연애소설이면서 우아함과 타락으로 점철된 그의 시대에 반기를 드는 반항 소설이었다. 그리고 두 번째로『에밀』은 문화와 자연에서 자신이 중요하게 생각하는 것들, 또한 아이들을 사회와 연극에서, 예를 들어 내가 좋아하는 라 퐁텐의 우화 같은 책들의 부정적인 영향에서 멀리 떨어트려놓아야 한다고 주장하는, 청소년을 위한 교육론이었다. 마지막으로 집필한

『사회계약론』은 앞으로의 내 삶에 매우 중요한 역할을 담당하게 될 사회정치계약론이었다.

알다시피 그의 세 작품 중『에밀』과『사회계약론』은 중요한 역할을 담당하기도 전에 파리에서 압수되고 절판되었다. 이어『신엘로이즈』는 기독교 국가였던 스위스, 제네바는 물론 가톨릭 국가였던 프랑스에서도 엄청난 성공을 거두었다. 이를 계기로 장 자크 루소의 이름이 널리 알려지기 시작했다. 물론 적들도 많이 등장했다.

수많은 이들이 장 자크 루소의 작품에서 발견했다고 믿는 모순이나 유사점들에 흥미진진해하거나 분개하기도 했다. 자식을 다섯 명이나 공공 보호기관에 내버린(그런데 그 아이들은 친자식이었을까?) 그런 아버지가 청년들을 위한 교육론을 썼다는 사실은 너무 역설적이지 않으냐고 주장하는 이들도 있었다. 물론 레만 호숫가에서 벌어지는 고상하고 정열적인 삼각관계에 바탕을 둔 결혼을 찬미하는 부분을 읽으며 미소 짓는 이들도 있었다. 그밖에 어떤 이들은 — 좀 더 진지했는데 — 무정부주의자에 가까운 자유주의자가 전체주의에 가까운 사회 건설론을 펴는 모습에 놀라기도 했다. 극단적인 개인주의자였던 루소가 국민의 일반의지 가면을 쓰고 위장한 독재자로 탈바꿈한 것이다. "누구라도 일반의지를 따르지 않는 이들은 모든 수단을 통해 제지받게 될 것이다. 이는 그를 자유롭게 놓아두지 않겠다는 것 외에 다른 의미가 아니다."

"자유롭게 놓아둘 수 없다"는 그의 주장으로 인해 수많은 글들이 쏟아져 나왔다. 러시아, 독일, 중국, 캄보디아 등 여러 나라에 결코 달갑지 않은 미래를 위한 길을 열어준 셈이 되었다. 루소의 사상은 그곳에서 알 수 없는 화학 반응을 일으켜 열정과 자유가 독재를 받아들이는 장치로 돌변했던 것이다.

우리 둘의 관계가 비교적 소원했기 때문에 내가 루소의 장점을 굳이 언급하지 않으려고 하는 건 아니다. 그는 거의 모든 것을 새로 만들어내거나 재창조했다. 개인주의, 무정부주의, 낭만주의, 사회주의, 공산주의, 절대주의, 생태학, 심리학…….

볼테르는 급진적 사회주의를 추종했던 자코뱅 당원들의 도덕 관념을 비웃지 않았을까. 오히려 인간과 시민의 권리선언(프랑스 인권선언문)과 1793년 헌법은 루소에게서 비롯된 것이다. 로베스피에르는 「사부아 보좌신부의 신앙고백」[396]에서 영감을 얻어 신의 존재를 찬양한다. 아이러니하고 이성적이며 의심 많은 늙수그레한 삼촌 같은 볼테르는 혁명의 도래를 선지자처럼 예고한다. 그리고 열정적이고, 야생적이며 혼란스러운 대부였던 루소는 이 혁명을 이끈 대부가 된다.

삶을 바꾸다

볼테르와 루소가 죽기 전후 몇 년간 — 두 사람 모두 1778년에 차례로 세상을 떠났다 — 프랑스는 언어와 더불어 불꽃처럼 환하게 빛났다. 볼테르의 프러시아 친구였던 프리드리히 2세는 프랑스어를 구사했다. 러시아의 카트린 대제도 프랑스어를 잘 알았고, 디드로와 친분도 있었다. 유럽 궁정 사람들, 귀족들, 외교관들, 학자들, 예술가들 모두 프랑스어를 구사했다. 철학자나 시인만이 프랑스어를 널리 보급시킨 건 아니었다. 수도승, 궁정의 신하, 연극 배우, 요리사, 가정교사, 책읽어주는 사람, 수행인, 음악의 대가, 혹은 무용수들까지 프랑스어 발달에 크게 기여한 사람들이다. 프랑스는 이미 1세기 반 전부터 감탄과 동경의 대상으로 강한 영향력을 행사하는 국가였다. 게다가 이러한 명성을 유지할 수 있는 필요한 재원을 고루 갖추고 있었다. 프랑스는 유럽 안팎에서 매우 조용하고 차분한 이미지였지만 프랑스 언어 덕분에 사유와 유행 면에서는 앞서나가며 다른 국가들의 모범이 되었다. 하지만 정작 프랑스 내에서의 사정은 완전히 다른 차원이었다.

튀르고[397]의 죽음과 네케르[398]의 개혁 실패 이후 궁정의 찬미하에 마리보의 후계자 보마르셰가 보여준 오만함 이후, 그리고 여왕이 자신의 이미지를 드러낸 것 외에는 아무런 잘못이 없는, 루이 드 로랑 추기경의 목걸이 사건[399] 이후 모든 이들은 알고 있었다. 모든 것이 더는 지금처럼 계속될 수 없으며, 거의 두 세기에 걸친 하나의 역사 사이클이 — 조금 성급한 감은 있지만 어쨌든 왕권 절대주의와 꽉 막힌 사회, 특권 체계, 화려했던 고전주의 미학이 쇠망의 길로 접어들면서 — 끝나는 지점에 도달했다는 사실을 알고 있었다.

내가 지금까지 경험하고 도모한 잊지 못할 대여섯 개의 모험들 중 하나가 막 시작되고 있었다. 그중 첫 번째는 여러분이 태어나기 5천 년 전, 우르에서 문자가 처음으로 발명된 일이었다. 이어 그리스 문명을 인더스 강 유역까지 전파시킨 알렉산드로스 대왕의 서사시가 있다. 또한 로마제국의 멸망도 그중 하나로 꼽을 수 있겠다. 그리고 인쇄술과 신대륙의 발견이 있었다. 마지막으로 프랑스 혁명을 꼽을 수 있겠다.

프랑스 혁명은 내가 종종 재현했던 선구자나 정복자들 중 한 사람의 작품이 아니다. 또한 과학적 발명이나 기술 발명도 아니고, 예술작품이나 정신을 담은 고전도 아니다. 그것은 하나의 전복, 하나의 사고, 그리고 집단적인 폭발이었다. 우리는 종종 이 사건이 일어나지 않을 수는 없었을까 자문하곤 한다. 여기서 다시 한번 비앙카 카펠로의 브리오슈 이야기를 떠올리지 않을 수 없다. 프랑스 혁명은 어쨌든 일어났으니 피할 수 없었던 사건임에 틀림없다. 내가 겪은 격랑의 물결 속에 플랜 B는 없었다. 대안책도 없었다. 매 순간 위대함과 저급함 속에서, 정의와 허영 속에서, 환희와 공포 속에서 이미 예정되었던 일들이 일어났고 피할 길은 없었다. 프랑스 혁명은 멀리서 다가와 조금씩 숙성돼갔고, 오랫동안 준비되고 있었다. 결코 피할 수 없었다. 볼테르가 예견했듯이 프랑스 혁명은 마치 수류탄이 폭발하듯 터져버렸다.

폭탄이 폭군인 것만 제외하고 모든 것이었던 권력 위에 떨어졌고, 이 권력은 존재감이 없을 정도로 취약한 정권이었다. 새로운 생각은커녕 어떤 형태의 의지조차 없었다. 정권은 사건을 따라가지 못할 만큼 초라했다. 개혁을 위해 앞장서고 진두지휘하면서 주장하고 자신의 힘을 보여줘야 했는데 그러지 못했다. 오히려 그 반대였다. 변화 앞에서 얼굴을 찌푸리고, 어쩔 수 없이 혁명을 받아들였던 것이다. 바스티유 감옥이 뚫리도록 내버려두었고, 무질서가 만연하고 왕족들이 비난을 받으며 스위스 근위병들이 학살되는 것을 그대로 내버려두었다. 처음부터 눈먼 맹인처럼 행동했기에 모든 것이 무너졌다. 그로부터 10년 후 — 내가 좋아했던 아바타들과는 다른 — 정확하게 이 혁명에서 태동한 새로운 한 인물이 혁명의 이념을 받아들이고, 더욱 확장해나가며 아직은 절망적이었던 분위기와 환경 속에서 그가 해야만 했던 것을, 10년 전 우리가 해내지 못했던 것을 훌륭하게 보여주었다. 그가 곧 로베스피에르의 친구였던 젊은 장교 보나파르트였다.

프랑스 혁명 전까지만 해도 군대, 특히 직업 장교들은 다들 달변가였고 설득력을 지니고 있었다. 높은 계급으로 올라갈수록 귀족 출신 성분을 갖추는 게 필수적이었다. 이렇듯 사회 시스템이

유연해지기는커녕 오히려 더 경직되었다. 그 결과는 얼마 지나지 않아 나타났다. 80년대 후반에는 명성이 자자한 장교들이 튀렌, 콩데, 모리스 드 삭스[400] 군대의 우두머리가 되려고 서로 다투지 않았다. 그런데 그로부터 몇 년이 채 지나지 않아 프랑스 혁명은 강력한 국가 병력을 자유롭게 해주었고 내게 수많은 공병술을 제공하는 결과를 가져왔다.

모든 문명은 혁명을 겪었다. 내가 시간 속에서 앞으로 나아갔던 것은, 여러분은 이를 발전이라고 부르겠지만, 어쨌든 여러 차례의 혁명을 치렀기에 가능했다. 메소포타미아, 이집트, 페르시아는 물론 그리스나 로마, 중국 그리고 중세시대의 이탈리아, 이슬람 세계를 비롯해 거의 모든 곳에서 갑작스러운 변화, 왕위 찬탈전, 폭동, 쿠데타 등이 실패와 성공을 갈아타며 이어져왔다. 민족, 부족, 가족, 경제적 이해관계, 개인적인 야망들로 혁명은 반복됐다. 이집트의 아크나톤과 투탕카멘,[401] 아테네의 서른 명의 참주들과 그 밖의 다른 이들, 로마의 마리우스,[402] 술라[403] 또는 옥타비아누스의 등장, 비잔틴의 니카 폭동,[404] 프랑스 역사 전후로 영국과 러시아의 역사들은 성공하고 실패한 혁명의 예들을 보여준다. 특히 페르시아, 비잔틴, 몽골 제국들에서는 아버지와 아들 혹은 적이 된 형제들 사이에 서로 살해까지 저지르면서 온갖 왕위 찬탈전이 벌어졌다. 반면 프랑스 혁명은 분명 다른 차원이었다. 이는 한 사람이나 하나의 욕망을 둘러싸고 일어난 게 아니었다. 프랑스 혁명은 하나의 도약, 하나의 이념에서 출발한 것이다. 왕자, 왕, 폭군을 바꾸기 위해서가 아니었다. 온전히 세상을 바꾸기를 희망했던 것이다.

2천 년이 조금 못 되는 시기 이전에 신의 아들이라 스스로 명명한 한 유대인 선지자가 이미 당당하게 어린이와 가난한 자들을 힘 센 자와 부자들보다 더 우위에 두었고, 최하층의 노예를 시저와 동등한 존엄을 지닌 자로 대우했으며, 그때까지 무시당하거나 억압받던 여성들에게 정의와 자유의 길을 열어주었다. 프랑스 혁명은 바로 이러한 정신의 연장선상에 놓여 있었는데, 단지 좀 더 거칠고 더 많은 폭력을 동반한 사회변혁 운동이었다.

내가 얼마나 흥분에 휩싸여 마치 나를 위해 준비된 것 같은 새롭고 흥미진진한 모험 속으로 뛰어들었을지 상상해보라. "담대한 용기, 용기, 용기! 한 영웅이 외쳤다. 나는 거리로 뛰쳐나갔다. 얼마 후 나는 군대에 입대했다. 자유가 우리의 발걸음을 이끌어주었다. 우리는 평등의 씨앗을 뿌리기 시작했다. 피범벅된 얼굴로 우애를 널리 퍼트렸다. 공포가 흥분의 도가니 속으로 섞여들었다. 또다시 꿈들이 악몽으로 돌변하기 시작했다. 파브르 데글랑틴[405]은 얼마 지나지 않아 잊힐 운명에 처할, 시적인 공화국 달력을 창간한 것을 못마땅하게 여기면서 다음과 같은 글을 썼다.

목동아, 비가 내린다. 비가 내린다.
너의 흰 양들을 우리로 몰아가렴……

그리고 목동과 양들만큼 인권과 변호사들을 조롱하던 푸키에 탱빌[406]은 죄인들을 태운 수레를 모두 단두대로 보냈다. 프랑스 혁명은 적들을 모두 섬멸한 뒤 지지자들마저 삼켜버렸다. 프랑스 혁명의 주역들은 대부분 희생자로 전락했다.

단두대는 잔인한 사형 집행의 역사에서 한발 앞으로 나아간 조치였다. 다미앵은 루이 15세를 암살하려다 결국 그에게 칼로 상해만 입히고 실패해 처형되었는데(행위의 원인은 그가 정신병자였기 때문이라고도 하고, 미셸 푸코의 『감시와 처벌』에 따르면 루이 15세의 시종으로서 왕의 의무를 일깨우기 위해서였다고도 한다), 이 사건은 대중들에게 공포의 기억으로 남아 있다. 단두대는 좀 더 빠르고, 솔직히 좀 더 인간적인 면이 있었다. 뒤바리 부인,[407] 롤랑 부인,[408] 조르주 당통[409] 그리고 그밖에 죽음으로 이름을 남긴 수많은 이들처럼 단두대에 올라 마지막 말을 남기는 것은 거의 환희에 가까웠다. 여성들은 자신들의 용기를 보이며 빛을 발했다. 지롱드파[410]들은 죽는 장면을 보고 싶어 하는 수많은 대중들을 흥분시켰다. 그렇게 보잘것없는 귀족들이 마침내 자신들에게서 의심할 여지없는 확고한 자원을 찾아낸 것이었다.

단두대로 끌려가는 한 계몽주의 지지자는 자신의 묶인 손을 풀어줄 것을 요구했다. 그는 마차에서 두 손으로 책을 들고 조심스럽게 읽기 시작했다. 단두 처형대에 오르자 그는 자신이 읽던 책 한쪽 끝을 접은 뒤 책을 덮어 웃옷 주머니 속에 넣었다. 백과전서파를 보호하고, 자유와 진보를 향한 열정을 감추지 않았던 위대한 말쉐르브[411]였지만 나중에는 푸키에 탱빌 앞에서 루이 16세를 지지하는 선언을 하고, 자신의 변론 중 피고인을 지칭하기 위해 '왕'이라는 말을 사용했다.

"카페 왕조 출신이지만 이제는 평범한 한 시민 얘기를 하면서 감히 '왕'이라는 말을 어떻게 사용할 수 있단 말인가?" 프랑스 혁명 검사가 큰 소리로 말했다.

말쉐르브가 반박했다.

"검사님, 죽음을 경시하고, 당신을 경멸하려고 그런 겁니다."

왕에 대한 판결 이후 얼마 지나지 않아 말쉐르브 역시 단두대로 보내진다. 새벽에 마차에서 내려오다 그는 발이 돌에 부딪쳐 넘어질 뻔했다. 그는 미소를 지으며 소리쳤다.

"오늘 하루 운이 형편없겠는걸. 징조가 좋지 않아!"

마리 앙투아네트는 결코 용감하지 않았고, 총명하거나 속이 깊지도 않았다. 그녀는 왕정에 해가 되는 경솔한 왕비의 이미지로 남아 있다. 그녀의 재판은 처음부터 끝까지 그녀의 타락한 평판을 드러내는 데만 활용되었다. 고통 속의 기적이라고 할 수 있을까. 다비드[412]는 단두대로 향하는 마리 앙투아네트의 모습을 그렸는데, 그림 속의 그녀는 영혼이 없는 인형의 모습에서 갑자기 성녀, 적어도 희생자나 영웅으로 묘사되었다.

클레망소[413]가 어딘가에서 이렇게 말한 적이 있다. "프랑스 혁명은 하나의 덩어리, 집합체"라고. 그렇지 않다. 프랑스 혁명은 하나의 덩어리가 아니다. 수많은 감정과 사건, 사람들처럼 가장 좋은 것과 가장 나쁜 것이 한 치도 물러서지 않고 서로 싸웠다. 혁명을 지지했던 수많은 이들에게 혁명의 공포를, 혁명을 반대했던 수많은 이들에게 혁명의 위대함을 상기시킬 것이었다. 트로이에서처럼 나는 양쪽 진영에 모두 속해 있었다. 날카로운 갈날에 베이고,

서둘러 화장한 것 같은 머리들이 잘린 채 쇠꼬챙이에 걸려 있는 모습은 그야말로 현대판 테러리즘의 탄생을 보여주었다. 반면 위대한 사상들이 이런 끔찍한 장면들에 뒤섞여 있었다. 서사시의 바람이 불기 시작했다. 좀 더 나은 세상을 향한 희망이 우리를 이끌고 있었다. 우리의 적들은 과거, 부당함, 폭군정치였다. 우리는 삶을 바꾸고, 행복을 만들어내게 될 것이다. 이러한 변화는 곧 겨우 스물다섯 살밖에 되지 않은, 나의 영웅들 중 한 사람에 따르면, 유럽에 새롭게 등장한 사상이었다.

내가 그 자리에 있었던 이유는 점점 부풀어 오르기 시작하는 나의 삶을 이야기하려는 게 아니었다. 나를 기쁨에 들뜨게 하고, 화나게 만들고, 공포에 휩싸이게 했던 몇몇 기억들을 상기하기 위해서였다. 나는 알렉산드로스 대왕의 승리나 로마제국의 몰락, 교황과 호엔슈타우펜 왕조와의 뒤섞인 사건들 그 어느 것도 소홀하게 다루지 않았다. 파리에서 여러 차례 일어난 분노의 날들을 애기하려는 것도 아니고, 바스티유 감옥 탈환 3년 뒤 전개된 전쟁들 애기를 하려는 것도 아니다. 당시 나는 발미에 있었는데, 그곳에 함께 있던 괴테는 전투를 보며 "오늘 이곳에서 세계 역사의 새로운 시대가 열렸다."라고 소리쳤던 기억을 잊을 수가 없다. 나는 제마프 전투,[414] 플뢰뤼스 전투에도 참전했다. 그 후 이탈리아로 가서 몬테노테,[415] 드고, 밀레시모, 몬도비[416]에서 싸웠다. 따사로운 어느 봄날 아침, 나는 보나파르트 장군과 함께 밀라노에 입성했다. 그는 훗날 스스로 황제가 되기 이전에 왕당파와 대적했으며, 동지였던 로베스피에르를 처단했지만 동시에 그의 업적을 보존하려고 노력했다. 나폴레옹 부츠의 아이콘으로 알려진 그는 프랑스 혁명을 끝냄과 동시에 널리 전파한 인물로 여전히 젊음의 화신으로 남아 있다. 그는 스물일곱의 젊은 청년이었다. 스탕달은 『파르마의 수도원』 첫 단락에서 우리, 그와 나에 대해 얘기한다. "1796년 5월 15일, 보나파르트 장군은 막 로디 다리를 건넌 젊은 군대를 이끌고 밀라노에 진군해서는 카이로와 알렉산드로스 대왕 이후 수세기가 지난 뒤 드디어 후계자를 두게 되었다는 사실을 세상에 알린다."

말괄량이(폴린 블릴의 애칭)의 연인

　매년 그해의 연극, 그해의 놀라운 사건, 그리고 모험이 존재한다. 나는 좀처럼 멈추지 못한 채 내 뒤를 뛰어다녔다. 여러분이 이미 잘 알고 있는 사실들을 가지고 귀찮게 굴진 않겠다. 1789년에는 바스티유 감옥 습격, 8월 4일 밤, '인간과 시민의 권리선언'이 있었고, 1790년에는 헌법제정 국민의회, 성직자 민사기본법 공포, 무장 시민의 축제(프랑스 혁명 기념일), 1791년에는 바렌 도주사건의 실패, 입법의회, 튈르리 궁 습격사건, 1792년에는 9월 학살, 국민공회, 공안위원회(일종의 혁명 재판소), 1793년 왕 처형, 왕비 처형, 공포정치 시작, 방데 전쟁 시작, 1794년에는 최고 존재의 제전 행사, 로베스피에르 처형, 생쥐스트[417] 처형, 1795년에는 총재정부, 1796~1797년에는 보나파르트 이탈리아 원정, 밀라노 함락, 베니스 탈환, 1798년에는 보나파르트의 이집트 원정 등의 일들이 있었다.

　끔찍한 공포정치 이후, 유럽 전역에 퍼져 있는 반감에 맞서, 미치지 않고서야 황제 군대와 대적한 뒤 곧바로 넬슨 함대에 대항할 수는 없었다. 하지만 보나파르트는 남달랐다. 그는 과감했기에 신속하게 결정했다. 도버 해협이나 영국 해협 어딘가에 정박할 수는 없으니 인도 원정시 피트 수상이 다스리는 영국과 대항해야 한다는 탈레랑의 제안에 매혹되었던 것이다.

물론 그가 페르시아의 보석과 인도의 신기루에 매료된 첫 번째 인물은 아니었다. 그 이전에 이미 알렉산드로스 대왕이 있었고, 훗날 아돌프 히틀러 역시 동일한 야망을 품게 된다. 알렉산드로스 대왕은 페르시아 전역을 제압했지만 인더스 강가 도시들은 그의 승리와 함께 그의 한계도 알게 해주었다. 히틀러가 죽은 뒤 발견된 베를린의 고문서 자료에 따르면 그가 끔찍한 계획을 가지고 있었다고 한다. 시리아나 이란 북부지방 어디쯤 엄청난 위험부담을 안고 코카서스 지역[418]과 엘브루스[419] 산악 지대까지 하켄크로이츠 나치 깃발이 나부끼는 걸 보고 싶었던 그는 원정을 떠난 폰 클라이스트[420]의 군대와 놀라운 군사적 재능을 발휘하며 이집트의 관문까지 도달한 롬멜 장군[421]이 이끄는 아프리카 파견군대를 하나로 연결할 계획을 구상했던 것이다.

몽고메리[422]와 오친렉 사령관[423]이 이끄는 영국군, 비르하킴[424]을 맡은 코니그와 엘알라메인[425]의 아밀락바리 중령[426]이 한 축을 맡은 프랑스군, 그리고 러시아군이 스탈린그라드에서 한축을 감당하며 격렬히 저항함으로써 히틀러의 꿈은 수포로 돌아갔다. 만일 러시아군 전선이 무너지거나 영국-프랑스군 전선이 항복을 했다면 독일군은 어떤 저항도 없이 동방으로 계속 전진할 수 있었을 것이다. 이집트, 이라크, 이란이(무엇보다 석유자원이 풍부한) 그대로 뚫렸을 게 분명하다. 그렇다면 전쟁은 완선히 다른 양상으

로 돌아갔을 테고. 물론 서로 다른 이유들이었지만 알렉산드로스
대왕, 히틀러, 심지어 보나파르트 나폴레옹 모두 동방에 매혹되어
있었다. 나폴레옹은 지나치게 분할되어 있고, 너무 비좁게 느껴지
는 유럽에서는 기대할 게 그리 많지 않다고 여러 번 말했다. 영국
으로 진군할 수는 없었기에 자존심이 매우 강한 동방 쪽을 기웃
거렸던 것이다.

내 이름은 폴린 블릴, 1778년 현재 아리에주의 파미에[427]에서 태
어났다. 볼테르와 루소가 세상을 떠난 해이기도 하다. 파미에 주
민들은 자신들을 아빠메앙Appaméens(파미에 주민)이라 불렀다. 스
무 살 무렵의 나는 이 고장에서 제일 젊고 아름다운 여자로 알려
져 있었다. 어느 날 나는 카르카손에서 멋진 자태를 뽐내며 말을
타고 사냥하는 한 남자를 만났다. 그가 장 노엘 푸레였는데, 나는
그와 결혼했다. 역사는 때로 아주 작은 문을 통과해 미래를 향한
역사 속으로 들어가곤 한다.

1789년 5월 19일. 나는 지금도 나의 이십대를 통과하던 그 해를
기억하고 있다. 보나파르트 장군이 오리엔트 함대를 이끌고 툴롱
에 도착했다. 그는 병사들은 물론 학자, 역사가, 동양전문가, 수학
자들을 대동하고 등장했다. 그들 중에는 몽주,[428] 베르톨레,[429] 푸리
에,[430] 비방 드농 남작[431] 외에 당대 꽤 유명했던 여러 인물들도 포
함되어 있었다. 눈 깜짝할 사이 몰타 섬을 함락시킨 전후로, 어떻
게 오리엔트 함대가 키프로스 섬과 터키 쪽에서 기다리고 있던
넬슨 함대를 벗어날 수 있었는지 내가 아는 바는 별로 없다. 나폴
레옹 장군은 그의 군대를 이끌고 알렉산드리아에 진군했다.

나폴레옹과 관계된 많은 것들, 특히 우리가 이미 잘 알고 있는 것들은 — 나폴레옹과 이슬람교도들과의 관계, 그의 용기, 명석한 지능, 승리와 패배, 야파,[432] 아크레, 페스트[433]…… — 지금까지 그 랬듯 모두 생략하기로 한다. 나를 둘러싸고 벌어졌던 수많은 일들 은 거의 다 잊었다. 그런데 오직 낙타를 타고 봄이 끝나갈 무렵에 서 초여름쯤 알렉산드리아 부근을 산책했던 기억만큼은 생생히 남아 있다. 우리는 열댓 명가량의 장교와 하급 장교의 아내들이었 다. 우리는 천천히 뜨거운 햇볕 아래를 거닐고 있었는데, 그때 멋 진 군 병사들 무리가 먼지를 일으키며 우리 앞을 막 지나가고 있 었다. 그들이 우리를 보고 속도를 줄이기 시작했다. 나는 곧바로 보나파르트를 알아볼 수 있었다. 그와 눈이 마주쳤던 것이다. 그 는 잠시 멈춰 서 나를 향해 고개를 숙였다. 그러고는 명령하는 데 익숙해진 짧은 어투로 내게 물었다.

"누구시죠?"

"장군님, 저는 장 노엘 푸레 기병대장교의 아내입니다."

"아, 그렇군. 그는 아주 행복한 군인이겠군."

그러고는 나를 그 자리에 둔 채 말을 세차게 몰며 사라졌다.

며칠 뒤 아니, 어쩌면 한두 주쯤 지난 어느 날, 고생하는 원정대 의 사기를 북돋아주기 위해 이집트의 티볼리 정원에서 만찬이 벌 어졌다. 알렉산드리아 사교계는 기꺼이 이 만찬에 참석했다. 나 역시 군복무로 자리를 비운 남편, 장 노엘 없이 혼자 그곳에 갔다. 파티 분위기가 한참 무르익어갈 때쯤 보나파르트 직속 장교가 내 게 다가와 귀엣말을 했다. 나는 말을 잇지 못했다. 보나파르트 장군이 나를 자신의 테이블로 초대한다는 것이었다. 나는 잠시 머뭇거리다 그 장교를 따라갔다.

보나파르트의 테이블은 작은 단상 위에 놓여 있었는데, 그 주위로 주로 젊고 꽤 인상적이며 유쾌해 보이는 스무 명가량의 장군과 대령들이 앉아 있었다. 보나파르트가 나를 알아보고는 미소 지으며 말했다.

"아! 아름다운 파미에 여인이시군요!"

이어 비어 있는 자기 옆자리로 와 앉으라는 신호를 보냈다. 한 대령이 나를 안내하기 위해 조금 전 자리에서 일어나 자리를 비워두었던 것이다.

내가 얼마나 당황했는지 길게 설명하거나 묘사할 필요는 없을 것 같다. 나는 원래 부끄러워하는 성격이 아니었다. 나는 파미에의 폴린이었다. 동시에 나는 위대한 인물들과 엄청난 사건들을 너무나도 잘 알고 있는 인류 역사라는 존재였다. 젊은 나이에도 불구하고 당대 가장 유명했던 장군 옆에, 그리고 대령들로 북적이는 화려한 테이블에 앉는다는 건 어쨌든 대단한 용기가 필요한 행동이었다. 언제나 나를 이끄는 진리 덕분이라고 해야 할까. 파티는 성공적이었고, 보나파르트는 매우 매력적이었다.

그의 얼굴빛은 창백했고 말은 매우 빠른 편이었다. 그는 클레베르,[434] 드제,[435] 그리고 쥐노 장군[436]에게 번갈아가며 말했다. 그러다 불쑥 내게 말을 걸었다. 그는 집무실에서처럼 만찬 테이블에서도 일을 했다. 명령을 내리고, 정보를 얻었다. 그는 명령하듯 당당한 눈길로 나를 바라보면서 매우 다정하게 얘기했다.

만찬이 거의 끝나갈 쯤, 그는 갑작스러운 손짓으로, 물론 매우 익숙하고 노련한 손짓으로 나의 하얀 레이스 드레스에 포도주를 쏟았다. 그때 모든 게 시작되었다. 보나파르트는 자리에서 일어나 용서를 구했다. 근위병이 급히 달려왔다. 매우 재치 있어 보이는 두 명의 이슬람인이 — 그중 한 사람은 루스탕이라는 이름이었는데 훗날 나의 친구가 된다 — 내게 천막 안으로 가서 옷매무새를 다듬는 걸 돕겠다고 청했다. 나는 그들을 따라갔다. 베네치아 거울 앞에 있는 소파에 겨우 자리를 잡고 앉자, 입구 쪽을 가로막고 있던 커튼이 갑자기 젖혀졌다. 보나파르트가 직접 들어온 것이었다.

그다음은 다들 어떻게 전개되었는지 잘 알고 있을 것이다. 나폴레옹은 나를 곁에 두었다. 장 노엘은 3천 프랑을 받고 프랑스로 돌아갔다. 그렇게 몇 주 동안 나는, 이를테면 이집트를 통치했다. 병사들은 나를 환영했다. 약간은 빈정대는 감정을 실어 그들은 나를 "클레오파트라" 혹은 "말괄량이"라고 불렀다. 나는 환상을 품지 않았다. 어떤 일이 벌어지고 있는지 잘 알고 있었다. 주노 장군이 내게 고백하길 나폴레옹 장군이 얼마 전 파리에서 도착한 편지를 받고 매우 절망 중이라고 했다. 그는 조제핀을 사랑했다. 하지만 조제핀은 그를 더 이상 사랑하지 않았다. 이탈리아 원정 때 이미 등장했던 이폴리트 샤를 기병 대위가 젊은 여인의 삶 속에 또다시 들어왔던 것이다. 보나파르트는 프랑스에 북아프리카 전역을 안겨주고 있었다. 그는 자신을 더 이상 생각하지 않는 조제핀만을 생각했다. 내가 나폴레옹과 관계를 맺을 수 있었던 건 전적으로 내가 전혀 알지 못했던 보잘것없는 이폴리트 샤를 덕분이었다.

나는 이미, 훗날 극작가, 가수, 하녀들이 보나파르트를 공격하게 되리라는 것을 알고 있었다. 또한 그는 가장 사랑했던 누이 폴린[437]에게 더 애착을 갖게 된다. 그녀는 먼저 르클레르 장군의 부인이었고 나중에는 보르게세 공주로 불리었다. 그밖에 보나파르트는 마리아 발레프스카 백작부인[438]을 향한 열정을 불태웠고, 합스부르크 왕가 왕녀와의 재혼으로 로베스피에르의 보호를 받는 자코뱅파였던 그가 루이 16세와 마리 앙투아네트의 조카가 될 수 있었던 것이다.

내가 '말괄량이'의 가면을 쓰고 지낸 기간은 다른 사람으로 살았던 때보다 길진 않았다. 어쨌든 약간의 근심이 뒤섞인 흥분상태로 지금은 이 자리에 있다. 영국인들이 장 노엘을 프랑스로 데려가는 함대를 공격했다. 그들이 어떤 이야기를 지어냈는지 여러분은 알 만하지 않은가? 그들은 선원들과 승객들을 모두 포로로 잡았는데, 그중 단 한 명만 예외로 풀어주었다. 그가 곧 장 노엘이었다. 그들은 장 노엘에 대해 잘 알고 있었기 때문에 그를 알렉산드리아로 돌려보낸 것이다. 이혼 절차가 진행 중이었으니 얼마나 당황스러운 상황인가. 왜냐하면 나는 과거만큼 미래를 잘 알고 있기에 곧 어떤 일이 벌어질지 알고 있었다. 이혼 절차는 길어질 것이다. 나폴레옹은 프랑스로 돌아가게 될 테고, 조제핀이 그의 발아래 무릎을 꿇고 용서를 구할 것이다. 나폴레옹은 조제핀을 사랑했고, 조제핀이 낳은 자녀들인 외젠 드 보아르네와 오르탕스 드 보아르네[439]에게는 아버지 역할을 다하길 원했다. 그는 내게 아이들 얘기를 종종 해주었다. 그는 조제핀을 모두 용서하게 될 것이다. 나는 클레베르가 거두어주었고(나폴레옹이 이집트에서 프랑스로 돌아갈 때 폴린을 데려갈 수는 없었다. 나폴레옹이 떠난 후 폴린은 나폴레옹의 뜻대로 클레베르의 정부가 되었지만 클레베르는 곧 암살당하고 폴린은 파리로 돌아온다. 나폴레옹은 그녀를 만나진 않지만 재혼할 만한 남자를 소개시켜준다), 오랜 세월이 지난 뒤 수많은 이들의 연민 속에서 생을 마감했다. 그때 나는 그다지 잘 알려지지 않은 백작부인이었다. 나는 먼발치서 나폴레옹 보나파르트가 먼저 프랑스를 정복하고, 이어 유럽 전역을 휩쓰는 모습을 바라보게 될 것이다. 그러다 결국 모든 승리가 한꺼번에 지워지는 단 한 번의 패전 이후, 훗날의 수많은 사상가들이 현실보다 더 위대한 전설에 매혹되게 될 것이다.

『일리아스』에 등장하는 아킬레우스는 알렉산드로스 대왕의 롤 모델이었다. 그리고 알렉산드로스 대왕은 시저의 모델이었다. 알렉산드로스와 시저는 또다시 나폴레옹 보나파르트의 모델이 되었다. 그는 두 인물의 후예였던 것이다. 어쩌면 그의 선조들보다 더 감탄의 대상이 되는 건 아닐까. 시저는 베네치아에서 명문가의 후손이었다. 알렉산드로스 대왕은 왕의 아들이었다. 아킬레우스는 여신의 아들이었다. 반면 나폴레옹 보나파르트는 적어도 권력이나 명문 조상이 없는 평범한 가정에서 태어났다. 그는 누구의 아들도 아니었다. 그는 자기 스스로 이룬 업적의 아들이었던 것이다. 알렉산드로스, 시지, 샤를마뉴, 샤를 퀸트의 후계자인 그는 프랑스 혁명의 아들이었다. 그는 두 가지 측면에서 혁명을 완성했다. 먼저 그는 자신의 승리와 몰락을 동시에 이루었다. 다들 알다시피 왕당파와 자코뱅파는 그의 존재에 대해 나뉘어 있다. 보수주의자와 진보주의자들은 각각 그를 찬양하고, 외면하고 저버린다. 그는 다시 왕정으로 복귀하면서 혁명을 시작했다. 헤겔 이전의 헤겔이라고 할 수 있다. 정반합에서 왕당파인 정과 혁명적인 반을 합이 동시에 대체하고 유지한다는 의미이다. 나폴레옹 보나파르트는 나의 존재를, 내가 과거에 존재했던 모습과 미래에 보여줄 모습을 그 누구보다 더 잘 드러내 보여준 셈이었다.

나폴레옹은 장 자크 루소의 묘 앞에 고개를 숙이면서 다음과 같이 소리쳤다고 한다. "나나 당신이 태어나지 않았다면 이 세계를 위해 더 유익했을지도 모르겠다."라고. 적어도 15년가량, 사실 그리 긴 시간은 아닐지 몰라도. 사실은 더 많은 시간이긴 하지만, 나폴레옹 보나파르트만큼 나를 완전히 뒤집어놓은 이는 없었을 것이다.

보나파르트는 절호의 시기에 등장했다. 그가 운이 좋았던 건 사실이다. 하지만 호기를 놓치지 않은 것 또한 그의 능력이었다. 게다가 그는 용기, 민첩성, 정신력, 기억력, 특별한 지능까지 겸비했다. 나폴레옹 법전을 편찬하는 과정에서, 그는 자신이 젊었을 때 공부했던 유스티니아누스 법전을 거의 암기하다시피 하여 법무대신 캉바세레스[440]뿐만 아니라 그의 법관료들을 놀라게 했다. 그가 단 한 번 마주친 근위병들을 잊지 않고 알아본다는 사실은 널리 알려져 있다. 그가 수많은 이들의 마음을 사로잡았던 알키비아데스나 리톤 스트레이치와 같은 매력을 지닌 인물은 아니었지만 — 이점에 대해서는 누구보다 내가 잘 알고 있다 — 종종 그의 인성과 행동에서 발산되는 매력에 다들 매혹되었다. 그가 죽음의 전쟁터로 내몬 사람들은 그를 너무도 사랑했다. 그들은 예전에 알렉산드로스 대왕이나 산상노인으로 알려진 하산 에 사바흐[441]를 위해 싸우며 행복하게 죽어갔던 병사들처럼 황제를 위해 기꺼이 죽음을 택했던 것이다. 그를 향한 강한 애착과 목숨까지 바쳤던 것을 보면 그는 어딘가 신비스럽고 종교적인 면까지 있었다.

그는 자신을 따르는 이들이 바치는 사랑과 헌신을 그들에게 되돌려주었다. 수많은 사상자를 낸 아일라우 전투 후 그가 "파리에서 하룻밤만 보내면 모든 것을 회복할 수 있을 것이다."라고 남긴 유명한 말에도 불구하고 그는 결코 냉소적이지 않았다. 배은망덕하지도 않았다. 아르콜 다리 위에서 적군의 포화 속으로 용감하게 뛰어들었다. 만일 지원부대의 장 밥티스트 뮈롱 전투 사령관이 그를 보호하기 위해 뛰어들지 않았다면 오스트리아 병사의 총에 맞아 죽었을 것이다. 그는 자신의 목숨을 구한 영웅적인 사령관의 희생을 잊지 않으려고 끊임없이 그의 죽음을 떠올렸다. 이집트 원정을 떠난 보나파르트가 툴롱으로 돌아올 때 타고 간 함대는, 그야말로 기적처럼, 돌아올 때도 뮈롱이라 불리는 넬슨 함대를 비껴갈 수 있었다. 마렝고에서의 드제 장군의 죽음, 에슬링 전투에서 란 장군의 전사를 보며 승리자 나폴레옹은 많은 눈물을 흘렸다.

나폴레옹 보나파르트는 잔인하지 않았다. 알렉산드로스 대왕이나 프리드리히 2세처럼 그는 전쟁을 치렀던 것이다. 앙기엔 공작[442]의 처형은 그에게 권력의 길을 열어준 정치적 범죄였다. 이 처형은 15년간의 절대 왕정 통치 기간 동안 단 한 번 예외적으로 시행되었지만 어쨌든 드물게 범죄적이었다. 황제는 그의 적을 단죄했지만 공포정치 시기와는 비교될 수 없을 정도로 최소한의 폭력을 사용했다. 대부분의 경우 그는 자신의 적들을 — 샤토브리앙, 스탈 부인, 그 외 사람들 — 진압하고, 추격하고, 추방했다. 하지만 그들을 죽이진 않았다. 오스트리아 젊은이가 자신을 살해하려 했을 때 재시도를 하지 않겠다고 약속하면 살려주겠다고 제안하지만 거절하였기에 결국 젊은이는 처형당했다.

알렉산드로스 대왕의 정복, 이슬람 세력의 확장에서 선지자의 죽음 다음 날까지, 몽골에서 시리아, 불가리아까지 계속된 칭기즈 칸 공격들은 예외로 한다고 해도 모든 유형의 시도들을 뛰어넘는 놀라운 모험이라는 측면에서 보면, 나폴레옹 보나파르트는 "프랑스 사이클"이라고 불리는 것에 마침표를 찍었다. 이 사이클은 두 세기에 걸쳐 진행되었고, 루이 14세, 공안위원회, 파스칼, 볼테르, 그 많은 시인과 화가, 조각가, 예술가, 천재적인 장인들, 그리고 프랑스어의 조국 프랑스를 여러 나라들 중 최고의 자리에 올려놓았다. 프랑수아 1세와 빌레 코트레 칙령(프랑스 왕실 공식 언어를 라틴어가 아닌 프랑스어로 지정한다는) 이전에, 리슐리외, 「르 시드」와 베스트팔렌 조약 이전에 그리고 워털루, 부르봉 왕가의 귀환과 낭만주의의 시작 이후, 프랑스는 이미 젊은이들을 꿈꾸게 했고 여전히 그럴 능력을 갖고 있었다. 세상을 지배하려 들지 않았다.

별똥별과 같았던 나폴레옹 보나파르트의 짧은 행적은 개인적으로는 엄청난 성공이었지만 집단적으로는 재앙이었다. 황제는 후대에 놀라운 업적, 영원히 기억될 전설을 남겼지만 동시에 세력이 매우 약해진 프랑스를 남겼다. 그는 혼돈의 상황에서 권좌에 올랐다. 프랑스는 재정도 바닥나 있었고, 사기도 떨어질 대로 떨어져 있었다. 산업은 거의 정체상태였다. 상업도 점점 쇠퇴해갔다. 아브르와 마르세유 항구는 느린 걸음으로 운영되고 있었다. 실업률은 증가했고, 안전마저 보장되지 못했다. 파리에서 브레스트나 마르세유까지 공격을 당하지 않고 가는 게 거의 어려울 정도였다. 당대 풍속도 경제 모델을 따라가기 마련이었다. 국민공회와 공안위원회의 피비린내 나는 독재정치 이후 총재정부는 혼돈과 데카당스(쇠퇴)의 일관성 없는 이미지를 그대로 보여주었다. 이삼 년 만에 제1통령은 나라 전체를 다시 일으켜 세웠고, 십여 년에 걸쳐 승리를 거듭하며 비상함으로써 현대적인 프랑스를 만들어냈다. 루이 14세 시대, 계몽주의자들, 프랑스 혁명 그리고 제정이 심한 기복을 겪으며 하나의 고리를 형성하고 이제 끝나가는 승리의 행진, 아니 적어도 뒤로 물러서거나, 쇠퇴하는 승리의 행진을 형성했다.

프랑스의 낭만주의 또한 대단했다. 위고는 전 세계를 향해 외치는 보편적인 목소리로 유럽을 향해 화합할 것을 호소했다. 클로드 베르나르, 파스퇴르, 쿠르베, 세잔, 마네, 모네, 드가, 르누아르, 로댕, 졸라, 페기, 프루스트, 루이즈 드 브로글리 외 수많은 이들, 예술가, 음악가, 작가, 의사, 건축가, 학자들은 프랑스 제2제정 시대와 프랑스 제3공화국의 시대를 그야말로 빛나는 시대로 만들었다. 여러 차례 전쟁을 겪으며, 1917년을 중심으로 — 러시아 발레, 「퍼레이드」, 다다, 트리스탕 차라, 레제, 말레비치, 초현실주의라는 말을 만들어낸 아폴리네르 — 그리고 1920년에서 1940년까지 수많은 화가, 작가들, 마티스, 피카소, 지드, 클로델, 아라공, 발레리, 모루아, 모리악, 몽테를랑, 마르탱 뒤 가르, 생 존 페르스[443]와 함께 파리는 수천 개의 불빛으로 반짝거렸다. 하지만 이미 위대한 러시아 소설의 활약 이후 미국 문학과 일본 문학의 영향이 번지기 시작했다. 비엔나에서는 20세기 초 무렵 프로이트, 슈테판 츠바이크,[444] 카를 크라우스,[445] 요제프 로트,[446] 카프카, 클림트,[447] 괴델[448] 등을 중심으로 지적이며 미학적인 움직임이 전개되었다. 프랑스는 여전히 강대국이었지만 다른 강대국들과 — 영국, 오스트리아, 러시아, 그리고 곧이어 독일, 미국 — 함께 공존했다. 곧이어 인도, 브라질, 중국도 합류하게 될 것이다. 프랑스의 독주시대는 이제 끝났다. 2세기에 걸쳐 나는 프랑스의 눈부신 활약, 문화, 언어와 더불어 프랑스와 뒤섞였다. 나는 보나파르트와 사랑을 나누었다. 드디어 나는 자유를 되찾았다. 다른 여러 국가들의 롤 모델로, 영감을 주고, 두려움의 대상이었던 프랑스는 이제 여러 나라들 중 하나로 되돌아갔다.

시민의 명분

그렇다고 설마 내가 프랑스에 정착해 허허로운 벌판, 열대 섬으로의 귀양, 전설이 되어버린 실패담, 과거 유령의 귀환 이후 어떻게 되었는지 여러분께 자세히 이야기해줄 거라고 기대하지는 않으리라. "보나파르트와 제정의 몰락은 현실에서 허무의 세계로 떨어지는 것과 같고, 산꼭대기에서 심연의 바닥으로 나뒹구는 것과 같았다. 나폴레옹은 이제 다 끝난 게 아닌가?"라고 했으며 제정에 반대했던 샤토브리앙조차 다음과 같이 소리쳤다. "나를 포함해 불구인 수많은 관중들이 몰려오는 이때 낮은 소리로 비밀스럽게 얘기해야 하고, 우리들이 거대한 태양이 사라진 이 무대를 바라보아야 하는 의심 많고 암울한 존재들이라는 생각에 나는 얼굴이 붉어진다."라고.

내가 이 자리에서 합법성을 잃어가는 전제군주 시대 말엽의 소용돌이를 소리 높여 노래하려는 것도 아니며, 영광도 없이 스러져가는 그의 몰락을 이야기하려는 것도, 영원하리라 믿은 게 실수인 새로운 공화국과 영광스러운 민주주의의 무거웠던 첫발을 소리 높여 외치려는 것도 아니다. 나는 결국 보드랭[440]이 될 비도크[450]에 대해서도, 샤토브리앙이 숭배하는 멜로드라마의 여주인공인 베리 공작부인에 대해서도, 데카즈의 낭만주의 출현, 작은 티에르[451]도 나폴레옹 3세의 매혹적이며 가벼운 이부동생인 모르니에 대해서도, 마젠타의 공작이며 프랑스 총사령관에 여전히 불분명했던 새로운 공화국의 왕당파 출신 대통령이었던 마크마옹[452]에 대해서도 ― "아, 당신은 흑인인가요? 좋아요, 계속해봐요."라고 한 그의 말들은 바로 유명해졌다 ― 그리고 한때 중요한 역할을 감당했던 쥘 페리,[453] 블랑제 장군, 레몽 푸앵카레,[454] 구스타프 슈트레제만[455]의 존경을 받아 마땅한 친구 아리스티드 브리앙,[456] 폴 레노[457]에 대해서도, 또한 가믈랭,[458] 달라디에,[459] 야만족에 의해 물러난 제3공화정의 로물루스 아우구스툴루스[460]인 알베르 르브룅[461]에 대해서도 소리 높여 외치려는 게 아니다. 위에 언급한, 그다지 중요치 않고 의심스럽고 암울한 이들이 어쩌면 여러분들에게는 여전히 무언가를 생각나게 할 수는 있겠지만 어쨌든 점점 관심에서 사라지고 있다. 지금 유명한, 아니 어제 혹은 그 이전에 더 유명했던 그들은 이미, 나를 지탱해온 인류 공동체 기억에서 지워지고 있다. 나는 백 년 안에 그들이 숨 막히게 장엄한 안개 속에서, 아르켈라오스 드 밀레,[462] 카틸리나,[463] 대 카토,[464] 모든 킬데베르트,[465] 모든 킬페리크,[466] 위그 카페[467]의 아들인 경건왕 로베르 2세의 대열에 합류하게 될 거라고 장담한다.

오랫동안 나는 내가 위대한 인물로 만든 ― 혹은 나를 위대하게 만들었던 ― 선지자, 정복자, 황제들을 만나왔다. 여러분도 내 덕분에 그들과 마주칠 수 있었다. 이를테면 당신들이 나의 '위대한 인물들'이라고 부르는 이들을 말이다. 그늘과 침묵 속에서 또다시 한 인물이 걸어 나와 그들의 뒤를 잇는다.

그가 누구일까? 국민공회와 공안위원회의 아들인 그는 알렉산드로스 대왕, 오마르, 악바르[468]와 닮았는데, 매우 강인하면서 온화하지만 때로는 잔인할 만큼 폭력적이다. 그는 시인과 소설가들이 곳곳에서 찬미했던 일련의 모험담 덕분에 권력을 잡게 된다. 그는 프랑스 태생이지만 빠르게 세계의 시민으로 변화한다. 나는 그와 함께 무대에 등장했고, 그의 곁에서 투쟁했다. 그는 나를 자신이 원하는 인물로 만들었다. 우리는 함께 성장했다. 함께 쓰디쓴 눈물을 흘리고, 함께 박장대소했다. 현대시대의 이 영웅은 누구인가? 위대한 인물들의 뒤를 잇는 그는 누구인가? 누구냐고? 곧 시민이다. 당연하지 않은가!

그는 왕정복고 시대의 살롱을 돌아다니며 여자들을 사냥하기 위해 자신의 영광을 뿜어내던 웰링톤 공작을 무너트렸다. 또한 그는 삶 자체가 이미 하나의 소설이었던 빅토리아 여왕에게 제국을 제안했던 디즈레일리[469]에게도 승리했다. 프러시아의 독일 제국을 튜튼 기사단과 프리드리히 대제에게서 분출시킨 비스마르크도 무너트렸다.

여러 세기에 걸쳐 왕자와 왕들의 모습으로 등장했던 나는 이제 시민계급의 명분을 위해 시민이 된다. 프랑스와 그 외 나라들에서 프랑스 혁명은 마침내 시민계급에게 발언권을 주었던 것이다.

나의 고문서인 시간의 노트에 이런 말들을 적자마자 나는 나 자신을 돌아보며 스스로에게 묻는다. 내가 정말 나 자신과 일치한다고 생각하는 시민계급에 발언권을 준 걸까? 어떤 시민계급을 말하는가? 시민이란 무엇인가?

프랑스 혁명은 부르주아 혁명이고, 여러 번의 실패 끝에 프랑스 혁명이 세상에 내놓은 공화국은 부르주아 공화국이다. 일찍이 루이 14세가 계획했던 이 길을 따라가며 부르주아 계급은 생시몽에 의해 유명해진 오래된 귀족계급의 뒤를 이었다. 좀 더 과장해보자, 아주 조금만. 북부지방과 위제의 탄광지대에서, 그리고 리옹의 견직물 공장에서, 가난한 농부나 몰락한 어부들 사이에서, 빈민가와 근교지방에서, 산업 발전과 도시화로 인해 등장한 프롤레타리아 계층들 사이에서 떠도는 후렴구에 귀를 기울여보라. "부르주아가 우리 시민들에게서 우리의 이름으로 성공시킨 혁명을 훔쳐갔다."

여러 지역에서, 특히 계속하여 세상을 지배하는 유럽에서, 부르주아 계급은 앙시앙 레짐(구체제), 프랑스 혁명, 그리고 전제군주제의 뒤를 잇는 2세기를 지배하고 있다. 부르주아를 정의하는 수많은 말들이 있다. 그들은 신중하며, 열심히 재산을 모은다. 결코 모든 것을 걸고 행동에 나서지 않는다. 그들은 이상보다 이익을 추구한다. 안락함을 사랑하는 그들은 전적으로 순응주의자들이다. 그들은 매우 신중하고, 자기 확신에 차 있으며, 때로 매우 영악하다. 문화에 심취하고, 자신의 재산에 골몰한다. 게다가 전통과 아름다움을 사칭하며 종종 비교적 최근의 과거와 현대 예술을 표방한다. 부르주아 계급은 당당하게 보이려고 애쓰지만 실은 미래와 예술가들, 그리고 사랑을 두려워한다. 그들은 농업이나 원양

어업보다 은행과 보험에 더 친숙하다. 이 모든 것을 한 단어로 요약할 수 있다. 바로 돈이다. 자만심 가득하고 오만한 귀족들은 한 번도 부족해본 적이 없기에 돈을 무시한다. 반면 부르주아들은 돈에 약하다. 비록 돈이 없는 자들도 평생 돈을 쫓아다닌다.

"자, 이제······" 귀족계급에서 새로운 시대사상을 받아들인 탈레랑이 튈르리에서 이제 막 수상을 만나고 나오며 마차에서 웅얼거렸다. 자크 쾨르,[470] 푸케, 마자랭, 콜베르에 뒤이어 수상이 된 그를 만나고 나오는 길이었다. "자, 이제······ 엄청난 재산을 끌어모아야 해. 어마어마한 재산을."

바로 그 탈레랑은 얼마나 많은 배신과 악한 짓으로 그만큼의 재산을 모을 수 있었느냐고 비난하며 묻는 황제에게 눈 하나 깜박하지 않고 반박한다.

"왕이시여, 아주 간단합니다. 나는 무월Brumaire(프랑스 혁명력歷의 제2월) 18일, 쿠데타 전날 국채를 사들였다가 3개월 후 되팔았을 뿐입니다."

시간은 흐른다. 차례차례 왕정복고, 오를레앙과 군주제, 그리고 여러 공화국 체제가 새로 일어나고 스러져갈수록 — 공적이든 사적이든, 드러나든 감춰지든 — 돈은 온갖 소동을 일으킬 만큼 중요한 가치가 되고, 무겁게 짓누르며 불편한 존재가 되었다. 과학과 기술, 경제와 재정이 점차 예술, 종교, 도덕, 정치들을 압도하기 시작했다. 시민계급인 내가 어떻게 될지 자문하지 않을 수 없었다.

내가 무엇이 되었느냐고? 워털루 전쟁 이후, 좀 더 시나 19세기 중반부터 내가 가장 많은 시간을 할애한 것은 무엇이었을까. 그건 곧 프랑스 혁명과 함께 시민들에게 권력을 주겠다고 약속했지만 결국 모두 빼앗아간 그 권력을 부르주아 계급에게서 되찾기 위해 모든 노력을 바치는 일이었다. 부르주아 계급은 천 년 동안 지속된 신분제도와 귀족계급의 지배에 종지부를 찍었다. 그런데 이제 2세기에 걸쳐 시민들은 곳곳에서 부르주아와 돈의 지배를 끝내기 위해 투쟁하고 있다.

약간의 과장을 보태 나는 흥분된 어조로 이렇게 말할 것이다. "부를 쌓아라!"라고 말한 기조를 보라고, 유럽, 미국, 이후 인도, 러시아, 중국의 산업 정복자들을 보라고, "은행은 닫아버리고, 은행가들은 가둬버리겠다."고 말한 레옹 블룸[471]을 주목하라고, 또한 "돈을 달라! 돈을 달라!"라고 외친 파업과 데모 행렬을 보라고. 위고, 졸라, 페기, 아나톨 프랑스, 시몬 베유, 브레통, 엘뤼아르, 아라공, 초현실주의자들, 드리외 라 로셸,[472] 엠마뉘엘 베를,[473] 사르트르, 카뮈, 레이몽 아롱, 그 밖의 이들, 그리고 조금은 모호하지만 한편으로 극단적인 예수파와 다른 한편으로 막스 베버에 의해 자본주의와 연관되어 있는 프로테스탄트를 보라고. 예술적인 화려함과 추기경의 화려함이 프란체스코와 샤르트르회의 궁핍함이 함께 공존하는 구교도회를 보라고. 로스차일드 가[474]와 록펠러[475] 가문, 재계의 거물들, 과두 정치가들의 전설은 물론 바르베스,[476] 블랑키,[477] 루이즈 미셸[478]과 로자 룩셈부르크[479] 그리고 특히 칼 마르크스, 엥겔스, 레닌, 스탈린, 트로츠키와 그의 추종자들(종종 적으로 치부된, 다시 말해 사업, 은행, 정치)을 보라고. 모택동, 피델

카스트로, 체게바라, 어떤 면에서는 사민당 대표로 시민의 선동자
이며 동시에 사회질서 옹호자로 분류할 수 있는 아돌프 히틀러까
지. 고백하자면 나는 프랑스 혁명과 나폴레옹 황제 이후 2세기 동
안, 한편으로는 부르주아와 승승장구하는 자본주의였고, 다른 한
편으로는 사회주의에 대한 희망, 그리고 돈의 권력과 자본주의에
반대하는 공산주의였다.

삶은 여전히 계속된다

  사회, 정치 분야에서 큰 변혁들이 일어나도 우리가 일상을 살아 가지 못하는 건 아니다. 얼마든지 다른 걸 생각하거나 아니면 아무것도 생각하지 않거나, 숲속을 산책하고, 해수욕을 즐기고, 연극이나 오페라를 보러 가고, 책을 읽고, 즐거운 시간을 보내고, 밝게 웃을 수 있다. 나 역시 폭풍우와 대혼란 속에서도 나의 길을 계속 이어갔다. 세상은 큰 변화를 겪어도 삶은 여전히 계속되는 법이다.

  나는 대체로 회의적이다. 뭐하고든 섞이기 시작하면 — 나는 모든 것과 뒤섞였는데 — 끝이 늘 좋지 않았다. 일종의 강박관념이라 할까. 세기를 지나며 역사의 페이지가 넘어갈수록 나의 영웅들은 죽었고, 나의 왕국은 무너졌고, 나의 문화 역시 사라졌다. 예외는 없었다. 그냥 그런 거였다. 여러분의 자녀나 나의 부하들이 던진 물음은 이랬다. "그다음에 무슨 일이 벌어졌죠?" 혹은 "그다음에는 어떤 일이 벌어지는 거죠?" 대답은 항상 비슷했다. "실패로 끝났지." 혹은 "실패로 끝날 거야."였다.

  지나가고 파괴되는 절망적인 시간에 머물러 있거나 절망적인 죽음에 빠져 있지 않을 때면 나는 우스꽝스럽고 구토가 나올 만큼 엄숙했다. 번개처럼 빠르거나 끝나지 않을 만큼 지루한 전쟁들, 학살, 평화조약, 회의, 연설, 동맹과 단절, 전략, 야망, 배반, 출세, 몰락들밖에 없었다. 나는 하나의 악몽이다. 부모 세대보다 더 잘 해내리라 맹세하는 아이들에게 매번 여러분이 가르치는 악몽이다. 결국은 세대가 거듭될수록 매번 똑같은 일이 반복되고 마는 그런 악몽들, 즉 전쟁, 오만함, 폭력, 배반 등등이다.

신의 존재 덕분에 다른 문이 열려 있다. 나는 죽도록 지루하고 난폭하지만 동시에 매우 유쾌하며 잠자리와 식탁에서 꽤 매력적이다. 라 퐁텐이 내게 미소 지으며 이렇게 중얼거리지 않았을까. 부드럽고 다정다감하다고. 확신을 가지고 감히 말하지만 — 어쨌든 그런 예들은 얼마든지 넘친다 — 솔직히 나는 매력적이라고 스스로 생각한다. 거듭되는 반전과 끝없는 재난에 지친 나는 광적일 만큼 내 마음의 위로법을 알고 있다. 나는 영속성이며 다양성이다. 눈물의 골짜기이자 장미의 골짜기인 나는 오직 변화를 이어갈 뿐이며 동시에 결코 변화하지 않을 뿐이다.

나는 선과 악을 끝없이 반복한다. 여러분에게는 안된 일이지만, 어쨌든 선과 악처럼 보이는 것들 말이다. 그대들이 나의 "D 데이"라 부르는 사건들과 그대들의 일상에서 역시 나와 관련 있는 가장 사소한 사건들이 끊임없이 이어졌다. 나는 별들이 있는 곳까지 올라갔으며 시냇물까지 내려왔다. 나는 승리, 재앙, 그리고 모든 전복들, 문화의 탄생과 몰락에서부터 그대들의 건강 문제, 돈 문제까지 — 트로이의 몰락이나 서로마제국의 몰락보다 당신에게는 이런 게 더 중요한 문제라는 건 이해하지만 — 그리고 당신의 사랑의 슬픔까지 옮겨 다녔다.

나의 이름은 권력이며 지혜이고 아름다움이다. 또한 사랑이다. 라 퐁텐은 여전히 내게 "사랑하라, 사랑하라, 그 외에는 아무것도 중요한 게 없다."라고 말하고 있다. 그는 내가 라 폼 드 팽에서 여종업원으로 일할 때 내 뺨을 어루만지며 말했다. 사랑 외에는 아무것도 아니라고. 정치보다 더 흥미롭고, 나를 인질로 잡았던 이 경제보다 더 흥분된다고. 머나먼 고대시대 사랑은 사상과 함께, 악과 함께, 그리고 나와 함께 태어났다. 그 이래로 나는 과연 무엇을 한 걸까? 아! 물론 수메르, 이집트, 그리스, 로마제국의 몰락, 중국, 아랍세계, 천 년의 왕정, 프랑스 혁명을 지켜보았다. 하지만 무엇보다 나는 사랑을 했다.

이집트인들도 사랑을 했다. 그리스인들도, 로마인들도 그렇다. 카툴루스,[480] 호라티우스, 오비디우스를 읽어보라. 메소포타미아와 중국에서도 사랑을 했을 게 분명하다. 인도에서도. 아라비아, 터키에서도. 선사시대를 계속 이어오면서 수세기 동안, 그리고 중세시대에 이르러서는 음유시인이나 궁정가인들에 의해 더 용기를 얻어 사랑을 했다. 미 대륙, 러시아에서, 눈이 내리고 해가 내리쬐는 곳에서. 보카치오와 데카메론과 함께 바그다드와 피렌체에서, 예술, 상업 그리고 항해술 사이에서 사랑이 가장 중요한 자리를 차지했던 베니스에서도. 그리고 오늘날도 여전히 당신들의 나라에서, 다른 곳에서도. 어느 곳에서든 사랑은 끝나지 않는 나의 지배를 위해 지금도 계속되고 있다.

그 어떤 것도 사랑만큼 나를 사로잡지 못했다. 죽음은 예외일 수 있지만. 모든 것이 돌고, 변화하고, 생성되고, 요동친다. 끊임없이 표류하는 세상 속에서 가장 요동치지 않는 게 바로 사랑과 죽음이다. 에로스와 타나토스. 영원한 그늘처럼.

율리시스와 칼립소에서부터, 혹은 아에네이아스와 디도에서부터 — 한편으로는 끝없는 야망으로, 다른 한편으로는 사랑 때문에 분신자살하는 유형들 — 트리스탄과 이졸데까지 — "아니에요. 그것은 포도주가 아니에요. 그것은 열정이며, 신랄한 기쁨이며 끝없는 고통 그리고 죽음이에요"라고 말하는 — 그리고 안토니우스와 클레오파트라에서부터 로미오와 줄리엣까지 나는 긴 사랑의 역사 외에 아무것도 아니었다. 이와 같은 역사는 늘 되풀이되고, 죽음으로 끝을 맺는다.

여러분들 가까이에 있었던 뮈세, 조르주 상드, 파젤로, 쇼팽에서부터 앙리 드 라투슈[481]와, 초현실주의자들에게 칭송을 받았지만 조금도 너그럽지 않은 마르셀린 데보르드 발모르에 이르기까지.

나는 오늘 아침 너에게 장미 꽃다발을 가져다주고 싶었다.
하지만 내 꽉 조인 허리춤에 너무 많은 꽃을 안았는데,
허리끈을 너무나 졸라매 그 꽃들을 모두 묶을 수 없을 만큼……
그러니 나를 호흡해서 기억의 향기를 맡기를……

위고와 줄리에트 드루에[482](그 외에도 얼마든지 더 많다)에서 플로베르와 루이즈 콜레[483]까지, 마리 노디에[484]에서 에레디아[485] 세 자

매까지, 메리메[486]에서 발랑틴 델르세르[487]까지 — 발랑틴 델르세르는 나보르드에서 태어났으며 나탈리 드 노아유의 조카이기도 하다. 샤토브리앙은 그녀로부터 사랑을 받는 영광을 조금이라도 누리기 위해 동방에까지 갔다 — 그리고 보들레르까지, 베를과 브르통[488] 둘 사이에서 방황하는 매력적인 직업모델인 수잔에서부터 드리외 라 로셸, 낸시 쿠나드,[489] 엘사 트리올레[490]와 공산당 사이에서 방황하던 아라공까지, 어니스트 헤밍웨이에서부터 스콧 피츠제럴드와 젤다까지, 죽음으로 빛나는 수천 번의 모험과 정열의 이미지들이 내 머릿속에 떼 지어 몰려온다. 그중 하나를 다시 만나러 가는 것은 다른 모든 것을 만나는 것과 같다.

조금 더 높이 올라가보면 어떨까? 정열과 죽음에 대한 두려움에 이르기까지. 나폴레옹이 몰락한 지 2년 뒤 스러져간 그의 영광에 대한 아픔을 제대로 치유하지 못하는 프랑스에서, 변화 속에서도 인류 역사인 나의 연속성이 유지된다는 걸 보여주는 여러 예들이 있지만 그중에서 덧없음과 슬픔의 사례를 들어보면 어떨까. 슬픔의 예로는 25년 동안 자유주의, 제정에 대한 저항, 유럽에 대한 애착을 상징했던 스탈 부인의 죽음을 들 수 있다. 그녀의 죽음은 격정적인 감정과 멜랑콜리한 감정의 도래에 기여했다. — 간절히 기다리는 번개, 태풍, 낙조…… — 여러분이 낭만주의라고 부르는 것들 말이다. 그리고 덧없음의 예는 — 나 역시 덧없지만 — 1817년 5월 28일 그녀가 죽기 전날 네브 데 마튀랭 가의 호텔에서 열린 만찬을 들 수 있겠다.

머리카락 한 올

나는 오래전부터 아테네, 로마, 코르도바, 볼로냐, 피렌체, 런던, 비엔나, 그리고 독일의 작은 안뜰에서, 생 페테스부르그, 파리, 보스톤, 뉴욕에서, 그리고 중국, 인도, 페르시아, 바그다드에서도 돈과 권력을 멀리한 채 끊임없이 사상과 책, 아름다움, 음악, 시를 사랑하는 소수 특권자들을 한자리에 모으려고 노력해왔다. 그들은 소크라테스와 우마르 하이얌에서 괴테, 앙리 엔느, 리튼 스트레이치[491]와 블룸즈버리 그룹까지, 오스카 와일드, 장 콕토까지 살롱, 바, 정원 혹은 궁전에 종종 모였다. 시인, 철학자, 스승과 제자, 사교계 인사, 궁전 사제, 음모론자 혹은 역적들 모두 모여 함께 식사하고 춤추고 노래를 불렀다. 그들은 시를 암송하고 소네트나 재치가 넘치는 문장들을 지어냈고 대화를 나눴다.

대화는 문명을 보여주는 가장 고귀한 형태의 표현이라 할 수 있다. 나는 하인, 황녀, 혹은 목사의 아내 역할만 담당했던 건 아니었다. 나는 플레이아드였고, 랑부예 부인이었으며, 블루룸이었고, 탕생 부인, 데팡 부인, 쥘리 드 레스피나스, 공쿠르 형제[492]였다. 스위스의 제네바 가까이에 있는 코페에서 혹은 파리의 네브 데 마튀랭 가에서, 제르멘 드 스탈 부인은 이 문명의 전통을 따랐다.

스탈 부인은 루이 16세 시대에 재무총감을 지낸 스위스 은행가 네케르의 딸(튀르고의 적)로 지루한 이야기를 재치 넘치게 늘어놓는 재능이 뛰어나며, 항상 미래를 생각했다. 나폴레옹은 그녀를 몹시 싫어했고, 스탕달은 그녀를 찬미했지만 오래 견디지는 못했다. 그녀는 자신의 책 어딘가에 당대 유명했던 말들을 적어두었다. "만일 트레비 분수에서 물이 더 이상 흘러나오지 않는다면 아마 로마 전역이 무거운 침묵에 휩싸일 것이다." 스탕달이 말하길 이 한 문장이 모든 문학을 불운하게 만들기에 충분하다고 했다. 로드 바이런[493]은 그녀를 피할 수만 있다면 뭐든지 하겠다고 공표했다. 그녀는 총명하고, 자애로웠지만 얼굴은 그리 예쁘지 않았다. 머리에는 늘 이상한 터번을 둘러쓰고, 옷도 아무렇게나 입고, 모자에 꽃을 달고 다니는 걸 좋아했다. 그녀에게는 신뢰할 만한 친구들이 여럿 있었다. 그중에는 당대 최고의 미모를 뽐냈던 줄리에트 레카미에,[494] 프리드리히 2세의 조카로 줄리에트를 사랑했던 프러시아의 오귀스트 왕자, 유명한 『부르고뉴 공작들의 이야기』의 저자 프로스페 드 바랑트,[495] 루이 15세의 아들 나르본이 있었다. 그녀에겐 오귀스트라는 아들이 하나 있었는데, 그 역시 전염병에라도 걸린 듯 줄리에트를 흠모했다. 나폴레옹의 변화무쌍한 적이면서도 불분명한 지지자이기도 했던 『아돌프』의 저자, 벤자민 콩스탕[496]도 그녀의 친구였다. 그 역시 줄리에트의 매력에 빠져 있었다. 제르멘 드 스탈 부인에게는 또한 알베르틴이라는 딸이 있었는데, 그녀가 나중에 브로이 공작부인이 된다.

셀 수 없이 많은 역사가와 논객들은 흥분과 반전을 거듭하면서 제르멘 스탈과 벤자민 콩스탕 간의 은밀한 관계에 대해 눈물짓게 하는 이야기들을 얼마나 많이 써내려갔던지. 나는 그들의 열정과 갈등을 돌아보는 데 많은 시간을 할애했다. 레오나르도 다빈치, 라이프니츠, 스탕달, 위고 식으로 벤자민 콩스탕은 일기에서 숫자를 암호처럼 사용했다. 1은 육체적 쾌락을 뜻하고, 2는 제르멘과 관계를 끝내겠다는 다짐을, 3은 그녀를 떠날지 말지 망설이는 마음을, 4는 그의 작업을 나타냈다. 이렇듯 그는 17까지 자신의 마음을 비밀의 언어로 표현했다. 그 결과 매우 놀라운 사실이 드러났다. "뒤테르트르 부인과 저녁식사. 1번은 한 번 더, 2번과 4번은 조금." 그다음 날 "미네트의 편지, 3번. 아! 어쩌지?" 여기서 미네트는 조금 놀라운데 스탈 부인이다. 뒤테르트르 부인은 누구였는지 잊고 있었다. 그녀에게 내 나름 한 자리 마련해야 할 것이다.

스탈 부인은 재치 넘치는 응답에 가히 천재적이었다. 당대 유행하던 비극이 너무 어둡고 지루하다며 불평하는 이에게 그녀는 대답한다. "아, 네. 당신은 웃음을 주는 비극을 원하시는군요." 한 훼방꾼이 그녀와 줄리에트 레카미에 사이에 앉아 시끄럽게 떠들었다. "총명한 여자와 아름다운 여자 사이에 이렇게 앉아 있으니"라고. 그녀는 곧바로 발랄하게, 그러면서도 우아함을 잃지 않은 어투로 반박한다. "제게 아름답다고 말해준 이는 당신이 처음이에요."

그리도 생동감 넘치고, 활동적이며 유쾌하던 제르멘 드 스탈의 건강에 이상이 생겼다. 1817년 2월 어느 서녁, 그녀는 리부른 출신의 권리대리인의 아들이 주최하는 무도회에 참석했다. 레티시아 보나파르트 — 나폴레옹의 어머니 마담 메르 — 의 옛 비서 겸 푸셰의 후임 경찰장관인 그 아들은 훗날 매력과 지능을 발휘해 위원회장 자리에 오른다. 데카즈 공작 엘리는 루이 18세가 "나의 사랑하는 아들"이라고 부를 정도로 총애하고 그에게 "대영주들도 부러워할 만큼 세력을 높여주겠다"고 말했던 인물이었다.

엘리 데카즈의 호텔에서 제복과 이브닝드레스를 입은 이들로 분주한 계단을 오르려는 순간 그녀는 누군가로부터 공격을 받았다. 두 달 뒤 그녀는 모두 회복되었다고 믿었다. 『아탈라』와 『기독교의 진수』의 저자인 샤토브리앙이 그녀를 보러 오기로 했다. 그녀는 고열에 시달리며 침대에 쿠션 여러 개로 등을 받치고 앉아 있었다. 네케르, 나르본, 그리고 벤자민 콩스탕보다 덜 빛나고, 프로스페 드 바랑트나 그녀 주위를 맴돌던 여러 연인들보다 덜 빛나는, 스위스 출신으로 로카라는 이름을 가진, 그녀의 마지막 사랑이 곁을 지키고 있었다. — 그녀는 그에 대해 우스꽝스러운 말투로 "말은 그의 언어가 아니다"라고 말한 적이 있다 — 샤토브리앙은 거의 죽어가면서 사그라져가는 연인을 바라보고 있었다. 그는 이렇게 썼다. "두 유령이 침묵 속에서 서로를 바라보고 있었다. 하나는 창백한 얼굴로 서 있고, 다른 하나는 심장마저 얼어버리게 할 만큼 차가운 핏빛으로 앉아 있는 모습은 너무도 소름 끼치는 장면이었다." 지금까지 길게 이어온 나의 여정에서 나를 가장 잘 지탱해주고 나로 하여금 가장 강렬한 인상을 갖게 해준 것은 야망, 권력, 지식, 자존심이 아니라 사랑과 죽음이었다.

스탈 부인은 죽어가면서 우정에 대한 예를 갖추었다. 파티를 사랑했던 그녀는 친구들을 저녁식사에 초대했다. 1817년 5월 28일 네브 데 마튀랭 가, 알베르틴이 테이블 중앙에 자리를 잡고 앉았다. 늘 용기를 잃지 않던 여주인이었지만 그날만큼은 함께 자리하지 못한 채 죽어가고 있었다. 샤토브리앙은 줄리에트 레카미에 곁에 앉아 있었다. 두 사람 모두 이미 이름이 널리 알려졌지만 정작 서로는 잘 알지 못하는 사이였다. 저녁식사 내내 음산한 기운이 감돌았다. 각자 자신의 슬픔과 추억에 잠겨 있었다. 두 눈을 아래로 내리깔고 줄리에트와 르네 샤토브리앙은 한마디도 나누지 않았다. 식사가 끝날 무렵에서야 둘의 시선이 마주쳤다. 지금까지 여정에서 첫눈에 사랑에 빠진 수많은 사례들 중 하나가 벼락 치듯 번쩍였다.

라마르틴[497]은 이미 『시적 명상』을 집필 중이었고, 알프레드 드 비니[498]는 스무 살이었다. 테오도르 제리코[499]는 자신의 걸작인 「로마에서의 자유 경마」를 그렸고, 슈베르트는 그의 '가곡들'을 작곡했으며, 코시는 복잡한 변수에 관한 수학 이론을 연구 중이었다. 니에프스는 최초로 사진 제판술을 발명했다. 아르헨티나와 칠레는 독립을 선언하고 멕시코, 페루, 브라질도 그 뒤를 이어 독립을 선언했다. 클레오파트라와 마르쿠스 안토니우스처럼, 트리스탄과 이졸데처럼, 랑세[500]의 수도사와 몽바종 공작부인처럼, 샤토브리앙과 줄리에트 레카미에의 미친 사랑은 죽음에 이르기까지 지속되었다.

그루부터 30년 후, 파리의 민중이 대포 소리와 함께 두이 뷜리프[501] 체제 전복을 준비하던 순간, 빅토르 위고는 『기독교의 진수』와 생트뵈브에 의해 무시당했던 너무나 아름다운 『랑세의 삶』의 저자 샤토브리앙을 보러 뤼뒤박[502]에 왔다. 그는 『목격담』에서 자신이 몹시 존경했던 그리스도교인이며 정통파 작가와의 만남을 이야기했다. 샤토브리앙은 죽어가고 있었다. 위고는 마치 감옥처럼 매우 단순하고 검소한 방 안 한구석의 작은 철 침대에 누워 있는 그를 발견한다. 창문에는 흰 커튼이 쳐 있고, 덧문은 모두 닫혀 있다. 그의 얼굴에서 고상한 귀족의 풍모가 느껴졌다. 침대 위 벽에는 십자가가 걸려 있다. 임종을 맞이하는 그의 발아래로 흰색의 큼직한 나무 궤짝 하나가 놓여 있는데, 자물쇠가 깨져 있다. 그 안에는 샤토브리앙의 자서전인 『무덤 너머의 회상록』[503] 원고가 들어 있다.

빅토르 위고가 다녀가고 며칠 지난 뒤인 1848년 7월 11일 화요일, 샤토브리앙은 몹시 고통에 시달렸다. 줄리에트는 잠시도 그의 곁을 떠나지 않았다. 자신의 죽음처럼 애절한 모습이었다. 그는 아무 말도 할 수 없었고, 그녀는 더 이상 바라볼 수 없었다. 그녀의 눈은 그저 눈물을 쏟아낼 뿐이었다. 연민에 찬 한 수녀와 사제가 자리를 지키고 있었다. 드게리 사제가 종부성사를 했다. 희미한 웅얼거림이 차츰 크게 들리기 시작했다. 사제는 죽어가는 이를 위해 마지막 기도를 올리는 중이었다.

8시 15분, 갑자기 사제와 수녀의 입에서 더는 기도가 흘러나오지 않았다. 줄리에트는 아무것도 보지 못하고, 이 침묵만을 들었다. 그녀는 오랜 행복과 위대한 사랑 모두가 끝났다는 걸 깨달았다. 그제야 그녀는 소리 내어 통곡하기 시작했다. 그녀는 사랑하는 이의 이마를 쓰다듬으며 머리카락 한 올을 잘랐다. 자신에게 이름도, 아이도 남기지 않았지만 영원한 사랑을 남긴 이의 머리카락 한 올을.

민중에 저항하는 민중들

나는 울고 웃었다. 웃을 일은 얼마든지 많았다. 산다는 것보다 더 나를 흥미롭게 한 것은 세상에 없었다. 눈물을 흘릴 이유 역시 차고 넘쳤다. 나는 또한 굶주림이며, 목마름, 가난, 무지, 질병, 실업, 사고, 지진, 그리고 화재, 사랑의 슬픔, 절망, 광기다. 나는 특히 전쟁이다. 전쟁은 나의 직업이었다. 나의 많은 시간을 차지한 직업이었다. 민중들은 평화를 갈망하면서도 전쟁을 일으킨다.

불의 전쟁부터 펠로폰네소스 전쟁[504]에 이르기까지, 트로이 전쟁에서 백년전쟁[505] 혹은 30년 전쟁[506]에까지. 히타이트족[507]이나 바다 민족[508]에서부터 독일 국방군, 소련 붉은 군대에 이르기까지, 사람들은 끊임없이 전쟁에 뛰어들었다. 그들은 전쟁을 증오했다. 그러면서 이따금씩 전쟁을 사랑했다. 그들은 그렇게 태어난 것이다. 아이러니한 사실이 아닐 수 없다. 나는 지금까지의 긴 존재 기간 — 아니 매우 짧았던 — 동안 내가 제일 좋아했던 두 가지가 바로 사랑과 전쟁이라고 여러 차례 말했다. 사람들은 새로운 병사들을 필요로 한다. 그들은 전쟁을 치를 아이들을 얻기 위해 사랑을 한다.

전쟁은 여러분이 알지 못하는 이들을 죽여야 하는 것이다. 그들을 죽이는 걸 포기하면 그들은 친구가 될 수 있다. 자연재해, 질병, 빈곤, 불행한 사랑이나 증오만큼 전쟁은 끊임없이 이어지는 고통의 샘물이다. 그것도 아주 오래전부터 이어져 내려온. 여러분은 전혀, 아니 거의 알지 못하겠지만 나는 네안데르탈인의 멸종을 목격하고, 이에 관여하기도 했다(바로 이런 점들이 내가 세월의 무게를 느끼고 나의 어린 시절을 되돌아보게 만든다). 이 사건은, 매우 우스꽝스러운 일이지만, 좀 더 진화했다고 알려진, 호모 사피엔스라고 불렸던 인류 형제에 의해 자행되었는데, 이는 결코 유쾌한 가족 축제는 아니었다. 로마인들에 의한 카르타고의 몰락, 몽골족에 의한 바그다드의 몰락, 스페인에 의한 아즈텍 왕국 혹은 잉카제국의 몰락 등은 매우 잘 알려진 끔찍한 사건들이었다. 수없이 많은 학살과 증오의 장면들에서 — 황제가 목숨을 잃은 아드리아노플 전투[509]에서부터 아우슈비츠나 스탈린그라드에 이르기까지, 아일라우 전투[510]에서 슈맹 데 담 공세[511] 혹은 드레스덴 혹은 히로시마의 공습에 이르기까지 — 나는 끔찍한 공포를 기억하고 있다. 반면 여러분은 매혹과 끔찍함 둘 다 느끼고 있는 것 같다. 「라 마르세유」의 가사는 말도 꺼내지 말자. "진격하자! 진격하자! 저들의 더러운 피가 우리의 밭고랑을 적시도록." 일요일에 발표된 애국심 넘치는 연설도 말하지 말자. 호메로스의 『일리아스』는 후대의 기억에 영원히 각인된 서사시의 위대한 영광과 승리의 환호성은 물론 프리아모스와 헤카베, 그리고 앙드로마크가 헥토르의 죽음 앞에 흘린 눈물까지 노래했다. 전쟁을 그렇게도 사랑했던 인류는 끊임없이 전쟁을 두려워하고, 전쟁을 끝내려 노력했는데, 이는 위대한 시인 말레르브의 시에 잘 드러나 있다.

전쟁의 두려움에 떠는 민중들이여,
춤추기 위해서만 북소리 듣는 것을 멈춰라.

여자들이 두려워하고 증오했던 전쟁은 한 번도 멈춘 적이 없었다. 나는 심지어 지난 수세기에 걸쳐 전쟁으로 인한 — 나 역시 여러 명분을 앞세워 전쟁에 참여하는 과정에서 때로 마스코트였고, 군 식당 관리인, 간호사, 앰뷸런스 운전자이기도 했다 — 고통의 강도가 점점 심해지는 과정을 지켜보았다. 프랑스 혁명은 그 위대함과 책무로 전쟁을 완전히 다른 차원으로 바꿔놓았다.

루이 14세 스스로 너무 폭력적이고 빈번하다며 후회했던 전쟁의 폐허 이후, 18세기 유럽에서 벌어진 전쟁들은 결코 하찮은 일이 아니었다. 하지만 전쟁이 어떤 면에서는 인간적인 면모를 드러냈고, 문명화되었다. 아드리아노플 전투나 스탈린그라드 전투와는 완전히 달랐던 퐁트노이[512]나 로스바흐 전투[513]에서 — 여기서 히로시마는 언급도 하지 말자 — 제한적인 수이긴 해도 직업군인들은 자발적으로 죽음의 전쟁터에 뛰어든 대가를 지불받았다. 장군들은, 천재성이 부족해 대개 위대한 이들의 이름을 취했는데, 서로 격식을 차리거나 재치 있는 말들을 주고받았다. 상관 장교가 적군 기지에서 사냥 동료나 환락가를 함께 드나들던 동료를 알아보고 구해주는 경우도 종종 있었다. 여러분은 물론 결국 죽게 되겠지만, 비록 기분 좋게는 아닐지라도, 적어도 원자폭탄이나 파편 아래서보다는 더 신중하고, 좀 더 품위를 갖춘 그런 죽음을 맞을 것이다. 전쟁은 결코 놀이가 아니다. 하지만 수많은 전투와 포위 작전을 진두지휘하고 라벤나 만찬을 주관해본 경험이 있는 나로서는 루이 15세와 계몽시대의 전쟁이 일종의 결투나 단체 시합 같은 면이 있었다고 생각한다. 나는 이런 전쟁을 "레이스 전쟁"이라 일컬은 적도 있다. 그리고 나머지, 나머지 모든 전쟁들의 경우 모든 것을 완전히 뒤바꿔놓았다. 희생과 고통의 카드 패를 다시 쳤던 것이다.

이 일은 간단히 성사된다. 이 사건은 한마디로 요약될 수 있다. 혁명이 대중 봉기를 발명해낸 것이다. 혁명이 투쟁에 나서는 민중을 만들어냈다. 그들은 더 이상 전쟁터로 죽으러 나가는 용병들이 아니다. 이들을 전쟁터로 내몬 영주들은 주로 서로 증오하는 사이지만 때로는 서로를 잘 알고, 서로를 인정할 때도 있었다. 그들은 무엇보다 외세 침략을 물리치기 위해, 이어 자기 주위에 널리 자유, 평등, 박애 사상을 전파하기 위해 국경선을 지켰다.

나는 트로이 전쟁에서 목숨을 잃었다. 시리아에서는 압드 알 라흐만을 위해 싸우다 겨우 목숨만큼은 유지했다. 바그다드에서 훌라구의 몽골족들에게 죽임을 당했다. 또한 콘스탄티노플에서 터키인에 의해, 그리고 멕시코 혹은 페루에서는 인디언이라는 이유로 스페인 사람들에 의해 죽임을 당했다. 나는 신교라는 이유로, 독일인이라는 이유로, 세벤과 팔라티나에서 루이 14세의 용기병들에 의해 죽임을 당했다. 계몽시대에는 프랑스가 지배하는 유럽에서 꽤 멋있게 전투를 치렀다. 나는 이미 일찌감치 진흙으로 뒤덮인 참호 속에서, 마을 위로 날아오는 포탄 아래서 싸우고, 죽을 준비를 한다.

앙시앙 레짐 때 사람들은 전쟁으로 많은 고통을 받았다. 그들은 말하자면 자신과는 무관한 전쟁의 희생자이며 2차 피해자인 셈이었다. 그들은 여전히 희생자이지만 이번에는 체제의 일원으로 피해를 겪는다. 그들은 전쟁의 볼모자로 표적이 된다. 폐해는 여전히 존재하지만 그들은 더 이상 부차적인 존재가 아니다. 그들은 거국적이고, 세계적이다.

오랫동안 전쟁은 젊은이의 전유물이었고, 지금도 여전히 그렇다. 여러분이 20세기라고 부르는 시기 — 솔직히 나는 별로 좋아하지 않는 시기지만 — 가 되어서야 내전 중, 홍수처럼 쏟아지는 철과 불의 파편으로 여자, 노인, 교실의 학생들, 병원 침대에 누워 있는 환자들이 목숨을 잃고, 세상을 등지는 걸 볼 수 있을 것이다. 게르니카. 스탈린그라드, 아우슈비츠, 카틴, 드레스덴, 히로시마에서.

심연의 바닥을 드러낸 이런 재앙들 전에 전쟁들은 그래도 규칙들을 지켰지만 이미 국가라는 이름의 민족들은 이것들을 무시했다. 그들은 급물살을 타고 서로 증오하는 법을 배우고 있다. 곳곳에서 이런 학살을 막기 위해 함성들이 터졌다. — 그중 조레스[514]의 목소리가 가장 큰 울림을 남겼다 — 정복의 시대에는 전쟁터에 철철 흘러넘친 핏물이 아소카 인디언을 불교로 개종시켰다. 민중들의 의식이 깨어나는 시대에, 특히 이탈리아의 롬바디아에서 벌어진 끔찍한 솔페리노 전투[515]는, — 이곳에서 내 시체는 주아브[516] 군복을 입은 채 땅에 내팽개쳐졌다 — 스위스의 인본주의자인 앙리 뒤낭으로 하여금 적십자를 창설하게 만들었다. 1901년 노벨 평화 상을 수상한 뒤낭 사후 나는 그의 계획을 계속 추진하기 위해 노력했다. 두 차례의 세계대전으로 죽음의 광기가 폭발하던 그 시기에, 역설적으로, 아니면 잠정적 결과로, 어렵게 평화와 상호존중의 의지가 생겨나기 시작했다. 민족 간의 화합이 힘겹게 서로의 불신과 증오를 딛고 이루어질 것이다. 나는 재빨리 다른 제복들로 갈아입으며 솔페리노의 공포를 딛고 일어서려 노력할 것이다.

롬바르디아에서 벌어진 오스트리아와 프랑스 간의 전쟁보다, 프러시아와 오스트리아의 전쟁보다, 그리고 프랑스와 프러시아 전쟁보다, 스페인과 미국 간의 전쟁보다, 중국에서 복서인과 유럽인들 간의 전쟁보다, 또 러일전쟁보다 60만 명의 희생자를 낸 미국의 남북전쟁이야말로 미래의 재앙을 알리는 예언전이였다. 재앙은 얼마 지나지 않아 터졌다. 독일과 프랑스에서 수많은 나의 주역들과 어릿광대들이 초조하게 기다리던, 여러분이 세계대전이라 부르는 첫 번째 전면전이 이 불쌍한 세계를 그대로 강타했던 것이다.

한줌 이야깃거리도 되지 않는 사소한 사건의 빌미가 뜨거운 증오에 불을 지펴 이 전쟁은 세계적인 내전으로 터졌다. 전쟁을 비난한 소수의 사상가들은 양쪽 진영 모두에서 배신자로 낙인 찍혔는데, 세계대전은 두 진영에서 모두 8백만 명이 넘는 희생자를 내며 엄청난 고통을 야기했고, 결국 유럽으로 하여금 쇠락의 길로 들어서게 했다.

과학과 기술이 전쟁에 깊이 개입하기 시작하면서 전쟁터는 과학 기술발전의 실험장이 되곤 했다. 공격용 전차, 가스, 대량 폭탄 등이 등장했다. 이 세기 초부터 거구의 비행기가 하늘을 날아다녔지만 양 진영 모두 추격기와 폭격기를 비롯해 조종사들의 활약은 비행 기술의 발전 면에서 보면 축복의 빵이었다.

세계대전이 발발하자 유럽은 완전히 뒤집어졌다. 나 역시 마찬가지였다. 네 개의 제국이 무너졌다. 차르 제국의 폐허 위에서 레닌이 이끄는 공산주의 러시아는 스탈린을 앞세워 소련으로 탈바꿈했다. 오토만 제국의 폐허 위에서는 술탄의 후계자 아타투르크[517]가 현대적 의미의 공화국을 세우려고 노력했다. 오스트리아 제국의 폐허 위에서도 새로운 국가들이 여럿 나타났다. 그들 중 몇몇은 얼마 지속되지 못하고 비극적인 결말을 맞았다. 유럽 중심에 자리했던 독일 제국은 패배만 한 것이 아니었다. 독일은 모욕을 당했고, 완전히 혼란에 빠졌으며, 경제 재정 분야에서도 폭락함으로써 실업률이 폭등하고 엄청난 인플레이션에 시달려야 했다. 제대로 된 삶을 이어갈 수 없었다. 젊은 학생이거나 주부였던 나는 칫솔이나 초콜릿 빵을 사려고 약국이나 빵집을 숱하게 오가야 했다. 1천 마르크나 내면서. 부족한 돈을 가지러 집에 돌아오는데 그 짧은 사이 돈의 가치는 폭락했다. 나는 다시 가게로 간다. 2천 마르크를 내야 한다. 가난한 이들에게는 너무 힘든 일이었다. 1차 세계대전 종전을 선언하는 협약에는 이미 2차 대전의 씨앗이 발아하고 있었다.

2차 대전은 1차 대전보다 더 끔찍했다. 폭력, 고통, 잔인함, 멸시, 삶에 대한 증오가 계속되었다. 어디서든, 언제든 사람들은 다른 사람들을 죽였다. 세계 전쟁의 특징은 재앙의 규모가 엄청나고 — 9년 동안 육천에서 칠천만 명이 죽었다 — 시민 학살이 관료화되고 일반화되었다는 점이다. 희생된 일반 시민들의 수가 전쟁터에서의 군인 사망자의 수와 거의 비슷했다. 고문과 살인은 권력을 행사하는 도구일 뿐만 아니라 일상적으로 벌어지는 행정절차가 되었다. 유대인들은 자신들의 행위나 개인 의견 때문에 집단학살을 당한 게 아니라 단지 유대인이었기 때문에 고통을 겪어야 했던 것이다. 지주계급은 그들이 부유했기 때문에 학살을 당했다. 중국, 캄보디아, 르완다에서 계획적인 기아사태, 문화 혁명, 이데올로기적 혹은 민족적 증오심이 공포와 죽음의 씨앗을 퍼트렸다. 벨 에포크와 레자네폴[518] 사이에 태어나 50년가량을 산 나는 역사에서 가장 어두운 시기를 살면서 인간으로 태어난 게 얼마나 무서운 일인지 경험해야 했다.

그런데 나는 어떻게 되었을까? 어떻게 되었냐고? 내가 도대체 뭐가 될 수 있겠는가? 권력을 차지한 한 민족과 서로 싸우는 여러 민족들 사이에서 나는 공산주의자며 파시스트였다. 나는 브라지야크[519]와 로제 바양[520]을 숭배했는데, 공교롭게도 둘 다 윌름 가[521]의 학교에 있었다. 나는 당에 가입했는데, 이쪽이든 저쪽이든 매번 유일당에 가입해 활동했다. 그리고 위대한 영웅을 숭배했다. 레닌, 스탈린, 트로츠키, 무솔리니, 히틀러, 모택동 등 여러 영웅들을. 나는 또한 큰 눈을 가진 유대인 소녀 라셀 혹은 사라였는데, 결국 게슈타포에게 끌려가 아우슈비츠, 베르겐벨젠 수용소에서 죽었다. 고통받는 아이들의 모습은 잔인함의 극치였다.

모스크바의 한 카페에서 나는 알렉산드르 솔제니친과 몇 마디 얘기를 나눈다. 나는 런던과 파리에서 프랑스 장군의 운전기사이며 동시에 어떤 희생을 치르더라도 조국을 위해 싸우는 금발의 영국 여자 영웅들 중 하나다. 1940년 영국, 나는 여름 막바지에서 가을까지, 쏟아지는 폭탄을 뚫고, 위스키와 시가 애호가의 자동차를 운전한다. 그 잘난 20세기에 아인슈타인과 요한 바오로 2세가 존재했다는 건 하나의 행운이다. 나는 1937년에 시베리아로 강제 이주를 당하고,[522] 1944년에는 프러시아에서 도끼로 살해당한다. 지금까지 이어온 나의 오랜 경력에서 처음으로 여러 사물의 모습으로 재현되는 일이 일어났다. 1939년 8월 23일, 나는 요하힘 폰 리벤트로프[523]와 바체슬라프 몰로토프[524]가 히틀러와 스탈린의 동맹협약에 서명을 할 때 사용된 바로 그 만년필이다. 1944년 7월 20일, 나는 '볼프산체' — 늑대의 소굴Wolfsschanze(독일 육군의 작전 지휘본부) — 에서 클라우스 폰 슈타우펜베르크 대령[525]의 가죽 가방이었는데, 그 가방은 히틀러가 앉아 있던 테이블 아래 놓여 있었다. 만일 이 가방이 계획대로 그곳에 있었다면, 부주의로 다른 곳으로 옮겨지지 않았다면 — 여기서도 비앙카 카펠로의 브리오슈의 운명을 떠올리게 되는데 — 폭파되어 히틀러를 영원히 사라지게 할 수도 있었을 것이다.

아시아와 유럽의 끝자락에서 가장 멋진 사건들 중 하나가 일어났다. 나는 이곳에서 가장 오래되고 아름다운 모험을 경험했다. 천 년의 역사를 지닌 프랑스가 히틀러의 사회민족주의에 의해 열

흘 만에 무너졌다. 이후 50년 동안 각인될 결투가 시작되었다. 나는 오랫동안 이 기억을 간직하고 있다. 프랑스 원수와 임시 기갑 여단장이 서로 부딪쳤다. 오랫동안 대치하고 있는 세력들 사이에서 나는 머뭇거리다 결정을 내렸다. 페탱 원수가 틀렸고, 드골장군이 옳다고. 결국 수없이 많은 실패, 슬픔, 전투 끝에 나의 쓰레기통에 히틀러와 스탈린을 내던져버렸다.

천 년이 지난 뒤, 아니면 그보다는 조금 더 일찍, 70년 동안 세 차례에 걸쳐 일어난 프랑스와 독일 간의 전쟁이 펠로포네스 전쟁이나 백년전쟁 혹은 7년 전쟁[526]처럼 그다지 서로 구분되지 않는 희미한 하나의 사건으로 남을지도 모르겠다.

프랑스는 축복의 2백 년간 세계를 지배하던 유럽을 지배했다. 20년 간격을 두고 발발한 두 차례의 세계대전, 전쟁터에서 그리고 폭격을 맞은 도시에서 발생한 수천만 명의 희생자들, 수천만의 정치적 숙청들, 끔찍한 이주정책, 계획적인 기아사태 등은 실업과 경제위기와 더불어 유럽대륙의 희망과 정신을 완전히 파괴시키기 충분했으며, 유럽의 우위에 종지부를 찍기에도 충분했다. 이제 역시 폭력이 존재하는 중국, 인도, 아시아, 그리고 내가 태어나고 오랜 잠에서 깨어나기 시작한 아프리카의 시대가 열리기 시작했다. 지금까지 프랑스가 지배했던 유럽에 이어 더는 유럽에 의해 지배되지 않는 세계가 등장하고 있었다. 이 새로운 세계는 이제 과학에 의해 지배되기 시작했고, 앞으로도 그렇게 계속될 것이다.

권력보다 강하고 예술만큼 아름다운

출생과 상속 신분 대신 자리 잡은 다수결 원칙의 존중, 민중의 권력 장악, 민족 간의 전쟁, 부르주아 계급과 부를 향한 최하층민의 갈망, 민주주의의 진보, 가난과 절망에서 비롯된 독재에 대한 투쟁 ― 그 결과 가난과 절망의 늪에 더 깊이 빠져들었지만 ― 그리고 점점 더 파괴적이 된 1, 2차 세계대전과 3차 대전에 대한 두려움만으로는 나폴레옹의 몰락 이후 두 세기를 제대로 설명할 수 없다. 더구나 인류 역사인 나를 정의하는 데도 불충분하다. 내 안에서 무언가 새로운 것이 솟아나 점점 더 많은 자리를 차지하기 시작했다. 지금까지의 오랜 여정에서 처음 언급하는 건 아니지만, 나의 공동체적 삶과 여러분 각자의 삶에서 갑자기 새롭고 결정적인 자리를 차지한 어떤 것이 생겨났는데, 그건 바로 과학이었다.

과학 이야기를 하려면 꽤 오래전으로 거슬러 올라가야 한다. 과거로 돌아가보자. 나는 유년 시절부터 무역이나 천문학을 통해 중국, 인도, 문자가 처음 태동한 메소포타미아, 그리고 이집트에서 이미 과학에 대한 갈망이 있다는 것을 알아보았다. 그런 활동을 지향하는, 비장하지만 결국 무산된 열망들을 보아온 것이다. 여러분은 오래전부터 이 사실을 잘 알고 있었고, 앞으로도 영원히 그럴 것이란 점도 잘 알고 있다. 철학은 물론 수학, 기하학, 천문학의 기초들은, 하긴 오랫동안 이 학문들이 철학과 동일시되긴 했지만, 지중해 연안, 그리스, 이오니아, 마그나 그라키아, 즉 이탈리아 남부지역에서 발달되었다. 밀레토스 출신의 탈레스,[527] 아낙시만드로스,[528] 아낙사고라스[529] 그리고 이들과 비슷한 부류는 사물의 본질을 묻고 그 근원을 찾으려고 노력했다. 반면 레우키포스,[530] 데모크리토스[531]와 같은 이들은 별들을 관찰하고, 자신들의 그림자를 관찰하기 위해 땅에 나무막대를 꽂거나 태양 아래 서 있는 신전의 기둥을 응시하곤 했다. 그들은 지구에서 태양까지의 거리를 측정하고 지구의 넓이를 대략이라도 가늠해보려고 애썼는데 꽤 정확한 수치를 제시하기도 했다. 그들은 이미 지구가 둥글다고 생각했지만 마땅히 지구가 우주의 중심에 있다고 믿었다. 몇 세기가 지난 뒤 당대의 세계 문화 수도인 이집트 알렉산드리아에서 그리스 천문학자 프톨레마이오스는 선임자들의 이론을 종합해 거의 1500년간 지속될 인류 세계의 이미지를 완성했는데, 이를 통해 우리는 당대의 관찰들을 가장 잘 이해할 수 있다.

천문학자, 물리학자, 지리학자, 철학자들 모두 수학을 필요로 했다. 선조들은 다른 모든 분야를 총괄하고 명령하는 수학의 대가들이었다. 전설과 비밀 그리고 입문의 후광 속에 존재하는 피타고라스, 『원론』을 쓴 유클리드, 전쟁 기계들을 제작하고, 원주율 파이는 3.1416……이라는 공식을 발견하고 "액체에 빠진 모든 물체는……"이라는 유체정역학을 고안한 천재석인 수학자며 기하학자인 아르키메데스, 이들은 모두 우리가 매일의 일상에서 활용하는 과학을 만들어낸 첫 번째 장인들이다.

나는 끊임없이 아주 사소한 사실들과 내가 이룬 거대한 업적들을 뒤섞고 있다. 나 역시 다른 사람들처럼 잘못 판단하고, 회한의 말들을 중얼거린다. 내가 저지른 가장 끔찍한 실수 중 하나는, 여전히 씁쓸한 후회가 몰려오지만, 아르키메데스의 삶을 폭력적으로 끝나게 했다는 사실이다.

당시 로마는 카르타고와 전쟁 중이었다. 아르키메데스의 조국인 시칠리아 섬의 도시국가 시라쿠사는 카르타고와 동맹을 맺는 어리석은 선택을 한다. 마르셀루스 장군은 반란군을 벌하기로 결정하고 마케도니아의 진주라 불리는 이곳을 포위 공략했다.

아르키메데스의 도움으로 시라쿠사는 오랫동안 저항할 수 있었다. 3년을 공략한 끝에 로마 군대가 마침내 시라쿠사의 심장인 오르티지아 섬에 진군했다. 시라쿠사의 전설적인 요람인 아레투사[532]의 샘 덕분에 이곳에는 알페이오스 강이 흐르고 있었다. 이 강은 신화학자들과 고대 역사가들, 그리고 주로 전혀 일어날 법하지 않은 환상적인 작품들의 저자로 20세기 중반의 거의 잊힌 작가인 로제 카이유와 낱말 맞추기 게임 아마추어들에게 꽤 인기 있는 강이었다. 전설에 따르면 샘의 요정 아레투사가 강의 신 알페이오스의 구애를 피해 도망가다 올림피아 근방의 펠로폰네소스 쪽으로 흘렀는데, 마침내 알페이오스에게서 벗어났다고 생각하고는 샘물로 모습을 바꿔 오르티지아의 작은 섬으로 숨어들었다. 강물의 신이었던 알페이소스는 이오니아 바다 밑을 통과해 오르티지아 섬 아레투사 님프의 샘에서 다시 솟아오른 것이었다.

마르셀루스 장군은 아르키메데스의 이름도, 명성이나 평판도, 천재성도 전혀 알지 못했지만 그의 병사들에게 — 나는 마르쿠스 툴리우스라는 이름으로 그의 병사들 중 하나였다 — 이 도시를 지키는 데 혼신의 힘을 다했던 이 학자의 목숨만은 결코 해치지 말라고 명령했다.

기억이 난다. 나는 전쟁 때문에 완전히 사막으로 변해버린 곳을 지나가고 있었다. 바닷가 모래사장에서 칠십이나 칠십 중반쯤 되어 보이는 노인과 갑자기 마주쳤다. 그는 조용히 모래 위에 알 수 없는 도형들을 그리고 있었다. 점, 선, 원, 네모, 삼각형 같은 도형이었다. 나는 그에게 정중히 무엇을 하고 있는지, 모래 위의 그 많은 기호들이 무엇을 의미하는지 물었다. 그는 자기 작업에 몰두해 있었기에 대답하지 않았다. 약간 짜증 섞인 목소리로 다시 물었다. 그는 내 쪽을 돌아보지도 않고 툭 내뱉었다.

"날 좀 가만히 놔두시오."

미국이나 영국 과학을 다루는 역사가들은 자신들의 이야기에 다음과 같은 표현을 종종 사용한다. "날 좀 가만히 놔두시오."

그러자 전쟁 승리자를 무시하는 건방진 그의 태도에 분개해 나는 칼을 뽑아 그의 심장을 찔렀다.

로마 공화국 병사로 재현한 내가 — 그 장면이 상상이 되는가? — 아르키메데스를 죽였던 것이다. 결코 자랑하는 건 아니다.

중세시대 처음부터 끝까지, 천 년이라는 긴 세월 동안, 아르키메데스와 프톨레마이오스 이후 서구사회에 이 둘만큼 최고 수준의 학자들이 다시없었다고 주장하는 사람은 없을 것이다. 제르베르 도리악, 레오나르도 피보나치의 이름을 거론하는 것만으로도 충분치 않을까. 그들은 누구인가? 그들의 연구는 무엇을 지향하는가? 그들은 중간 매개자, 안내인이었을 뿐이다. 그들은 서구에 아라비아 수학을 소개했다. 먼저 제로는, 그 유명한 제로는 아라비아 학자들이 사용하기 시작해 널리 퍼지기 전인 기원후 5백 년, 이미 인도에서, 우리가 앞서 만나본 적이 있는 천재적인 천문학자며 수학자인 아리아바타에 의해 발명되었다.

제로의 발명이야말로 나의 가장 놀라운 모험 중 하나다. 트로이 전쟁, 알렉산드리아의 정복, 칭기즈 칸의 공격 혹은 나폴레옹 보나파르트의 원정만큼이나 주목을 끄는 서사시였다. 자, 안전벨트를 단단히 메고 들어보시라.

아리아바타 시대 이후 3백 년쯤 지났을 때 모하메드, 오마르, 그리고 그 뒤를 이은 후계자들이 지배한 이슬람왕국은 크게 번창했다. 이슬람 세계는 피레네산맥에서 사마르칸트와 시칠리아를 거쳐 인더스 강 유역까지 뻗어나갔다. 하룬 알 라시드는 바그다드에서 황금기를 구사하며, 샤를마뉴와 어깨를 나란히 했다. 앞에서도 말했지만, 그는 샤를마뉴에게 기린과 물시계를 선물로 보낸 적도 있다. 이어 『아라비안 나이트』는 당대 도시들 중 가장 활기차고 아름다우며 위대했던 도시의 일상을 그리고 있는데, 그 무렵 로마의 위상은 작은 마을로 줄어들어 자기 자신의 그림자에 불과하던 때였다.

800년 무렵, 제로라는 수가 이슬람 세계에 널리 퍼져 사용되면서, 나의 가장 빼어난 학자들 중 하나인 페르시아계의 알 콰리즈미는 아랍어로 1차 방정식과 2차 방정식 해법을 제시함으로써 수학의 기초를 마련한 두 편의 저서를 기술했다. 『인도 수학에 의한 계산법』과 『알 자브르 알 무카발라』. 여러분의 언어로 대수학이라는 뜻의 알제브라는 아랍어로 복원을 뜻하는 알 자브르에서 유래했다.

200년 후 오토 1세는 게르만족 출신의 첫 번째 신성로마제국 황제였다. 그는 생전에 샤를마뉴 제국을 재건하기 위해 힘쓴 뒤 왕권을 아들 오토 2세에게 물려주었다. 오토 2세의 아들 오토 3세는 안타깝게도 22세의 젊은 나이에 죽었다. 오토 2세는 어린 왕자의 교육을 내가 무척 사랑했던 유명한 프랑스 현인 제르베르 도리악에게 일임했다.

프리드리히 2세나 성 토마스 아퀴나스의 위상만큼 매우 빠르게 지식으로 유명해진 제르베르 도리악은 로마로 유학을 떠났는데 그곳에서 987년에 위그 카페가 프랑스 국왕으로 등극하는 데 큰 역할을 담당하면서 주목을 받았다. 그는 랭스의 교구장직에 이어 라벤나의 대주교로 선임되었으며, 훗날 1천 년에 실베스테르 2세라는 이름으로 교황이 된다. 그가 바로 서구사회에 알 콰리즈미의 작업과 십진법에서 제로의 역할을 알린 장본인이다.

제르베르 도리악 이후 또 한 번의 2백 년 사이클이 지난 뒤 피사에서 레오나르도 피보나치는 아라비아 숫자, 특히 제로를 활용하고, 십진법 개념을 도입하고, 동시에 앞의 두 수의 합이 바로 뒤의 수가 되는 수의 배열을 ─ 0, 1, 1, 2, 3, 5, 8, 13, 21…… ─ 정의

한 '피보나치 수열'을 소개하며 그의 저서 『주판서Liber Abbaci』에서 알 콰리즈미의 작업들을 되짚었다. 그의 또 다른 저서 『제곱근서 Liber quadratorum』는 ― 1200년이 조금 지난 시기에 ― 과연 누구에 게 헌사되었을까? 바로 너무도 유명한 호엔슈타우펜 왕조의 프리 드리히 2세였다. 그는 오토 왕조로 이어지던 신성로마제국 황제 자리에 올랐다. 오토 왕조의 마지막 황제 오토 4세는, 경솔하게도 호엔슈타우펜 왕조의 후보자를 지지했던 교황 이노센트 3세에 의 해 폐위되었고, 이후 부빈 전투에서 필립 오귀스트에 의해 격파당 했다. 지식과 권력 사이에서 내가 얼마나 흥미로운 시간을 보냈는 지 모른다.

여러분은 여전히 내가 이슬람 문명에 너무 많은 지면을 할애했 다고 비난할지도 모르겠다. 별수 있겠는가? 서구사회와 유럽은 그리스, 로마와 함께 유대 그리스도교 사상의 지적, 도덕적 유산 을 물려받으면서 오랜 세월 보란 듯이 세계를 지배한 문화를 만 들어냈다. 여러분들 중 많은 이들은 이처럼 위대한 전통을 표방할 권리, 그렇게 해야 할 의무를 지니고 있다. 물론 내가 서구사회의 눈부신 발전상에만 관심을 두려고 하는 건 아니다. 동방세계 역시 인도, 중국, 페르시아, 아랍세계와 함께 수천 개의 불꽃으로 빛났 다. 나는 얼마든지 유대-아랍 전통과 이미 코르도바에서 만났던 마이모니데스뿐만 아니라 뛰어난 학자며 동시에 철학자, 의사, 법 률가였던 두 인물에 대해 길게 얘기할 수 있다. 그들은 1천 년이 조금 지난 시기에, 권력보다 훨씬 더, 그리고 예술이나 문학만큼 과학 발전에 크게 기여했다. 과학은 내게 위대함과 즐거움을 선사해주었다. 그 두 인물이 바로 이븐 시나와 이븐 루시드인데, 북부 지방과 서쪽 지방에서, 프랑스, 이탈리아, 폴란드에서는 아비센나와 아베로에스로 부르는 이들이 더 많다. 그들이 활동한 나라들은 다음 장에 등장한다.

과학과 교회

동방의 아라비아와 페르시아 학자들은 아리스토텔레스와 프톨레마이오스의 업적에 대해 매우 잘 알고 있었다. 고대 그리스가 로마 국가에 의해 정복당하고 동화되면서 세계무대에서 사라졌으며, 그다음 차례로 이번에는 로마제국이 쇠퇴하면서 몰락의 길을 걸었다. 이렇듯 고대 말기에서 중세 초기까지 벌어진 대대적인 침략전쟁과 함께 어둠의 시기가 이어지면서 점차 문화와 과학의 횃불은 바그다드와 무슬림의 스페인 시인, 철학자, 의사, 역사가들의 손으로 넘어갔다. 프톨레마이오스의 주요 업적은 『알마게스트』라 불리는 천문학 저서에 모두 실려 있는데, 여기서 '알'은 정관사를, '마게스트'는 '아주 위대한'을 뜻한다.

서구에서는 내가 매우 가깝게 지냈고, 여러분도 잘 알고 있는 성 토마스 아퀴나스가 아리스토텔레스와 프톨레마이오스의 세계에 신을 소개했다. 지구가 평평하다고 믿었던, 성서에 지나치게 심취한 일부 기독교 성서해석자들과 달리 『신학대전』의 저자인 그는 태양, 달, 별 그리고 당시에 알려진 여섯 개의 위성이 지구를 중심으로 돈다고 생각했다. 도미니크 회원이었던 그는 지구가 둥글며 움직이지 않는다고 여겼던 것이다.

그는 신이 지구를 창조한 뒤 세계가 제대로 나아가는지 지켜보았기에 자연히 인류 역사인 내가 스스로의 여정을 잘 풀어나갈 수 있도록 보증해준 셈이라고 믿었다. 이 일을 위해 신과 인간 사이에 매개자 역할을 감당할 천사들이 필요했는데, 천사들은 위대한 신의 절대적 속성에 가까운 엄격한 위계질서를 따르도록 되어 있다고 했다. 그들은 신의 메신저이며 동시에 인간의 영혼과 육체를 돌보는 보호자였다. 그뿐만 아니라 천사들은 천상의 체계를 제대로 작동하게 만드는 기술자라고 여겼다. 성 아우구스티누스 이래 가장 위대한 기독교 정신으로 무장한, 우주 중심에 스스로 자리한 신이 만들어놓은 신비롭고 움직이지 않는 지구에 대한 이러한 개념은 이후 기독교 신도들과 교회 성직자들에 의해 조각조각 부서졌다.

그들 중 첫 번째 파괴자는 바로 독일 추기경으로 『박학한 무지』를 집필한 니콜라우스 쿠사누스인데, 나는 애정을 가지고 선구자의 길과 사유들을 늘 따라다녔다. 훗날 파스칼과 아인슈타인의 등장을 예고한 나의 추기경은 무엇을 고백했는가? 파스칼이 등장하기 2백 년 전에 그는 신은 무한하고, 어디든 존재할 수 있기 때문에 우주에 중심이 존재하지 않는다고 주장했다. 우주의 중심은 무한하다고 주장했다. 아인슈타인이 등장하기 5백 년 전, 그는 여러분이 '우주의 원리'라고 부르는 것을 이미 예감했던 것이다. 우주에는 중심이 없기 때문에, 우주는 어디에나 존재하고 항상 존재하기 때문에 우주는 자기 자신과만 닮았다. 모든 시선은 동등하다.

별들과 창공의 광경은 관찰하는 장소에 따라 달라지지 않는다. 아리스토텔레스, 프톨레마이오스, 토마스 아퀴나스에게 그렇게도 중요했던, 지구가 우주의 중심이라는 사고가 흔들리기 시작한 것이다. 그로부터 백 년 뒤 한 폴란드계 수도참사회원에 의해 결정적 판결이 내려졌다. 나의 삶과 기억들, 나의 계획들이 한순간 모두 뒤죽박죽이 되어버렸다. 종교개혁의 시기, 트리엔트 공의회, 대 해양원정들, 앙리 8세와 그의 여섯 부인의 시기, 인도의 악바르 대제, 러시아의 첫 번째 차르인 폭군 이반, 빌레 코트레 칙령, 루브르 건설이 시작되던 시기에 니콜라우스 코페르니쿠스는 내 역사상 가장 폭력적이고 지적인 혁명을 단행하고 프톨레마이오스 이래, 아니 그보다 2천 년 전 아리스토텔레스 이래 결코 반박을 허용하지 않았던 우주의 이미지가 완전히 전복된 것이었다. 그는 여러분의, 나의, 우리의 지구를 세계의 중심에서 쫓아내고 그자리에 태양을 옮겨다 놓은 것이다.

고대 그리스 시대부터 학자, 물리학자, 천문학자들은 '체면을 세우려고' 노력했다. 말하자면 가능한 정확하게 하늘에서 관찰한 행성들의 움직임을 이해하려고 했다. 태양은 우리 눈앞에 뜨고 다시 가라앉기에, 가장 단순하며 우리 눈에도 너무 명확하게 보이는 가정은 움직이지 않는 지구 중심을 도는 것이었다. 이는 너무나 명백하기에 오해의 소지가 없었다. 이러한 명백한 진리를 바로 코페르니쿠스가 파괴해버린 것이다. 우리의 지구는 더 이상 부동이 아니었다. 지구는 다른 행성들 중의 하나일 뿐이었다. 다른 행성들처럼 지구는 태양 주위를 도는 것이다. 오직 달만이 지구 주위를 돌 뿐.

3백 년이라는 시차를 두고 두 남자가 여러분의 지식을 완전히 뒤바꿔놓고 인간의 자존심을 손상시켰는데, 그들이 바로 니콜라이 코페르니쿠스와 찰스 다윈이다.

두 사람 모두 신도였으나 ─ 코페르니쿠스는 수도참사회원이었고, 다윈은 목사가 되려 했다 ─ 둘 다 진리에 가까이 다가가기 위해 정교회에서 멀리 떨어져 나와야 했다. 두 사람 모두 여러분이 품고 있는 환상과 인간의 위엄성을 표현하는 이미지를 비난했다. 코페르니쿠스는 공간에서, 다윈은 시간에서. 코페르니쿠스는 여러분을 우주의 중심축, 우주의 기준점으로 만들었던 중심의 자리에서 여러분을 쫓아내며 원래의 자리에 되돌려놓았다. 다윈은 여러분을 일시적인 변화의 철칙에 복종하게 만들고, 창조설을 믿었던 당신들을 진화의 장으로 들어가게 함으로써 여러분들로 하여금 아무 소리도 못 하게 했다. 코페르니쿠스에 따르면 여러분은 그저 여러 다른 행성들 중의 하나일 뿐이었고, 다윈에 따르면 여러분은 다른 여러 생물체 중 하나일 뿐이었다.

가톨릭 교단은 두 차례의 타격으로 엄청난 피해를 입었다. 성경은 신이 창조한 세계에서 우리 인간은 중심이고 목적이며 모든 우주의 최정점에 있다고 말했다. 그런데 갑자기 위대하고 고귀했던 여러분의 세계가 그저 일반적인 규칙에 따를 뿐이라니, 모욕적이었다. 교회는 테야르 드 샤르댕을 맨 앞에 내세워 마침내 다윈과 현실적인 진화사상과의 조화에 이르렀는데, 그때까지 아주 오랜 시간이 걸렸다. 『종의 기원』은 1859년에 출간되었다. 얼마 후 영국에서는 영국 주교인 윌버포스와 토마스 헉슬리 ― 그는 유네스코의 첫 번째 사무총장이었던 줄리앙 헉슬리, 그리고『멋진 신세계』혹은『연애 대위법』등 매력적인 저서들을 출간한 올더스 헉슬리의 할아버지이다 ― 사이에 격렬한 반대 토론이 벌어졌는데, 강력하게 진화를 주장한 토마스 헉슬리에게 '다윈의 황소'라는 별명이 붙기도 했다.

주교가 토마스 헉슬리에게 오스카 와일드의 위엄 있는 태도로 말한다. "당신 어머니의 조상이 원숭이였을지 모르지만 나의 조상은 결코 아닙니다."

많은 이들은 교회가 신전의 모든 기본 중 하나를 흔들어놓은 코페르니쿠스에게 왜 너그럽게 대하는 척하는지 보고 놀랐다. 기억해야 할 사실은 코페르니쿠스가 교회에 속해 있었을 뿐만 아니라 그가 자신의 시스템을 하나의 수학 모델, 작업상 가능한 가정처럼 조심스럽게 소개했다는 점이다. 갈릴레이의 경우, 정교회는 서둘러 복수를 하게 될 것이다.

코페르니쿠스 백 년 이후 갈릴레이는 물체가 낙하하는 것에 오랫동안 관심을 둔 수학자며 물리학자였다. 그는 나를 고용했는데, 우리는 종종 피사탑 꼭대기까지 올라가 깃털, 못, 납덩이를 떨어뜨리고는 속도와 활동을 관찰했다. 잘된 일인지 잘못된 일인지 모르겠지만 그의 삶을 완전히 바꾼 건 별과 행성들을 30배나 확대해 관찰할 수 있는 망원경의 발명이었다. 그는 자신이 만든 망원경으로 하늘을 조준했는데, 이를 통해 곧바로 니콜라이 코페르니쿠스가 제안한 모델이 정확하다는 사실을 깨달았다. 그는 유명한 저서에 자신이 본 것을 발표했다. 『두 우주체계에 대한 대화』가 그것이다.

이 '대화'가, 천구의 혁명들에 관한 코페르니쿠스의 학문적이고 신중한 협약과 비교해 어떤 면에서는 더 무례하고, 선동적이라는 사실은 인정해야 할 것이다. 갈릴레오는 아리스토텔레스와 프톨레마이오스의 이미 뒤처진 체계를 지지하는 이들을 '단순한 머리'를 가진 자들로 치부하고 그들의 대변인을 심플리키오라고 불렀다. 교회가 받아들이기에는 너무 앞서나간 셈이었다. 나의 스승인 갈릴레오는 종교재판을 받고 결국 1642년 죽음을 맞이할 때까지 피렌체 근처의 아르체트리라는 작은 마을의 별장에 격리되어 살아야 했다.

갈릴레오의 처벌과 격리 결정으로 수많은 논쟁은 물론 다양한 책과 연극들이 등장했다. 그러나 무엇보다 이로 인해 가톨릭교회는 과학계에 지속적으로 경계의 눈초리를 보내게 되었다. 20세기말에 이르러서야 — 코페르니쿠스 이후 4백 년이나 지났고, 갈릴레오 이후 3백 년이나 지난 시기에 — 코페르니쿠스뿐만 아니라 다윈에게도 적대적 편견을 포기했다.

바로 이와 같은 시기에 일련의 일들을 겪게 되면서 과학과 교회는 서로 단절되기 시작했다. 갈릴레오 사건의 결과 중 하나는, 그때까지만 해도 이탈리아, 폴란드, 그리고 구교도국가에서는 교황의 권위와 지휘하에 놓여 있었기에 거의 발전할 수 없었던 과학연구를 북쪽으로, 프로테스탄트의 국가 쪽으로 옮겨놓는 기회가되었다는 점이다. 천문학 발전에 크게 기여한 티코 브라헤는 덴마크 학자였다. 그는 덴마크 왕의 편의를 제공받았다. 덴마크 왕은 섬을 선물로 선사했으며, 황제가 그를 프라하로 초대하기도 했다. 티코 브라헤의 후계자이며 제자였던 케플러는 정확하게 행성의 움직임을 법칙으로 만들었는데 그는 독일 수학자며 천문학자였다. 갈릴레오가 죽은 해에 태어났으며, 아인슈타인 이전 시대에 최고였던 과학의 거장 아이작 뉴턴은 영국 학자였다. 과학 연구의 중심지가 오랫동안 과학의 화신이었던 로마와 점점 더 거리가 멀어지기 시작했다. 에라스무스, 라블레,[533] 세르반테스에 의해 만들어진 이 길은 볼테르, 디드로, 그리고 많은 다른 철학자, 학자, 소설가들에게 열렸고, 그들은 모두 그때까지 진리로, 확고한 사실로 알려졌던 것들을 깊이 의심해보기 시작했다.

재앙을 활용하다

운명이 내게 선물한 수많은 아이들 중 — 초기에는 매우 적었지만 뒤로 갈수록 전부 수백억 명쯤 되었는데 — 아이작 뉴턴이 영국에서 태어났다. 렘브란트가 「야경」을 그리고, 루이 14세가 프랑스 왕좌에 오르던 시기에 등장한 뉴턴은 내게 가장 소중하고, 위대한 이들 중 하나였다. 그는 코페르니쿠스와 아인슈타인 사이 모든 이들 중 가장 천재적인 인물로 학식이 매우 뛰어났다. 그는 서로 연관이 있으면서도 매우 다른 세 분야에서 모두 두각을 드러냈는데 단 하나만으로도 세계적 명성을 얻기에 충분했다.

그와 동시에 단자의 철학자로 더 나은 세계를 위한 신봉자인 라이프니츠는 — 볼테르는 『캉디드』에서 그의 낙천주의를 조롱했는데 — 미적분을 발명해 미분학과 적분학을 이끌어내면서 수학을 혁명적으로 바꾸어놓았다. 그와 동시대에 또 다른 천재 수학자며 추시계를 발명한 크리스티안 호이겐스[534]는 빛의 구성과 파동을 연구했는데, 그리스 혹은 라틴계 사람들이 — 피타고라스와 유클리드, 에피쿠로스와 루크레티우스 — 이미 이 어려운 문제에 몰두했지만 빛의 의미까지는 알지 못했다. 어떤 이들은 빛이 등대나

안테나처럼 우리가 바라보는 눈에서 관찰하는 사물까지 간다고 생각했고, 어떤 이들은 빛이 그 반대로 사물에서 관찰자의 눈으로 도달한다고 생각했다. 이 문제가 해결되자 논쟁은 이제 빛의 본질에 천착하기 시작했다. 호이겐스가 파동의 원리를 제안하자 뉴턴은 미립자 원리를 지지했다. 300년이 흐른 뒤에야 여러 학자들 중 루이 드 브로이[535]가 호이겐스와 뉴턴 두 사람 모두 옳다고 결론을 내리게 된다. 이제 시간이 거의 없다. 서둘러 앞으로 나가야 한다. 본론으로 들어가보자. 빛은 파동을 일으키는 분자들로 이루어져 있다. 하지만 내 눈에 뉴턴이 제1인자인 이유는 그가 바로 만유인력을 발명했기 때문이었다.

여러분은 14세기에 창궐했던 페스트 사건을 기억할 것이다. 아시아, 분명 인도에서 시작된 이 페스트는 밀라노, 베네치아 등을 휩쓸었으며 ─ 이때 나의 스승인 티치아노도 페스트에 걸려 목숨을 잃었다 ─ 이탈리아 전역, 마르세유, 전 유럽으로 퍼져나가면서 수백만 명의 희생자를 낳았고, 살아남은 이들에게도 공포 그 자체였다. 1665년에 마지막으로 페스트는 런던에 상륙해 거의 십만 명의 런던시민을 죽음으로 내몰았다.

공포에 공포가 더해지면서 그다음 해에는 엄청난 화재가 런던에 발생해 세계 1차 대전 때 쏟아부은 폭탄세례보다 더 큰 피해를 입혔다. 내가 여러 차례 언급했던 증인들, 화자들에 ─ 호메로스, 생시몽, 샤토브리앙 ─ 한 사람을 더 첨가한다면 사무엘 피푸스[536]를 들 수 있겠다. 그는 페스트와 런던 대화재를 자세히 묘사해 기록으로 남겼다. '대페스트' 이후 '대화재'. 내가 무엇보다 좋아하는 것은 선과 악 혹은 악과 선을 둘 다 번갈아가며 다루고, 이 둘을 서로에게서 끄집어내는 일이다. 두 번째 재앙인 대화재가 첫 번째 재앙에 종지부를 찍었고, 이니고 존스[537]의 후계자인 크리스토퍼 렌[538]으로 하여금 런던 도시 전체를 재개발하고 세인트 폴 대성당을 재건축하게 했다. 런던의 어두운 재앙들은 또 다른 결과도 가져왔다. 페스트에서 벗어나기 위해 이미 23살의 젊은 나이에 케임브리지 학생이었던 아이작 뉴턴은 런던을 빠져나와 링컨셔 주 남서부의 시골인 울즈소프[539]에 있는 엄마 집으로 피난해 있었다. 그를 만난 것도 영국의 구석진 이 시골마을에서였다.

신처럼 — 나 자신이 신이라고 여길 때도 있지만 — 어디든 다양한 가면을 쓰고, 종종 완전히 반대되는 상황에도 내 집에 존재할 수 있다. 다시 말해, 나는 3~4만 번쯤 상인이나 농부의 아내였고, 15,000~16,000번쯤 어부의 아내였으며, 4천 번 장교의 아내, 120번 왕비, 8번 여왕이었고, 두 차례 추기경의 연인이었으며, 한 번은 황제의 아내였다. 당시는 울즈소프의 목사 아내였다.

프랑스에서는 루이 14세가 자신의 권력을 형성하여 푸케에게서 재상 지위를 박탈해 콜레브에게 맡긴 때였다. 베를린에서는 대선제후 프리드리히 빌헬름이 프로이센 왕국[540]을 세우고 군대를 창설했다. 비엔나는 오토만 제국의 위협 속에 살아가고 있었다. 한 만주 왕조가 중국을 제압했다. 인도에서는 악바르 대제의 증손자인 아우랑제브가 무굴의 마지막 황제가 되었다. 나는 매우 신앙심이 깊은 뉴턴 어머니와 그의 가족들과 좋은 이웃으로 지내고 있었다. 어린 아이작 뉴턴만 잘 모르고 있었다. 그는 3년 동안 케임브리지 대학에서 공부를 하고 있었다.

그날 아침, 나는 잠깐 산책할 생각에 목회관을 나섰다. 여름이 끝나갈 무렵이었다. 날은 매우 더웠지만 하늘은 맑았다. 뉴턴의 정원을 막 지나고 있을 때 아이작이 사과나무 아래 앉아 있는 것을 보았다. 그렇게 열심히 공부를 했으니 당연히 편히 쉴 만했다. 그가 케임브리지에서 수학할 때 돌던 소문에 따르면 얼마 전에 발명된 망원경을 직접 만들었다고들 했다. 학자들은 밤이면 망원경을 하늘로 쳐들고 눈으로는 볼 수 없는 별들을 관찰했다. 이제 엄마의 정원에서 매우 편안한 꿈을 꾸듯 앉아 있었는데, 나처럼 사과나무에서 사과 하나가 떨어지는 모습을 바라보고 있었다.

그런데 이 사과가 그를 극도로 흥분시키는 것 같았다. 그는 사과를 두 손에 집고 다시 떨어뜨렸다. 그러고는 그것을 머리 위로 들어올렸다. 그는 하늘을 향해 고개를 쳐들었다. 나는 그저 학자들은 매우 이상한 사람들이라고 생각했다. 내리쬐는 태양 아래 모자를 쓰고, 손에는 양산을 들고, 나는 길을 계속 걸어갔다.

몇 년이 지난 뒤 하나의 전설 같은 얘기가 링컨셔 주 전역뿐만 아니라 세계 전역에 번져가기 시작했다. 뉴턴의 이름이 유명해졌다. 젊은 아이작 뉴턴은 사과나무에서 사과가 떨어지는 것을 보고 만유인력의 법칙을 발견한 것이었다.

수천, 수만 년 동안 하늘과 땅은 서로 분리되어 있었다. 사람들은 땅에 살았다. 그들 머리 위로는 멀리 다른 세상, 알 수 없는 위력, 정신, 여신, 신, 모든 유형의 신성한 계급이 살고 있었다. 그들이 이 세계를 돌아가게 했으며 우리는 그에 대해 하나도 알 수 없었다.

중국인, 인도인, 수메르인, 메소포타미아인과 이집트인들 이후 그리스인들은 과학에 이성과 법칙의 사고를 도입했다. 그리스어로 '로고스'라는 말에는 우주의 신비롭고 마법과 같은 개념들에 비해 이미 상당한 진보의 개념을 포함하고 있었다. 하지만 아리스토텔레스나 프톨레마이오스처럼 토마스 아퀴나스 역시 인간에게 주어진 지구는 여전히 신들이 지배하는 하늘과 구분되어 있다고 생각했다. 신비로운 힘들로 가득 찬 하늘은 완전한 우리 땅, 지구에는 낯선 존재였다. 우리가 사는 세계는 이승의 세계였고, 다른 법칙에 의해 돌아가는 다른 세계가 있었던 것이다.

한 물체가 그의 발아래 떨어지는 것을 보고 만유인력의 법칙을 깨달았던 뉴턴의 천재성은 코페르니쿠스, 갈릴레오와 그 외 다른 학자들이 이미 만들어놓은 세계를 다시 통합했다. 그가 알아낸 것은, 태양과 달이 고향집 정원에 있는 사과나무와 같은 법칙을 따른다는 사실이었다. 달은 지구에 의해 끌어당겨졌고, 지구는 또다시 태양에 의해 끌어당겨졌는데 이는 마치 사과가 땅에 의해 끌어당겨진 것과 마찬가지였다. 저기 하늘처럼 여기 땅도 모든 것이 모든 것 주위로 돌아간다. 땅에서처럼 하늘에서도 만유인력이 행성과 모든 물체의 움직임을 명령한다는 사실이었다.

이성은 화산처럼 폭발하고…… 과거는 지워버리자

인류는 먼저 땅을 탐험한 뒤 하늘을 탐험하기 시작했는데, 폴란드인, 이탈리아인, 덴마크인, 독일인이 하늘의 별들을 관찰하면서 과학을 해방시켰고 그 과정에서 한 영국인에게 새로운 길을 열어준 것 같다. 문학과 예술 분야를 너머 발전하기 시작한 르네상스를 기점으로, 앞으로 얼마 동안 계속될지 모르지만, 어쨌든 과학이 여러분이 살고 있는 이 세계를 진두지휘하며 점점 더 확실하게 지배하기 시작했다.

나는 변화를 거듭하면서도 계속 반복되는 것을 좋아한다. 혹은 계속 반복되면서도 변화하는 것 역시 싫어하지 않는다. 여러분은 아마 17세기에 있었던 문학 관련 사건의 시시콜콜한 얘기들을 기억하고 있을 것이다. 해마다 작가가 태어나거나 책이 발간되었고, 연극의 초연이나 장례식 추도사로 세간이 떠들썩하곤 했다. 그 후 3세기 동안 수학, 천문학, 화학, 생물학, 의학 등 다양한 분야에서 그야말로 발견과 발명이 눈사태처럼 쏟아져 나왔다. 오랫동안 시, 문학, 연극, 예술-미술, 조각, 음악 등이 세상을 아름답게 만들었다면 이제는 수학에 의지한 과학이 세계를 완전히 변화시키고 있었다.

하늘을 대상으로 선구자들이 이뤄낸 눈부신 업적 이후 과학 연구 활동은 주로 그룹을 이루어 진행되었다. 르네상스 시대의 예술가들은 학파를 이루었는데, 이를 통해 대가들은 제자들을 길러냈다. 그 예는 무수히 많다. 조반니 베르니니의 학생인 조르조네는 나의 스승 티치아노의 스승이었다. 폰토르모[541]는 미켈란젤로로부터 영감을 얻었고, 벤베누토 첼리니[542]는 훗날 메디치 궁정의 화가가 될 젊은 브론치노[543]를 돌봤다. 모든 화가나 건축가의 계보는 이탈리아, 프랑스, 스페인, 네덜란드, 그리고 독일 공국들에서 학파의 형태로 나타나고 활동했다. 프랑스 혁명 전후로 과학이 바통을 이어받아 일련의 발명이나 진보의 한축을 구성하게 되는데, 종종 모순들에서 출발해 다른 집합 점으로 모여들었다.

증기기관은 드니 파팽,[544] 뉴커먼,[545] 와트,[546] 주프루아 다빙[547] 그리고 열역학의 선구자로 '카르노 기관[548]의 원리'를 확립하고, 프랑스에서 '승리의 조직자'로 알려졌고, 무정부주의자 카제리오[549]에 의해 암살된 공화국 대통령의 삼촌인 사디 카르노[550]에 의해 처음 발명되고, 보완되었다. 피렌체, 베네치아, 혹은 플랑드르 화가들, 에라스무스, 데카르트, 스웨덴의 크리스티나 그리고 볼테르의 시대에 예술과 문화가 국제적으로 번창했던 것처럼 과학 분야도 점차 세계화가 진전되었던 것이다. 이제 과학을 기반으로 새로운 유럽이 형성되기 시작했다. 미술과 조각의 유럽이 이탈리아인들에 의해 지배되었던 것과 마찬가지였다. 여기에서 이탈리아의 그 유명한 체스터필드 경과 그 외에 영국의 여러 젊은 귀족들의 '그랜드 투어'가 비롯된 것이다. 이는 마치 18세기에 프랑스가 언어와 문학의 유럽을 지배했던 것과 마찬가지였다. 얼마 뒤 칸트, 헤겔, 니체, 하이데거, 그 외에도 피히테, 셸링, 마르크스, 엥겔스, 후설, 야스퍼스 등을 내세우며 독일이 철학의 유럽을 지배했듯이.

내가 초기에 인도, 그리스, 아랍인들과 함께 경험했던 과학은 철학과 매우 가까웠다. 그러다 점차 독립적인 학문으로 자리 잡으면서 우주, 형이상학, 예술은 물론 종교적인 관심들마저 모두 밀어내기에 이르렀다. 기술로 변형되고 일반화되기 이전의 과학은 밑바닥부터 꼭대기까지 수학과 거의 일치했는데, 이때 수학은 과학의 지지기반이었고, 과학의 언어, 기원이며 심지어 목표 그 자체였다. 피타고라스, 유클리드, 아르키메데스의 제자들은 빠르게 경쟁자로 등장하면서 자신들 스승의 자리를 차지하기 시작했다.

17세기 중반 무렵, 유럽 전역에서는 호이겐스, 라이프니츠, 뉴턴 그리고 그들 주변의 많은 사람들과 함께 과학이 나를 제압하기 시작하는 걸 목격할 수 있었다. 프랑스에서는 여러분이 이미 잘 알고 있듯 파스칼이 열여섯 나이에 '원뿔곡선 시선'을 발표했으며, 페르마가 3백 년 동안 해결하지 못했던 '정리'를 정립했다. 두 사람 모두 확률계산의 선구자였다.

스위스계의 훌륭한 베르누이 가문이 앤트워프로 이민을 갔는데, 그곳에서 천재적인 수학자 여럿을 배출하면서 매우 의미심장한 모범을 보여주었다. 라이프니츠는 제자 야곱 베르누이에게 미적분을 가르친 뒤 확률론과 지수함수의 길을 열어줌으로써 '베르누이 정리'라고 불리는 대수 법칙의 기초를 닦게 해주었다. 야곱의 동생인 요한 베르누이는 상상의 수의 로그를 연구했다. 요한의 아들인 다니엘은 열역학의 아버지 중 하나였다.

스위스 바젤의 목사 아들로 태어난 젊은 레온하르트 오일러는 먼저 신학을 공부했고 이어 바젤에서 아버지의 친구였던 요한 베르누이로부터 수학 수업을 들었다. 요한의 두 아들 중 다니엘과 니콜라스는 오일러를 생 페테르스부르크로 불러들여 관계를 계속 이어갔는데, 그곳은 디드로의 친구인 카트린 대제가 얼마 전 새로운 과학 아카데미를 창립했던 곳이었다. 오일러는 그곳에서 물리학과 수학을 가르쳤는데 그 이후 다른 유럽의 군주였던 프로이센의 프리드리히 2세의 초청으로 베를린에 가게 된다. 볼테르의 친구였던 프리드리히 2세는 그를 베를린 과학 아카데미 수학부장 자리에 임명했다. 프랑스 혁명이 일어나기 몇 년 전 오일러는 눈이 멀어 카트린 대제가 있는 생 페테르스부르크로 돌아와 죽음을 맞이했다. 물리학과 수학 분야에서 그는 나의 학문연구 역사에 가장 중요한 업적들 중 하나를 남겼다.

오랫동안 군인이자 작가였으며 ― 전투와 용사를 나는 노래한다 ― 정치가였고 ― 무武는 문文에 굴복해야 한다 ― 동시에 예술가였던 ― 샤를 퀸트와 티치아노 ― 나는 천재성이란 무엇보다 수학적 재능에서 비롯되는 게 아닐까 자문하기 시작했다. 푸시킨처럼 아니 푸시킨보다 훨씬 젊은 나이인 스무 살에 결투에서 죽은 에바리스트 갈루아[551]는 프랑스에서 이러한 천재성의 화신 자체였다. 청년기를 막 벗어난 그는 창조자였고, 모든 시험에 통과했다. 그는 물리학, 천문학, 수학 분야에서 독일 대가인 가우스의 도움을 받았다. 가우스 역시 갈루아처럼 천재 아동이었다. 갈루아는 리만[552]과 로바체프스키[553]의 비유클리드 기하학의 길을 열어주었다. 수학의 아버지인 유클리드에서부터 유클리드를 온전히 받아들이고 그를 넘어선 수학자들까지 이제 하나의 완전한 원이 그려진 것이다.

물론 베르누이, 오일러, 가우스 혹은 갈루아와 같은 이들이 완성한 업적들이 여러분과 같은 일반인들에게는 이해하기 어려운 것이란 사실을 숨길 필요는 없다고 생각한다. 과거에는 타고난 출신성분과 계급이 하나의 장애물이었고, 오늘날에는 차별이나 불평등이 장애물이라면, 미래에는 바로 과학이 그 역할을 맡게 될 것이다. 누구나 보쉬, 브뤼헐, 렘브란트, 막스 에른스트 혹은 피카소의 작품 앞에 서서 감탄할 수도 있고, 싫어할 수도 있다. 누구나 호메로스, 카프카, 프루스트, 제임스 조이스, 앙드레 브르통의 책을 읽고 즐거워하거나 어려움을 느낄 권리가 있다. 그런데 수학적 지식은 어쩔 수 없이 시간이 지나면서 점점 다른 언어, 다른 글씨가 된다. 누구나 원한다고 이것을 이해할 수는 없다. 책이나 신문, 대화에서 여러 차례 $E = mc2$라는 공식을 보고 친숙해질 수는 있겠지만 프랑스 고등학교는 물론 파리 이공대학 수학준비반의 강의 칠판에 적힌 그 모든 것은 — 지금까지 쓰였던 모든 것 — 여러분의 이해를 넘어서는 것들이다.

하지만 18세기 중반부터 오직 천재들만을 상대하는 것에 만족하지 못했던 과학이 점차 아주 조심스럽게, 거의 비밀스럽게 여러분의 일상생활 속으로 스며들어 생활 자체를 변화시키기 시작했다. 토리첼리[554]는 기압계를 발명했다. 셀시우스[555]와 파렌하이트[556]는 온도계를 발명하고 좀 더 발전시켰다. 뷔퐁과 보마르셰로 들끓고 있었던 파리에 승리자처럼 초대를 받은 벤자민 프랭클린은 전열관과 피뢰침 발명의 선구자가 되었다. 맥스웰[557] 한참 이전에 쿨롱[558]은 전자기학의 법칙을 발견했다. 샤프[559]는 첫 번째 전보를 발명했다. 그리고 전보나 온도계보다 여러분의 미래의 삶에 결정적인 영향을 미친 분야는 바로 의학이었다.

인도인, 중국인, 이집트인, 그리스인들은 의술의 신이며 아폴론의 아들로, 에피다우로스[560]의 아스클레피오스[561] 성역에서 그를 섬겼다. 아스클레피오스를 에스쿨라프라고 바꿔 표기한 로마인들은 의학을 잘 알고 있었고, 심지어 외과수술도 알고 있었다. 체액기질의 이론가이며 그 유명한 『히포크라테스의 선서』 저자인 히포크라테스와 특히 6백 년 후 그의 제자이며 동시에 그를 공격했던 갈리에누스[562]의 명성과 영향은 — 히포크라테스는 그렇다고 했지만 갈리에누스는 아니라고 했다 — 18세기까지 이어진다. 이 오랜 세월 동안 매우 더디게 진보했다.

동양에서는 『의학전범』의 저자인 이븐 시나가 그 길을 걸었고, 이어 코르도바에 정착하고, 살라딘의 궁정의사로 일했던, 그 외에 『건강을 위한 대화치료법』, 『방황하는 사람들을 위한 안내서』를 남긴 마이모니데스가 그 뒤를 이었다. 이탈리아에서는 유명한 의학학교가 볼로냐에 설립되었는데, 그곳에서 여러분들도 잘 알고 있듯이 최초의 시신 부검이 이루어졌다.

샤를 퀸트의 플라망 출신 의사로 실험과 경험을 중시했으며, 숨

이 여전히 붙어 있는 사람의 몸을 부검했다는 이유로 재판을 받은 안드레아스 베살리우스는 근대 해부학의 아버지이다. 발루아의 외과의사이며 뛰어난 두뇌 소유자였던 앙브루아즈 파레는 저서로『소총으로 인한 상처 치료법』을 집필했는데, 그는 사지 절단술시 지혈을 위해 그때까지 관용되어온 소작법燒灼法 대신 혈관 결찰結紮로 바꾸어 큰 성과를 올렸다. 그로부터 몇 년 뒤 윌리엄 하비는 혈액순환을 발견했다. 의학은 이제 오랜 기간의 무지와 더듬거림 속에서 점차 자신의 자리를 찾아갔다. 의술과 마법 사이에 있었던 의학은 예측 불가능하고, 대략적인 치료법이었다. 물리학이 일상의 경험에서 나왔고, 천문학이 점성술에서 출발했듯이 의학도 이제 과학으로 변모되고 있는 것이었다.

여러분과 내가 서로 알고 지낸 시간 이래로 이미 여러 차례 주목했겠지만 나는 게르망트 공작부인[563]보다 더 자주, 산세베리노 공작부인이나 툴레[564]가 사랑했던 나의 친구 나네[565]보다 더 자주, 소설 속 어떤 여주인공보다 더 자주, 수없이 옷을 갈아입었다. 나는 튜닉,[566] 토가,[567] 갑옷, 베일, 몸에 꼭 맞는 푸르푸앵,[568] 남자용 짧은 바지, 연미복, 수도사복, 아래위를 갖춘 양복, 레이스, 얇고 투명한 모슬린 천, 재킷, 코르셋, 코트, 갑옷 위에 입는 코트나 쇠사슬 갑옷, 작업복, 투고, 중세의 쇠사슬 갑옷, 베르쥐가당,[569] 패티코트, 법의도 입었다. 나는 의사, 간호사, 약사, 실험실 조교, 기술자의 가운도 입기 시작했다. 오랫동안 무지로 인해, 혹은 금욕주의 영향으로 경멸의 대상이 되던 건강이 가장 중요한 관심사 중 하나로 부상했다. 정치와 과학의 열쇠이자 목표 그 자체가 된 것이다. 선구자와 창설자를 아직은 구분할 수 있던 때였다. 이제 끝없는 모험을 겪으며 끊임없이 진보하는 의학과 과학을 뒤따라갈 수 없게 되었다. 의학과 과학이 나를 완전히 제압하기 시작했다. 나는 의학, 과학과 한 몸이 되었다. 마치 옛날 정복자, 화가, 시인들과 한 몸이 되었던 것처럼.

여러분은 내가 무엇을 하고 있는지, 쉬지 않고 무엇을 하려고 하는지 짐작할 수 있겠는가? 나는 변화한다. 우주, 인생, 시간처럼 변화하고, 그러면서 동시에 그대로 머물러 있다. 나는 늘 그 자리에 있는데, 당신들이 나를 알아보지 못하는 것이다. 여러분이 거리에서, 궁전에서, TV에서, 사무실이나 낡은 사진에서 나를 알아볼 때 혼잣말을 한다. "아! 그가, 그녀가 정말 많이 변했네……." 나는 늘 변한다. 나이를 먹으면서 나는 점점 더 빨리 변한다.

프랑스 혁명이라는 결정적인 사건 이후 두 세기가 지나는 동안 나의 얼굴, 태도, 겉모습이 분명히 변해가는 것을 볼 수 있었다. 볼테르, 디드로, 루소, 로베스피에르, 괴테, 보나파르트, 마르크스, 프로이드 혹은 아인슈타인은 교육자면서 나를 알아볼 수 없게 만들어버린 성형외과 의사들이었다. 잘 알다시피, 그것은 단지 내가 전지전능하기 때문뿐만 아니라, 적어도 여러분에게, 그리고 이 지구와 시간에 대해서는, 나 외에 아무것도 없기 때문이다. 나는 그렇게도 예측 불가능한 존재다. 나의 기질은 제멋대로다. 결코 나를 믿지 말기 바란다. 나는 착한 척하는 걸 좋아한다. 의미 있다고 생각하는 만남에는 결코 나타나지 않는다. 지휘봉을 휘두르면 늘 예기치 못한 일이 벌어진다. 흥미로운 건, 날렵한 눈을 가진 이들에게는 나의 존재가 늘 같은 일상처럼 보일 수 있겠지만 나는 언제나 놀라움을 금치 못한다는 사실이다.

모든 것에는 시작이 있고, 그것들은 노래로 끝이 난다. 내 삶에서 매우 중요한 역할을 담당한 한 노래가 있다. 이 노래는 많은 이들을 감동시켰고, 수백만 소년 소녀들의 열정을 불러일으켰다. 그 노래의 멋진 제목이 바로 '인터네셔널가'[570]다.

투쟁과 희망을 외친 이 노래의 두 구절이 언제나 나를 황홀하게 만들었다.

이성은 화산처럼 폭발하고……
과거를 지워버리자.

이 노래는 무엇을 의미하는 걸까? 무엇을 말하고 싶은 걸까? 여러분이 이미 알고 있는 것을 얘기하고 있다. 예고, 기다림, 약속. 인생과 나, 그리고 여러분이 달라질 거라는 사실을 예고한다. 그렇다. 우리는 변화했다. 예고는 정확했다. 기다림이 이루어졌다. 약속이 지켜졌다. 하지만 니하고는 늘 그렇듯이, 델포이 신선의 신탁을 받은 무녀처럼, 쿰의 무녀처럼, 선지자들의 여담처럼, 학자들의 예견처럼, 그것은 여러분이 기다리던 것이 아니다. 전혀 다른 일이 벌어졌다.

달라져야 했던 것은 여러분이 사회와 맺고 있는 관계였다. 정치, 경제, 직업, 인간관계, 전쟁과 평화. 이런 것들은 많이 바뀌지 않으며, 가장 끔찍한 일들이 두려움과 위협적인 존재로 여전히 남아 있다. 정치적, 경제적, 사회적 사고는 아리스토텔레스, 홉스, 몽테스키외, 칸트 혹은 헤겔 이래로 전혀 진보하지 않았다. 희망을 품었던 승리는 오히려 실패로 끝났다. 달라진 것은 반대로, 여러분이 과학과 맺은 관계였다.

데카르트, 뉴턴, 라이프니츠, 다윈, 파스퇴르, 아인슈타인, 보어, 하이젠베르크 이래로 화산처럼 폭발하는 이성에 기대어 사실 과학은 예견되었던 대로 과거를 지워버렸다. 그리고 이제 희망과 불안이 멋지게 혼합된 속에서 과학이 나와 당신의 미래를 지배하고 있다.

나는 영원히 살아있네

희망, 불안. 희극작가, 비극작가. 모든 게 가능하다. 나는 모든 얼굴을 다 갖고 있다. 보이티우스[571]는 바로 나였다. '황금 당나귀' 도 나였고, 트로이, 카르타고, 바그다드, 아우슈비츠, 드레스덴, 히로시마도 나였으며, 오펜바흐도 나였다. 악, 고통, 죽음이 나다. 즐거움도 나다. 나하고 있을 때 좋은 것은 내가 최고의 코미디언이라는 사실이다. 제일 좋아하는 건 눈물을 흘리면서 웃는 나다.

람세스 2세도 나였다. 그렇게 암울하고, 유쾌했던 투트모시스 가문 사람들도 나였으며 — 특히 투트모시스 3세와 여러분도 잘 알고 있는 그의 시어머니인 하트셉수트 여왕을 포함해 — 아멘호테프 가의 여러 인물들도 — 자신의 이름을 아크나톤으로 바꾸고, 그의 아들은 두려움의 대상이던 투탕카멘이라는 이름으로 왕위를 계승해나간 유명한 아멘호테프 4세를 포함해 — 나였다. 그 외에도 모든 이들이 계속 등장했다. 무와탈리스 왕이 이끄는 히타이트군에 대항해 패전했다 다시 승리한 카데시 전투, 하트셉수트 장제전, 카르나크 신전도 나였으며, 오벨리스크가 세워져 있던 아몬 신전, 수백 년 이어온 라메세움 신전과 메디네트 하부 신전, 그리고 아부심벨 신전도 나였다.

아카드를 건설한 사르곤 대제, 함무라비와 길가메시, 그리고 길가메시의 친구인 엔키두, 그리고 아슈르바니팔도 나였다. 올림피아스, 아리스토텔레스, 파르메니온, 록사네, 그리고 바로 클레오파트라와 로마제국의 위대함의 근원까지 손을 잡고 이끌어주는 프톨레마이오스도 나였다. 유대인 민족도 나였다. 아라비아 세계도 나였다. 나는 또한 모든 로준가문이었고 — 공안위원회의 비롱 사령관(후일 단두대에 처형됨)이라 불린 이도 포함해서 — 모든 리슐리외들, 추기경, 원수, 매우 쾌활했던 루이 18세의 장관이기도 했고, 그리고 뒤바리 백작부인의 번쩍이면서 너무 다급했던 운명이기도 했다. "조금만 더 기다려주세요. 사형집행관이시여!……" 그리고 코르시카의 키가 큰 파올리의 친구면서 적이었던 코르시카 출신의 미래가 전혀 없는 키 작은 대위이자, 로베스피에르의 제자였던 그도 나였다. 믿을 수 없겠지만 나는 루이 16세와 마리 앙투아네트의 조카였던 나폴레옹 1세로 프랑스의 황제가 되었는데, 그는 — 내가 지어내는 게 아니지만 — 로마의 왕, 나폴리의 왕, 스웨덴의 왕(그들은 모두 나폴레옹 1세에게 빚을 지고 있었다)에게, 그리고 왕국의 대공大公이면서 원수였던 이들에게 둘러싸여 있었다. 뇌샤텔 대공이었던 베르시에[572] 원수, 에크묄 대공인 다부 원수, 에슬링 대공이었던 마세나, 모스크바 대공인 네이 원수, 그는 1815년 12월 7일 프랑스 군대가 쏜 총을 맞고 사망했다.

아! 아! 나는 나폴레옹 보나파르트에게 『그리스도교의 정수』를 헌사하며 열렬히 지지했던 샤토브리앙이었다. 이후 『보나파르트와 부르봉 왕가에 대하여』를 집필해 그를 공격한 적이기도 했다. 또한 나는 샤토브리앙의 매우 친한 벗이며, 동시에 내면의 적인 마티유 몰레 백작[573]이었다. 외무대신과 공안위원회장을 겸했던 나는 과거의 체제, 현재 체제 그리고 앞으로 다가올 미래가 어떤 형태의 체제든 일찍이 충성 서약을 했다. 그리고 열정과 눈물로 점철된 삶을 살았던 나탈리 드 노아유[574]의 사랑을 얻기 위해 그와 투쟁해야 했다. 그 외에도 여러분을 ― 유산, 모방, 영향, 매혹이라는 면에서 ― 프루스트와 그의 기억 속의 성당, 소설 속 빌파리시스 부인[575]에게로 곧바로 이어주는 코르델리아 드 카스텔란[576]의 사랑을 얻기 위해서도 끊임없이 싸움을 벌였다.

샤토브리앙:
몰레 백작은 성공했는데, 이런 부류의 사람들은 모두 성공하기 마련이다. 그는 형편없는 사람으로 권력 앞에 비굴하며 약자들 앞에서는 자신을 한껏 드러냈다. 그는 부자였고, 장모 집에 대기실을 하나 갖고 있었는데, 그곳에서는 간청하는 사람들을 모욕한 반면 재상들 저택에 있는 대기실에서는 기꺼이 굴복하고, 모욕을 당했다.

몰레:
샤토브리앙이 내게 놀라워 보이는 건 그가 아무것도 느끼지 않으면서 스스로 감동할 줄 아는 능력이다.

나는 알키비아데스, 리뉴 공, 탈레랑 왕자, 트리스탕 베르나르[577]와 그의 머플러였다. 나는 앞으로 전진하는 털보 왕이었다.[578] 앞으로 나아가는 털보 왕…… 제롤스탱 공작부인,[579] 우스꽝스러운 러셀이 자살했다는 팔레르모에 있는 팜스 호텔, 메두사의 뗏목이었으며, 서른세 살의 나이에 영광 속에서 죽은 테오도르 제리코였고, 아라공의 파리의 농부였고, 아우렐리아누스였으며, 몽바종의 백작부인의 연인으로 트라피스트[580] 혁신을 추진했던 랑세 신부였다. 그가 사냥에서 돌아왔을 때 너무 작은 관에 누워 있는 연인을 발견하는데, 샤토브리앙과 아라공 모두 이를 다음과 같이 노래했다.

이제 랑세가 사라지고 없는 수도원에서
그는 우리에게 이 단 한 순간, 그가 자신의 사랑하는 여인을 바라
보던 그 시선에만 가치가 있으니
그 눈길에 모든 슬픔이 들어 있구나.
훔친 하늘의 불꽃은 영원히 타오른다.

나는 또한 벤저민 디즈레일리, 베르디의 레퀴엠, 비스마르크였으며, 엠스 전보 사건[581]의 전보였고, 리튼 스트레치[582]를 사랑했던 젊은 캐링턴[583]이었는데, 사실 그는 동성애자로 그녀의 남편을 더 사랑했다. 나는 초여름, 사라예보에서 세르비아 출신의 청년이 지녔던 권총[584]이었으며, 6월 18일 동원호출방송[585]을 작성한 만년필이었고, 페스트, 나병, 암, 콜레라, 「호프만 이야기」(오펜바흐의 오페라)의 뱃노래, 코크의 박테리아(폐결핵균), 힉스입자,[586] 왓슨과

크릭의 DNA이중나선, 우주의 확장을 중심으로 아인슈타인과 허블의 만남, 여러분이 손에 들고 있는 이 책이었다.

나는 파스칼이고, 몽테뉴였으며, '라 폼 드 팽' 술집에서 라신과 라 퐁텐을 시중들던 여종업원이었다. 나는 악바르 대제였고, 그를 찾아온 예수회 수도사였다. 나는 티치아노였고 그의 하인이었다. 나는 갈릴레오였고 그의 하인이었다. 나는 갈라 플라키디아의 조카였다. 나는 위대함을 맹목적으로 추종했다. 나는 거의 땅바닥을 기듯 굴욕적이었다. 나는 여러분이 한 번도 얘기하지 않는 조연이었으며, 책에 결코 등장하지 않고 — 심지어 이 책에서조차 — 살아생전 아무도 돌보지 않고, 죽음 이후조차 아무도 기억하지 않던 시민이었다. 안녕과 형제애를![587]

나는 중국 바다에서 고기 잡는 어부였으며, 남아프리카의 광산에서 일하는 광부였다. 나는 1897년 가을, 클론다이크[588] 금광지대에서 황금 캐는 광부였는데, 다섯 살 난 딸이 강에서 사금을 캐다 강에 빠져 익사했다. 나는 버스에 치였고, 호스피스 병동에서 죽음을 맞이했고, 가면무도회와 화염무도회를 열었다. 나는 배신자인 노리스 작스[589]와 에티엔 드 보몽,[590] 보니 드 카스텔란,[591] 마리 로르 드 노아유,[592] 그리고 늘 스캔들을 몰고 다니는 부뉴엘[593]과 자코메티,[594] 그리고 프랑시스 플랑크,[595] 라캉[596]의 여자 친구였다. 나는 소네트, 발라드, 추도사를 쓰고, 무언가를 만들고, 그림을 그리고, 아무것이나 이야기를 한다. 나는 거리에서 노래를 부르고, 칼들을 부수고, 동네 축제장에서 감자튀김을 팔고, 나라를 구하고, 인류에 봉사하고, 부르주아들의 지갑을 자르고, 망드랭[597]이 자신을 기다리는 엄마에게 보낸 동료였다.

그르노블의 이 신사분들
긴 옷을 입고
네모난 모자를 쓰고,
나를 곧…… 당신은 나를 기다리고 있고
네모난 모자를 쓰고
나를 곧 재판할 것이다.

그들은 나를 목매달고 판결을 내렸는데
아! 듣기 너무나 고통스럽구나.
목을 매달고, 목을 조이고
광장에서…… 내 말을 들어보세요.
목을 매달고, 목을 조이고
시장의 광장에서.

단두대에 올라가
나는 프랑스를 바라본다.
나는 거기서 나의 동료들을 본다.
그늘 아래…… 내 말을 들어보세요.
나는 내 동료들을 본다.
수풀의 그늘에서.

가련한 나의 동료여

가서 나의 어머니에게 전하라

나를 더는 보지 못할 것이라고.

나는 아들이라고…… 그대는 내 말을 듣고 있는가

그녀가 다시는 나를 보지 못할 거라고,

나는 단두대에서 목이 잘린 아들이라고.

(루이 망드랭의 「비가」 중에서)

나는 페르시아와 나이지리아를 찾아 탕헤르[598]를 이제 막 떠나려는 이븐 바투타이며, 나는 비단길 위에 서 있는 마르코 폴로[599]의 삼촌이다. 나는 그리스로 향하는 길 위에 있는 패트릭 리 퍼머이며, 모래사막과 힌두쿠시 산맥[600]의 눈 아래 있는 현장법사이며, 나는 유영하는 유대인이다.

유영하는 유대인의

끔찍한 불행보다

더 놀라운 게

이 땅 위에 과연 존재할까?

그렇게도 서럽고 안타까운

불행한 운명이여!

이런! 끝없이 원을 그리며 떠도는

나의 유랑이 힘겹다.

어느새 다섯 번째
나는 이 세상을 유영한다.
다들 자기 차례를 맞이하여 죽어가는데
나는 영원히 살아있네.

기억할 수 있는 그 누구도
존재하지 않을 때는 언제일까

"나는 영원히 살아있네." 항상 그럴 수 있을까? 역사에 끝이 있을까? 우리들 모두는 태어나고, 삶을 영위하고, 죽는다. 기독교인들에게 삼위일체인 성부, 성자, 성신이 그러하듯이 ─ 학자들은 말한다. 삼위일체라고. 이 셋의 출현은 하나만을 이룬다고 ─ 여러분에게 태어나는 것은 이미 죽는 것과 마찬가지다. 죽는 것은 삶을 이미 영위했다는 의미다. 나는 죽지 않는다. 계속 존재한다. 나는 어제고, 오늘이고 내일이다. 나는 여러분의 조부, 여러분의 증조부의 증조부였다. 나는 여러분의 손자일 것이며 여러분의 증손자의 증손자일 것이다. 어떤 방향이든 어디까지, 그리고 언제까지 지속될 것인가? 미래는 여러분이 알 수 없다. 과거는 여러분이 어렴풋이 하나의 생각을 정립하기 시작했다.

오랫동안 과거는 미래만큼이나 매우 모호했다. 나의 초기에 대해서는 아직 질문조차 하지 못하고 있다. 어쩌면 나는 우주 그 자체처럼 영원했을 것인가? 나의 기원에 대해 알려줄 시인이나 학자는 얼마든지 많았다. 여신들과 신들이 나를 태어나게 했다. 나는 물 혹은 진흙에서 솟아났다. 거북이나 연꽃이 나를 허공에 떠받치고 있었는지도 모르겠다. 천상의 도공이 나를 진흙이나 대리석에서 나오도록 해주었다. 소수의 천재적인 소설가와 시인들이 지어낸 역사에 의하면, 잔인한 신이 영원한 무에서 호기심 강한 한 젊은 여자를 빠져나오게 만들고는, 선과 악을 구별하고 지혜 있는 삶을 약속하는 금단의 열매였던 사과나무에서 사과 하나를 따먹었다는 이유로 그녀를 동산에서 쫓아냈다. 그들이 바로 야훼, 아브라함, 모세의 후예인 유대인들이었다. 지중해를 중심으로 이 이야기는 수세기에 걸쳐 전해 내려오면서 점점 더 중요한 이야기가 되었고 구별되면서도 서로 매우 유사한 여러 종교들을 탄생시켰다.

나의 기원에 관한 논쟁은 시인이든, 철학자든, 종교인들이든 누구도 완전히 결론을 낸 적이 없다. 이 논쟁에 종지부를 찍은 것은 과학이었다.

19세기 말에 이르러 수학, 물리학의 형태로 나타난 과학은 이미 매우 강력한 영향력을 행사하고 있었다. 과학이 지적 세계를 모두 지배했다. 프랑스 화학자인 마르슬랭 베르틀로 혹은 영국 물리학자인 켈빈 남작과 같은 위대한 사상가들은 이미 여러분이 우주 체계에 대해 알 수 있는 거의 모든 것을 알고 있다고까지 지지했다. 실증주의와 결정론에 의해 축적된 모든 정보를 발전시키는 일만 남았을 뿐이라고 했다.

그러다 겨우 몇 년 후, 두 차례의 세계대전이 발발할 무렵, 프리드만,[601] 허블,[602] 가모프[603]를 따르는 이들과 여러 다른 과학자들이, 그리고 잠시 주춤거리다 알버트 아인슈타인과 같은 그룹이 완전히 새로운 우주의 이미지를 제시했다. 가장 흥미로운 점은 그들의 업적이 서로 합쳐지고 하나로 일치하기 전에, 두 개의 다른 길을 따랐다는 사실이다. 그 한편은 기초연구와 수학이고, 다른 하나는 천문학과 천체 사물관찰이다. 과학은 이러한 만남에 조금도 인색하지 않았다. 19세기 중반부터 천체 체계에 전문가였던 프랑스 천문학자 르 베리에는 계산과 예측으로 해왕성을 발견했는데, 그 후 독일 천문학자가 하늘에서 직접 이 행성을 관찰했다.

20세기 초로 접어들면서 과학은 여러분에게 무엇을 알려주었는가? 그야말로 엄청난 반응을 가져온, 한 번도 거론된 적이 없는 진실이다. 그것은 바로 우주도 자신의 히스토리를 가지고 있다는 사실이다.

물론 구약성경의 이야기들과는 매우 다른 역사이지만 매우 놀랍고, 아리스토텔레스의 개념보다 창세기의 신화에 더 가까운 역사이다. 우주와 나, 우리는 처음 시작이 있었다. 그리고 이 첫 시작이 있는 한 우리에게 끝이 있다는 건 더 이상 불가능하지 않으며, 오히려 가능한 쪽이다.

흥미진진한 이 초기의 시기에 대해 명백함이 조금씩 드러났다. 내게 첫 출발점이 있었다는 것, '빅뱅'이라 불리는 첫 출발이 있었다는 사실은 오늘날 누구도 의심하지 않는다. 인류 역사는 다른 모든 역사들처럼 이렇게 시작된다. "옛날 옛날에……" 옛날 옛날에 최초의 폭발이 있었는데 거기에서 내가 여러분에게 이야기한 모든 것이 나왔다. 플라톤, 알렉산드리아, 마호메트, 조르조네, 그리고 티치아노, 보나파르트, 샤토브리앙, 프루스트, 아인슈타인,

악, 선, 제국들, 종교들, 당신의 존재, 그리고 지금 당신이 읽고 있는 이 책도. 공간과 시간 그리고 역사를 탄생시킨 '빅뱅' 이전에 무슨 일이 있었는지 여러분은 알지 못한다. 아무 말도 하지 않는다는 게 불가능하다는 것 외에 또 뭐가 있을까. 어쨌든 나는 시간과 공간과 혼합되어 있으면서 무대 위에 나의 등장을 너무도 화려하게 각인시킨 이 최초의 유일한 폭발과 함께 등장했다.

역사 그 자체, 말하자면 전쟁, 정복자, 지식, 아름다움의 역사는 인간과, 그리고 인간의 생각과 함께 시작되었다, 그 이전에 문자와 불의 지배를 기다리며 생명이 스스로 조금씩 앞으로 나갔던 수백만 년 동안은 선사시대이다.

이것 역시 나의 왕국에 속한다. 그 이전 생각과 생명이 등장하기 이전의 수십억만 년 동안 내가 알 수는 없지만 인간의 천재성 덕분에 인정하게 된 무언가가 일어났다. 역사 이전의 세계 역사 말이다.

나를 넘어서는 어딘가에 이 무한한 우주의 무한한 역사가 존재할지도 모른다는 것은 확실하지는 않지만 그렇다고 불가능한 일도 아니다. 하지만 나는 과학 덕분에 나의 기원을 알고 있다. 여러분에게나 나에게나 그것은 막스 플랑크[604]의 벽이라고 부르는 벽에 의해 닫혀 있는 완벽한 첫발이다. 이 벽을 넘어서는 것은 그 어떤 것도 이야기하는 것이 금지되어 있고, 불가능하다. 나의 오랜 ─ 어찌 보면 짧은, 여러분이 원하는 대로 생각하시라 ─ 존재의 다른 끝 쪽에 같은 명확성과 혼돈이 뒤섞여 모습을 나타낸다. 모든 것, 절대적으로 모든 것은 다 사라질 운명을 갖고 있지만 어떻게 사라지는지 우리는 알지 못한다.

여러분들 누구나 이미 죽었거나, 죽음에 처해 있거나, 앞으로 죽을 운명을 지니고 있다. 인류라는 종은 스스로 어느 날 무대 앞에서 행동하는 것을 멈추게 될 것이다. 모든 살아있는 생물체는 지구 위에서 차례로 사라져갔다. 지구에서 그 어떤 것도 영원한 것은 없다. 그 유명한, 650만 년 전 그렇게 오랫동안 우리 행성의 주인이었던 공룡의 멸종은 일련의 긴 죽음의 재앙들 중 가장 최근에 발생한 일일 뿐이다. 인간도 공룡처럼 사라질 것이다. 나는 오랫동안 인간이 없는 세계를 경험했다. 나 스스로 내가 빠져나왔던 그 무의 세계로 다시 돌아가기 전에, 신은 왜, 그리고 어떻게 행해졌는지 알고 있겠지만, 130억에서 140억 년 전 나는 아무 말 없이, 어떤 언어로도 그 이름을 명할 수 없는, 말로 표현할 수 없는 광경을 목격하게 될 것이었다. 그것은 인간이 없는 세계이다.

종말은 조금씩 다가올 것이다. 어쩌면 그보다 먼저 여러 유형의 종말들이 먼저 등장할 수 있다. 먼저 개인의 종말이다. 이어 이 지구와 태양계의 종말. 그리고 더 먼 미래에는 그 역시 피할 수 없겠지만 우주의 종말, 영원하지 않았던 이 뒤죽박죽의 세계의 종말이 올 것이다. 이 메커니즘은 매우 잘 자리 잡혀 있다. 기억할 수 있는 그 누구도 존재하지 않을 것이기 때문에. 우리 모두 차마 기억을 빗대어 감히 얘기하지 못하지만, 이 모든 것은 알 수 없는 어떤 것으로 변할 것이다.

우리들 모두의 죽음이 한참 지난 뒤, 어떤 재앙일지는 모르지만 그 재앙 속에서 우리가 종말을 맞이한 한참 뒤, 50억 년쯤 후 학자들이 예견한 태양계의 종말 이후, 우주 자체는 끝내기를 끝낼 것이다. 언제? 여러분은 알지 못한다. 하지만 종말은 피할 수 없다. 어떻게? 그것 역시 여러분은 알지 못한다. 어쩌면 빅뱅과 유사한, 대붕괴라는 이름도 없는 용광로 속에서, 또다시 새로운 우주의 빅뱅이 계속 진행될지 누가 알겠는가. 아무도 알 수 없다. 혹은 얼음 사막이 마지막으로 대대적으로 확산될지도 모른다. 그럴 가능성이 더 있지 않을까.

하지만 어쨌든 모든 것은 종말을 맞이할 것이다.

영원히 지속될 아름다움

모든 것은 지나간다. 모든 것은 끝난다. 모든 것은 사라진다. 영
원히 살리라 상상했던 나는 어떻게 될까?

어쩌면 내가 신도 없고 주인도 없는 미친 말과 같은 존재가 되
어 변덕스러운 우연에 내맡겨져 알 수 없는 어떤 곳으로 달려나
갈지도 모른다. 어쩌면 아무 계획이나 규칙도 없이 닥치는 대로
어디도 가지 않을지 모른다. 한마디로 말해 내가 그 어떤 방향도
갖지 않는 것이 불가능한 일은 아니다. 나는 지나가고, 지속되고,
시간과 함께 흘러가고, 나는 무언가를 세우고, 또 파괴한다. 여러
분들처럼 나 역시 어느 날, 어쩌면 아주 오랜 기간이 지난 뒤에,
아무것도 남아 있지 않을 수도 있다.

나는 말을 하고 있다. 내가 이 말을 하는 이 순간조차 나는 한마
디도 믿지 않는다. 나는 역사이다. 이 역사는 그 전체가 내가 태어
난 숲들, 유프라테스 강, 나일 강, 인더스 강, 호메로스 그리고 트
로이 전쟁, 문자 발명, 수학, 성녀 우르술라[605]의 꿈과 콘스탄티노[606]
의 꿈, 신앙과 희망, 「협주곡 21번」[607]이다.

정의와 아름다움에 대한 목마름은 당신들로 하여금 그렇게 일

하도록 만들었지만 그것과 뒤섞여 있었던 당신들의 실수와 슬픔들, 그리고 지나가기 전에 나타났었던 모든 것이 흔적도 없이 사라질 수는 없다. 이미 존재했던 것, 비록 나의 삶이 꿈에 불과했다 해도, 이 꿈이 바로 무와 영원을 결단 내리게 될 것이다.

20세기 중반 무렵, 위대한 인물 중 하나였던 블라디미르 장켈레비치[608]는 다음과 같이 적었다. "인생이 짧고 덧없는 것일지라도 짧고 덧없는 인생을 살았다는 그 사실만큼은 영원한 진리이다."

나 역시, 당신들도 다 알고 있겠지만, 영원하지 않다. 왜냐하면 나는 시간이고, 그 시간은 흘러가기 때문이다. 나는 지나갔고, 지금도 지나가고 있다. 그리고 앞으로도 지나갈 것이다. 하지만 여러분이 살았던 이 덧없이 짧은 세계에서 내가 역사라는 모습으로 지나간 것은 진리이자 영원한 아름다움이며, 죽음 그 자체는 내게 결코 대항할 수 없다.

오직 신만이 어쩌면……?

나는 시간이다. 나는 당신들이다. 시간을 넘어서, 그리고 여러분을 넘어서서, 이 우주를 넘어서서 내게 과연 다른 것이 남아 있겠는가?

아무것도 없을 것이다. 아니 어쩌면 오직 신만이? 그럴지도…….

하지만 여러분이 신이라고 부르는 것에 대해 말하는 건 불가능하다. 루트비히 비트겐슈타인[609]은 그의 유명한 저서인 『논리철학논고』에서 "우리가 말할 수 없는 것에 대해서는 침묵해야 한다."고 썼다.

나의 마지막 가면

보편적이며 전체적인 나, 자유와 필연성 사이에 존재하는 나는 아름다움도, 정의도, 진리도 아니다. 나는 역사이다. 나는 배은망덕했고, 정의롭지 못했고, 단편적이었으며 거짓말을 일삼았고, 폭력적이었고, 잔인하기까지 했다. 그 수많은 긴 소설 같은 장들을 얼마나 지우고 싶은지! 나는 당신의 위대함과 형편없음의 이미지를 지니고 있다.

나는 대단히 위대한 것과 아주 사소한 일들을 행했다. 나는 강했고, 또 비참했다. 한편으로 전쟁, 정복, 권력을 매우 좋아했으며 다른 한편으로 가벼움, 즐거움, 풍자를 매우 좋아했다. 나는 책을 무척 좋아했다. 그것들은 나의 도구이며 나의 보물이었다. 『성경』, 『일리아스』, 『무덤 너머의 회상록』, 『잃어버린 시간을 찾아서』를 즐겨 읽었다. 나는 악바르 대제를 위해 라틴어나 아랍어 문서들을 번역했다. 심지어 직접 글을 쓰기도 했다. 기억하는가? 두 번째 선반의 두 권의 책을…… 마르코 폴로의 『동방견문록』과 호엔슈타우펜 왕가의 『매를 이용한 사냥기술』. 이렇게 해서 나는 문자의 덫에, 문학이라는 꾀꼬리의 거울에 빠지게 되었는데, 이는 어찌 보면 자서전과 닮았다.

　내가 마지막으로 쓴 가면은 갑옷 차림의, 이미 얼굴이 늙은 한 소년의 모습이다. 그가 나의 회고록을 쓰는 데 가장 앞장서 있다. 그는 젊었을 때 그의 가족에 대해 조작된 연대기를 작성했는데, 그것은 세상의 거짓 역사였고, 신에 대한 완벽하지 않은 생애 연대기였다. 그는 나의 모험을 다시 살려내기 위해 귀찮게 굴었다. 고백한다. 나는 그대로 하도록 내버려두었다. 후회가 된다.

　다른 이들을 위해 수많은 쪽을 대충 작성한 뒤 결국 다른 이가 당신에게 나의 긴 생애와 나의 작품을 소개한다고 한다. 내가 조금 읽어보니 별로 마음에 들지 않는다. 이렇게 많은 희망과 실패, 이렇게 많은 아름다운 새벽과 슬픈 저녁을 살려내려고 하다니! 수정하기에는 너무 늦었다. 나를 너무 가혹하게 판단하지 말기를. 어설픈 곳이 많고 무분별한 사실들이 많은 이 기억들보다 나는 좀 더 가치가 있다. 이런 사실들이 나의 목소리를 대변했다는 게 별로 내키지 않는다. 이는 비록 야망이 대단했다고 해도 다른 수많은 책들 중 한 권일 뿐이다.

주석

1 아크나톤: 이집트 제18대 왕조의 제10대 왕. 재위 BC 1379~BC 1362. 이크
   나톤·아멘호테프 4세라고도 한다.
2 "세피스, 이토록 잔인한 밤을 기억하고 또 기억해야 해……": 라신의 「앙드
   로마크」 3막 8장 대사, 세피스는 앙드로마크의 친구이다.
3 카산드라: 아폴론에게 예언의 능력을 받았지만 그의 사랑을 거절한 대가로
   설득력을 빼앗긴 불행한 예언자이다. 목마를 성안에 들이지 말아야 한다는
   그녀의 예언에 귀 기울이지 않은 트로이는 결국 멸망한다.
4 아이스킬로스: 고대 그리스의 비극 시인으로 인간과 신의 정의가 일치한다
   는 것을 노래했으며 주요 작품으로는 『오레스테이아』, 『페르시아인』 등이
   있다.
5 롱사르: 16세기 프랑스의 대표 시인으로 고전 극시의 길을 열었다.
6 베르길리우스: 로마의 시성이라 불렸으며, 단테가 그를 저승의 안내자로
   선정할 만큼 위대한 시인이었다.
7 장 지로두: 프랑스의 극작가며 소설가로 연극계에서 시인과 같은 역할을
   했을 뿐 아니라 관객에게 감동을 선사하기 위해 다양한 연극 기법을 시도
   하여 프랑스 연극을 근본적으로 개혁한 작가로 평가된다.
8 장 아누이: 20세기 중엽 프랑스의 극작가.
9 트라키아인: 발칸반도 동부 일원에 걸쳐 있는 지방 트라키아에는 예로부터
   트라키아인이 거주하였는데 그들은 호전적이고 야만적인 민족으로 알려져
   있다.
10 스키타이족: 이란계의 기마민족. 전투력뿐만 아니라 그들이 건설한 문명도
   탁월하였다.
11 샤토브리앙: 19세기 프랑스 낭만파 문학의 선구자.
12 카피톨리누스의 거위들: 카피톨리누스 장군은 유노 신전에 바쳐진 거위의
   울음을 경고로 갈리아인의 야습을 물리쳤다.
13 호라티우스: 로마의 서정·풍자 시인으로 아우구스투스 황제의 총애를 받
   았다.
14 오비디우스: 로마의 시인. 수학과 법률학을 공부하였고 즐거움을 노래하는
   연애시로 유명하며 호라티우스와 더불어 로마 문학의 황금시대를 이루었다.
15 루크레티우스: 고대 로마의 시인, 철학자로 어떤 것도 무無에서 생겨나지
   않고 무로 돌아가지 않는다는 유물론적 세계관을 전개하였다.

16 타키투스: 고대 로마의 역사가·웅변가·정치가로 로마 황제들의 절대 권력을 비판하는 로마제국 초기의 역사서를 저술하였다.

17 수에토니우스: 로마제국 오현제 시대의 역사가이자 정치가로 로마제국 초창기 11명의 황제를 다룬『황제 열전』의 저자로 잘 알려져 있다.

18 칼리굴라: 고대 로마의 제3대 황제. 즉위 초에는 민심수습책으로 원로원·군대·민중에게 환영을 받았으나 낭비와 증여로 재정을 파탄시키고 독단적인 정치를 강행하여 비난을 받았다.

19 엘라가발루스: 폭군 네로의 패악에 견줄 만한 광기를 지닌 로마의 황제로 잘 알려져 있다. 14세 때 황제가 된 그는 즉위식 때 꽃잎에 깔려 몇몇이 질식사할 정도의 장미꽃을 뿌리고, 음탕한 생활을 일삼다 분노한 로마 시민들에게 살해돼 테베레 강에 버려졌다.

20 트라야누스: 로마 오현제의 한 사람으로 로마제국 최대의 영토로 넓혔다.

21 하드리아누스: 로마제국의 번영을 이끌었던 오현제의 한 사람으로 하드리아누스 성벽과 게르마니아의 방벽을 강화하는 등 방위를 강화하고 국력의 충실에 힘썼다.

22 "위대한 목신, 판은 죽었다!": 그리스 신화와 종교에서 '판'은 전원의 신으로, 고대 그리스인들은 밤에 숲길을 걸을 때 숲에 산다는 신에 대해 미신적 공포를 느꼈다. 위대한 목신, 판이 죽었다고 선언하는 것은 고대 사회의 종말을 상징하는 외침이다.

23 심마코: 5세기 때의 제51대 교황. 대립교황 — 비합법적으로 교황권을 행사한 사람 — 과의 알력으로 잠시도 평화스러웠던 날이 없었다.

24 테오도리쿠스: 493년 이탈리아에 동고트 왕국을 창건하고, 526년까지 이탈리아를 통치했다.

25 카시오도루스: 로마의 정치가, 저술가.

26 보탄: 북유럽 신화의 Odin에 해당하는 게르만 신화의 신.

27 피사넬로: 이탈리아의 화가·조각가. 중세적 환상과 자연 묘사가 혼합된 신비적인 화풍으로 풍속화적 경향이 두드러진다.

28 테오도릭: 게르만 영웅담英雄譚 중의 주인공. 동東고트 국왕인 Theodric 대제가 모델이며, Bern이란 이름은 그가 도읍을 정한 이탈리아 북부의 도시 Verona에서 유래.

29 루크레치아 보르자: 교황 알렉산데르 6세와 반노차 카타네이의 외딸로 팜므 파탈이라는 비난을 받았으며, 수많은 미술품과 소설, 영화의 주인공으로 등장한다.

30 발테스 드 라 비뉴: 19세기 유럽에서 가장 야망 넘치고, 가장 성공하고, 가

장 막강했던 창녀 중 한 명. 그녀는 빨래를 담당하던 하녀의 가난한 딸에서 황제와 동침하고, 중요한 미술품을 수집하고, 그 과정에서 정치적 영향력과 부를 지니게 되었다.

31 리안 드 푸지: 20세기 초 파리를 들뜨게 했던 여배우이자 고급 매춘부.

32 루 안드레아 살로메: 당대 지식인들의 뮤즈이자 프리마돈나.

33 벨 에포크 시대: 프랑스의 정치적 격동기가 끝나고 1차 세계대전이 시작되기 전까지 19세기 말~20세기 초의 아름다웠던 시절.

34 빅토리앙 사르두: 19세기 후반 프랑스의 인기 극작가. 무대장치에서 사실주의의 시조.

35 가이세리크: 반달족의 왕. 에스파냐에서 북아프리카로 이주하여 카르타고에 도읍을 정하고 왕국을 세웠다. 해군력으로 지중해의 여러 섬을 복속시키고 로마 시와 동로마 연안을 침략하였다.

36 아틸라: 훈족의 왕. 5세기 전반 주변의 게르만 부족과 동고트족을 굴복시켜 동쪽은 카스피해에서 서쪽은 라인강에 이르는 지역을 지배하는 대제국을 건설하였다.

37 알베르투스 마그누스: 중세 독일의 도미니크회 신학자이며 자연과학자. 마법으로 알려진 연금술을 과학의 수준까지 높였다.

38 알키비아데스: 아테네의 정치가, 군인.

39 안티노우스: 하드리아누스 황제의 총애를 받은 미모의 부티니아 — 소아시아 흑해 연안 지방 — 인. 감미로운 여성적 표정을 가진 그 얼굴 모습은 청년미의 한 전형이 되었다.

40 크레티앵 드 트루아: 프랑스 중세의 시인. 영웅을 노래하는 무훈시에 대하여 연애를 주제로 한 이야기를 썼다.

41 조프레 루델: 12세기 중반 프랑스 남부지방 블라예의 군주로 '궁정풍의 사랑'을 다룬 새로운 장르를 개척한 음유시인이기도 하다.

42 기욤 드 로리: 13세기 프랑스 중세의 시인. 『장미설화』 전편 4,058행의 작자이다.

43 장 드 묑: 기욤 드 로리의 죽음과 함께 미완성으로 끝난 『장미설화』의 속편 1만 8,000행을 쓴 저자로 알려져 있다.

44 볼프람 폰 에셴바흐: 독일 중세의 궁정서사시인. 대서사시 『파르치발 1』을 남겼다.

45 하르트만 폰 아우에: 중세 독일의 궁정서사시인. 기사들의 궁정 생활을 문학적으로 묘사하는 데 성공한 최초의 시인이다.

46 고트프리트 폰 슈트라스부르크: 독일의 서사시인. 13세기 독일의 대표적

궁정서사시 『트리스탄과 이졸데』는 미완성으로 끝나 후에 다른 작가들이 완성하였다.

47 발터 폰 데어 포겔바이데: 중세 독일의 음유시인. 괴테 이전의 최대 시인으로 불린다.

48 클로비스: 프랑크왕국의 초대 국왕(재위 481~510)으로 메로빙거 왕조의 창시자이다. 전 프랑크족을 통합하여 프랑크왕국을 수립하였고 로마 가톨릭으로 개종하여 로마 교황과의 우호관계를 보증했다.

49 카를 마르텔: 라틴어 원명은 카롤루스 마르텔루스. 프랑크왕국의 재상이었던 그는 프랑크왕국의 전체 영토를 재통일해 다스렸으며, 732년 푸아티에에서 사라센의 침입을 격퇴하였다. 그의 별칭인 마르텔은 '망치'라는 뜻을 갖고 있다.

50 피핀 3세: 카를 마르텔의 둘째 아들이며 카롤루스 대제의 아버지. 키가 작아 단신왕으로도 불린다.

51 아부 바크르: 맘루크 왕조의 제15대 술탄.

52 아리우스파: 성부와 성자가 같은 실체라는 것을 인정하지 않는 반 삼위일체적 이단.

53 비지르: 이슬람교국 특히 옛 터키 제국의 고관, 대신.

54 샤푸르 1세: 나라의 모든 통치권을 위임받아 다스렸지만 아버지인 아르다쉬르가 죽을 때까지 대관식을 미루었다. 그는 로마와의 전쟁에 가장 큰 초점을 맞추고 사산조의 팽창정책을 지속해나갔다

55 발레리아누스: 로마제국의 황제(253~260년 재위). 페르시아와의 에데사 전투에서 포로가 되어 260년 처형당했으며 그리스도교 박해정책으로 유명하다.

56 벨리제르: 비잔틴 황제 유스티니아누스 때 용맹을 떨친 장군이었지만 나중에 황제로부터 버림을 받았다. 다비드가 그의 이야기를 주제로 그린 「동냥하는 벨리제르」라는 작품이 잘 알려져 있다.

57 호스로 1세: 사산왕조 페르시아 제국의 전성기를 이룩한 왕. 로마제국과 영구 평화협정을 체결하였고 『아베스타』 성전을 편찬하였다.

58 아후라 마즈다: 조로아스터교의 주신. 아후라 마스다란 '아는 자', '전지全知'의 뜻.

59 『페르시아인의 편지』: 동양에서 온 이방인의 시선을 통해 바라본 프랑스 사회의 여러 모습을 풍자적으로 묘사하고 있는 몽테스키외의 서한 형식 소설.

60 쿠라이시족: 예언자 무하마드가 출생한 아라비아반도에서 가장 유명한 아랍 부족 중 하나.

61 아글라브 왕조: 바니타민족이 주축이 되어 설립한 왕조. 아바스 왕조의 속
    국과 같았으며 1세기 정도 후에는 파티마 왕조에 의해 멸망했다.

62 파티마 왕조: 시아파 이슬람의 한 분파인 이스마일파 성향의 독립왕조로
    서, 당시 아바스 제국에서 독립한 군소 왕조 중 가장 강력한 국가.

63 아이유브 왕조: 살라흐 알 딘이 건설한 이집트의 이슬람 왕조.

64 우마이야: 칼리프의 개인적 권위를 확실하게 다지고, 군사력과 행정력을
    확장함으로써 중앙집권화된 군주정권을 세웠다.

65 바위사원: 이스라엘 예루살렘 구시가지에 위치한 이슬람 세계 최초의 기념
    비적 건축물.

66 카이루완: 튀니지 중북부에 있는 도시. 671년 아글라브 왕조의 도읍으로 건
    설되어 1057년 히랄족의 침입으로 파괴될 때까지 번성.

67 시디 우크바 모스크: 서기 670년에 세워졌지만 아글라브 왕조에 의해 완전
    히 파괴된 뒤 836년에 재건되었다.

68 무아위야: 이슬람 사상 제일의 정치가·군략가. 시리아인 군대를 수족으로
    삼고 해군을 양성해 비잔틴 제국과 대항했다.

69 압드 알 라흐만: 스페인에 위치했던 후기 우마이야 왕조의 1대 왕.

70 발푸르기스: 잉글랜드의 수녀. 독일에서 수녀원장이 되었다.

71 디트리히 폰 베른: 베른의 디트리히는 독일의 서사시 「힐데브란트의 노래」
    및 「니벨룽의 노래」, 「디트리히 전설」 등에 등장하는 인물로, 원 모델은 실
    존했던 동고트족의 전설적인 왕, 테오도릭 대왕이라고 여겨진다.

72 키레나이카: 리비아 동부의 지방명이자 1970년대 초까지 리비아의 주州였
    던 곳.

73 지브롤터: 스페인 남단에 있는 영국의 직할 식민지.

74 시에라모레나 산맥: 이베리아반도 에스파냐 남부에 있는 산맥.

75 과달키비르 강: 스페인 남부, 안달루시아 지방에서 가장 큰 강.

76 롤랑: 중세 유럽 최대의 서사시인 『롤랑의 노래』에 등장하는 비극적 영웅.

77 론세스바예스: 프랑스에서는 롱스보Roncevaux라고 한다. 스페인 북부에 있는
    마을. 프랑스 국경에 가까운 피레네산맥 중 해발고도 981m에 위치하며 샤
    를마뉴 대제가 에스파냐를 원정했을 때 매복하고 있던 사라센 군에게 패배
    한 곳이기도 하다.

78 레콩키스타: 711~1492년까지 780년 동안 에스파냐의 그리스도교도가 이
    슬람교도에 대하여 벌인 실지失地 회복 운동.

79 엑스 라 샤펠: 독일 노르드라인 베스트팔렌 주에 있는 광공업 도시. 독일어
    로는 아헨.

80 스투포르 문디: 프리드리히 2세의 별칭. stupor mundi는 '세상의 경이'란 의미.

81 마이모니데스: 스페인 출신의 유대교도로 사상가, 의사. 소년기에 종교적 탄압을 피해 아버지와 함께 카이로로 이주, 아라비아 철학에서 큰 영향을 받았다.

82 이븐 루시드: 이베리아반도 출신의 이슬람 학자. 아리스토텔레스의 철학을 체계적으로 정리했다.

83 필립 오귀스트: 중앙 집권적 행정을 이룩하고 영토를 4~5배 정도 확장시킴.

84 아시시의 성 프란체스코: 13세기 이탈리아의 기독교 수도자로 프란체스코 수도회를 창설.

85 호엔슈타우펜: 독일 제후 가문 중 하나로 1138년부터 1254년까지 독일의 왕, 독일 황제 및 슈바벤 공작을 배출한 가문을 일컫는다.

86 팔레르모: 이탈리아 남부 시칠리아 섬에 있는 항구도시로 12세기 시칠리아 왕국이 성립된 후 그 수도로 더욱 발전하여 유럽의 중요한 문화 중심지 중 한 곳이 되었다.

87 이에시: 이탈리아 중부, 마르케 주 중부, 안코나 현 중부의 도시.

88 푸이이: Pouilles. 일반적으로 풀리아Puglia 혹은 아풀리아Apulia로 알려진 이 탈리아 동남부의 도시.

89 구엘프와 기벨린 두 정파: 구엘프와 기벨린은 중세 유럽, 특히 북이탈리아 에서 각각 교황권과 신성 로마 황제의 권력을 지지하는 분파를 말한다. 교 황파(구엘프)와 황제파(기벨린)로 나뉘어 치열하게 대립했다.

90 부빈: 프랑스 릴시 시市 교외 지역.

91 에첼리노: 13세기에 이탈리아 북동부를 통치한 봉건 영주. 그의 사후에 단 테가 『신곡』의 지옥편을 통해 에첼리노 3세의 전설적인 잔혹성을 다루었다.

92 성 루이: 루이 9세. 전 유럽에 걸쳐 가장 기독교적인 왕의 상징적 인물.

93 몬테카시노 수도원: 베네딕트 수도회가 탄생한 곳으로 로마 남쪽에 위치.

94 토마스 아퀴나스: 논리와 이성으로 신을 증명할 수 있다고 여겼고, 맹목으 로 흐르기 쉬운 신앙에 이성적 사유의 중요함을 일깨워주었다는 점에서 성 인으로 추대되었다.

95 오르비에토: 이탈리아 중부, 움부리아 지방 언덕 위의 도시.

96 비테르보: 이탈리아의 라치오 주에 있는 도시.

97 아베로에스: 철학과 신학은 적대적이지 않다는 전제에서, 철학의 신학에 대한 우위를 주장했던 이슬람 세계의 아리스토텔레스.

98 클뤼니: 카롤링거 제국이 기울어지고 난 후 쇄신과 개혁의 노력을 기울인

910년 창설되어 교황의 직접적인 관할 아래 예속되어 있던 베네딕토 수도회.

99 시토 수도회: 가톨릭 베네딕토 원시회칙파原始會則派의 주축을 이루는 개혁 수도회.

100 아우구스투스: 고대 로마의 초대 황제인 옥타비아누스는 세상에서 가장 존엄한 자를 뜻하는 아우구스투스로 불렸다.

101 돈 후안 데 아우스트리아: 에스파냐의 군인. 안달루시아를 중심으로 일어난 무어인人의 반란을 진압하고 레판토 해전의 총사령관이 되었다.

102 레판토 해전: 1571년 10월 7일 신성동맹神聖同盟 함대가 투르크 함대를 격파한 해전.

103 성 빈첸시오 드 폴: 1581~1660. 빈첸시오 아 바오로Vincentius a Paulo라고도 불리는 프랑스의 로마 가톨릭 사제.

104 바르바리인들: 지금의 북아프리카인 모로코와 알제리, 튀니지와 리비아의 해안 지대에 거점을 마련하고 전 유럽을 상대로 약탈을 벌였던 무슬림 해적 집단으로 유명하다.

105 카스텔로리조: 그리스 최동단에 위치한 섬으로 터키 영토에서 불과 2킬로미터밖에 떨어져 있지 않다.

106 롱게나: 이탈리아의 바로크 건축가.

107 델룬 볼독: 몽골의 동북쪽, 바이칼 호 부근.

108 옥수스 강: 현 아무다리야 강으로 불리며 중앙아시아에서 가장 긴 강이다.

109 트란스옥시아나: 현재의 우즈베키스탄 대부분, 타지키스탄 대부분, 카자흐스탄 남서부를 포함하는 지역. 주로 8세기 전후의 이 지역을 지칭할 때 쓰이는 표현이다.

110 파르티아: 오늘날의 이란 북동부에 해당하는 고대의 지역.

111 화레즘: 우즈베키스탄 북서부에 있는 주.

112 로브노르 호수: 사마천의 『사기』에서 황하의 발원지라고 기록된 호수로 과거에는 둘레 300리에 달하는 호숫물이 춘하추동 마르지 않았다고 한다.

113 지오반니 다 플라노 카르피니: 프랑스어로 카르피니. 잔인한 방법으로 유럽인들을 죽이고 괴롭혔던 몽골인들을 전도하기 위해 몽골로 갔다.

114 뤼지냥: 기 드 뤼지냥은 프랑스 출신의 십자군 기사로 결혼을 통해 예루살렘의 군주가 되었으며 나중에는 키프로스 왕국의 왕까지 되었다.

115 고드프루아 드 부이용: 1060~1100년경. 프랑스 귀족으로 십자군에서 독일 파견대를 이끌었다.

116 엘레오노르 다키텐: 아키텐 공작 윌리엄 10세의 상속녀. 당시 유럽에서 가장 영향력 있는 여성으로서 프랑스 왕 루이 7세와 잉글랜드의 헨리 2세의 왕비였으며 잉글랜드 왕 리처드 1세와 존의 어머니이다.

117 안티오크: 현재 이름은 안타키아, 고대 로마 시대에는 중동 최대의 도시로 번영했지만 잦은 약탈과 지진으로 인해서 쇠퇴하였다.

118 아크레: 이스라엘 북부의 항만 도시. 하이파 북동쪽, 지중해의 하이파 만에 면함. 아랍어로 아카Akka, 구약성서에선 아코Acco, 신약성서에선 프톨레마이스Ptolemaïs, 프랑스어로는 생장다크르Saint Jean d'Acre로 불린다.

119 탄크레드와 클로린드: 클로린드는 에티오피아 왕비의 딸이며 탄크레드는 시칠리아의 왕자로 제1차 십자군 지휘관인 고드프루아 드 부이용의 기사 중 가장 용맹했다. 두 사람은 서로 사랑에 빠지지만 오해로 싸우게 되며 탄크레드는 클로린드에게 치명상을 입힌다.

120 르노와 아르미드: 십자군 기사인 르노와 이슬람 마법사인 아르미드와의 사랑.

121 존 왕: 사자왕 리처드 1세의 남동생이자 헨리 2세의 막내아들. 선대로부터 물려받은 프랑스 지역의 땅을 지키지 못하였기 때문에 실지왕Lackland으로도 불린다.

122 패다인: 아랍 무장 게릴라 조직.

123 우마르 하이얌: 페르시아의 수학자이자 천문학자이며 시인. 셀주크 왕조 마리크샤 왕의 천문대를 운영하였고 2차방정식의 기하학적·대수학적 해법을 연구하였다.

124 홀라구: 칭기즈 칸의 막내아들인 툴루이의 셋째아들. 공포의 암살단 조직원인 이스마일파派를 토멸, 아바스 왕조를 멸망시킴.

125 사제왕 요한: 전설에 따르면 사제왕 요한은 세 명의 동방 박사 중 한 명의 후손이며, 관대한 군주이자 덕을 갖춘 사람이었다고 한다. 그의 부유한 왕국은 청춘의 샘 같은 온갖 신기한 것들로 가득하며 에덴동산에 맞닿아 있었다고 한다. 사제왕 요한 신화의 궁극적인 목표는 사제왕 요한과 가톨릭 세계가 힘을 합해 이슬람을 협공하자는 것이었다. 에티오피아의 대패로 사제왕 요한의 신화는 사라졌다.

126 아메리카 엉클: 뜻하지 않은 유산을 물려주는, 오래전에 이민 간 부유한 친척.

127 부하라: 우즈베키스탄 중부의 주. 1219년 칭기즈 칸에 의해 파괴됨. 14~15세기 중앙아시아의 종교 중심지로 1920년 러시아 혁명까지 이슬람교의 성지였음.

128 엑바타나: 기원전 549년 페르시아의 키루스 대왕에 의해 점령된 곳으로 페르시아 왕 아래에서 엑바타나는 엘벤드 산기슭에 위치하며, 수메르 거주지

가 되었다. 후에 그것은 파르티아 왕의 수도가 되었다.

129 이븐 시나: 부하라 인근의 아프샤나라는 마을에서 980년 태어났다. '학문의 왕'으로 불린 중세 이슬람 철학자이자 의사.

130 발루아 왕조: 카페 왕조의 뒤를 이어 프랑스를 다스린 왕조. 1328~1589.

131 이븐 바투타: 모로코 지브롤터 해협 인근의 항구도시 탕헤르에서 태어난 이슬람 최고의 여행가.

132 헤로도토스: 키케로가 '역사의 아버지'라고 부른 그리스 역사가. 페르시아 전쟁사를 다룬『역사』를 썼고, 기원전 454년부터 기원전 445년까지 페르시아 제국 영토 곳곳을 여행했다.

133 패트릭 리 퍼머: 영국의 전쟁영웅이자, 독특한 문체와 깊이 있는 관찰이 돋보이는 20세기 최고의 여행작가.

134 에블린 워: 소설가. 서식스에 있는 랜싱 칼리지와 옥스퍼드 대학에서 공부했다. 냉소적 기지와 뛰어난 기교로 폭넓은 호평을 받았다. 풍자소설『쇠퇴와 타락』(1928)으로 출발, 귀족 일가의 몰락을 테마로 한『브라이즈헤드 방문』(1945)이 대표작이다.

135 니콜라 부비에: 1929~1998. 스위스 출신의 작가이자 사진가이며 고문서학자, 시인. 1953년 6월 친구 베르네와 함께 인도로 떠난 이후 여행작가의 삶을 살았다. 대표작으로『세상의 용도』,『일본』,『물고기-전갈』등이 있다.

136 에릭 뉴비: 영국의 여행작가.

137 아하스에루스: '유랑하는 유대인'이라는 뜻으로, 13세기 유럽에서 퍼지기 시작한 전설 속의 허구적 인물. 예수가 십자가형에 처해질 때 그를 모독하던 유대인이었으며, 저주를 받아 재림 전까지 죽지 못하고 세계를 떠돌아야 하는 운명에 처해졌다고 전해진다.

138 나는 유랑하는 유대인이었다: 유대인 관련 전설은 유대인의 역사적인 이산체험 그 자체가 소재를 제공하고 있다고 생각되는데, 보다 단적으로는 유럽의 뿌리 깊은 반유대인 의식의 전설화라고 할 수 있다.

139 현장: 玄奘. 중국 당나라의 고승. 장안長安·청두成都와 그 밖의 중국 중북부의 여러 도시를 여행하며 불교 연구에 진력한 뒤, 많은 의문을 풀기 위하여 또한 불교 경전을 가져오기 위해 627년 인도로 떠났다. 641년 많은 경전과 불상을 가지고 귀국길에 올라, 힌두쿠시와 파미르의 두 험로를 넘어 호탄을 거쳐서 645년 정월에 조야의 대환영을 받으며 장안으로 돌아왔다.

140 싯다르타 고타마: 석가모니가 출가하기 전, 태자 때의 이름.

141 내안탑. 현장법사가 645년 인도에서 가져온 산스크리트 경전을 번역하고 보관하기 위해 경내에 대안탑大雁塔을 세웠다.

142 남염부주: 수미산 남쪽에 있다는 대륙으로, 인간들이 사는 곳이며, 여러 부처가 나타나는 곳은 사주四洲 가운데 이곳뿐이라고 한다.

143 성 제롬: 성 히에로니무스St. Hieronimus로 불린다. 347~420년경. 히브리 성서를 라틴어로 번역해서 기독교 보급에 큰 역할을 한 성인.

144 소승불교: 산스크리트어로 히나야나, '작은 타는 것'이라는 뜻.

145 삼보: 불교도의 세 가지 근본 귀의처歸依處인 불보佛寶·법보法寶·승보僧寶.

146 오계명: 불교도 모두가 지켜야 할 가장 기본적인 생활규범. 살생하지 말라, 도둑질하지 말라, 음행을 하지 말라, 거짓말을 하지 말라, 술을 마시지 말라.

147 나가라하라: 현재의 잘라라바드. 아프가니스탄의 수도 카불의 동쪽, 간다라 지방으로 통하는 도로변에 있는 도시.

148 이삭 라케뎀: 프랑스와 네덜란드, 벨기에 등의 전설에 나오는 이름으로 알렉산더 뒤마의 소설에도 등장한다.

149 키슈: 이라크, 바빌론의 북북동에 있는 초기왕조 시대 —BC 2700~BC 2350년경 — 부터의 수메르 도시국가. 노아의 홍수 유적 문제로 우르를 주장한 월리와 키슈를 주장한 랭든 사이에 논쟁이 있었던 곳이기도 하다.

150 우르: 이라크 남부 유프라테스 강 가까운 곳에 있던 수메르의 도시국가.

151 우루크: 이라크의 남동부, 유프라테스 강 부근에 있는 수메르의 도시. 길가메시는 우루크의 왕이었다고 전해진다.

152 사르곤: 아카드 왕조의 창설자. 기원전 24~23세기 수메르 도시국가들을 정복하여 제국을 형성.

153 라가시: 고대 수메르시대 이라크의 남부, 우르 북방의 유프라테스 강 어귀에 있던 도시.

154 함무라비: 고대 메소포타미아 바빌론 제1왕조의 제6대 왕. 가장 오래된 성문법 중 하나인 함무라비 법을 제정한 통치자.

155 길가메시: 바빌로니아 문학작품 중 남아 있는 대표작『길가메시 서사시』의 주인공. 반신반인으로 전설상의 국가인 우루크의 왕으로 기록되어 있다.

156 코르사바드: 고대명은 두르 샤루킨. 이라크 북쪽 티그리스 강 상류에 있는 아시리아 사르곤 2세의 도시유적.

157 니네베: 아시리아 제국의 수도 유적. 지금의 이라크 모술지방.

158 하라파와 모헨조다로: 파키스탄 동부, 펀자브 주 중부에 있는 인더스 문명의 유적.

159 모헨조다로: 파키스탄 남부, 수도 카라치의 북북동 300km에 있는 '사자死者의 언덕'이라는 의미의 인더스 문명 최대의 도시유적.

160 괴베클리 테페: 터키 남동부 샤늘르우르파 외렌직Örencik에 있는 신석기시

대 유적. 터키어로 '배꼽 모양 언덕'을 의미.

161 차탈휘익: 기원전 8000년경에 곡물을 재배하고 말과 돼지를 사육한 터키의 남동부 아나톨리아 일대 인류 최초의 도시국가.

162 알레포: 시리아 북서부의 상공업 도시. 다마스쿠스 북쪽에 있음.

163 다마스쿠스: 시리아의 수도로 세계에서 가장 오래된 도시.

164 예리코: 요르단 강 서안에 있는 도시. 성서 이름은 여리고이며, 현지 아랍인 들은 아리하라고 한다.

165 스탕달이 들려준 이야기: 1830년에 당시 신문의 사회면을 장식한 두 건의 치정사건을 바탕으로 출간된 『적과 흑』.

166 엘리자: 루카의 여군주 엘리자는 나폴레옹의 여동생이다.

167 루카: 이탈리아 중부, 토스카나 주 북서부의 상업도시. 기원전 2세기 이래 의 고도로 중세 문화유산이 많이 남아 있다.

168 피에로 델라 프란체스카: 전통적인 종교 장면을 그린 르네상스 시대의 이 탈리아 화가. 『회화의 원근법에 관하여』라는 저술로 르네상스 미술에 영향 을 미쳤다.

169 콜라 델 아마트리스: 르네상스 시대 화가이자 조각가.

170 스타이런: 미국의 소설가. 흑인 노예의 반란을 소재로 한 역사소설 『냇 터 너의 고백』으로 퓰리처상을 수상했다.

171 고어 바이덜: 미국의 소설가 겸 극작가.

172 라벨로: 고어 바이덜이 '세상에서 가장 아름다운 파노라마'라고 극찬했을 만큼 아름다운 곳.

173 아퀼레이아: 아드리아해 북단에 있던 고대 로마의 도시. 기원전 181년에 건 설되었으나, 452년에 아틸라에게 멸망당했다.

174 바랑기아: 9~10세기에 동쪽 및 남쪽으로 이주하여 지금의 러시아, 우크라 이나 일대에 정착한 바이킹족의 일파.

175 룬문자: 게르만족이 1세기경부터 쓰던 음소 문자.

176 산소비노: 이탈리아의 건축가. 후기 르네상스의 고전주의 또는 마니에리스 모 양식으로 분류된다. 베네치아에서 활약하였으며, 조각과 건축에 회화적 인 효과를 접목시켰다.

177 리알토 다리: 베네치아 대운하에 놓인 베네치아 최초의 석조 다리.

178 앙리 드 레니에: 프랑스의 시인·소설가.

179 플로리안 카페: 1720년 오픈한 곳으로, 이탈리아에서 가장 오래된 카페.

180 마노: 보석의 일종. 화산암의 공동空洞 내에서 석영石英·단백석蛋白石·옥수 玉髓 등이 차례로 층을 이루어 침전하여 생긴 것.

181 도가나: 17세기에 지어진 중세시절의 세관 건물. 대운하의 입구에 자리한다.

182 레초니코 궁전: 17세기 최고의 건축가 롱게나가 짓기 시작하였고, 후에 레초니코 가문이 사들여 건축가 조르지오 마사리에 의해 완성된 베네치아 소재 바로크 양식의 화려한 건물.

183 베키오 다리: 피렌체를 가로지르는 아르노 강 위에 세워진 다리로 단테와 베아트리체가 처음 만난 장소로 잘 알려져 있다.

184 잔 도트리슈: 오스트리아의 지오바나. 지오바나는 1578년 서른 살의 나이에 죽었다. 아내가 죽고 나자 프란체스코는 곧바로 자신의 애인인 베네치아 출신의 비앙카 카펠로와 결혼하였다.

185 페르디난도 데 메디치: 가톨릭교회의 추기경이었으나 1587년 형 프란체스코 1세의 급사로 그의 뒤를 이어 대공의 자리에 올랐다.

186 르 펠르티에 드 생 파르조: 프랑스 대혁명 당시의 정치인.

187 바르바로사 작전: 제2차 세계대전의 동부 전선에서 나치 독일이 소비에트 연방을 침공한 작전명칭. 작전 이름은 신성로마제국의 프리드리히 1세의 별명이었던 '바르바로사' — 붉은 수염 — 에서 유래. 이 작전의 실패는 아돌프 히틀러의 전체 전쟁 작전에 차질이 생기게 했고 결국은 나치 독일의 패배의 원인이 되었다.

188 단돌로: 제40대 베네치아 수장. 제4차 십자군에 참가, 콘스탄티노플을 점령하여 베네치아의 동방 진출에 큰 역할을 하였다.

189 알렉산드로스 대왕: 마케도니아의 왕. 재위 BC 336~BC 323. 그리스·페르시아·인도에 이르는 대제국을 건설하여 그리스 문화와 오리엔트 문화를 융합.

190 아드리아해: 지중해 북쪽의 이탈리아반도와 발칸반도 사이에 있는 바다.

191 팔로스 항구: 핀타호와 니냐호의 선장이었던 빈센테와 마르틴 핀손이라는 형제의 고향.

192 이사벨라 가톨릭 여왕: 카스티야 왕국의 이사벨 1세. 이슬람 국가 그라나다를 정복하고 스페인을 통일한 스페인 여왕.

193 페르디난도 2세: 이사벨라 여왕의 남편. 아라곤의 왕이며 카스티야의 왕.

194 프톨레마이오스: 고대 그리스의 천문학자이자 수학자.

195 테르툴리아누스: 고대 로마의 종교가. 카르타고 출생.

196 마디라 섬: 포르투갈령 섬.

197 아소르스 제도: 포르투갈 서쪽에 있는 화산군도.

198 카나리아 제도: 아프리카 북서부 대서양에 있는 스페인령 화산 제도.

199 아틀란티스: 그리스 전설상의 한 섬.

200 헤라클레스 기둥: 지브롤터 해협 어귀 부분의 낭떠러지에 있는 바위.

201 에드윈 버즈 올드린: 아폴로 11호에 탑승해서 닐 암스트롱 다음으로 달에
착륙. 우리가 흔히 보는 최초의 달 사진 속 주인공. 그 사진을 찍어준 이가
닐 암스트롱이다.

202 바하마: 1492년 콜럼버스가 최초로 신대륙에 상륙한 지점이 이곳의 산살바
도르San Salvador 섬이다.

203 히스파니올라 섬: 쿠바의 동쪽과 푸에르토리코의 서쪽에 위치한 섬. 서인
도제도에서 쿠바 다음으로 큰 섬이다.

204 쿠빌라이: Khubilai. 재위 1260~1294. 몽고제국 제5대 황제이며 원元 세조.
칭기즈 칸의 손자.

205 코르테스: 스페인 출신의 멕시코 정복자. 1536년 캘리포니아California 반도
를 발견.

206 피사로: 잉카제국을 정복한 스페인의 군인.

207 사포텍: 중앙아메리카 남부에 위치한 멕시코 오악사카 계곡에서 번영했던
원주민.

208 마야: 고대 멕시코 및 과테말라를 중심으로 번성한 인디오 문명 및 이를 이
룩한 민족.

209 치치메크: 현재 멕시코의 남서쪽과 남서쪽에 거주하는 반유목 민족 집단.

210 아스테카인들: 14세기 중반부터 16세기 중반까지 현재의 멕시코시티에서
흥성했던 민족.

211 바르톨로메 데 라스 카사스: 1512년에 신대륙에서 사제 서품을 받은 최초
의 스페인 성직자. 선교사로 쿠바에 갔다가 스페인인들이 저지르는 살인적
인 잔학 행위를 목격했다.

212 바빌론의 유수幽囚: BC 597~ BC 538년 이스라엘의 유다왕국 사람들이 신
바빌로니아의 바빌론으로 포로가 되어 이주한 사건.

213 토르콰토 타소: 이탈리아의 시인. 르네상스 문학 최후의 시인으로 그의 최
대의 걸작 『해방된 예루살렘』은 후기 르네상스 정신을 완전히 종합한 것으
로 유럽 문단에 큰 영향을 주었다.

214 브루넬레스키: 이탈리아의 건축가. 르네상스 건축양식의 창시자. 피렌체의
산타마리아 델 피오레 대성당(두오모 성당)의 커다란 돔 건축으로 유명하다.

215 도나텔로: 피렌체 출신의 조각가. 그의 청동 조각상 중 하나인 「다비드 상」
은 고대 그리스, 로마의 청동 조각상 이후 첫 실물 크기의 남성 누드 조각
상이다.

216 마사초: 15세기 르네상스 회화의 창시자. 형상을 입체적으로 보이도록 빛과 색조의 효과를 이용한 최초의 화가였다.

217 우첼로: 15세기 피렌체 미술가. 초기 르네상스 양식과 후기 고딕 양식을 잇는 교량 역할을 하였다. 장식적 가치와 예술적 가치를 영리하게 잘 조합한 뛰어난 도안가이자 화가로 인정받고 있다

218 보티첼리: 「비너스의 탄생」을 그린 이탈리아 르네상스 시대의 화가.

219 베르니니: 이탈리아의 조각가·건축가. 「아폴론과 다프네」는 정교한 대리석 조각으로 유명하다.

220 카르파치오: 베네치아파의 화가. 종교를 주제로 당시의 베네치아 건물이나 풍물을 배경으로 하여 화려한 색채로 일종의 풍속화를 만들었다.

221 조르조네: 16세기 베네치아 회화의 창시자. 시적이고 암시적인 풍경화로 당대 미술에 혁신을 가져왔다. 그가 이룬 성과는 티치아노의 작품을 통해 계승되었다.

222 티치아노: 이탈리아 르네상스 화가. 「성모승천」은 티치아노의 뛰어난 색채 사용을 보여주는 최고의 작품이다.

223 팔라디오: 이탈리아 후기 르네상스의 대표적 건축가. 1546년 이후 베네치아에서 활약하며 산 지오르지오 마조레 등을 건축.

224 세 명의 상갈로: 이탈리아 르네상스의 조각가이자 건축가인 줄리아노 다 상갈로와 두 명의 안토니오 상갈로. 프라 조콘도 및 라파엘을 도와 로마의 성 베드로 대성당 공사에 종사했다.

225 브라만테: 이탈리아의 건축가. 교황 율리우스 2세에게 임명되어 궁전 건축과 산 피에트로대성당 건축을 주도.

226 플레이아드: 16세기 프랑스에서 혁신적인 시적 경향을 주장한 시파. 롱사르가 대표적인 시인.

227 피에트로 아레티노: 현대 외설 문학을 설립한 이탈리아의 시인이며 극작가이자 풍자문학가. 페루지아, 로마, 피렌체, 만토바 등 각지를 전전하며 여러 곳의 궁전에 출입, 독설과 기행奇行으로 유명하다.

228 틴토레토: 16세기 중후반에 베네치아에서 활약한 화가. 중산층 사람들을 위해 그림을 그렸고, 강렬한 마니에리스모 양식의 화풍을 베네치아 회화에 도입했다. 후대의 많은 화가들로부터 존경을 받은 '화가의 화가'라 할 수 있다.

229 「플로라」: 인쇄업자 피터 더 요드가 약혼을 기념하여 주문한 그림. 약혼녀를 플로라로 묘사.

230 「비너스들」: 티치아노가 그린 「우르비노의 비너스」, 「거울을 보는 비너스」,

「비너스와 아도니스」, 「파르도의 비너스」 등의 비너스.

231 「성모승천」: 속세를 떠나 천사들에 둘러싸인 채 위로 향하는 성모를 그렸다. 강렬한 색채로 그려진 인물들의 역동적이고 압도적인 제스처가 눈길을 끈다.

232 「페사로 마돈나」: 1502년 터키함대를 물리친 기념으로 해군함장 페사로의 명에 의하여 1519~26년에 그려졌다.

233 필립포스: 마케도니아 왕. 알렉산더 대왕의 아버지.

234 베로네제: 베네치아 공국 수석 궁정화가. 대표작으로 「가나의 혼인잔치」가 있음.

235 뒤러: 알브레이트 뒤러. 독일의 화가, 판화가, 미술 이론가.

236 제롬 보쉬: 히로니뮈스 보쉬로 불리는 네덜란드의 화가. 자유분방한 상상력과 결부된 환상의 세계는 20세기 초현실주의 화가들에게 영감을 주었다.

237 에라스무스: 네덜란드 출생의 르네상스 최대 인문주의자.

238 『우신예찬』: 한바탕 웃을 수 있는 풍자의 형식을 빌려 사람들의 풍속을 비판함으로써 악습과 폐단을 교화하고 충고하고자 한 작품.

239 마우리야 왕조: 기원전 320년경에 찬드라굽타가 마가다국 난다 왕조를 무너뜨리고 세운 왕조.

240 아소카 왕: 인도 최초의 통일대제국을 건설하고 불교를 장려한 군주.

241 바부르: 인도 무굴제국의 창건자. '호랑이'란 뜻의 바부르는 부계 쪽으로는 차가타이 칸국의 지배자였던 티무르의 후예이고, 모계 편으로는 칭기즈 칸의 후손이다.

242 사마르칸트: 우즈베키스탄 제2의 도시이며 중앙아시아 최고最古 도시.

243 파니파트: 델리 북쪽 야무나 강 부근의 상업도시이며 옛 싸움터이다.

244 이브라힘: 로디 왕조의 마지막 왕인 이브라힘은 술탄의 절대적 권력을 주장하고, 종족적 감정을 염두에 두지 않았다.

245 벵골: 인도의 서벵골 주에서 방글라데시까지 이르는 지역.

246 우다이푸르: 인도 라자스탄주 남부에 있는 도시. '호수의 도시'라는 별칭으로 불리기도 한다.

247 치토르가르: 인도 라자스탄주의 중남부에 있는 도시. 8세기에 라지푸트족이 건설한 토후국의 수도.

248 파테푸르 시크리: 인도 무굴제국의 악바르 왕이 세운 도시로 1570년부터 1585까지 짧은 기간 동안 무굴제국의 수도였다.

249 라자스탄: 인도 북부의 주. 파키스탄과 접경함. '라지푸트인의 나라'라는 뜻.

250 샤 자한: 인도 무굴제국의 제5대 황제(재위 1628~1657). 그의 치세 기간은

무굴제국의 전성기로 영토는 데칸고원 남부에 이르렀다. 아그라의 타지마 할 묘, 델리 궁전, 이슬람교 본산 등 장려한 건축물들을 남겼다.

251 일 레덴토레: '구원자의 교회'라는 의미로 베네치아 원로원이 1575년부터 1577년까지 베네치아에 창궐한 흑사병을 잠재우기 위해 새 교회를 헌납하기로 결의함에 따라 세워졌다. 이 시기에 베네치아 인구의 30퍼센트가 사망했다.

252 엘 그레코: 그리스 태생의 스페인 화가. 20세기 초 독일 표현주의에 지대한 영향을 주었다.

253 카라바조: 이탈리아 초기 바로크의 대표적 화가.

254 타소: 이탈리아의 시인. 르네상스 문학 최후의 시인.

255 『해방된 예루살렘』: 반反종교개혁, 레판토 해전으로 이어지는 시대적 배경 속에서, 제1차 십자군을 소재로 하여 10여 년의 구상 끝에 1575년에 완성한 장편서사시.

256 바스코 다 가마: 포르투갈의 항해가이자 '인도 항로'의 개척자.

257 폴 모랑: 프랑스의 시인·소설가. 코스모폴리탄 문학 창조자 중 하나이다. 『밤이 열리다』, 『밤이 닫히다』를 발표, 제1차 세계대전 후 혼란과 퇴폐를 그린 신감각파적인 서정적 필치가 유명하다.

258 프레데공드: 시녀 출신임에도 왕의 총애를 받아 왕비를 폐출시키고 왕비가 된 입지전적인 여성.

259 용담공 샤를: 부르고뉴를 통치한 마지막 공작.

260 갈라 플라키디아: 서고트 왕비·서로마제국의 황후·로마 황제 테오도시우스 1세의 딸.

261 테오도라: 동로마 황제 유스티니아누스 1세의 왕비.

262 엘리자베스 1세: 잉글랜드가 대영제국으로 발전할 수 있는 굳건한 토대를 마련하였으며 가톨릭의 수호자인 에스파냐와의 대결에서 승리함으로써 개신교를 구하고, 잉글랜드가 대양으로 본격 진출할 수 있는 계기를 마련하였다.

263 크리스티나: 개신교에서 가톨릭으로 개종한 크리스티나는 모국 스웨덴을 떠나 프랑스와 이탈리아 로마에서 말년을 보냈으며, 사후 성 베드로 대성당에 묻혔다.

264 예카테리나 2세: 러시아 제국의 황후이자 여제. 프로이센 슈테틴 출신의 독일인이었다. 무능한 남편 표트르 3세를 대신해 섭정을 맡았으며, 화려한 남성 편력으로도 유명했다.

265 마리아 테레지아: 신성로마제국의 황제 카를 6세의 장녀로 태어나 합스부

르크 왕가의 유일한 여성 통치자가 되었다. 18세기 유럽 열강의 세력 각축
전에서 오스트리아를 견고히 지켜낸 뛰어난 정치가였다.

266 빅토리아 여왕: 대영제국, 아일랜드 연합왕국과 인도의 여왕. 그녀의 재위
기간은 '빅토리아 시대'로 통칭되며, '해가 지지 않는 나라'로 불렸던 대영
제국의 최전성기와 일치.

267 블랑슈 드 카스티유: 카페 왕조 출신의 프랑스 왕인 루이 8세의 왕비.

268 안 드 브르타뉴: 프랑스의 국왕 샤를 8세와 루이 12세의 왕비.

269 카트린 드 메디치: 메디치가 출신으로 프랑스 왕비가 되면서 내면으로는
금융가문인 메디치가의 피를 지니고 프랑스의 백합으로서 살았다.

270 마리 드 메디치: 앙리 4세의 두 번째 정부. 남편이 갑자기 암살을 당하자,
그녀는 섭정으로 정권을 장악하지만 아들인 루이 13세가 성인이 된 뒤 축
출된다.

271 마리냥 전투: 프랑수아 1세가 즉위하자마자 이탈리아에 원정, 마리냥에서
승리를 거두어 밀라노를 손에 넣었다.

272 파비아 전투: 이탈리아에 대한 주도권을 놓고 프랑스와 신성로마제국이 벌
인 전투. 프랑스군 2만 8000여 명이 거의 전멸하였을 뿐만 아니라, 프랑수
아 1세는 포로가 되어 마드리드로 호송되었으며, 이듬해 강화를 맺고 이탈
리아에 대한 권리를 포기하였다.

273 마드리드 조약: 포로로 잡힌 프랑수아는 마드리드로 이송되었고, 종전 문
제를 놓고 맺은 정전 조약.

274 캉브레 조약: 포로로 잡힌 지 2년 만에 프랑수아 1세가 마드리드에서 풀려
났지만 국왕 대신 인질로 잡혀간 여덟 살과 일곱 살짜리 두 왕자를 데려오
기 위해 카를 5세와 1529년 캉브레 조약을 맺고 이탈리아와 저지대 — 네
덜란드·벨기에 지역 — 에 대한 영향력을 포기하였다.

275 크레피 조약: 카를 5세는 1543년 프랑스와 크레피 조약으로 평화조약을 맺
었고, 오스만 제국과도 화의를 체결했다.

276 황금천 들판의 회담: 임시궁전과 텐트에 금실을 두르고 금가루를 바르는
등 영국과 프랑스가 거액을 들인 초호화판 정상회담. 그러나 17일간의 회
동에도 불구하고 잉글랜드-프랑스의 동맹은 성사되지 않았다.

277 뒤벨레: 16세기 프랑스의 시인. 플레이아드파를 결성, 발표한 선언서『프랑
스어의 옹호와 선양』은 고대에 대한 동경과 애국적 정열이 넘친다.

278 말레르브: 프랑스 르네상스의 두 번째 위대한 시인으로 앙리 4세와 루이 13
세의 궁정에서 영예를 누렸다.

279 테오필 드 비오: 프랑스의 시인이자 극작가. 동시대 작가 말레르브보다도

더 널리 읽혔음에도 불구하고 17세기 후반 고전주의 작가들에게 비판받아 잊혔다가 후대에 와서야 재평가받았다.

280 트리스탄 에르미트: 프랑스의 시인·극작가·소설가. 방종 불안정의 생활을 하다가 폐병으로 사망했다.

281 핀다로스: 그리스의 서정시인으로 왕후와 귀족들을 위한 찬미의 시를 지었다.

282 페트라르카: 이탈리아의 시인이자 인문주의자. 교황청에 있으며 연애시를 쓰기 시작하는 한편 장서를 탐독하여 교양을 쌓았고 이후 계관시인桂冠詩人이 되었다.

283 부알로: 프랑스의 풍자 시인. 고전주의 최성기의 모랄리스트이자 대표적 비평가.

284 생트뵈브: 프랑스의 비평가·시인·작가. 몽테뉴의 전통을 이은 모랄리스트.

285 「앙드로마크」: 고전극 작가 라신의 출세작. 트로이의 왕비 앙드로마크를 중심으로 펼쳐지는 사랑과 증오의 서사시.

286 「기독교의 정수」: 샤토브리앙의 대표작으로 의식儀式들의 아름다움, 기독교 제도의 위대성을 서술한다.

287 『명상시집』: 라마르틴의 처녀시집.

288 「시라노 드 베르주라크」: 공상과학 소설의 선구적 작품으로 평가되는 17세기 프랑스 작가 시라노 드 베르주라크를 모델로 한 로스탕의 시극.

289 세비녜 부인: 프랑스의 서간문 작가. 귀족 출신으로 서간문학의 최고봉으로 꼽히는 편지들을 남겼다.

290 니콜라 포티에: 노비옹 영주로 파리 의회 의장을 지냈다.

291 성 아우구스티누스: 초대 그리스도교 교회가 낳은 위대한 철학자이자 사상가.

292 보쉬에: 17세기 프랑스의 신학자·설교가·역사가. 왕권신수설을 발표, 갈리아의 교황이라 불렸다. '낭트 칙령' 폐지에 관여, 가톨릭과 프로테스탄트의 교회 일치를 위해 노력했다.

293 블루아: 19세기 프랑스의 작가·평론가·언론인. 열렬한 가톨릭 신자였다.

294 페기: 프랑스의 시인 겸 사상가. 「샤르트르 성모에게 보스 지방을 바치는 시」는 그리스도교 시의 걸작이다.

295 클로델: 프랑스 가톨릭 작가, 외교관.

296 마로: 프랑스의 시인. 압운파押韻派의 기교를 계승하고 이것에 궁정 시인으로서의 우아優雅를 더하였다.

297 에피쿠로스학파: 스토아학파가 행복을 '덕스러운 생활'에 있다고 봄으로써

금욕주의의 입장에 섰던 반면, 키레네학파의 전통을 이어온 에피쿠로스학파는 "행복이란 곧 쾌락에 있다"라고 주장함으로써 쾌락주의의 입장에 섰다.

298 필페이: 인도의 우화작가.

299 마담 드 몽테스팡: 12년 동안 루이 14세의 정부로 지내면서 7명의 아이를 낳았다.

300 시오랑: 모국어인 루마니아어를 버리고, 사유한 모든 것을 가장 아름다운 프랑스어로 옮겨놓은 프랑스 최고의 산문가 중 한 사람.

301 오퇴유: 프랑스 수도 파리 제16구에 속하는 주거 지구. 센강 연안에 위치.

302 두스베레헥: 네덜란드 동부에 있는 도시.

303 쥣펀: 네덜란드 동부, 헬데를란트 주 중부의 도시.

304 바헤닝언: 네덜란드 동부 헬데를란트 주의 도시.

305 샤플랭: 17세기 프랑스의 시인·평론가로 프랑스 고전주의 이론 확립에 중요 역할을 하였다. 아카데미 프랑세즈 창립 멤버.

306 퀴놀트: 프랑스의 극작가.

307 데마레: 프랑스의 극작가.

308 엘베시우스: 프랑스 계몽기의 유물론 철학자. 19세기 공상적 사회주의사에 영향을 주고 작품은 근대 사회주의 이론의 고전이 되었다.

309 일뤼스트르 극단: 20대 초반에 당시 파리의 유명 배우 집안 출신인 베자르 가家의 남매, 마들렌과 조제프를 만나면서 연극에 관심을 갖게 된다. 이후 이들과 1643년 일뤼스트르 극단을 만들고 '몰리에르'라는 예명을 사용.

310 피에르 루이: 프랑스의 시인·소설가. 고대 그리스를 동경, 관능적 헬레니스트로서 유미주의를 구가했다.

311 쥘 르나르: 19세기 후반 프랑스의 소설가. 극작가.

312 『일기』: 1887년부터 만년에 이르는 24년에 걸쳐 쓴 것으로, 거기에는 항상 문체文體 연마에 힘쓰며, 사람의 진실된 모습을 지켜보려는 진지한 작가의 생활이 적나라하게 묘사되었다.

313 앙드레 셰니에: 18세기 프랑스의 서정시인. 낭만주의 문학 운동의 선구자. 로베스피에르의 공포정치에 반대, 32세에 처형되었다.

314 샹메슬레: Champmeslé, 1642~1698. 17세기 끝 무렵 떠오른 라신 비극의 여주인공을 연기한 배우.

315 안토니누스: 로마제국의 제15대 황제. 5현제 중의 한 명.

316 페리클레스: 고대 아테네 민주정치의 전성기를 이룩한 정치가이자 군인.

317 푸케: 프랑스 루이 14세 때의 재무경. 왕실재정에 기생하여 막대한 부를 쌓았다.

318 마자랭: 추기경이자 루이 14세가 어린 나이로 즉위할 때 섭정을 맡아 프랑스를 통치한 인물.

319 콜베르: 프랑스 루이 14세 때 재무장관.

320 망사르: 프랑스의 건축가. 베르사유 궁전, 파리 앵발리드의 돔, 파리의 방돔 광장과 빅투아르 광장 등.

321 푸생: '프랑스 회화의 아버지'로 불린 푸생은 서양 미술의 지적이고 이론적인 전통을 대변하는 인물로 고전주의의 형식을 만든 '철학자 화가'.

322 조르주 드 라 투르: 17세기 프랑스 바로크 시대의 화가. 경건한 신앙과 고요한 명상으로 이끄는 종교화를 주로 그렸다.

323 필립 드 샹파뉴: 플랑드르 출신의 프랑스 화가. 왕실 수석 화가.

324 르브룅: 루이 14세의 수석 화가. 콜베르의 옹호를 받아 베르사유궁의 조경과 장식을 담당하였다.

325 르 보: 프랑스의 건축가. 저택과 호텔 설계로 시작해서 루브르궁전과 튈르리궁전의 건축총감을 지냄.

326 르 노트르: 프랑스의 조경설계가. 루이 14세의 궁정 조경사.

327 레츠 추기경: 본명 장 프랑수아 폴 드 공디. 파리 대주교.

328 뷔시 라뷔탱: 딱딱하지 않은 고전 산문체의 추문 모음집으로 귀족들에게 오락거리를 제공한 프랑스의 자유사상가.

329 샹포르: 프랑스의 작가. 희곡이나 문예 비평도 있으나 냉철한 눈으로 구체제 말기 상류 사회의 인간과 풍속을 신랄하게 비평했다. 특히 궁정이나 살롱에서 큰 인기를 누렸다.

330 쇼펜하우어: 헤겔을 중심으로 한 독일 관념론이 맹위를 떨치던 19세기 초반, 이에 맞서 의지의 철학을 주창한 생의 철학자.

331 그랑 콩데: 프랑스의 군인이자 루이 14세의 사촌. 프롱드의 반란시, 반란군에 가담하여 마자랭에 적대敵對하였다. 튀렌과 함께 17세기 프랑스 최대의 장군.

332 마담 드 라파예트: 17세기의 프랑스 살롱문학 작가.

333 페로: 프랑스의 동화작가이자 17세기 프랑스를 대표하는 비평가.

334 라 브뤼에르: 프랑스의 모랄리스트. 18세기 계몽사상의 선구적 역할을 했다.

335 페늘롱: 프랑스의 종교가 겸 소설가. 루이 14세의 전제專制에 대한 비평과 유토피아적인 이상사회의 기술 등으로 계몽사상 형성에 적지 않은 역할을 하였다.

336 칼립소: 신비의 섬 오기기아에 사는 바다의 님페. 트로이전쟁을 승리로 이 끌고 귀향하는 도중에 풍랑을 만나 표류하게 된 오디세우스를 사랑하여, 그를 여러 해 동안 자신의 섬인 오기기아에 붙잡아둔다.

337 프랑수아 드 라 로슈푸코: 17세기 프랑스의 고전작가·공작. 간결하고 명확한 문체로 인간 심리의 미묘한 심층을 날카롭게 파헤쳤다.

338 튀렌: 프랑스의 장군·자작. 프롱드의 난 때 반왕당파에 가담했으나 왕당파로 돌아와 궁정군 총사령관으로 반란군을 궤멸시켰다.

339 보방: 프랑스의 건축가. 총리 마자랭에게 중용되어 요새건설에 참여했고 툴롱 군항 건설도 담당하였다. 군인으로서 플랑드르 전쟁에도 참여하였고, 전쟁에서 처음으로 참호를 사용하기도 했다.

340 빌라르: 프랑스의 군인·외교관·아카데미 회원. 에스파냐 계승전쟁이 일어나자 바덴 변경백을 무찌르고 원수가 되었다.

341 루부아: 루이 14세 때의 최고 군사책임자로 프랑스 육군의 창설자.

342 미슐레: 프랑스 역사가, 국립 고문서보존소 역사부장, 파리대학 교수, 콜레주 드 프랑스 교수를 역임, 역사에서 지리적 환경의 영향을 중시하고 민중의 입장에서 반동적 세력에 저항하였다.

343 프롱드의 난: 섭정 모후母后 안 도트리슈와 재상 마자랭을 중심으로 한 궁정파에 대항하여 1648~1653년에 걸쳐 일어난 프랑스의 내란. 최후의 귀족의 저항이라고도 하고, 최초의 시민혁명 시도라고도 한다. 프롱드Fronde란 당시 청소년 사이에 유행한 돌팔매 용구인데, 관헌에게 반항하여 돌을 던진다는 뜻으로 빗대어 쓴 말이다.

344 브랭빌리에르 사건: 17세기 발생한 브랭빌리에르 후작부인 독살사건은 프랑스 전역에 충격을 전하는데, 루이 14세가 중앙권력을 급격히 강화시킨 계기가 되었다.

345 루댕 사건: 17세기 프랑스의 작은 마을인 루댕을 휩쓴 마귀 들린 수녀들 사건. 악귀를 쫓는 구마식驅魔式을 금지하고 나서 루댕 시와 수도원에는 고요와 평온함이 다시 찾아왔다.

346 낭트 칙령: 1598년 4월 13일 프랑스의 왕 앙리 4세가 낭트에서 공포한 칙령으로 신교파인 위그노에게 조건부 신앙의 자유를 허용하였다.

347 용기병 박해: 루이 14세가 신교파인 위그노들을 박해한 일을 두고 하는 말. 이들을 박해하는 데 기병대를 사용했다 해서 이 명칭이 생겼다.

348 팔라티나의 약탈: 1688년, 루이 14세의 명령하에 루부아 최고 사령관이 이 끄는 군대가 라인강 우안에 위치한 팔라티나를 약탈하고 초토화한 작전을 일컫는다. 당시 팔라티나 궁정 도서관의 소장본 대부분이 파괴당하고 약탈

당했다.

349 하위헌스: 네덜란드의 물리학자이자 천문학자.

350 하비: 영국 의학자, 생리학자.

351 랑부예 호텔: 최초의 살롱. 로마 태생의 여주인이었던 랑부예 후작부인 카
트린 드 비본은 1607년부터 1665년 사망할 때까지 살롱으로서 루브르궁
근처에 이탈리아 기사도를 본뜬 살롱의 에티켓을 만들어 호텔 랑부예를 유
지했다.

352 블루룸: 문인들은 서재에서 나와 랑부예 부인의 살롱에 모여 문체文體를 연
마하고 기술을 익히기도 하였는데, 그들은 그녀의 살롱을 '푸른 방Chambre
bleue'이라고 불렀다.

353 데팡 부인: 데팡 부인의 살롱은 유럽 지성의 교류장이자 집산지로서 가장
두드러진 역할을 했다.

354 레스피나스 양: 데팡 부인 오빠의 사생아. 자유롭고 다채로운 대화와 토론
문화가 조성되었던 레스피나스 양의 살롱은 프랑스 살롱문화의 모델이 되
어 오늘날까지 전해오고 있다.

355 탕생 부인: 백과전서파의 유능한 수학자였던 달랑베르의 어머니. 탕생 부
인의 살롱에서 추구된 '동등한 품격의 지성'은 프랑스 문단에서 가장 소중
히 다루어졌다.

356 에놀 의장: 샤를 장 프랑수아 에놀. 파리 의회의 의장. 1685~1770.

357 뷔퐁: 박물학자, 수학자, 철학자, 진화론의 선구자이며 『박물지』를 저술했다.

358 쇼데를로 드 라클로: 소설 『위험한 관계』의 저자. 나폴레옹 시대에는 장군
까지 진급하여 라인강과 이탈리아 원정에 참여했다.

359 마리보: 18세기 전반 프랑스의 극작가·소설가. 우아, 세련, 고답적인 그의
문체는 마리보다지라 불린다. 소설 『마리안의 생애』 등은 프랑스 근대 사실
소설의 선구적 작품이다.

360 보마르셰: 18세기 프랑스의 극작가. 주요 작품으로 「비망록」, 「세비야의 이
발사」, 「피가로의 결혼」 등이 있다. 루이 16세의 밀사로 활약했고, 미국 독
립전쟁에 개입했다.

361 마르드뤼스: 프랑스의 언론인이자 시인.

362 갈랑: 프랑스의 동양학자. 유럽 최초로 『아라비안 나이트』 — 천일야화 —
를 불역佛譯 소개했다.

363 샤르댕: 피에르 테야르 드 샤르댕. 예수회 수도사 출신의 가톨릭 신부로 프
랑스 관념주의 철학자.

364 뤼브룩: 벨기에의 프란체스코회 수도사·여행가.

365 장 드 플랑 카르팽: 이탈리아의 프란체스코회 수도사. 중앙아시아를 여행
한 최초의 유럽 사람.

366 기번: 18세기 영국의 역사가. 『로마제국 쇠망사』는 2세기부터 1453년 콘스
탄티노플의 멸망까지 1300년의 로마 역사를 다룬 것으로, 로마사 중 가장
조직적이고 계몽적이다.

367 『로마제국 쇠망사』: 에드워드 기번이 아우구스투스 이후, 즉 로마제국 시
대를 다루었다면, 몽테스키외는 '왕정'을 거쳐 '공화정'으로, 그리고 마침내
'제국'으로 이어지는 2천 년이라는 기나긴 역사를 다루었다.

368 브로델: 프랑스의 역사가이자 교육자. 아카데미 프랑세즈 회원을 지냈는데
주요 저서로 『15~18세기 물질문명 · 경제 · 자본주의』가 있다.

369 니농 드 랑클로: 17세기 프랑스 사교계를 풍미했던 여인. 몰리에르, 파스칼
등 당시에 위대한 지식인들과 친분을 쌓으면서 당대 여왕에 버금가는 명성
을 얻었다.

370 『자디그』: 1747년 발표된 볼테르의 철학 소설.

371 『미크로메가스』: 1752년에 저술. 인간의 오류와 지혜에 대해 성찰.

372 『랭제뉘』: 볼테르가 1760년에 쓴 풍자소설. 로마 가톨릭교회와 예수회의 부
도덕과 횡포를 비판해 금서로 지정되었다.

373 라이프니츠: 독일 계몽철학의 서장을 연 철학자이며 객관적 관념론의 입장
에 섰다.

374 『캉디드』: 볼테르가 1759년에 쓴 철학적 풍자소설. 당시의 지배 계급이었던
로마 가톨릭교회 예수회와 종교재판소 등 성직자들의 부패상을 묘사해 큰
파문을 일으켰다.

375 『오이디푸스』: 볼테르가 24세에 쓴 작품으로, 원전 작가인 소포클레스와 프
랑스 고전 비극의 거장인 코르네유, 두 대가에게 내민 도전장이라는 특별
한 의미를 갖는 작품이자 부친에게서 물려받은 성을 버리고, '볼테르'라는
필명을 쓰면서 태어난 첫 작품.

376 『자이르』: 셰익스피어극의 영향을 받은 사상극.

377 칼라스: 프랑스의 부유한 상인인 장 칼라스가 자신의 장남을 살해하였다는
혐의로 거열형車裂刑에 처해지는데, 볼테르가 칼라스의 장남은 자살하였으
며 칼라스는 오판으로 인하여 억울한 죽음을 당하였다고 주장하면서 칼라
스 사건을 명백한 사법살인으로 규정, 재심청원 운동에 착수하여 결국 재
심이 인정되고 칼라스의 처형 3년 만에 이 사건은 만장일치로 무죄가 선고
되었나.

378 랄리 톨랑달: 아일랜드 출신 프랑스 장군. 정치적 문제로서는 사형이 언도

되었지만 볼테르에 의해 다시 명예가 회복되었다. 그의 아들은 1778년 루이 16세에 의해 복권되었다.

379 시르방: 프로테스탄트 교인. 딸의 자살 문제로 누명을 썼는데 볼테르에 의해 구해졌다.

380 슈발리에 드 라 바르: 프랑스 귀족. 종교 행렬을 모욕하고 십자가를 훼손했다는 이유로 참수되었다. 볼테르가 재심을 청구했으나 헛되었고, 1793년에 복권되었다.

381 『관용론』: 1762년 볼테르가 칼라스 사건을 계기로 쓴 책. 사람들의 광신이 한 가장이자 무고한 시민을 죽음으로 몰고 간 것을 비판하였다.

382 삼부회 소집: 1789년 5월 소집된 프랑스의 3개 신분을 대표하는 삼부회가 개최되는 동안 각 신분의 대표들은 왕정과 왕정의 정책을 비판하고 철저한 개혁의 단행을 요구했다.

383 1789년: 7월 14일 성난 군중들이 '압제의 상징'인 바스티유 감옥을 점령하며 프랑스 혁명이 일어난 해.

384 1793년: 혁명주의자들로부터 사형을 선고받은 루이 16세는 1793년 1월 21일 단두대에서 처형되었다.

385 바렌: 프랑스 혁명 때 국왕 루이 16세와 왕비 마리 앙투아네트 등은 국외로 탈출을 시도하였지만 바렌에서 붙들려 6월 25일 국왕 일행은 파리로 압송되었다.

386 탈레랑: 프랑스의 정치가이자 외교관.

387 에밀리 뒤 샤틀레: 근대과학에서 최초의 여성 과학자이자 수학자. 사상가로 볼테르와 더불어 계몽주의 사상에 지대한 영향을 끼쳤다. 그러나 과학자로서의 업적은 역사에서 잊히고 볼테르의 연인으로만 유명하다가 최근에 이르러 그녀의 과학적 업적이 주목받게 되었다. 아인슈타인이 발표한 상대성 이론에 사용된 빛의 속도의 제곱은 그녀에게서 출발했다고 봐도 과언이 아니다.

388 팡글로스: 볼테르의 소설『캉디드』에 나오는 등장인물. 캉디드는 남작의 아들 및 그의 누이동생 퀴네공드 양과 함께 팡글로스 선생의 교육을 받았다.

389 랑그르: 프랑스 북동부의 샹파뉴아르덴 주 오트마른 데파르트망에 있는 작은 도시.

390 라모의 조카: 『라모의 조카』는 디드로의 대표적 소설로 작자와 음악가 라모의 조카인 엉터리 악사가 카페에서 대화하는 형식으로 쓰인 작품.

391 「우아한 인도의 나라들」: 장 필리프 라모가 작곡하고, 루이스 프젤리에가 대본을 작성한 프롤로그가 있는 4막의 오페라-발레극.

392 그리냥 백작부인: 세비녜 부인의 딸인 프랑수아즈 마르그리트로 궁정발레
에 출연하며 주목을 받았다.

393 폴린 드 시미안의 할머니의 편지: 자신에게 쏟아지는 찬사에 무심하게 대
했던 프랑수아즈 마르그리트는 그리냥 백작과 결혼하여 프로방스에 있는
그리냥 성에서 남편과 살게 된다. 이는 딸과 멀리 떨어져 살아야 하는 세비
녜 부인에게는 고통이었지만 딸에게 보내는 편지가 쓰이게 되므로 가장 유
명한 서간집이 탄생하게 되는 계기가 되었다.

394 샤를 노디에: 20세기 전반 프랑스의 소설가. 위고, 뮈세 등 젊은 낭만주의자
들이 모인 아르스나르 도서관의 관장이었다.

395 《메르퀴르 드 프랑스》: 1889년 레미 드 구르몽이 창간한 문예지로 상징주
의를 옹호하는 비평과 미학이론을 많이 실었다.

396 「사부아 보좌신부의 신앙고백」: 총 5부로 구성된 루소의 책『에밀』 중 제4
부의 글로, 신을 인정하되 만물의 창조자이자 주관자라는 관점을 받아들이
지 않을 뿐만 아니라 인간 생활에 직접 관계하는 섭리와 은총, 기적, 계시
또한 인정하지 않는, 일종의 이신론理神論을 펼쳐 보인다.

397 튀르고: 프랑스의 정치가이며 경제학자. 중농주의 사상에 기반을 두고 빈
곤 지역의 개혁을 시도했다.

398 네케르: 1776년 튀르고의 후임으로서 재정 총감이 되고, 루이 16세의 적자
재정 처리에 자유주의 개혁을 했으나, 귀족층의 반대로 사직했다.

399 루이 드 로앙 추기경의 목걸이 사건: 1785년, 프랑스 혁명 전 프랑스에서
일어난 사기 사건. 발루아 왕가의 혈통을 칭하는 잔 드 라 모트 백작 부인
이 왕실 보석상 뵈이머에게서 160만 리브르의 목걸이를 루이 드 로앙 추기
경에게 구매하게 하여 그것을 마리 앙투아네트 왕비에게 전달한다고 속여
가로챈 전형적인 사기 사건.

400 모리스 드 삭스: 프랑스의 육군 원수로 뒤에 육군 대원수가 되었다. 프랑스
문인인 조르주 상드의 증조부이기도 하다.

401 투탕카멘: 이집트 제18왕조 제12대 왕. 제10대 왕 아크나톤의 아우 또는 조
카라고도 하는데, 출생에 관해서는 확실하지가 않다.

402 마리우스: 고대 로마의 장군·정치가. 평민당의 영수로 유구르타 전쟁과 게
르만의 침입을 막아 크게 공을 세웠다. 7회에 걸쳐 집정관을 지내고 병제
개혁을 단행.

403 술라: 고대 로마제국 장군 겸 정치가. 보수적 성향의 인물이며 로마의 정권
을 장악한 후 종신 독재관이 되어 호민관 및 민회의 권한을 축소하고 원로

원 지배체제의 회복을 위한 각종의 개혁을 단행하였다.

404 니카 폭동: '니카의 반란'이라고도 한다. 532년 1월 10일 콘스탄티노폴리스의 히포드롬에서 벌어진 전차경기가 끝난 후 청색당과 녹색당이 서로 충돌하는 사태가 반란의 발단이 되었다.

405 파브르 데글랑틴: 연극배우, 연출자, 시인. 프랑스 혁명시 자코뱅 당원으로 당통, 마라 등과 친밀한 관계를 유지하였으며 당통의 보좌관으로 활동했다.

406 푸키에 탱빌: 프랑스 혁명기의 공포정치 때 설치된 혁명 재판소의 검사.

407 뒤바리 부인: 루이 15세의 정부였으며 창녀 출신이었던 탓에 마리 앙투아네트는 물론 루이 15세의 세 딸로부터도 수시로 경멸, 무시당했다. 훗날 단두대에서 처형당했다.

408 롤랑 부인: 지롱드파의 중심이라고 일컬어진 프랑스 혁명기의 여걸. 루이 16세의 처형과 동시에 반산악파 입장을 표명하여 처형되었다.

409 조르주 당통: 파리코뮌의 법무장관을 지냈으며 공포정치의 완화를 요구하여 로베스피에르에 의하여 처형되었다.

410 지롱드파: 프랑스 혁명기의 온건 공화파. 이들 가운데 많은 수가 지롱드 주 출신으로 왕정의 폐지와 공화정의 실현을 주장하는 점에서 자코뱅파와 동일하지만 민중 봉기를 두려워하며 혁명의 격화를 두려워한다는 점에서 결정적으로 다르다.

411 말쉐르브: 프랑스의 정치가. 계몽주의에 경도하고, 철학자 및 문학자와 교제하였다.

412 다비드: 자크 루이 다비드는 19세기 초 프랑스 최고의 화가로 강경한 혁명 당원이자 공화주의자였다. 그의 그림 「마라의 죽음」은 암살당한 혁명의 지도자를 찬양한 작품이다.

413 클레망소: 프랑스의 정치가이자 언론인이며 의사. 상원의원과 총리 겸 내무장관을 지냈으며 육군장관이 되어 제1차 세계대전에서 프랑스를 승리로 이끌었다.

414 제마프 전투: 1792년 프랑스 혁명 정부가 첫 번째 공격을 시도한 전투로 제대로 훈련조차 받지 못한 프랑스 북쪽 지원대가 수적 우세에는 있었지만 정규군인 오스트리아군을 대패시켰다.

415 몬테노테: 1796년 4월 12일 프랑스 혁명 전쟁 때 북부 이탈리아 몬테노테 시 근처에서 보나파르트 장군이 이끄는 프랑스 군대와 아르장토 백작이 이끄는 오스트리아-사르데냐 연합군이 맞붙었다. 전투 결과 프랑스의 승리로 끝났다.

416 몬도비: 나폴레옹 보나파르트 장군이 이끄는 프랑스군과 콜리 장군의 사르

데냐 군의 싸움이자 나폴레옹의 이탈리아 원정 두 번째 전투. 프랑스군은
사르데냐 군을 힘으로 돌파하여 승리하였다.

417 생쥐스트: 로베스피에르와 함께 자코뱅 당 독재와 공포정치의 확립에 힘썼
으며, 빈농의 토지 무상 분배를 주장.

418 코카서스 지역: 러시아 남부, 카스피해와 흑해 사이에 있는 산계·지역의
총칭.

419 엘브루스: 유럽에서 가장 높은 산.

420 폰 클라이스트: 제1차 세계대전과 제2차 세계대전에서 활약한 독일의 군인
이다. 그는 원수의 계급까지 승진했으며, 기갑부대의 활용에 능해 "기동의
대가" 또는 "판처 클라이스트"— 기갑의 클라이스트 — 라고 일컬어진다.

421 롬멜 장군: 제2차 세계대전이 발발하자 기갑사단장으로 프랑스 전선에서
활약했고 북부 아프리카로 전전했다. '사막의 여우'라 불린다.

422 몽고메리: 영국군 북아프리카 군대지휘사령관. 이후 나토군 총사령관이
된다.

423 오친렉 사령관: 중동 전역의 총사령관 및 인도 파키스탄 최고사령관.

424 비르하킴: 리비아 사막에 있는 오아시스로, 터키의 옛 요새가 있던 곳. 비르
하킴 전투에서, 마리 피에르 코니그 장군이 지휘하는 자유프랑스군 제1여
단이 1942년 5월 26일부터 6월 11일까지 롬멜이 지휘하는 독일-이탈리아
연합군의 맹렬한 공격을 막아냈다.

425 엘알라메인: 리비아와 이집트 국경지대.

426 아밀락바리 중령: 그루지아 귀족 출신으로 프랑스로 귀화해 외인부대 장교
로 이름을 떨쳤다.

427 파미에: 피레네 중부지역에 위치한 프랑스의 작은 마을.

428 몽주: 프랑스의 수학자. 그에 의하여 입체적인 공간을 평면으로 옮겨내는
화법기하학畵法幾何學이 생겨났다.

429 베르톨레: 프랑스의 의학자·화학자. 염소의 표백성 발견.

430 푸리에: 생시몽, 오웬과 함께 프랑스 3대 공상적 사회주의자의 한 사람.

431 비방 드농 남작: 이집트 원정 때 본인이 직접 삽화를 그린 이집트 여행기를
마련하여 이집트학의 바탕을 마련하였다. 루브르박물관의 초대관장.

432 야파: 세계에서 가장 오래된 항구도시 가운데 하나로 지금의 이스라엘 수
도인 텔아비브 지역.

433 페스트: 1799년 이집트 원정 당시 나폴레옹 군대는 원정 길목에 있는 시리아
의 야파를 함락시켰는데, 그 직후 도시에 흑사병이 퍼지기 시작했다. 병사들
이 하나둘 전염병으로 스러지면서 나폴레옹의 군대는 패닉 상태에 빠졌다.

434 클레베르: 나폴레옹의 이집트 원정에 종군, 각지에 참전하고 나폴레옹 귀국 후 — 1799년 — 총사령관이 되었다.
435 드제: 프랑스 혁명전쟁과 나폴레옹 전쟁 때의 프랑스군 장군. 마렝고 전투에서 전사.
436 쥐노 장군: 툴롱 공격 전투 때 나폴레옹 1세의 비서가 되고 이탈리아전쟁과 이집트원정 때는 나폴레옹의 막료로 활약했으며 이집트 총독에 임명.
437 폴린: 보나파르트 자매들 중 가장 미모가 뛰어났다고 전해지는 여인. 르클레르 장군과 1797년에 결혼하여 아이티에 파견. 황열병으로 르클레르가 30세 나이로 요절하자 다음 해인 1803년 보르게세 왕자와 재혼하였다.
438 마리아 발레스카 백작부인: 폴란드 여인으로 나폴레옹이 폴란드를 점령했을 때 그녀의 늙은 남편에 의해 나폴레옹 앞에 선을 보였고 조국을 독립시켜주겠다는 나폴레옹의 압력 섞인 회유와 가족들의 강권 속에 나폴레옹의 정부가 되었다.
439 외젠 드 보아르네와 오르탕스 드 보아르네: 나폴레옹과 결혼하기 이전에 조제핀이 전남편인 알렉상드르 드 보아르네 — 영국군과 내통하였다는 의심을 받고 처형됨 — 와 결혼하여 낳은 남매.
440 캉바세레스: 판사 출신의 프랑스 최고의 법 이론가. 쿠데타로 권력을 장악한 나폴레옹의 최측근 참모.
441 하산 에 사바흐: 이란의 선교자. 이스마일파의 소수계파 아사신파Assassins의 창시자이자 중세기 암살단 하쉬쉬Hashīsh를 조직하였다.
442 앙기엔 공작: 나폴레옹의 정적으로 인품이 좋고 백성들을 잘 살펴 파리 백성들의 전폭적인 지지를 받았다.
443 생 존 페르스: 프랑스의 시인 · 외교관으로 1960년 노벨 문학상을 받았다.
444 슈테판 츠바이크: 오스트리아의 유대계 시인 · 극작가 · 소설가.
445 카를 크라우스: 오스트리아의 작가.
446 요제프 로트: 오스트리아의 소설가 · 평론가.
447 클림트: 오스트리아의 화가.
448 괴델: 오스트리아 태생인 미국의 수학자 · 논리학자.
449 보트랭: 발자크 소설 『고리오 영감』에 나오는 중년남성.
450 비도크: 프랑스의 범죄자이자 최초의 사립탐정.
451 티에르: 프랑스 제3공화국의 1대 대통령.
452 마크마옹: 프랑스 제3공화국의 2대 대통령.
453 쥘 페리: 프랑스 정치가, 제3공화정 초기에 두 차례 총리 역임.
454 레몽 푸앵카레: 프랑스 제3공화국의 14대 대통령.

455 구스타프 슈트레제만: 독일의 정치가, 1926년 노벨평화상 수상.

456 아리스티드 브리앙: 1925년의 로카르노 협정을 성립시킨 프랑스의 정치가. 1926년 '로카르노조약' 체결에 노력한 공로로 독일의 구스타프 슈트레제만과 공동으로 노벨 평화상을 수상.

457 폴 레노: 프랑스의 정치인이자 저명한 변호사.

458 가믈랭: 프랑스 육군 장군.

459 달라디에: 프랑스의 정치가로 식민장관·육군장관 등을 거쳐 세 차례 총리를 지냈다.

460 로물루스 아우구스툴루스: 서로마제국 최후의 황제.

461 알베르 르브룅: 프랑스 제3공화국의 22대 마지막 대통령.

462 아르켈라오스 드 밀레: 그리스의 철학자.

463 카틸리나: 고대 로마 공화정 말기의 정치가.

464 대 카토: Caton l'Ancien. 고대 로마의 정치가이자 장군이며 문인.

465 킬데베르트: 메로빙거 왕가. 1세부터 4세까지의 4명의 킬데베르트.

466 킬페리크: 메로빙거 왕가. 1세와 2세, 2명의 킬페리크.

467 위그 카페: 두건Capet왕이라는 별칭이 성으로 정착된 프랑스 왕. 왕위계승을 확고히 하기 위해 즉위하자마자 아들 로베르에게 축성식을 거행.

468 악바르: 무굴제국을 통치한 제3대 황제.

469 디즈레일리: 영국의 정치가. 『비비언 그레이』 등 정치소설을 남겼다.

470 자크 쾨르: 프랑스 중세의 대상업자본가.

471 레옹 블룸: 1872~1950년, 프랑스의 총리.

472 드리외 라 로셀: 프랑스의 소설가·비평가.

473 엠마뉘엘 베를: 프랑스의 언론인이자 역사가.

474 로스차일드 가: 국제적 금융기업을 보유하고 있는 유대계 금융재벌 가문.

475 록펠러: 미국의 자본가·자선가. 록펠러 재단의 창립자.

476 바르베스: 프랑스의 공화주의자, 혁명가.

477 블랑키: 프랑스의 사회주의자, 혁명가.

478 루이즈 미셸: 프랑스의 여성 혁명가이자 무정부주의자.

479 로자 룩셈부르크: 독일에서 활동한 폴란드 출신의 사회주의 이론가이자 혁명가.

480 카툴루스: 고대 로마 공화정 말기의 서정시인.

481 앙리 드 라투슈: 프랑스의 언론인.

482 줄리에트 드루에: 프랑스 여배우. 위고는 그녀에게서 영감을 얻은 시를 여러 편 발표했다.

483 루이즈 콜레: 프랑스 여류시인.

484 마리 노디에: 프랑스 여성 문인.

485 에레디아: 쿠바 태생의 프랑스 시인.

486 메리메: 프랑스의 소설가·극작가.

487 발랑틴 델르세르: 메리메에게 문학적 영감을 준 여인.

488 브르통: 프랑스의 시인. 초현실주의의 주창자.

489 낸시 쿠나드: 영국의 작가. 20세기 파리로 건너가 초현실주의 다다에 동참하기도 했으며 많은 작가들의 뮤즈가 되었다.

490 엘사 트리올레: 러시아 출생의 프랑스 여류작가. 마야콥스키의 누이동생. 프랑스 시인 루이 아라공과 결혼하였다.

491 리튼 스트레이치: 20세기 초 활동한 영국의 작가이자 비평가. 영국의 지식인, 예술가 모임인 '블룸즈버리 그룹'의 일원.

492 공쿠르 형제: 19세기 프랑스의 형제 소설가로 사후에 '공쿠르상'이 설립되었다.

493 로드 바이런: 영국 낭만파 시인.

494 줄리에트 레카미에: 19세기 초반 프랑스 정계, 예술계에 강력한 영향력을 행사했던 여성.

495 프로스페 드 바랑트: 프랑스 역사가이자 작가이자 정치인.

496 벤자민 콩스탕: 스위스 로잔 태생의 프랑스 수필가 겸 정치가.

497 라마르틴: 프랑스의 시인·정치가.

498 알프레드 드 비니: 프랑스의 시인·작가. 프랑스 낭만파 4대 시인의 한 사람.

499 테오도르 제리코: 낭만주의 예술가의 전형으로 평가되는 프랑스 화가. 낙마 사고로 30대 초반에 세상을 떠났다.

500 랑세: 트라피스트회 개혁운동의 중심인물.

501 루이 필리프: 프랑스의 마지막 왕.

502 뤼뒤박: Rue du Bac. 프랑스 파리 7구의 거리 이름.

503 『무덤 너머의 회상록』: 2500쪽이 넘는 샤토브리앙의 자서전.

504 펠로폰네소스 전쟁: BC 431~BC 404년 아테네와 스파르타가 각자의 동맹 도시를 이끌고 벌인 전쟁.

505 백년전쟁: 중세 말기에 영국과 프랑스가 벌인 전쟁.

506 30년 전쟁: 1618~1648년 독일을 무대로 신교와 구교 간에 벌어진 종교전쟁.

507 히타이트족: 철기 문화를 지니고 있었고 이집트와 서아시아의 패권을 놓고 전쟁을 벌였던 제국.

508 바다 민족: 청동기 시대 말기까지 남유럽, 특히 에게해에서 출발하여 동 지중해를 거쳐 아나톨리아, 시리아, 가나안, 키프로스, 이집트를 침략한 해양 민족의 총칭.

509 아드리아노플 전투: 로마 관리의 압박과 과중한 세금에 견디다 못해 봉기한 서고트족은 아드리아노플에서 로마군을 격파하고 황제 발렌스를 전사시켰다. 전투 결과 게르만 민족의 대이동을 낳았다.

510 아일라우 전투: 나폴레옹 전쟁 중 러시아의 제4차 대프랑스 동맹 때 벌어진 전투로 프랑스군이 전술적으로 승리했지만 막대한 피해를 입었다.

511 슈맹 데 담 공세: 1917년 파리로 가는 중요한 지점인 슈맹 데 담에서 벌어진 독일군과 연합군 간의 전투.

512 퐁트노이: 1745년에 오스트리아 왕위 계승 전쟁 중에 치러진 전투로 벨기에의 퐁트노이에서 프랑스군과 영국·오스트리아·네덜란드 연합군이 벌인 전투.

513 로스바흐 전투: 1757년 11월 5일 프로이센의 왕 프리드리히 2세가 오스트리아·프랑스·러시아·스웨덴 등의 연합군을 격파한 전투.

514 조레스: 프랑스인들이 사랑한 민주주의 정치가.

515 솔페리노 전투: 이탈리아 북부 롬바르디아 지방의 솔페리노를 중심으로 벌어진 전투. 수천 명의 병사가 의료진의 도움 없이 쓰러져 죽어가는 모습을 목격한 뒤낭은 부상당한 병사를 치료해줄 국제 적십자사를 탄생시켰다.

516 주아브: 알제리 사람으로 편성된 프랑스 경보병이 입은 무릎 위까지 오는 짧은 반바지.

517 아타투르크: 터키의 독립전쟁시 장군이며 지도자였고 터키 공화국 초대 대통령.

518 레자네폴: '광기의 날들les Années folles'로 1920년대를 휩쓴 프랑스 패션, 예술 분야의 사조를 지칭.

519 브라지야크: 프랑스의 소설가, 시인, 비평가, 극작가. 나치의 부역자로 숙청당하였다.

520 로제 바양: 프랑스의 소설가. 제2차 세계대전 때 레지스탕스에 참가했다.

521 윌름 가: 팡테옹 지구와 소르본의 행정 구역에 있는 파리 5구역의 거리.

522 시베리아 강제이주: 1937년 소련 극동지역 연해주에 살고 있던 고려인 17만여 명이 스탈린 명령에 따라 중앙아시아 지역으로 강제이주를 당했다.

523 요하힘 폰 리벤트로프: 나치 독일의 외무장관.

524 바체슬라프 몰로토프: 소련 스탈린 시기의 외무장관.

525 클라우스 폰 슈타우펜베르크 대령: 나치 독일의 대령. 1944년, 히틀러 암살

을 계획하고 실행에 옮겨 나치 정부를 전복하려 했으나 실패로 돌아가고 1944년 7월 21일 총살당했다.

526 7년 전쟁: 1756~1763년 오스트리아 왕위계승 전쟁에서 프로이센에 패배해 독일 동부의 비옥한 슐레지엔을 빼앗긴 오스트리아가 그곳을 되찾기 위해 프로이센과 벌인 전쟁.

527 탈레스: 세계를 구성하는 자연적 물질의 근원이 물이라고 밝힌 최초의 사람.

528 아낙시만드로스: 고대 그리스 밀레토스학파의 철학자. 탈레스의 제자.

529 아낙사고라스: 밀레토스학파 철학자의 마지막 계보에 해당하는 인물. 정신과 물질의 구분을 시도하고 정신을 만물의 으뜸가는 원리로 삼았다.

530 레우키포스: 기원전 5세기의 고대 그리스 철학자로 원자론의 창시자.

531 데모크리토스: 고대 그리스 사상가. 원자론을 체계화하였으며 유물론의 형성에도 영향을 끼쳤다.

532 아레투사: 그리스 신화에 등장하는 시칠리아 섬의 님프. 강의 신 알페이오스의 구애를 피해 도망치다 지하수로 변하여 엘리스에서 시칠리아 섬의 시라쿠사까지 흘러가 그곳의 샘이 되었다.

533 라블레: 프랑스의 작가·의사·인문주의 학자. 프랑스 르네상스의 최대 걸작인 『가르강튀아와 팡타그뤼엘 이야기』를 썼다.

534 크리스티안 호이겐스: 네덜란드의 물리학자, 천문학자, 수학자.

535 루이 드 브로이: 전자의 파동성을 발견한 프랑스의 이론 물리학자.

536 사무엘 피푸스: 17세기 영국의 저작가·행정가.

537 이니고 존스: 영국의 건축가. 처음으로 이탈리아 르네상스 건축을 영국에 도입하였다.

538 크리스토퍼 렌: 1666년 일어난 런던 대화재의 부흥활동에 참여했으며, 왕실관계 건설총감으로도 활약했다.

539 울즈소프: 뉴턴이 태어난 곳.

540 프로이센 왕국: 18세기 이후 브란덴부르크가 프로이센으로 바뀌었다.

541 폰토르모: 정묘한 윤곽선과 함께 반고전주의적인 독창적 양식을 형성, 초기 마니에리슴 대표자의 한 사람.

542 벤베누토 첼리니: 16세기 이탈리아 조각가, 음악가.

543 브론치노: 이탈리아의 피렌체파 화가. 마니에리스모manierismo 양식의 대표적 초상화가.

544 드니 파팽: 프랑스의 물리학자·기술자. 증기를 통해 얻어지는 압력으로 증기기관을 최초로 발명하였다.

545 뉴커먼: 영국의 기술자, 증기기관의 발명자.

546 와트: 새로운 증기기관을 발명한 스코틀랜드의 기술자. 그의 이름 '와트'는 일률과 동력 단위로 채택되었다.

547 주프루아 다방: 증기선을 최초로 발명한 프랑스의 젊은 귀족.

548 카르노 기관: 최대 열효율을 갖도록 고안된 이상적인 열기관.

549 카제리오: 이탈리아 무정부주의자.

550 사디 카르노: 프랑스의 물리학자·수학자·정치가.

551 에바리스트 갈루아: 프랑스의 수학자. 군群의 개념을 처음으로 고안하였고, '갈루아의 이론'으로도 유명하다.

552 리만: 독일의 수학자. 복소함수의 기하학적인 이론의 기초를 닦았다.

553 로바체프스키: 러시아의 수학자.

554 토리첼리: 수은을 이용해 대기압의 크기를 최초로 측정한 이탈리아의 과학자.

555 셀시우스: 스웨덴 물리학자이자 수학자. 열 단위인 섭씨온도는 그의 이름에서 따왔다.

556 파렌하이트: 독일의 물리학자. 그의 이름에서 따온 화씨온도를 고안하였다.

557 맥스웰: 스코틀랜드 태생인 영국의 물리학자. 그의 이름은 자기력선속의 CGS 전자기단위가 되었다.

558 쿨롱: 프랑스의 물리학자. 그의 이름을 딴 쿨롬은 전기량, 전하電荷의 단위가 되었다.

559 샤프: '샤프 텔레그래프'라고 하는 시신호를 사용하는 일종의 통신기를 발명한 프랑스 통신기사.

560 에피다우로스: 그리스 펠로폰네소스반도 아르골리스 북동 해안의 고대도시.

561 아스클레피오스: 그리스 신화에 나오는 의술의 신.

562 갈리에누스: 고대 로마 황제. 로마제국 쇠퇴기에 재위(253~268)에 있었다.

563 게르망트 공작부인: 마르셀 프루스트의 소설 『잃어버린 시간을 찾아서』에 나오는 중심인물.

564 툴레: 프랑스의 시인, 소설가.

565 나네: 툴레의 동명 소설로 『나의 친구 나네』가 있다.

566 튜닉: 고대 서양의 남녀가 입었던 소매가 없는 헐렁한 옷.

567 토가: 고대 로마 시민이 입던 헐렁한 겉옷.

568 푸르푸앵: 몸에 꼭 끼는 남자 저고리의 일종.

569 베르쥐가당: 17~18세기 여성이 스커트를 불룩하게 하는 데 쓰던 것.

570 인터네셔널가: 노동자 해방과 사회적 평등을 담고 있는 민중가요.

571 보이티우스: 6세기 초 로마 말기 철학자로, 음악이 인간의 도덕성 발달에

영향을 준다고 주장한 학자.

572 베르시에: 나폴레옹의 수석 육군원수로 임명된 프랑스의 군인.

573 마티유 몰레 백작: 프랑스 제정시대에 법무부장관을 역임하고, 7월 왕정 때는 외무대신과 공안위원회장을 맡은 정치인.

574 나탈리 드 노아유: 샤토브리앙의 유명한 연애 상대 중 한 사람.

575 빌파리시스 부인: 『잃어버린 시간을 찾아서』 속 인물 중 한 명.

576 코르델리아 드 카스텔란: 샤토브리앙의 여러 연애 상대 중 한 여자.

577 트리스탕 베르나르: 20세기 초, 프랑스의 희극작가.

578 나는 앞으로 전진하는 털보 왕이었다: 아가멤논 자크 오펜바흐의 오페라 「아름다운 헬레나」에 나오는 대사.

579 제롤스탱 공작부인: 오펜바흐의 대표적인 오페라 제목.

580 트라피스트: 성 베네딕토의 규율을 따르는 가톨릭교회 관상 수도원.

581 엠스 전보 사건: 1870년의 프랑스-프로이센전쟁의 계기가 된 사건.

582 리튼 스트레치: 전기문학biography에 새로운 바람을 일으킨 영국의 전기작가 · 비평가.

583 캐링턴: 동성애자인 리튼 스트레치와 기이한 사랑을 나눈 여성화가.

584 세르비아 출신의 청년이 지녔던 권총: 당시 열아홉 살이던 가브릴로 프린치프는 1914년 6월 28일 오스트리아 황태자 부부를 사라예보에서 권총으로 암살한다. 이 사건은 제1차 세계대전이 시작되는 계기가 되었다.

585 동원호출방송: 1940년 프랑스 항복 후 영국 BBC 라디오를 통해 저항을 계속하자고 독려한 드골의 대국민방송.

586 힉스입자: 우주 공간에 가득 차 있는 입자이며 소립자의 질량을 만들어내는 근원.

587 안녕과 형제애를!: 'salut et fraternité'는 1832년 군인과 혁명군이 바리게이드를 가운데 두고 대치하던 당시 서로의 안부를 물으며 주고받던 인사말이다.

588 클론다이크: 1896년 8월 캐나다 북서단 클론다이크강 지류의 보난자 계곡에서 사금砂金이 발견되어 이 지방에 골드러시를 몰고 왔다.

589 모리스 작스: 프랑스계 유대인 작가.

590 에티엔 드 보몽: 프랑스 태생의 후원가이자 의상 디자이너.

591 보니 드 카스텔란: 벨 에포크의 유행 선도자이자 미국 철도 상속녀 안나 굴드의 첫 번째 남편으로 알려진 프랑스 귀족.

592 마리 로르 드 노아유: 프랑스 사교계의 영향력 있는 후원자로 그녀의 저택은 20세기 예술가와 지식인들의 사교의 장이었다.

옮긴이 정미애 이화여자대학교 불어교육과를 졸업하고 벨기에 루뱅대학교에서 불문학 석
사학위, 한국외국어대학 통번역 대학원에서 석사학위를 받았다. 현재 물 맑고 산그늘이 아
름다운 청평에서 프랑스 책을 한국어로 번역하는 일을 하며 살고 있다. 옮긴 책으로는 『치
유』, 『빌리』, 『사랑을 여행하는 시간』, 『마지막 수업』, 『세잔을 위한 진혼곡』, 『행복의 역설』,
『행복한 사람들은 커피를 마시며 책을 읽는다』 등이 있다.

나는 영원히 살아있네

초판 1쇄 발행 · 2019년 9월 27일

지은이 · 장 도르메송
옮긴이 · 정미애
펴낸이 · 김요안
편집 · 강희진
디자인 · 주수현

펴낸곳 · 북레시피
주소 · 서울시 마포구 신수로 59-1
전화 · 02-716-1228
팩스 · 02-6442-9684
이메일 · bookrecipe2015@naver.com | esop98@hanmail.net
홈페이지 · www.bookrecipe.co.kr | https://bookrecipe.modoo.at/
등록 · 2015년 4월 24일(제2015-000141호)
창립 · 2015년 9월 9일

ISBN 979-11-88140-92-3 03860

종이 · 화인페이퍼 | 인쇄 · 삼신문화사 | 후가공 · 금성LSM | 제본 · 대흥제책

이 도서의 국립중앙도서관 출판예정도서목록(CIP)은 서지정보유통지원시스템
홈페이지(http://seoji.nl.go.kr)와 국가자료공동목록시스템(http://www.nl.go.kr/kolisnet)에서
이용하실 수 있습니다. (CIP제어번호: CIP2019035978)